DE LA LIBERTÉ

Un essai de
Maggie Nelson

De la même autrice
aux Éditions du sous-sol

Une partie rouge, traduit de l'anglais (États-Unis) par Julia Deck, 2017

Les Argonautes, traduit de l'anglais (États-Unis) par Jean-Michel Théroux, 2018 (éditions Points, 2022)

Bleuets, traduit de l'anglais (États-Unis) par Céline Leroy, 2019

Jane, un meurtre, traduit de l'anglais (États-Unis) par Céline Leroy, 2021

De la liberté

Quatre chants sur le soin et la contrainte

Traduit de l'anglais (États-Unis)
par Violaine Huisman

Maggie Nelson

Éditions
du sous-
sol

Titre original
On Freedom. Four Songs of Care and Constraint

Le livre a été publié pour la première fois en 2021 par Graywolf Press

Conception graphique des pages intérieures : gr20paris

ISBN : 978-2-36468-547-5

LÉVIATHAN

La vérité aussi en est la quête :
Comme le bonheur, et ne résistera pas.

Le vers lui-même entreprend sa
corrosion
Dans l'acide. La quête, la quête ;

Un vent se déplace légèrement,
Trace un cercle, très froid.

Comment le dire ?
Dans le langage ordinaire -

Nous devons parler désormais. Je ne suis
plus très sûr des mots,
L'horlogerie du monde. Ce qui est
inexplicable

C'est la "prépondérance des objets".
Le ciel s'éclairc
Chaque jour avec cette prédominance

Et nous sommes devenus le présent.

Nous devons parler désormais. La peur
Est la peur. Mais nous nous
abandonnons.

George Oppen, 1965

Pour Iggy
déjà et à venir

Introduction

Arrêtez-vous si vous voulez parler de liberté – Une crise de la liberté – Le nœud – Emmêlement/détachement – J'ai ma liberté et je sais comment je me sens – Un labeur patient

Arrêtez-vous si vous voulez parler de liberté

Je voulais écrire un livre sur la liberté. Je voulais écrire ce livre depuis que le sujet avait surgi inopinément dans un autre ouvrage que j'avais consacré à l'art et à la cruauté. J'avais entrepris d'écrire sur la cruauté, et j'avais été surprise de voir la liberté se frayer un chemin puis faire brèche dans la cellule étouffante de la cruauté. Épuisée par la cruauté, je me suis alors tournée vers la liberté. J'ai commencé par "Qu'est-ce que la liberté ?" de Hannah Arendt, avant d'amasser mes piles.

Mais j'ai vite bifurqué, et j'ai écrit un livre sur le *care**, le soin, le souci de l'autre. Certains ont pensé que ce livre-ci avait également trait à la liberté. C'était rassurant

* Le mot anglais *care*, à la fois substantif et verbe, n'a pas d'équivalent exact en français. Pour évoquer sa polysémie, il faudrait y entendre : le soin, la sollicitude, le souci de l'autre, la responsabilité ; prendre soin, se sentir concerné, se préoccuper de... Le *care* a également une acception française, introduite ces dernières années en tant que concept issu de la pensée féministe, à l'intersection de la pensée du genre, de l'éthique et de la santé. *(Toutes les notes précédées d'un astérisque sont de la traductrice. Les notes de l'autrice se trouvent, elles, à la fin de l'ouvrage.)*

en un sens, parce que ça me semblait, à moi aussi, être le cas. Puis j'ai songé qu'un livre sur la liberté n'avait peut-être plus de raison d'être – ni moi ni personne d'autre n'était tenu d'en écrire un. Existe-t-il mot plus galvaudé, imprécis, belliqueux ? "Avant je m'intéressais à la liberté, mais maintenant, je m'intéresse surtout à l'amour", m'a confié une amie[1]. "La liberté ressemble à un message codé, un mot vicié et creux pour dire *guerre*, une exportation commerciale, le genre de chose qu'un patriarche pourrait 'donner' ou 'reprendre'", m'a écrit une autre[2]. "C'est un mot de Blancs", m'a dit une troisième.

Souvent, j'étais d'accord : pourquoi ne pas se pencher sur une valeur moins contestée, mais tout aussi opportune et pertinente, comme l'obligation, l'entraide, la coexistence, la résilience, le développement durable, ou ce que Manolo Callahan appelle "la convivialité insurrectionnelle"[3] ? Pourquoi ne pas accepter que la longue et glorieuse carrière de la liberté touche à sa fin, que notre obsession continuelle à son égard reflète une pulsion de mort ? "Ta liberté me tue !" proclamaient les pancartes des manifestants pendant la pandémie ; "Ta santé n'est pas plus importante que ma liberté !" s'égosillaient en retour les militants anti-masques[4].

Et pourtant, je n'arrivais pas à renoncer.

Une partie du problème réside dans le mot, dont la signification n'a rien d'une évidence ni d'un consensus[5]. En réalité, il opère un peu comme celui de "Dieu", au sens où, quand on l'emploie, on ne peut jamais être tout à fait sûr de ce qu'on avance, ni même de parler de la même chose. (Est-ce qu'il s'agit de liberté négative ? positive ? anarchique ? marxiste ? abolitionniste ? libertaire ? la liberté des colons blancs ? la liberté décoloniale ? néolibérale ? zapatiste ? spirituelle ?, etc.) Ce qui nous amène au fameux précepte de Ludwig Wittgenstein : *La signification d'un mot est son usage*. J'ai pensé à cette formule l'autre jour, sur le campus de mon université, alors que je passais devant une table surmontée d'une bannière qui disait : "Arrêtez-vous si vous voulez parler de liberté". *Tu penses, si je veux !* ai-je lancé à part moi. Je me suis donc arrêtée et j'ai demandé à ce jeune homme blanc, sans doute un étudiant de premier cycle, de quel type de liberté il voulait parler. Il m'a toisée puis a répondu, d'un air mi-menaçant, mi-gêné : "Genre, la liberté classique de base." J'ai remarqué à ce moment-là qu'il vendait des pin's divisés en trois catégories : sauver les fœtus ; écraser la gauche ; défendre le droit au port d'arme.

Comme le travail de Wittgenstein l'indique assez, le fait que le sens d'un mot réside dans son usage n'est pas une raison pour être paralysé ou se lamenter. Au contraire, il peut nous encourager à observer *à quel jeu de langage on joue*. C'est précisément ce que cherchent à faire les pages qui suivent, au fil desquelles "la liberté" agit comme un billet de train réutilisable, tamponné ou poinçonné au gré des stations, des mains ou des véhicules par lesquels il transite. (J'emprunte cette métaphore à Wayne Koestenbaum, qui l'a utilisée un jour pour décrire "la façon dont un mot, ou un groupe de mots, permute" dans l'œuvre de Gertrude Stein. "Ce que le mot veut dire ne te regarde pas, a écrit Koestenbaum, en revanche, où le mot voyage, voilà qui te concerne." Les confusions que soulève tout discours sur la liberté ne diffèrent pas tant que ça des malentendus qui nous menacent chaque fois que l'on se parle de quoi que ce soit. Se parler n'en demeure pas moins impératif, même si, ou surtout quand, comme le souligne George Oppen, "nous ne sommes plus sûrs des mots".

Une crise de la liberté

J'ai toutefois décidé de m'en tenir à ce terme, un choix auquel j'attribue rétrospectivement une double origine. La première relève de ma longue frustration vis-à-vis de sa cooptation par la droite (mise en évidence par la table du jeune homme), vieille de plusieurs siècles : "La liberté pour nous, la servitude pour vous" est la déclaration opérante depuis la fondation de la nation américaine. Mais après les années 1960 – au cours desquelles, comme le rappelle l'historien Robin D. G. Kelley dans *Freedom Dreams* [les rêves de la liberté], "la liberté était le but auquel tendait notre peuple ; *libérer* était un verbe, une action, un vœu, une injonction militante. 'Libérez la terre', 'Libérez les esprits', 'Libérez l'Afrique du Sud', 'Libérez l'Angola', 'Libérez Angela Davis', 'Libérez Huey' étaient les slogans dont je me souviens le mieux" –, la droite a redoublé d'efforts pour reprendre le concept à son compte. Il a suffi de quelques décennies d'un néolibéralisme déchaîné pour que le cri de ralliement de la liberté exemplifié par le Freedom Summer, les Freedom Schools, les Freedom Riders, le mouvement de libération des femmes et le front de libération homosexuelle soit noyé par l'American Freedom Party, Capitalism and Freedom, Operation Enduring Freedom, le Religious Freedom Act, Alliance Defending Freedom, et consorts. Ce revirement a conduit certains philosophes politiques (telle Judith Butler) à qualifier notre époque de "post-libératoire" (mais, ainsi que le souligne Fred Moten, "pré-libératoire" serait tout aussi juste)[6]. Quoi qu'il en soit, le débat actuel sur la liberté peut se lire comme un symptôme de ce que Wendy Brown appelle une progressive "crise de la liberté", dans laquelle "les forces antidémocratiques de notre temps" (que nos démocraties autorisent néanmoins à prospérer) ont produit des sujets – y compris ceux “fonctionnant souvent sous la bannière des ‘politiques progressistes’” – qui semblent “désorientés quant à la signification et à la pratique de la liberté”, et ont permis au “langage de la résistance [de reprendre le terrain] laissé vacant par une pratique de la liberté plus expansive”[7]. Face à une telle crise, s’en tenir à ce terme m’a paru le meilleur moyen de refuser ce marchandage, d’éprouver les possibilités qui nous restent – ou non – pour prendre sa défense.

La seconde origine – qui vient compliquer la première – tient aux doutes que je nourris de longue date sur les rhétoriques émancipatrices du passé, en particulier celles qui conçoivent la libération comme un événement unique ou une ligne d’horizon. Cette nostalgie pour la libération telle qu’elle a été formulée dans ces notions antérieures – dont beaucoup dépendent de mythologies de la révélation, de violents soulèvements, de machisme révolutionnaire et de progrès téléologiques – me semble souvent, face à certains problèmes actuels, inadéquate, pour ne pas dire néfaste, comme dans le cas du réchauffement climatique. Ces “rêves de liberté” où l’avènement de la liberté prend la forme du Jugement dernier (à l’instar de ce “jour” qui verra, d’après Martin Luther King Jr., “tous les enfants de Dieu […] se donner la main et chanter les paroles du vieux negro spiritual : ‘Enfin libres, enfin libres, grâce en soit rendue au Dieu tout-puissant, nous sommes enfin libres !’”) peuvent effectivement nous aider à imaginer le futur que l’on souhaite. Mais ils peuvent aussi nous conditionner à penser la liberté comme un accomplissement futur plutôt que comme une pratique continue au présent, une chose déjà à l’œuvre. Céder la liberté à des forces toxiques est sans doute une grave erreur, mais s’accrocher coûte que coûte à des concepts dépassés et sclérosés l’est tout autant.

C'est pourquoi j'ai trouvé un soutien crucial dans la distinction que fait Michel Foucault entre la libération (conçue comme une action temporaire) et les pratiques de la liberté (conçues comme pérennes) : "La libération ouvre un nouveau champ pour de nouveaux rapports de pouvoir qu'il s'agit de contrôler par des pratiques de liberté." Cette proposition me plaît énormément ; j'y vois même le fil conducteur de ce livre. Je conçois que nombre de lecteurs la trouvent terriblement plombante. (*Rapports de pouvoir ? Contrôler ? Est-ce qu'on ne cherche pas justement à se débarrasser de tout ça ?* Peut-être bien, mais il est parfois bon de se méfier de ce qu'on souhaite.) C'est l'argument qu'utilise Brown quand elle affirme que la liberté de s'autogouverner "exige un usage inventif et prudent du pouvoir plutôt qu'une rébellion contre l'autorité ; elle est sobre, épuisante, et orpheline". Je crois qu'elle a raison, même si "sobre, épuisante, et orpheline" est un cri de ralliement trop peu fédérateur, surtout pour celles et ceux qui se sentent déjà épuisés et démunis. Mais je trouve cette approche plus inspirante et réaliste que d'attendre le grand soir de l'émancipation, comme le décrit l'économiste Frédéric Lordon – cette "irruption soudaine et miraculeuse d'un ordre de rapports humains et sociaux tout autre".

Lordon soutient que "le meilleur moyen de sauver l'idée d'émancipation" est probablement d'arrêter d'attendre ce grand soir ; j'aurais tendance à abonder dans son sens. Les moments de libération – à l'instar des ruptures révolutionnaires ou des "expériences paroxystiques" personnelles – servent à nous rappeler que notre condition n'est pas figée, qu'il est possible d'infléchir la situation, de réduire la domination, de recommencer. Mais la pratique de la liberté – ce qui se passe le lendemain, et le surlendemain –, avec un peu de chance, préside au cours d'une vie. Ce livre s'attache à cette expérience continuelle.

Le nœud

“Peu importe la cause que vous défendez, pour la vendre il faut parler en termes de liberté”, a déclaré un jour Dick Armey, représentant du Parti républicain au Texas et fondateur de FreedomWorks. Quels que soient mes sentiments à l’égard de Dick Armey, j’ai commencé ce projet avec la conviction que cette maxime avait la peau dure aux États-Unis. Mais, quand je me suis assise pour écrire ce livre, nous étions à l’automne 2016, et la maxime d’Armey périclitait rapidement. Après des années de *freedom fries*, de Freedom’s Never Free, et de Freedom Caucus, la rhétorique de la liberté semblait momentanément en retrait, pour céder la place au proto-autoritarisme. Lors de la campagne électorale, j’ai passé plus d’heures que je n’ose l’admettre à regarder les supporters de Trump affubler leur despote de nouveaux surnoms affectueux : “le patriarche”, “le Roi”, “Daddy”, “le Parrain”, “le Tout-Puissant” ou, mon préféré, “Dieu-Empereur Trump”. Et je ne parle pas seulement des fans de 8chan ; après l’élection, le Comité national républicain a célébré, le jour de Noël sur Twitter, la venue “d’un nouveau Roi”, un petit avant-goût de ce qui nous attendait. Comme de nombreux nuages de mots l’ont depuis confirmé : le mot “liberté” est rare dans la bouche de Trump, si ce n’est quand il brandit la “liberté d’expression” sous forme d’incitation à la haine, ou dans son exhortation abjecte de la liberté comme impunité (“Quand vous êtes une star, vous avez tous les droits”[8]). Même la stratégie de promotion du gaz naturel de l’administration Trump, rebaptisée *freedom gaz*, ressemblait davantage à une farce scatologique qu’à une stratégie idéologique digne de ce nom.

En quelques années, on a vu les kiosques des aéroports faire étalage de titres tels que “La mort des démocraties”,

"Fascisme : un avertissement", "De la tyrannie", ou encore "Le chemin vers la non-liberté". La mise en garde de Wendy Brown quant à "une disparition existentielle de la liberté dans le monde" semblait soudain corroborée, en même temps que sa crainte que les décennies passées à privilégier le libre marché au détriment de la démocratie puissent avoir conduit certains à perdre toute aspiration à s'autogouverner, et à lui préférer une non-liberté, voire un désir d'assujettissement. Ces considérations m'ont souvent fait penser à cette observation de James Baldwin dans *La Prochaine Fois, le feu* : "Il ne m'a été donné de rencontrer que bien peu de personnes – et pour la plupart elles n'étaient pas américaines – qui éprouvent un sincère désir d'être libres. La liberté n'est pas chose aisée à supporter."

Dans un tel climat, il était tentant d'écrire un livre qui chercherait à "nous réorienter vers la valeur même de la liberté", ou à nous encourager, moi et d'autres, à grossir les rangs clairsemés des personnes qui éprouvent un sincère désir d'être libres. Ce type d'injonctions commence le plus souvent par un argument massue sur ce qu'est la liberté ou ce qu'elle devrait être, comme dans *The Hawthorn Archive: Letters from the Utopian Margin* [les archives de Hawthorn : lettres d'une marginalité utopiste] d'Avery F. Gordon, un recueil de textes présenté sur la quatrième de couverture comme un "espace fugitif" pour la "conscience politique des esclaves en fuite, des déserteurs de guerre, des militants pour l'abolition du système carcéral, des citoyens et autres radicaux", dans lequel Gordon affirme (paraphrasant Toni Cade Bambara) : "La Liberté... n'est pas la fin de l'histoire ou un but incertain à jamais inaccessible. Ce n'est pas un meilleur État-nation déguisé tant bien que mal en coopérative. Ce n'est pas un ensemble de règles idéales distinct du peuple qui les fonde ou les suit. Et ce n'est certainement pas le droit de contrôler le capital économique, social, politique ou culturel pour mieux dominer les autres et monnayer leur bonheur dans un marché monopolistique. La liberté est un processus par lequel on développe une pratique afin de se rendre indisponible pour la servitude."

Ces nombreuses injonctions m'ont à la fois émue et édifiée[9]. Mais, en définitive, je ne m'y reconnais pas vraiment. Les pages qui suivent ne diagnostiquent pas une crise de la liberté ni ne proposent un moyen de la guérir (ou de nous en guérir), et elles ne mettent pas non plus l'accent sur la liberté politique. Elles s'intéressent plutôt aux complexités que soulève un urgent désir de liberté dans quatre domaines distincts – le sexe, l'art, les drogues et le climat – où l'entrelacs de la liberté, du soin et de la contrainte me paraît particulièrement tendu et ténu. Dans chaque domaine, je m'attacherai à observer comment la liberté semble s'enchevêtrer à la non-liberté pour produire des expériences teintées de compulsion, de discipline, de possible, d'abdication.

Parce que nous avons tendance – souvent à juste titre – à associer la non-liberté avec la présence de circonstances oppressives qu'il est en notre pouvoir et de notre devoir de changer, il est logique qu'instinctivement nous appréhendions le nœud que forment liberté et non-liberté comme un foyer de vice et de douleur. Pour montrer comment la domination peut se faire passer pour une libération, nous devons d'abord démêler ce nœud, et tenter de séparer émancipation et oppression. Le lien entre esclavage et liberté dans l'Histoire et la pensée occidentale est particulièrement révélateur, d'une part parce que ces idées ont été développées en tandem et se sont définies dans leur confrontation, et d'autre part parce que les Blancs, des siècles durant, ont habilement déployé une sémantique de la liberté pour mieux retarder, amoindrir, ou nier son accès aux autres[10]. Cette approche se traduit également dans les idéologies économiques qui donnent l'illusion d'être libre tout en étant esclave du capital[11].

Mais si nous parvenons à nous distancier – ne serait-ce qu'un instant – de l'ambition exclusive d'exposer et condamner la domination, nous découvrirons peut-être que le nœud de la liberté et de la non-liberté n'est pas un simple canevas de régimes tyranniques passés et présents. C'est aussi là que la souveraineté et l'abandon de soi, la subjectivité et la subjection, l'autonomie et la dépendance, le divertissement et le besoin, l'obligation et le refus, le supranaturel et le sublunaire, s'enchevêtrent – pour le meilleur et pour le pire. C'est là que nous renonçons au fantasme selon lequel tous les êtres recherchent principalement, sinon uniquement, la cohérence, la lisibilité, l'autogouvernance, la maîtrise, le pouvoir, ou même la survie. Une telle subversion peut paraître admirable, mais elle est aussi angoissante, déprimante et destructive. Tout se retrouve imbriqué dans la pulsion de liberté. Cependant, si nous prenons le temps d'en démêler les tenants, les mythes de la liberté nous tendront probablement moins de pièges et peut-être serons-nous moins ahuris ou découragés face à ses slogans et plus à même d'en cerner les aboutissants.

Emmêlement/détachement

Dans *The Story of American Freedom* [une histoire de la liberté américaine], l'historien Eric Foner explique comment la conception américaine de la liberté a longtemps répondu à une structure binaire. Au vu du rôle fondateur de l'esclavage et de ses incarnations ultérieures, depuis quatre cents ans le clivage Noir/ Blanc tient lieu d'exemple par excellence, et c'est loin d'être fini[12]. Dans un article paru en 2018 qu'il consacre au musicien Kanye West, Ta-Nehisi Coates expose cette dyade en termes acérés, décrivant la "liberté blanche" comme :

> une liberté sans conséquence, une liberté sans critique ; la liberté d'être fier et ignorant, la liberté de profiter d'un peuple à un moment donné et de le laisser pour compte l'instant d'après, la liberté de défendre ses intérêts ; une liberté sans responsabilité, sans mémoire douloureuse ; un Monticello sans esclavage, une liberté de confédérés, la liberté de John C. Calhoun et non celle de Harriet Tubman, qui vous demande de risquer la vôtre ; pas la liberté de Nat Turner, qui vous demande de donner encore davantage, mais une liberté de conquérant ; la liberté du plus fort bâtie sur l'antipathie ou l'indifférence envers les plus faibles, la liberté de violer, d'attraper les femmes par la chatte, et *de toute manière je t'encule, salope* ; la liberté du pétrole et des guerres invisibles, la liberté des banlieues tracées d'une ligne rouge, la liberté blanche de Calabasas.

À cette "liberté blanche", Coates oppose la "liberté noire", décrite comme étant à l'inverse fondée sur un "nous" et non un "je", une liberté qui "fait l'expérience de l'histoire, de la tradition, et de la lutte non comme un fardeau, mais comme un ancrage dans un monde chaotique", et qui a le pouvoir de rassembler les gens "de les reconnecter [...], de les ramener chez eux".

Ce livre part du principe que toute notre existence, dont nos libertés comme nos non-libertés, est bâtie sur un "nous" plutôt qu'un "je", que nous dépendons les uns des autres, ainsi que de forces non humaines qui excèdent notre compréhension ou notre contrôle. Il s'agit d'une réalité irréfragable, que l'on souscrive à la devise "Personne n'est libre tant que nous ne sommes pas tous libres" (à la Fannie Lou Hamer) ou que l'on soit du côté des

“Ne me marche pas dessus”, en dépit de toute tentative de désaveu. Mais cet ouvrage concède également qu’exalter notre interdépendance ou notre emmêlement ne fait que décrire une situation ; s’acharner à faire reconnaître cette réalité ne nous indique pas pour autant la marche à suivre. Il ne s’agit pas de savoir si nous sommes tous impliqués, mais comment nous accorder, comment accepter la souffrance que cette situation engage, comment la chorégraphier.

Aussi utile et pertinente que soit l’opposition que dresse Coates, il devient clair à la fin de son article – y compris pour Coates lui-même, il me semble – qu’une liberté ancrée dans un “nous” et non un “je” soulève d’autres interrogations, auxquelles s’attache ce livre. À propos de la déchéance de Michael Jackson, par exemple, Coates écrit : “Il est souvent plus facile de choisir la voie de l’autodestruction quand vous ne vous préoccupez pas de ceux qu’elle entraîne dans sa course, de mourir dans la rue d’un coma éthylique quand vous considérez que c’est vous que vous privez, et non votre famille, vos amis, et votre communauté.” Mieux prendre conscience de nos emmêlements peut nous apporter un réel soutien, mais aussi nous bouleverser, nous blesser ; en admettant que notre bien-être dépend du comportement des autres, notre désir de les contester, de les contrôler ou de les changer peut devenir aussi stérile qu’intense. La reconnaissance aiguë et totale de nos besoins, de nos désirs, de nos compulsions, peut se heurter à ceux des autres, ou leur faire du mal – y compris aux personnes qu’on aime le plus au monde –, sans pour autant déjouer le piège. L’addiction rend, ainsi que nous le verrons, la chose particulièrement douloureuse. Mais l’addiction n’est pas le seul contexte où irradie cette difficulté.

Certains ne sauraient trouver un refuge – ils en sont foncièrement incapables – là où d'autres imaginent qu'ils devraient ou pourraient en trouver un ; certains préfèrent la fuite à l'ancrage ; certains rejettent d'instinct les doctrines moralisatrices de leurs semblables ; ou trouvent – ou sont contraints de trouver – du réconfort ou un mode de subsistance dans le nomadisme, dans une forme de vagabondage halluciné, dans des identifications imprévisibles ou grossières, dans des manifestations incompréhensibles de désobéissance, dans une vie de sans-abri, ou dans l'exil plutôt que dans ce lieu qu'on appelle "chez-soi". *De la liberté* porte une attention particulière à ces figures et ces pérégrinations, parce que je ne crois pas qu'elles supposent nécessairement un attachement à des idéologies toxiques. Vues sous un autre angle, elles peuvent apparaître comme des expressions ultérieures de notre emmêlement immanent, plutôt que comme des signes d'un détachement insoluble (j'emprunte ces termes à Denise Ferreira da Silva, dans son essai "On Difference without Separability" [sur la différence sans séparabilité]). Résoudre la question de savoir comment forger une camaraderie qui ne demande pas à purger ces modes de vie, qui ne se contente pas d'opposer la liberté et l'obligation, est l'ambition profonde de ce livre.

Car opposer liberté et obligation perpétue au moins deux problèmes majeurs. Le premier est structurel. Comme le présente Wendy Brown dans *Politiques du stigmate* : "Une liberté dont l'opposé conceptuel et pratique est l'entrave ne peut, par nécessité, exister sans lui ; les êtres libérés définis comme non entravés dépendent pour leur existence d'êtres entravés, que la liberté des premiers entrave en retour." Le deuxième est affectif, au sens où les impératifs de l'obligation, du devoir, de la dette et du soin peuvent facilement sombrer dans une somme moralisatrice et oppressive, qui relève davantage de la honte, de la capitulation, ou de l'assurance du bien-fondé de notre propre éthique comparée à celle des autres, que de la compréhension ou de l'acceptation. (Pensez aux slogans excédés : "Je ne sais pas comment vous expliquer que vous devriez vous soucier des autres" qui ont commencé à pulluler sur les t-shirts et sur les murs pendant l'épidémie de Covid-19. Différentes versions de cette phrase ont beau me venir à l'esprit dix fois par jour, je vois bien que la condamnation d'un "vous" qui aurait besoin que je lui explique la vie freine probablement le changement que je convoite.) Dans un entretien à la fin de *The Undercommons**, Stefano Harney interroge ce moralisme, et tente d'imaginer une alternative : "Le problème n'est pas que vous ne pouvez pas avoir une 'dette' envers quelqu'un dans un genre d'économie, ou que vous n'avez pas une dette envers votre mère, mais que le mot *dette* puisse disparaître et devenir un autre mot, un mot plus génératif." Je ne sais pas encore ce que ce mot pourrait être, et je ne suis pas non plus certaine, si je le trouvais, que, je saurais comment l'appliquer au quotidien. Mais je suis convaincue que ce type de questions nous met sur la voie.

* Le terme *undercommons* est un concept inventé par les auteurs de l'ouvrage pour désigner les personnes laissées pour compte par les structures normatives, néocoloniales et capitalistes des sociétés occidentales contemporaines. Dans son introduction à l'ouvrage, Jack Halberstam le définit ainsi : "Si vous voulez savoir ce que veulent les 'undercommons', ce que veulent Moten et Harney, ce que veulent les Noirs, les Indigènes, les queers, les pauvres, ce que nous (ce 'nous' qui partage l'espace des 'undercommons') voulons, voilà de quoi il s'agit : nous ne saurons nous satisfaire de la reconnaissance et de l'approbation d'un système qui a) nie la fracture sociale, et b) considère que nous méritions d'être sacrifiés ; aussi nous refusons de demander à être reconnus, mais nous voulons à la place déconstruire, démanteler, détruire la structure qui, à ce jour, limite notre capacité à nous trouver les uns les autres, à voir au-delà de ses murs et à accéder à ces lieux dont nous savons qu'ils existent."

J'ai ma liberté et je sais comment je me sens

"Qu'est-ce que la liberté ?" de Hannah Arendt était, par chance, un point de départ d'une perversité sans égale. Arendt y soutient, au détour d'une longue méditation, que la "liberté intérieure" n'est pas seulement inutile à la liberté politique – cette capacité (essentielle chez Arendt) d'agir dans la sphère publique –, elle la contredit. Dans la lignée de Nietzsche, la liberté intérieure n'est pour Arendt qu'une pathétique illusion, le prix de consolation des laissés-pour-compte. Elle rapporte que l'idée avait déjà commencé à se répandre dans la Grèce antique, avant de connaître un essor avec l'avènement du christianisme, qui a fait de l'un de ses piliers le bonheur des affligés, ou "morale d'esclave", ainsi que l'a fameusement nommée Nietzche. Il n'y a, dit Arendt, "pas de préoccupation concernant la liberté dans toute l'histoire de la grande philosophie depuis les présocratiques jusqu'à Plotin, le dernier philosophe antique" ; la liberté fait sa première apparition dans les épîtres de Paul, puis chez saint Augustin, auprès de témoignages de conversion religieuse, une expérience notable en ce qu'elle produit des sentiments de libération intérieure en dépit de circonstances extérieures oppressives. L'apparition de la liberté sur la scène philosophique, explique-t-elle, était le résultat des efforts des peuples opprimés ou persécutés "pour parvenir à une formule grâce à laquelle on pourrait être un esclave dans le monde et demeurer libre". Arendt se moque de cet apparent oxymore, jugeant qu'il n'y a rien de bon à en tirer. Or que pourrait-elle y trouver, en effet, elle qui considérait que "la liberté n'a pas de réalité mondaine. Sans une vie publique politiquement garantie [...] elle peut encore habiter le cœur des hommes comme désir, volonté, souhait ou aspiration ; mais le cœur humain, nous le savons tous, est un lieu très obscur, et tout ce qui se passe dans son obscurité ne peut être désigné comme un fait démontrable" ?

Dans sa volonté de régler ses comptes avec le libéralisme, Wendy Brown surenchérit : "La possibilité qu'on puisse 'se sentir habilité' sans l'être vraiment constitue un élément important de légitimité pour les dimensions antidémocratiques du libéralisme." Je vois où elle veut en venir : on peut se sentir libre ou habilité et, mettons, télécharger toutes ses informations personnelles sur les serveurs d'un État de surveillance corporatiste ; rouler à toute blinde dans une voiture dont les émissions carbone contribuent à annihiler la planète ; s'éclater à la Gay Pride et répandre des montagnes de plastique qui tuent les océans ; écrire un livre sur le sentiment de liberté tandis que des racistes géocidaires et corrompus nous mènent tout droit vers l'autocratie et pillent la confiance collective. On serait en droit de se demander si tout ça n'est pas une vaste farce. La question est de savoir comment reconnaître ces compromissions sans pour autant fétichiser la démystification, la décontamination, ou les mauvais sentiments au passage. (Pensez, par exemple, au parallèle ahurissant dressé par l'ancien représentant démocrate Barney Frank, pure lapalissade à l'attention des militants selon laquelle se sentir bien reviendrait à faire du mauvais boulot : "Si vous vous préoccupez profondément d'une cause et que vous vous y engagez à travers des activités collectives joyeuses et inspirantes, qui galvanisent votre sens de la solidarité avec autrui, il est quasiment certain que vous ne faites aucun bien à votre cause." Oubliez la question de comment nous sommes censés bâtir et habiter un monde joyeux et inspirant, qui galvanise notre sens de la solidarité avec autrui, si, au passage, nous ignorons comment y accéder ou en profiter. Autrement dit, se sentir coupable est un prérequis pour faire advenir le monde que nous souhaitons, compris ?[13])

Pour sa part, Baldwin a bien compris le danger qu'il y a à se concentrer sur la prétendue liberté intérieure au détriment de l'accès au pouvoir politique et à son influence. Mais il a aussi fermement déconseillé d'ignorer l'une quand on est en quête de l'autre. De fait, immédiatement à la suite de son commentaire sur la difficulté qu'il y a à supporter la liberté, il écrit : "On me reprochera peut-être de parler de liberté politique en termes spirituels, mais les institutions politiques d'un pays sont toujours sous la menace et sont, en dernière analyse, dominées par l'état spirituel de ce pays."

Toujours sous la menace... Qu'est-ce que cela veut dire ? On aurait beau appeler les instituts de sondage à la rescousse, il serait impossible de quantifier une telle relation. Un état spirituel ne se mesure pas de manière mathématique ; il ne passerait certes pas le test d'Arendt quant à la démontrabilité des faits. Mais s'il y a une chose que l'ère Trump a mise en lumière, en même temps que ses campagnes de désinformation, c'est que "la politique est toujours émotionnelle"[14]. Et somatique : nos saillies libidinales nous échappent, se manifestent en mode binaire, deviennent les munitions de la guerre des réseaux sociaux, où elles nous sont resservies et réaffectent notre état somatique et émotionnel quotidien, sans compter qu'elles finissent dans les urnes. Les gens se plaignent de tremblements dans les mains, de pression artérielle élevée, de remontées acides lorsqu'ils voient les enfants migrants séparés de leurs parents à la frontière ; une militante du mouvement Black Lives Matter dévastée par la mort de son frère aux mains de la police tombe dans le coma suite à une crise d'asthme et meurt à vingt-sept ans ; les douleurs chroniques, les agressions et les comportements autodestructeurs sont en recrudescence face à l'échec du gouvernement à gérer la pandémie. Au vu de tels phénomènes, il n'y a pas de quoi avoir peur de l'obscurité supposée du cœur humain, pas de raison de le croire coupé de ce que Arendt appelle "la réalité mondaine"[15].

Au lieu de quoi, nous devrions peut-être nous interroger : pourquoi *se sentir bien* est-il "presque toujours considéré comme une obscénité à la fois par ceux qui foutent la merde et ceux qui leur résistent", pour citer Moten[16] ? Quel est le lien entre "se sentir bien" et "se sentir libre" ? Comment notre compréhension de ces termes a-t-elle été influencée par l'insistance – tellement américaine – à proclamer que la liberté mène au bien-être, et qu'une plus grande liberté mène à un plus grand bien-être[17] ? Comment sommes-nous censés discerner – ou qui est chargé de discerner – quelles manières de "se sentir libre" ou de "se sentir bien" relèvent de la mauvaise foi (voire du péché, d'où l'évocation de l'obscénité, qui signifie littéralement : "se tenir devant le sale") et lesquelles sont productives et transformatives ? Comment parler de se sentir libre ou de se sentir bien sans pour autant ignorer, comme nous le rappelle Nietzsche, que pour certains "se sentir bien" est synonyme d'une volonté de pouvoir[18] ? Et que faire des sentiments positifs que produisent les expériences contraignantes, le devoir ou l'abdication de sa liberté, et des émotions négatives générées par le fait de se sentir sans attaches, inutile, ou avare de sa liberté ? Que faire de la liberté électrisante et catastrophique de n'avoir "rien à perdre", où la mort peut servir d'asymptote ou de conclusion ? "Freedom is mine, and I know how I feel" [j'ai ma liberté et je sais comment je me sens], chante Nina Simone, dans une chanson intitulée – forcément – "Feeling Good", se sentir bien. Qui suis-je, qui êtes-vous, pour l'accuser de fausse conscience, pour conclure que son sentiment de liberté n'a aucun pouvoir, aucune capacité de transmission, aucune valeur ? Qui peut prétendre connaître ou juger la nature et la portée de cette transmission, quand elle se situe dans la durée, qu'elle est ingouvernable, qu'elle est perpétuellement en mouvement, y compris alors même que j'écris ?

En me confrontant à ces questions, j'ai pris pour guide les mots de l'anthropologue David Graeber dans *Des fins du capitalisme* : “L'action révolutionnaire n'est pas une forme de sacrifice de soi, un dévouement austère à se dédier quoi qu'il en coûte à faire advenir une liberté future. C'est l'insistance impudente d'agir comme si nous étions déjà libres.” Les pages qui suivent se penchent sur des figures qui répondent à ce modèle, car il me semble qu'entre faire “comme si” et le vivre pour de vrai la frontière est mince, voire illusoire. J'ai tendance à douter des gens qui se croient sûrs de reconnaître la différence, ainsi que de ceux qui ont du mal à reconnaître ou nient combien se sentir libre, se sentir bien, se sentir porté, en communion ou puissant est contagieux ; or ces sentiments peuvent littéralement se propager, sont capables de briser l'illusion non seulement que de sphères séparées, mais aussi de vies putatives[19].

Un labeur patient

Que le livre sur la liberté que vous tenez entre vos mains ait fini par être également un livre sur le soin ne m'a guère étonnée ; j'avais déjà fait l'expérience de cet enchâssement. Ce qui m'a davantage surprise a été que d'écrire sur la liberté, et dans une certaine mesure sur le soin, implique également d'écrire sur le temps.

Ce livre m'a demandé beaucoup de temps. C'est du moins le sentiment que j'ai. De tous les registres d'écriture, la critique est ce qui semble toujours prendre le plus de temps. Ce qui explique sans doute pourquoi Foucault la décrit comme “un labeur patient qui donne forme à l’impatience de la liberté”. Oui, c’est à peu près ça.

Un patient labeur diffère des moments de libération ou des sentiments fugitifs de liberté car il *se poursuit*. Et parce qu’il se poursuit, il a plus de temps et d’espace pour intégrer des sensations bigarrées, ou même contradictoires, comme l’ennui et l’excitation, l’espoir et le désespoir, l’ambition et le désœuvrement, l’émancipation et la contrainte, se sentir bien et se sentir autrement. Ces oscillations peuvent rendre difficile de reconnaître notre labeur patient comme une pratique de la liberté en tant que telle. “L’art, c’est comme tenter de s’évader de prison avec une lime à ongle”, a dit l’artiste britannique Sarah Lucas. J’en suis venue à penser la même chose de l’écriture. Mais ça n’a pas toujours été le cas : si ma mémoire ne me fait pas défaut, il me semble que, quand j’étais plus jeune, écrire était un moyen parmi d’autres de “me sentir libre”. À l’inverse, aujourd’hui, j’ai l’impression de me confronter quotidiennement à mes limites, que ce soit en termes d’expression, d’énergie, de temps, de connaissances, de concentration ou d’intelligence. La bonne nouvelle, c’est que ces entraves, ou ces apories, ne déterminent pas l’effet que produit notre travail sur autrui. En réalité, il me semble de plus en plus que le but d’un labeur patient est moins notre propre libération qu’une capacité plus sincère à la redistribuer, sans trop se préoccuper de son résultat sur nous-même.

À l’inverse de cette idée d’un labeur patient, ou de la liberté comme perpétuel combat politique, il y a la pensée bouddhiste sur la libération, dans laquelle la liberté est perçue comme immédiate et accessible via des activités totalement triviales, comme la respiration. Prenez par exemple ce conseil que nous donne le moine vietnamien Thich Nhat Hanh sur la manière d’atteindre la libération : “Quand votre inspiration est la seule préoccupation de votre esprit, vous vous délestez de tout le reste. Vous devenez libre. La liberté est atteignable dans votre inspiration. On peut accéder à la liberté en deux, trois secondes. Vous vous délestez des chagrins et des regrets du passé. Vous vous délestez des incertitudes et des peurs du futur. Vous profitez de votre inspiration ; vous êtes libre. Il est impossible de mesurer le degré de liberté d’une personne qui inspire en pleine conscience.” Je ne vous demande pas d’y croire, et je ne dis pas que je suis capable d’en faire l’expérience. Mais je reste ouverte à cette possibilité. *Si ce n’était pas possible, je ne vous demanderais pas de le faire*, dit Bouddha.

De la liberté ne professera pas que la respiration en pleine conscience nous délivrera sur-le-champ équité et justice sociale, ou renversera le cours du réchauffement climatique. Mais cet essai établira que nous avons un besoin urgent de stratégies pour éviter de verser dans la paranoïa, le désespoir ou le flicage permanent – des travers qui guettent ou taraudent même les mieux intentionnés parmi nous, et qui finissent à terme par limiter les possibles au présent comme à l’avenir –, pour sentir et reconnaître qu’il existe d’autres manières d’être, et pas seulement dans un futur révolutionnaire qui n’adviendra peut-être jamais, ni dans un passé idéalisé qui n’a probablement jamais existé ou est irrévocablement révolu, mais ici et maintenant. C’est l’argument de Graeber : “Agir comme si nous étions déjà libres.” Si l’injonction suppose parfois plus de manifs et de pantins (comme le suggère Graeber), elle peut aussi invoquer le développement de pratiques modestes par lesquelles acquérir une plus grande tolérance pour l’indétermination, ainsi que pour les joies et les peines de notre inéluctable emmêlement.

Chant I : l'art

Une esthétique du soin – L'esthétique orthopédique – Réparation, bis – Des mots qui blessent – Des flics dans la tête – Aller où? – I care/ I can't – Peur de faire ce qu'il choisit – Liberté et fun – Le soin esthétique – Forcé et librement donné

Une esthétique du soin

Il y a quelques années, j'ai été invitée à participer à une table ronde qu'organisait un musée pour parler de "l'esthétique du soin". L'invitation disait : "En cette année [2016] marquée par une rhétorique politique clivante et des actes d'exclusion, la question du *care* est apparue – en force – dans le discours culturel... À quoi pourrait ressembler aujourd'hui une esthétique du soin, en tant que structure profonde capable de mobiliser les pratiques artistiques, aussi bien sur le plan formel que matériel ? Comment la notion de *care* – en tant que forme d'amour, aussi – peut-elle transformer l'esthétique de la protestation ? Comment l'art peut-il survivre – comment en prendre soin, et comment prend-il soin de nous ?"

L'événement n'a finalement jamais eu lieu, mais l'invitation m'a donné du grain à moudre. Dans un monde où tant de gens manquent de soin et de soutien, où un nombre disproportionné de personnes en sont brutalement, cruellement dénuées, ou se retrouvent à prendre soin des autres parfois au détriment de leur propre santé ou de celle de leurs proches – sans parler du fait que dans ce monde le triomphe de cette chose qu'on appelle parfois “la liberté” sur cette autre chose qu’on appelle parfois “le soin” pourrait bien se révéler responsable non seulement de bien des préjudices passés et présents, mais aussi de l’extinction de la vie planétaire telle qu’on la connaît –, on comprend aisément l’envie de valoriser le *care* sous toutes ses formes, y compris en art. L’envie correspond à un appel – déjà opérant dans les cercles militants depuis un certain temps – pour une “politique du *care*”, que Gregg Gonsalves et Amy Kapczynski définissent comme “une nouvelle forme de politique [...] organisée autour d’un engagement pour un approvisionnement universel des besoins humains ; un pouvoir compensatoire pour les travailleurs, les personnes de couleur, et les plus vulnérables ; et un rejet des méthodes carcérales en réponse aux problèmes sociaux”[1]. Elle puise aussi son inspiration et trouve un écho dans le travail de l’universitaire Christina Sharpe, laquelle, avec d’autres, imagine le *care* comme “une façon de ressentir pour et avec, une manière de s’occuper des vivants et des mourants”, et rattache cette notion à la création artistique et sa consommation[2].

Pourquoi, me suis-je demandé, compte tenu de mon intérêt pour ces questions, ma réaction initiale à l’idée d’une “esthétique du soin” qui aille au-delà de l’affinité déclarée de certains artistes a-t-elle été de penser : *Berk* ?

En y réfléchissant, je me suis rendu compte que – bien que je ne sois pas fan de l’art qui se plaît à mettre en danger ou terroriser ses spectateurs ou ses participants – je n’ai jamais attendu de l’art qu’il me réconforte ou qu’il prenne soin de moi, en tout cas pas directement. Au contraire, j’ai souvent eu l’impression que le fait que l’art ne se soucie *pas* de moi est précisément ce qui me donne envie de m’en préoccuper. Certes, je me suis déjà sentie émue et nourrie par des œuvres d’art animées par un désir de soin, et je me suis moi-même parfois sentie animée d'un même désir (quoique celui-ci me semble le plus souvent suspect). Mais l'indifférence de l'art quant à mon bien-être ou mon salut m'a souvent paru ouvrir sur des formes de liberté et de subsistance foncièrement différentes de celles de la politique, de la thérapie, ou de l'aide à la personne. Pour citer l'artiste Paul Chan : "Le pouvoir social collectif a besoin du langage politique, ce qui veut dire, entre autres, que les gens ont besoin de consolider des identités, de trouver des réponses [...] pour changer les choses. Alors que mon art n'est rien tant que la *dispersion* du pouvoir. [...] Aussi, d'une certaine manière, le projet politique et le projet artistique sont parfois opposés." Accepter et éprouver cette opposition (quand elle a lieu) ne revient pas à séparer l'esthétique du politique. Mais il s'agit d'écouter les altérités, de les laisser subsister – selon les sensibilités, les sphères, et les types d'expérience – et de ne pas insister pour que les pratiques esthétiques et politiques se reflètent à tout prix, ni même correspondent aimablement[3]. Ceci est particulièrement critique quand il s'agit d'invoquer un appel au soin, à la sollicitude, un cri de ralliement nettement plus trouble en ce qui concerne l'art qu'il n'y paraît à première vue.

Ce trouble est à mettre en rapport avec le statut de l'art comme une troisième chose, "dont aucun n'est propriétaire, dont aucun ne possède le sens, qui se tient entre eux [l'artiste et le spectateur], écartant toute transmission à l'identique, toute identité de la cause et de l'effet", ainsi que l'explique Jacques Rancière. Tandis que la sollicitude peut rapidement sombrer dans une forme de paternalisme ou de contrôle quand la personne à qui elle est adressée ne la reçoit pas comme telle (pensez à la dernière fois qu'on a fait quelque chose que vous ne vouliez pas ou que vous n'aimiez pas "parce qu'on s'inquiétait pour vous"), l'art est caractéristique de l'indétermination et de la pluralité des rencontres qu'il génère, qu'elles soient entre l'œuvre et son créateur, l'œuvre et la variété de son public, l'œuvre d'art et son temps. Sa capacité à produire un sens différent selon les spectateurs – parmi lesquels certains ne sont pas encore nés et d'autres sont morts depuis longtemps – compliquera toujours toute prétention à détenir avec certitude la signification d'une œuvre, ou toute revendication qui tend à la rendre évidente ou à la figer.

Cette indétermination n'a jamais empêché ni les critiques ni les commissaires d'exposition (et encore moins les organisateurs de tables rondes) de se complaire à prêter à un concept philosophique, politique, ou éthique une valeur positive (ou négative, comme "l'art dégénéré" de Hitler), puis de rassembler l'art sous sa rubrique. Les critiques, des plus conservateurs aux plus progressistes (à défaut de meilleurs adjectifs), jouent tous à ce jeu, adorent ériger l'art en morale, et lui attribuer toutes sortes de fonctions, par exemple : "nous montrer comment vivre", "créer des liens", défendre des valeurs ("le soin", "la communauté", "la beauté", "l'honneur", "la subversion", "la sociabilité" ou "la sauvagerie"). Dans les milieux littéraires, la philosophe Martha Nussbaum s'est fait connaître en soutenant la thèse que "lire des romans fait de nous des meilleures personnes" (si tant est qu'on choisisse les bons romans, bien entendu : Henry James, maître des relations humaines, pouce levé ; Samuel Beckett, le solipsiste, pouce baissé) ; de nombreux critiques ont également passé la poésie au travers de cette grille de lecture, comme Juliana Spahr dans *Everybody's Autonomy* [l'autonomie de chacun] : "Quand on pose la question centrale de la critique littéraire, à savoir, quels genres d'êtres les œuvres littéraires génèrent-elles, il est important de se tourner vers des œuvres qui créent des liens." Mais comment savoir quelles œuvres "créent des liens", quand l'art (y compris celui de Beckett !) ne fait que transmettre un signal, proposer une forme de communication, et ne peut en aucun cas remettre en question son statut ontologique de transmission à partir du moment où il exprime des vues misanthropes, obscures ou antisociales ?

Ce courant moralisateur explique en partie pourquoi les théories abstraites en art confinent parfois au grotesque quand elles se confrontent à des œuvres tangibles, ou à des artistes qui préfèrent se tenir loin des codes ou des explications aseptisées. À titre d'exemple, voici en quels termes la peintre Amy Sillman décrit une conférence de Franco Berardi à laquelle elle a assisté :

> J'ai récemment entendu Franco "Bifo" Berardi donner une conférence sur la joie de ne pas travailler (ce qui peut sembler absurde pour quelqu'un qui prend un réel *plaisir* à "travailler" dans son atelier). Il a finalement proposé de distinguer l'art et le travail, affirmant que faire de l'art revient à faire quelque chose de beau, de significatif, d'érotique, d'empathique – et comme toujours, en entendant ces mots qualifier ce que nous faisons, je suis prise de l'envie de vomir. Nous ne sommes pas là pour fabriquer de la sexitude. À la limite, parlons de libido plutôt que d'érotisme – mais nous voulons un art animé aussi bien par la laideur, la destruction, la haine, le combat. *Punk* serait peut-être plus juste, mais qu'est-ce qui pourrait être *moins* punk que rester dans son atelier jusqu'à pas d'heure à essayer de faire une "meilleure" huile sur toile ? C'est tellement sincère, tellement soigné – une blouse sur le dos, et la langue entre les dents, le pinceau à la main, à s'escrimer – comme un artiste dans un film de Jerry Lewis. Alors qu'est-ce qu'on fait, au juste ? Je ne peux qu'appeler ça la quête de cette chose fragile qu'est la maladresse. Ce n'est ni un travail aliénant, ni exactement une marchandise, mais un besoin, une manière de digérer le monde, comme le système digestif le fait de la nourriture.

L'envie de vomir d'Amy Sillman fait écho à mon *berk* ; deux réactions viscérales, deux tentatives, certes puériles, de repousser l'obstination du critique à convertir à tout prix une activité corporelle, compulsive, potentiellement pathétique, éthiquement striée, ou agnostique, en quelque chose "de beau, de significatif, d'érotique, d'empathique". Toutes deux rapprochent la création artistique d'une activité métabolique, une "manière de filtrer le monde", plutôt qu'une chose en attente de défense, d'alchimie, ou de preuve de sa valeur sociale. Notez aussi que la version de Sillman de "soigner son art" évoque l'image simpliste de l'artiste dans son atelier essayant de faire une meilleure huile sur toile : soigner son art, pour la plupart des artistes, veut souvent dire trouver le temps, l'espace, l'habileté et la détermination de créer la meilleure chose possible, quel que soit ce que ça implique pour elle. Pour les personnes contraintes à l'excès de prendre soin des autres – typiquement, les femmes – ce soin exige aussi de trouver le moyen de suspendre ou de redistribuer sa charge suffisamment longtemps pour pouvoir être dans son atelier, en blouse, le pinceau à la main.

Quand j'écris sur l'art, j'essaie de garder à l'esprit cette envie de vomir. J'essaie d'imaginer des approches qui ne soient ni moralisatrices ni nauséeuses, sachant que nous avons tous nos chevaux de bataille ("l'ouverture", "la nuance", "le contexte" et "l'indétermination", en ce qui me concerne). J'essaie de garder à l'esprit le corps de l'artiste – ce qu'il ressent, ce qu'il veut, ce qu'il est contraint d'essayer – tout en me souvenant que l'échec – esthétique ou autre – fait partie intégrante du processus. J'essaie de garder présente à l'esprit aussi cette question simple que Sontag pose dans *Contre l'interprétation* : "Quelle serait donc la critique qui se montrerait capable de servir l'œuvre d'art, au lieu de prétendre se substituer à elle ?" Parce qu'il ne s'agit pas seulement de savoir comment proposer une critique constructive, ou comment garder la critique à sa juste place, autrement dit, subordonnée au génie de l'art sans lequel elle n'a pas lieu d'être. C'est aussi un sujet éthique, dans la mesure où la question de Sontag nous rappelle que le monde n'existe pas pour amplifier ou exemplifier nos goûts préétablis, nos valeurs ou nos prédilections. Il existe tout court. Rien ne nous oblige à tout aimer, ni à taire notre inconfort. Mais il y a une différence entre se tourner vers l'art dans l'espoir qu'il réifie une croyance ou une valeur qui nous était déjà propre et s'insurger s'il la contredit, et se tourner vers l'art pour voir ce qu'il fait, ce qui s'y passe, en le considérant comme un espace où découvrir "les communiqués insolites et tangibles de la pensée et du ressenti des autres autour de nous", comme l'a dit un jour Eileen Myles.

L'esthétique orthopédique

Ainsi allait ma réflexion dans un livre de 2011, *The Art of Cruelty* [l'art de la cruauté], dans lequel j'ai examiné l'héritage des revendications de l'avant-garde historique quant aux effets salutaires de la représentation (ou, moins souvent, de la reconstitution) de la cruauté, de la violence et du choc. J'ai traité ces revendications avec scepticisme, mais je me suis abstenue de faire des déclarations générales sur ce que les représentations de la brutalité peuvent ou non accomplir. À l'inverse, j'ai privilégié l'étude du contexte, et l'indétermination qu'amène le temps, qui transmute le sens initial et le public des œuvres d'art, sans parler de ses propres sentiments changeants à l'égard de l'art. J'ai essayé de mettre en scène cet argument via la narration de mes propres incartades dans les zones turbulentes de l'art du XXe siècle, en espérant en faire un exemple d'ouverture et de curiosité, accompagnée de la joyeuse liberté de savoir que je pouvais m'en détourner quand je voulais. (Une condition que remplit "l'art" plus que "la vie", comme nous le rappelle Sontag dans *Devant la douleur des autres* : "Aucune 'classe des gardiens' ne va rationner l'horreur... Quant aux horreurs elles-mêmes, elles ne vont pas décroître.") J'avais des réserves quant à ce que le critique d'art Grant Kester a nommé "l'esthétique orthopédique" – la conviction de l'avant-garde selon laquelle ce qui ne tourne pas rond chez nous demande à être corrigé par l'entremise de l'art – bien que je reconnaisse que cette pensée meut une grande partie des œuvres qui m'intéressent. Mais puisque dicter aux autres ce qu'ils devraient ressentir, ou ce que certaines œuvres devraient leur faire ressentir, ne me semble généralement pas propice à leur autonomie ou leur libération, j'ai pris pour guide la formule de Rancière : "Un art est émancipé et émancipateur quand [...] il cesse de vouloir nous émanciper."

Ce livre a été publié il y a à peine dix ans, mais il mériterait déjà d'être révisé, à présent que les débats du XXe siècle sur les mérites d'*épater la bourgeoisie** ont été largement remplacés par des discours sur quand et comment les auteurs de certaines transgressions en art devraient être "pris à partie" ou "tenus pour responsables", sans compter que c'est à présent la gauche (ou ce qu'on appelle la gauche) qui endosse le plus souvent le rôle – à tort ou à raison – de censeur, alors que les justiciers de la morale de droite paraissent soudain (certes de manière hypocrite, sélective voire sadique) comme les fervents défenseurs de la désinhibition, de tout ce qui est hors la loi, débauche, "liberté et fun" (voir l'ancien avocat de l'organisation néofasciste Proud Boys

* En français dans le texte.

– depuis suspendu du barreau – qui proclame que son groupe soutient "l'amour du pays, la réduction de l'intervention du gouvernement, la liberté et le fun", ou Milo Yiannopoulos, "dangereuse tarlouze" autoproclamée, qui se décrit comme un "artiste [qui se prépare à créer] des choses dangereuses et provocantes" et à contrer "la putain de chienlit oppressive et *corporate* de la Pride mainstream d'extrême gauche" avec "la magie fun, dissidente, espiègle qui a rendu la communauté gay si fantastique au départ !").

Ce retournement peut sembler étrange, mais en réalité il ne date pas d'hier. L'idée selon laquelle la transgression artistique s'aligne sur ce qu'on appelle aujourd'hui la politique progressiste ou la justice sociale est démentie dans la naissance même de l'avant-garde, marquée pour beaucoup par le Manifeste du futurisme (1909), dans lequel son auteur, Filippo Tommaso Marinetti, a introduit le concept de "violence hygiénique" qui sèmerait la destruction dans le siècle à venir, et a proclamé dans une formule restée célèbre que son mouvement s'attacherait à "glorifier la guerre – seule hygiène du monde –, le militarisme, le patriotisme, le geste destructeur des anarchistes, les belles idées qui tuent, et le mépris de la femme". À peine une décennie plus tard, le futurisme italien – pionnier de l'innovation poétique et typographique connue sous le nom de *parole in libertà* (mots en liberté), ainsi que de toute une série d'activités esthétiques radicales qui préfigureraient la performance artistique et le punk rock – a officiellement fusionné avec le Parti national fasciste de Mussolini.

À une époque où les chauvins et les voyous brandissent la "liberté de parole" comme cri de ralliement militarisé et fallacieux, il est compréhensible que certains y répondent en critiquant, rejetant ou discréditant la sémantique de la liberté, et proposent d'y substituer le soin. Mais la notion de soin appelle, elle aussi, à être examinée, de même que les conséquences qu'il peut y avoir à opposer ces deux termes. Car au-delà des petits stéréotypes d'aujourd'hui comme *bully* et *snowflake**, cible et troll, dénonciateur et supporter, coupable et victime, il existe un vaste répertoire de liberté artistique d'une importance capitale pour tous les créateurs et tous les publics. Examiner ces libertés tout en considérant les graves enjeux que sous-tend leur remise en cause est ce qui me préoccupe ici.

Il y a plusieurs racines et vecteurs à l'intérêt actuel pour le soin, dont les analyses socio-économiques d'une “crise du *care*” provoquée par le capitalisme racial et le néolibéralisme ; la longue bataille féministe pour une “éthique du *care*” (parfois opposée à une “éthique de justice”) ; les débats politiques ultra-médiatisés sur l'accès aux soins ; une appétence accrue pour le *self-care* et la guérison comme composantes importantes d'une démarche activiste[4] ; les écrits tardifs de Foucault sur le “souci de soi” (issus de son intérêt antérieur pour les pratiques de la liberté) ; un regain d'intérêt pour la philosophie d'Emmanuel Levinas, où le souci des autres et la responsabilité envers les autres précèdent et préemptent la liberté individuelle ; et le “tournant réparateur” des études queer, conceptualisé par les théoriciens Eve Sedgwick et José Muñoz en premier lieu, lesquels ont mis en lumière les démarches

* L'expression *snowflake*, “flocon de neige”, signifiant dans ce contexte “pauvre petite chose”, a été introduite dans le dictionnaire anglais Collins dans cette acception en 2016. Très populaire chez les partisans de Trump, le terme désigne couramment les jeunes de gauche, perçus comme pleurnichards, incapables de supporter la moindre contradiction et, de ce fait, totalement allergiques à la “liberté d'expression non politiquement correcte”.

de subsistance, de réparation, et de construction d'un monde utopien dans les actions des artistes, des écrivains et de leurs publics.

Le tournant réparateur, appliqué à l'art, s'inscrit à plus d'un titre dans la continuité de l'esthétique orthopédique, à ceci près que le modèle du XXe siècle imaginait un public engourdi, engoncé, qui demandait à être réveillé et délivré (d'où une esthétique du choc), tandis que le modèle du XXIe siècle suppose un public meurtri, qui demande à être soigné, aidé, protégé (d'où une esthétique du soin). Dans "The Year in Shock" [une année sous le choc], un recensement artistique publié par *Artforum* peu après l'élection de Trump en 2016, la critique et commissaire Helen Molesworth a postulé que nous étions peut-être au milieu d'une nouvelle avant-garde, caractérisée par "une remise en question continue de soi-même et un égard pour les autres" plutôt qu'un désir de "[contrer] le choc par le choc"[5].

Bien que je me méfie du désir de délinéer des mouvements artistiques ou des avant-gardes, je reconnais l'importance qu'il y a à noter ce tournant, en particulier parce qu'il renverse – peut-être pour la première fois dans l'histoire de l'art – une certaine agressivité ou un certain machisme inhérents à la notion d'avant-gardisme (lui-même un mot d'origine militaire), et imagine au contraire, selon Molesworth, "la persévérance ou la gentillesse" comme une potentielle "herméneutique de la radicalité". Non pas que le souci communautaire soit nouveau dans la tradition radicale : les mouvements Black Arts ou Chicano Art, les happenings, et, plus tardivement, l'esthétique relationnelle, se sont tous essayés au service communautaire et le soin, que ce soit en offrant de la nourriture, des logements, des fresques murales, un accès à l'éducation, ou des lieux alternatifs pour vivre, aimer, se mobiliser et créer. Aussi, le tournant qu'évoque Molesworth s'apparente davantage à une altération de l'affect plutôt qu'à une rupture historique, car il ne s'agit pas de nier la confrontation ou la belligérance, mais bien plutôt de mettre en valeur les notions thérapeutiques de traumatisme et de guérison.

Je trouve ces mouvements, ainsi que certaines œuvres qui y sont associées, intéressants. Mais j'ai plus de mal avec ce qui est censé se situer à l'opposé – cette nouvelle mode qui consiste à classifier certaines œuvres (ou artistes) selon leur niveau de *care*, par quoi on entend leur sollicitude, leur bienveillance, ou au contraire selon leur capacité à blesser, traumatiser ou causer préjudice – lequel préjudice serait à mettre sur le compte de la liberté de l'artiste (ou du commissaire, ou de l'éditeur). Un discours que l'on perçoit dans un entretien avec l'artiste allemand Kai Althoff (conduit par Jamie Chan et Leah Pires) : "Althoff a déclaré dans le catalogue de sa récente rétrospective de milieu de carrière au Museum of Modern Art et dans une interview avec le magazine *Mousse* qu'il ne 'se soucie pas de ce que les gens considèrent comme violent' dans son travail ; qu'il n'entend pas 'marcher sur des œufs' ; qu'être un artiste engage d'"avoir le privilège de pouvoir faire ce qui [lui] passe par la tête'. Althoff semble penser que reconnaître un préjudice causé à autrui constitue une entrave à son droit de faire ce qui lui plaît." Nous trouvons ici un condensé d'une série de présomptions qui se sont agrégées ces dernières années : dépeindre la violence en art, ou certaines formes de violence dans l'art, cause préjudice ; il existe une sorte d'impératif moral pour l'artiste à reconnaître ce préjudice, même si l'artiste ne s'y reconnaît pas ; "ne pas se soucier", ne pas répondre, ou ne pas être d'accord avec ses critiques, y compris ne pas faire ou ne pas dire ce que ces critiques préféreraient que vous fassiez ou que vous disiez, est moralement corrompu ; privilégier la liberté de produire l'art qui vous inspire revient à "faire ce qui [vous] plaît", dénonciation à mettre en rapport avec la fameuse déclaration de Trump qu'il pourrait bien tirer sur quelqu'un à bout portant sur la Cinquième Avenue, il ne lui arriverait rien. Je me méfie de cette rhétorique, de même que je me méfiais déjà dans *The Art of Cruelty* de la violence soi-disant régénérative, ou de l'idée de "violer le spectateur pour l'autonomiser" (la phrase est du cinéaste Michael Haneke).

Il me semble crucial – y compris d'un point de vue éthique – de prendre garde à une rhétorique qui prétend avoir tout le bien de son côté, et tente d'expulser, comme l'écrit Judith Butler dans *The Force of Nonviolence* [la force de la non-violence], "la dimension imparfaite et destructive de la psychologie humaine vers des agents extérieurs, ceux qui vivent dans cette région qui n'est 'pas moi', ceux dont nous nous dés-identifions". Ceci est particulièrement vrai en art, dans la mesure où les artistes créent souvent précisément pour donner forme aux dimensions complexes, et parfois dérangeantes, de leur psychologie maintenue secrète dans tout autre contexte. En outre, il me semble tout aussi crucial que les intentions réparatrices ou l'impact éventuel d'une œuvre d'art ne soient ni prescrits par avance, ni chaperonnés, et puissent être reconnus comme potentiellement fluctuants avec le temps, au risque de paraître éthiquement insuffisants au sens où la continuité d'une œuvre dans le temps suppose de se préoccuper de publics et d'avenirs invisibles plutôt que de ceux qui existent au présent. Après tout, nous vivons au présent : inéluctablement, notre réaction et notre réponse se situent dans un contexte présent, et ce n'est pas sans valeur. Néanmoins, l'art a parmi ses attributs les plus fascinants de s'inscrire dans une disjonction temporelle entre sa composition, sa dissémination et sa considération – un écart où surgissent l'humilité et l'émerveillement. On peut comprendre qu'une telle amplitude temporelle ne soit pas de mise dans des climats politiques clivants, où déclarer "de quel côté l'on est" est soumis à une pression intense. En outre, les nouvelles technologies de l'attention (autrement dit Internet, les réseaux sociaux), en favorisant la rapidité, l'immédiateté, le réductionnisme, la portée et les affects négatifs (la paranoïa, la colère, le dégoût, la détresse, la peur et l'humiliation), exacerbent également cette pression.

Dans son célèbre article "Paranoid Reading and Reparative Reading, or, You're So Paranoid, You Probably Think This Essay Is about You" [la lecture paranoïaque et la lecture réparatrice, ou tu es si parano que tu penses probablement que cet essai parle de toi], Sedgwick explique qu'une théorie forte (le terme est du psychologue Silvan Tomkins) – comme la paranoïa – entretient une relation particulière avec le temps, qu'elle décrit comme "distinctement rigide [...], à la fois anticipatoire et rétroactive, avant tout réfractaire à la surprise". Ce qui revient à dire que la pensée paranoïaque présume de connaître – à l'avance, rétroactivement, immédiatement et absolument – ce qu'une chose signifie maintenant, ce qu'elle signifiera à l'avenir, et qu'en faire. Cet état d'esprit peut être utile en politique (quoique ça se discute) ; il représente également un mécanisme de défense justifié dans un environnement où le racisme, le sexisme, l'homophobie, et j'en passe, courent les rues en même temps qu'ils sont constamment niés, auquel cas la paranoïa devient une conséquence naturelle d'une parole perpétuellement mise en cause. Néanmoins, constate Sedgwick, même quand la paranoïa est justifiée, la lecture paranoïaque a ses limites, et les bénéfices de son application en art semblent particulièrement douteux.

Après tout, si nous pouvions connaître à l'avance le but ou l'effet d'une œuvre d'art, avant même qu'elle ait été créée ou que nous en ayons fait l'expérience, si son message pouvait être délivré dans un TED talk, une présentation PowerPoint, une tribune, sur une pancarte ou dans un tweet, ou si son interprétation était déjà réglée, préétablie, pourquoi prendrions-nous le temps de la regarder, de la créer, de lire ou de réfléchir ?

La rapidité, l'immédiateté, le réductionnisme, le rayonnement et les affects négatifs sont autant de caractéristiques de ce que Tomkins appelle la "théorie forte". Aussi, ce qui suit s'inscrit sans complexe sous la bannière de la "théorie faible". La théorie faible ne cherche pas à établir un nouveau registre linguistique ou conceptuel (comme celui de la rhétorique du préjudice), elle n'essaie pas d'identifier une variété de phénomènes en les classant sous sa rubrique (démarche autrement connue sous le nom de *concept creep*), et elle ne demande pas aux autres d'adhérer à sa terminologie. À l'inverse, elle soutient l'hétérogénéité et encourage l'incertitude épistémologique. Elle ne s'offusque pas de son irrésolution ni de son désordre. Elle prend son temps, et court ainsi le risque de paraître "faible" dans un environnement qui privilégie les gros bras et le consensus – sans parler du fait que dans un tel environnement, "la nuance", "l'indétermination", "l'incertitude" et "l'empathie" sont des concepts souvent tournés en ridicule, parfois à juste titre, comme les mots tendance et à double tranchant de la police du civisme. Je gage que si elle parvient à s'y dévouer avec rigueur – en particulier si on accepte de reconnaître l'utilité des théories fortes au passage – elle permettra de découvrir des nouvelles façons d'aborder les enjeux actuels, et d'appréhender l'art comme une force qui heureusement ne se réduit pas à ses polémiques.

Réparation, bis

La notion psychanalytique de réparation qui a présidé au travail d'Eve Sedgwick et José Muñoz s'est depuis étendue à d'autres domaines, et se retrouve notamment dans la dichotomie préjudice/réparation de la justice restauratrice, dans les réparations dues à l'esclavage, et dans le concept interpersonnel d'un "devoir de réparation" (un terme de droit immobilier récupéré par Sarah Schulman dans son livre de 2016, *Le conflit n'est pas une agression*. Chacune de ces sphères possède un héritage propre, un réseau distinct de présomptions et d'impératifs ; de fait, invoquer la réparation en termes génériques ne rend pas compte de ces différences et peut donner lieu (a effectivement donné lieu) à bon nombre de confusions. Pour ma part, je me concentrerai surtout sur l'usage du mot chez Sedgwick et Muñoz, car il me semble que certains aspects fondamentaux de leur sensibilité se sont perdus dans la mêlée au moment où la notion de réparation prenait une nouvelle ampleur.

Sedgwick a emprunté l'idée de réparation au lexique psychologique de Melanie Klein, laquelle appréhendait la réparation comme une chose ressentie et accomplie par un enfant craignant d'avoir porté atteinte à l'objet aimé (en général, sa mère) et éprouvant de ce fait le besoin de le réparer et de le protéger. La réparation fait partie intégrante de ce que Klein nomme "position dépressive". (Sedgwick et Muñoz apprécient tous les deux le fait que Klein parle de "positions" plutôt que de "phases" : on ne dépasse pas nécessairement le stade de la réparation en tant que telle ; il s'agit d'une activité à laquelle on retourne, un motif qui revient, encore et encore ; cette répétition aide à expliquer en quoi elle peut également motiver la continuité d'une pratique artistique.) À partir de l'analyse de Klein, Sedgwick a extrapolé ce qu'elle appelle la "lecture réparatrice", qu'elle oppose à la "lecture paranoïaque" (le terme *lecture* est ici employé au sens large, et englobe différents media) : la première fait référence à une quête de plaisir, d'enrichissement et d'amélioration, tandis que la seconde a pour but de mettre à distance la douleur, et de se prémunir de sa menace. La description que Sedgwick fait d'une pratique réparatrice comme moyen d'"assembler et de conférer une plénitude à un objet qui pourra servir de ressource à un moi en devenir" signale sa relation potentielle avec l'art : s'intéresser aux "pratiques réparatrices les plus fécondes", les nôtres comme celles des autres, soutient Sedgwick, permet de découvrir "les multiples façons qu'ont les êtres et les communautés de trouver une source de soutien auprès des objets d'une culture [...] qui souvent s'évertue à ne pas les soutenir". Or, les pratiques réparatrices n'étant pas dénuées de paradoxes, on ne peut pas compter sur le fait qu'elles soient nécessairement l'œuvre de personnes empreintes de sollicitude, ou du "souci de guérir les autres". Ainsi que Sedgwick l'observe chez des figures comme Ronald Firbank, Djuna Barnes, Joseph Cornell, Kenneth Anger, Charles Ludlam, Jack Smith, John Waters et Holly Hughes : "C'est parfois les personnes qui ont le plus tendance à la paranoïa qui sont capables et éprouvent le besoin de développer et de disséminer les pratiques réparatrices les plus fécondes."

Muñoz voyait également dans l'écriture sur l'art et les artistes qu'il affectionnait une forme de pratique réparatrice. Mais alors que Sedgwick s'est concentrée sur la dimension queer d'une telle pratique, Muñoz s'est tourné vers une exploration de ce qu'il appelle "brown*

* Le terme *brown* désigne une identité raciale à laquelle s'identifient les personnes issues de groupes ethniques ou diasporiques perçus comme "non blancs".

feelings", ou "brown undercommons" ; il a aussi introduit le terme de "dés-identification" (ou "pratique dés-identificatoire"). La dés-identification – un concept complexe que Muñoz explore dans un livre du même nom daté de 1999 – est en gros une sous-catégorie de la pratique réparatrice, à travers laquelle "le sujet minoritaire [...] négocie une sphère publique majoritaire phobique qui nie ou punit systématiquement l'existence de sujets qui ne se conforment pas au fantasme d'une citoyenneté normative". Face au choix binaire d'être pour ou contre des œuvres d'art et de culture qui les excluent, la dés-identification propose une troisième voie, qui leur permet de transformer "ces œuvres à leurs propres fins culturelles". Parmi les exemples que donne Muñoz, il y a : Jack Smith jouant avec "l'‘exotisme' des paysages ethnologiques du tiers-monde" ; la comédienne de stand-up Marga Gomez se faisant interpeller lors d'émissions de débat grand public ; la dés-identification de Jean-Michel Basquiat avec Warhol et le pop art ; Richard Fung recyclant la pornographie ; et le "travestissement terroriste" de Vaginal Davis devant les suprémacistes blancs de l'Idaho.

La réparation comme la dés-identification impliquent un sujet – qu'il s'agisse de l'artiste ou du spectateur – en attente de guérison ; Sedgwick et Muñoz, à l'instar de nombre de leurs contemporains, voient dans le racisme, le sexisme, l'homophobie, le colonialisme et le capitalisme la cause principale de l'épuisement ou la blessure initiale du sujet. Muñoz était, des deux critiques, celui qui s'est le plus investi dans une conception ouvertement politique de l'esthétique orthopédique, et Muñoz croyait avec ferveur en la vertu de l'œuvre d'art comme "plan de travail utopien pour un futur possible". Pourtant ni l'un ni l'autre n'a jamais opposé la liberté au soin ; pour Muñoz, la dés-identification pouvait même s'apparenter à une pratique de la liberté au sens foucaldien. Ceci s'explique de par leur intérêt constant pour la résilience, la créativité, la volonté et le pouvoir des sujets minoritaires, épuisés par la somme de temps et d'efforts qu'impose de dénoncer des œuvres qui leur sont hostiles, ou de demander que leur "préjudice soit reconnu", et de par leur sensibilité pour l'idiosyncrasie et l'indétermination de l'art pour l'artiste comme pour le spectateur. L'objectif même de la lecture réparatrice est que les gens puissent trouver du soutien de façon mystérieuse, inventive, imprévisible dans des œuvres dont ce n'était pas nécessairement la fonction première, et que cet échange ne soit ni transférable ni gouvernable ; le concept même de la création réparatrice est d'être réparatrice pour son *créateur*, sans rien garantir quant à ses effets sur le spectateur[6].

Les enquêtes que j'ai conduites et les réponses que j'ai recueillies suite à l'écriture de *The Art of Cruelty* m'ont permis de percevoir cette bigarrure avec d'autant plus de netteté : un art qui rend certaines personnes malades donnera à d'autres l'impression d'être comprises et boostées ; un art que certains considèrent comme irrémédiablement toxique fonctionnera pour d'autres comme une source d'inspiration merveilleuse ou une catharsis. De même, les artistes qui se donnent pour but de représenter les autres, d'offrir une réparation ou un refuge, peuvent aussi lamentablement se planter (ce qui explique pourquoi un artiste qui a voué sa carrière entière à défendre la justice sociale et à lutter contre le racisme a pu se faire publiquement conspuer pour avoir créé une œuvre ignorante et suprémaciste, comme c'est le cas de l'installation sculpturale de Sam Durant, *Scaffold*, œuvre sur laquelle nous reviendrons). Là encore, le temps rend l'indétermination éminemment pertinente : des œuvres autrefois controversées, inutiles ou inintelligibles, reparaissent souvent des années plus tard, qualifiées de canoniques, vitales et clairvoyantes ; une œuvre dont on a pu estimer à l'époque qu'elle avait changé notre vie peut perdre sa valeur ou son attrait. (Une des vertus de l'enseignement est qu'à force de parler des mêmes textes ou des mêmes œuvres au fil des années on finit par comprendre intimement comment certaines d'entre elles peuvent se lire différemment ou signifier des choses différentes auprès de différentes personnes à différents moments.)

Tout ça me semble attendu, vu l'hétérogénéité des histoires de chacun, des psychologies, des besoins et des goûts individuels en matière d'art. Mais nous voyons également combien la critique qui cherche à tout prix à souligner d'un côté l'utilité éthique ou politique d'une œuvre, ou de l'autre à condamner la perversité de ses appartenances hégémoniques, n'aura jamais, ne pourra jamais, avoir le dernier mot. Même Langston Hughes, dont l'écriture s'inscrit dans une pratique réparatrice plus explicitement (et peut-être plus efficacement) que tout autre écrivain de ma connaissance, rappelait que faire plaisir au lecteur ne saurait représenter un but en soi, et que la réception contemporaine est seulement un prisme de lecture : "Si cela plaît aux Blancs, nous en sommes fort heureux. Et si cela ne leur plaît pas, peu importe [...]. Si cela plaît aux gens de couleurs, nous en sommes fort heureux. Si cela ne leur plaît pas, peu importe. C'est pour demain que nous construisons nos temples, des temples solides comme nous savons en édifier, et nous nous tenons dressés au sommet de la montagne, libres en nous-mêmes."

Le sujet de Hughes qui, dans sa résilience, puise la force de se tenir dressé, "libre en [lui]-même", s'oppose au sujet subalterne et vulnérable qui fait tant parler de lui ces jours-ci, et qui ressent l'art (des autres) comme une menace quasi (ou véritablement) criminelle, et appelle ses créateurs ou ses organisateurs à comparaître en justice. Ce modèle traite la demande de sollicitude, de réparation – et ses appels ultérieurs au châtiment quand et si cette demande n'est pas entendue –, comme une forme de travail réparateur en tant que tel. (Il est utile de noter ici que Sedgwick n'a jamais prétendu qu'il était aisé ou même possible de démêler la paranoïa de la réparation, ni que la réparation était supérieure à la paranoïa. "La paranoïa comprend bien certaines choses et d'autres mal", écrit-elle ; on pourrait en dire autant de la théorie forte versus la théorie faible.) Ce tournant a pris un virage accru en 2017 lors des polémiques visant deux œuvres d'artistes blancs : une huile sur toile quasi abstraite de Dana Schutz intitulée *Open Casket* [cercueil ouvert], représentant Emmett Till* dans son cercueil et exposée à la Biennale du Whitney de 2017, et *Scaffold* [échafaud] de Sam Durant, une sculpture extérieure monumentale reproduisant des fragments de sept potences historiques, dont une sur laquelle trente-huit Indiens Dakotas avaient été pendus en 1862, installée devant le Walker Art Center de Minneapolis, une des terres d'origine du peuple Dakota. Pour beaucoup de gens, ces œuvres ont été l'occasion de rappeler que les artistes blancs (et leurs institutions) feraient bien de se responsabiliser, de manifester plus de sensibilité et moins de désinvolture et de licence inconsciente, en particulier quand on voit combien ce comportement coïncide, dans toute son ignorance, son impunité et son insouciance, avec les manifestations de la suprématie blanche.

* Emmett Till, un adolescent noir de quatorze ans, a été torturé et assassiné en 1955 par un groupe d'hommes blancs, après avoir été accusé par une femme d'avoir tenu des propos déplacés à son égard. La mort d'Emmett Till a constitué une étape primordiale dans l'avènement du Mouvement pour les droits civiques aux États-Unis. En 2017, Carolyn Bryant Donham a reconnu publiquement avoir menti dans ses accusations.

Ce glissement, en art, de l'œuvre réparatrice vers une demande de réparation appréhende l'art moins comme "une troisième chose dont aucun n'est propriétaire, dont aucun ne possède le sens, qui se tient entre [l'artiste et le spectateur]" que comme une chose dont la signification et la fonction peuvent être citées et adjugées – une chose qui peut, en outre, quitter le domaine de l'art pour entrer dans d'autres catégories, comme l'incitation à la haine, la violence physique, ou l'obscénité pure et simple. Ce genre de reclassifications apparaît de part en part du spectre politique : "C'était de l'incitation à la haine, purement et simplement", a déclaré Bill Donahue, de la Ligue catholique, au sujet de la vidéo de David Wojnarowicz, *A Fire in My Belly* [du feu dans le ventre], dans le but (finalement atteint) de faire retirer la vidéo d'une exposition de groupe au Smithsonian Museum (les images jugées offensantes représentaient des fourmis rampant sur un crucifix). "L'œuvre de Sam Durant n'est pas de l'art. C'est un acte de violence. C'est une gifle pour le peuple Dakota, dont les familles ont été pendues sur des potences quasiment identiques en place publique à Mankato", a dit un manifestant devant *Scaffold*. Les opposants réclamaient le retrait et la destruction de la sculpture (une demande à laquelle, après avoir négocié avec le peuple Dakota, Durant a accédé). Mais comment ne pas y voir un amalgame des constructions toxiques qui ont jalonné l'histoire de la liberté politique avec celles de la liberté artistique ? C'est ce que démontre la lettre publique de l'artiste Hannah Black au Whitney Museum, dans laquelle elle demande la destruction du portrait d'Emmett Till par Schutz : "Le sujet n'appartient pas à Schutz ; la liberté de parole blanche et la liberté créative blanche ont été bâties sur l'entrave des autres, et ne sont pas des droits naturels. Cette peinture doit disparaître."

Que la liberté blanche aux États-Unis ait été historiquement fondée et ultérieurement maintenue par l'esclavage, l'exploitation et l'annihilation des non-Blancs est un fait incontestable. Quelles qu'aient pu être leurs intentions critiques ou leur niveau d'empathie, les œuvres de Durant et de Schutz ravivent cette histoire, en représentant, quoique différemment, des actes de violence perpétrés contre les peuples noir et indigènes au service de l'application – l'une extralégale, l'autre sanctionnée par l'État – d'une liberté injuste et vicieuse, voire meurtrière et génocidaire. Le fait que cette application de la liberté se soit modifiée plutôt que d'être abolie avec le temps permet de mieux comprendre ce qu'on entend par : "Cette peinture doit disparaître." En effet la campagne répond à la longue et ignoble histoire des lynchages comme mode de spectacle et de divertissement pour des publics blancs, dans laquelle la dyade art public trouve un écho odieux. Réactiver cet héritage brasse inévitablement une matière immonde et relève d'une éthique on ne peut plus douteuse, en particulier compte tenu de l'appartenance démographique des deux artistes en question (et, en ce qui concerne Schutz, de sa relative crédulité). Si l'on ajoute à cela une frustration légitime devant l'espace d'exposition, l'attention, et le soutien financier donnés à ces artistes blancs pour des œuvres, sinon carrément choquantes, au minimum malhabiles, traitant d'enjeux que d'autres ont passé leur vie à défendre, alors il semble à la fois inévitable et de rigueur que la situation dégénère.

Je crois qu'il est possible de dire tout ça (et plus encore) sans pour autant en conclure que ces œuvres ne sont pas de l'art, qu'elles portent préjudice, qu'elles doivent disparaître, ou n'auraient jamais dû exister ; je crois qu'on peut se confronter sérieusement à ces questions – peut-être même encore plus sérieusement – sans se demander si "les commissaires d'exposition devraient avoir la liberté absolue d'exposer ce qu'ils veulent", comme la critique Aruna D'Souza l'a déclaré à la suite de l'affaire Schutz. Dès qu'on se met à parler de "liberté absolue", ça sent le sophisme à plein nez. Personne sur terre n'a la liberté absolue de faire quoi que ce soit. Toute personne ayant jamais essayé d'installer une œuvre d'art couverte de moisissure ou de verser du sang lors d'une performance artistique le sait bien assez, ce genre de projets demande à être planifié, autorisé, négocié. L'art n'est pas un domaine sacro-saint, un "état d'exception", où il suffit de saupoudrer la formule magique "c'est de l'art" sur une expression, une expérience ou un objet pour que tout obstacle éthique, politique ou juridique passe à la trappe[7].

En outre, pour ceux qui s'inquiètent de réserver une place à l'art dans nos sociétés, il faudrait prendre garde à ce que ces discours récurrents ne visent pas justement à l'éliminer. Le plus souvent, les arguments en faveur de la prohibition ou de la destruction de l'art commencent par une tentative de le priver de son statut ontologique. L'art est remplacé par "une incitation à la haine, purement et simplement", "une gifle" ou "de la pure obscénité", pour justifier qu'on y applique de nouvelles règles[8]. Un discours qu'on perçoit dans une lettre adressée au Boston Institute of Contemporary Art, suite à la Biennale du Whitney, pour contester l'exposition de Schutz – exposition dans laquelle ne figurait pas le portrait d'Emmett Till –, où les auteurs décrivent le tableau comme un acte de violence, et exigent que Schutz, dont le travail s'inscrit dans la lignée des "outrages des femmes blanches contre les communautés noires", ne puisse imaginer que son "odieux tableau" restera "impuni", ou se croire "immunisée contre toute sanction institutionnelle". Des rhétoriques semblables se sont infiltrées partout dans la critique universitaire, qui sert souvent de degré zéro de la lecture paranoïaque : voir, par exemple, l'universitaire Arne De Boever, qui soutient que *Scaffold* de Sam Durant n'a pas seulement fait écho ou évoqué "la violence du pouvoir de la souveraineté", mais l'a "*précisément ré-instituée*" (les italiques sont de moi). De tels discours dépassent le désir légitime de considérer la part politique de l'art et tendent à éliminer sa dimension artistique, voire à l'assimiler, comme ici, à un outil de pouvoir équivalent – ou "précisément" identique – à un État militarisé.

Présenter certaines œuvres d'art comme des actes de violence, ou les comparer à la violence du pouvoir de la souveraineté, rappelle ces tropes qui ont longtemps servi à miner les protections législatives de l'art. De nos jours, la législation américaine confère à l'art une "valeur sociale rédemptrice" – et protège ainsi son statut – du fait de son incapacité à être réduit à un but ou une interprétation unique, comme, par exemple, l'excitation sexuelle ou l'incitation à la violence. Affirmer qu'une œuvre d'art possède un but et un effet uniques, et que cet effet est une menace pour les individus ou la société, est un grand classique de la censure et de la persécution des artistes, qui dans ses pires dérives peut aller jusqu'à leur incarcération. Demandez à Annie Sprinkle, artiste, sexologue et star du porno, qui, dans un article intitulé "My Brushes and Crushes with the Law" [mes différends et mes démêlés avec la loi], explique comment elle a fini en prison pour avoir publié un fanzine dans lequel elle décrit ses ébats sexuels avec un amputé : "Nous avons été inculpés de plus de cent chefs d'accusation cumulés, notamment 'conspiration pour fabriquer et distribuer un matériau obscène', 'sodomie', et mon préféré entre tous, 'conspiration de sodomie'. Dans le Rhode Island, la sodomie est définie comme 'un acte contre nature, abominable et odieux', et c'est apparemment aussi la façon dont certaines personnes définissent les rapports sexuels avec un amputé." Abasourdie par son incarcération, Sprinkle a décidé de quitter le monde du porno pour celui de l'art, où elle a trouvé davantage de protections juridiques : "Ça a souvent été limite, écrit-elle, mais je n'ai [plus] jamais été arrêtée. J'imagine que j'avais la 'valeur sociale rédemptrice' de mon côté."

Se réfugier sous une tutelle aussi vaste n'est pas sans turbulence ; on peut certes en user et en abuser (les opposants de Sprinkle au Congrès, qui voyaient dans ses escapades ultérieures de l'obscénité déguisée en art, considéraient sans doute qu'elle en abusait). La question est de savoir si les complexités que génère cette turbulence justifient de la restreindre, ou au contraire de la défendre, en étant conscient des risques pour les créateurs comme pour les spectateurs. Mon raisonnement sur le sujet s'est certainement enrichi de mes dix années d'enseignement dans une école d'art au règlement expansif concernant la liberté d'expression, lequel a eu l'occasion d'être largement éprouvé au cours de son histoire haute en couleur. Voici le règlement officiel pour l'exposition d'œuvres d'art au sein de l'école :

"1. CalArts ne censure aucune œuvre sur la base de son contenu, et aucun travail de l'Institut ne sera préalablement censuré. 2. Toute personne qui souhaite émettre une objection quant à une exposition ou une présentation pourra le faire par écrit à l'attention du doyen des étudiants. La personne recevra une réponse écrite sous 48 heures à compter de sa réception. Si la personne n'est pas satisfaite de la décision, il/elle peut faire appel auprès du comité d'exposition de l'Institut. La décision du comité est définitive." Le système fonctionne, non pas parce qu'il n'y a pas des clashs de temps à autre, mais justement parce qu'il y en a. (Ce n'est pas un hasard si un cas d'école de CalArts revient régulièrement dans les formations contre le harcèlement sexuel dans d'autres universités : il s'agit d'un dessin au crayon d'un étudiant, brièvement exposé dans la galerie principale, représentant des enseignants, des employés et des étudiants de CalArts, dont une employée de quatre-vingt-deux ans, en train de copuler. L'employée de quatre-vingt-deux ans et sa famille ont fait un procès à l'école pour harcèlement sexuel ; ils l'ont perdu ; elle n'est jamais revenue travailler.)

Comme on peut s'en douter, vu l'exemple cité, dans pareil environnement, il vaut mieux avoir le cœur bien accroché. Au cours de ma carrière, j'ai eu affaire à des travaux d'étudiants qui impliquaient un kidnapping (ou une tentative de kidnapping) ; de couper des camarades de classe avec des bris de verre ; de harceler un professeur ; de se filmer en train d'éjaculer… Souvent, c'est dingue ; parfois, c'est effrayant. Mais en général, ça fonctionne. Ça fonctionne parce que notre présence engage de donner du sens à un cadre artistique, une construction ample qui mérite d'être respectée à la mesure de nos capacités. Parce que nous savons que nous ne sommes pas là pour nous sabrer, nous devons apprendre à communiquer notre approbation ou notre désaccord selon d'autres codes. Ça me rappelle un petit boulot que j'ai eu à St. Mark's Church, où j'étais chargée d'établir une liste des gens qui se présentaient spontanément pour lire leur poésie. Il s'agissait d'accorder à chacun – qu'il s'agisse d'une clocharde de Tompkins Square Park sortant ses poèmes de ses sacs plastique ou d'un jeune diplômé d'une fac prestigieuse briguant une bourse Lannan – deux minutes, et pas une de plus, derrière le micro ; de faire passer tout ce petit monde jusqu'à ce que chaque personne qui le souhaitait ait eu son temps de lecture ; de ranger les chaises ; de fermer l'église. Peu importe ce que j'avais entendu ces lundis soir, j'adorais m'enfoncer dans la nuit, la tête pleine de ces communiqués insolites et tangibles de la pensée et du ressenti des autres.

Il m'est arrivé plus d'une fois, au cours de ma carrière à CalArts, d'être amenée à proférer un sermon sur les distinctions entre l'éthique et la loi, et à rappeler que les transgressions éthiques ne sont pas, elles non plus, sans conséquences. Parfois les provocations esthétiques des étudiants scintillent d'une aura punk ou ne manquent pas de panache révolutionnaire ; d'autres fois, leurs transgressions sombrent dans la méchanceté et le cliché. Notre mission pédagogique n'est pas tant de discipliner les élèves pour leurs échecs que de les aider à faire des œuvres plus intéressantes, de trouver un moyen d'en parler ensemble, et de nous appuyer sur cette force collective pour fonder une communauté hétéroclite. Encore une fois, ce n'est pas toujours simple, et ce n'est pas toujours agréable. Le nombre d'heures que j'ai passées à recadrer poliment des travaux hyper violents empreints d'une misogynie aveugle m'apparaît, parfois, comme une pure perte de temps. Mais j'en tire une leçon précieuse : en se défendant de nier, d'humilier, ou de rejeter en bloc, on apprend à conseiller différemment[9]. Pour cette raison, je n'ai pu m'empêcher de sourire en lisant le portrait de l'artiste Catherine Opie paru dans le *New Yorker* en 2017. La journaliste Ariel Levy décrit la scène suivante lors d'un séminaire dirigé par Opie à UCLA : après qu'un étudiant a critiqué le travail d'un autre en l'accusant de “refléter la structure même du colonialisme”, l'artiste se décompose et marmonne dans son coin : “Pas moyen de gagner, c'est perdu d'avance.” Opie le chapitre gentiment : “Défends ton travail ! [...] Dissèque-le ! N'abandonne pas si facilement, mec.” Opie ne lui recommande pas de devenir un connard rigide et narcissique incapable d'assimiler la moindre critique décoloniale. Elle lui rappelle seulement ceci : si tu penses que ton travail en vaut la peine, tu dois être prêt à te battre pour le défendre, plutôt que d'adopter la posture éculée de l'abattement, de la défensive, de la paralysie, ou de l'agressivité vindicative.

Des mots qui blessent

Pour décrire le pouvoir des mots ou des images, on emploie souvent le langage de l’agression physique (“une gifle”). On le fait en partie parce que les mots et les images peuvent avoir ou ont véritablement un effet somatique, mais aussi parce qu’on espère parfois qu’en étant comparée – ou assimilée – à une blessure physique la douleur sera prise plus au sérieux, que l’agresseur pourra être recadré, et passer de la permissivité à l’interdit.

Certains éléments de discours des “mots qui blessent” dérivent d’une anthologie du même nom de 1993, dans laquelle l’éditrice Mari Matsuda a compilé une série d’articles de professeurs de droit visant à complexifier l’orthodoxie de la liberté d’expression aux États-Unis. Bon nombre de ces essais défendent une plus grande régulation des formes extrêmes d’incitation à la haine, semblable à celles déjà en vigueur dans d’autres pays démocratiques depuis des décennies. Je crois qu’il y a des arguments légitimes pour et contre la limitation des droits, mettons, de néonazis armés qui paradent dans les rues en scandant des slogans antisémites, précisément le type de scénario sur lequel se penche *Words That Wound*. Mais appliquer ces arguments au domaine de l’art n’est pas sans périls, compte tenu du fait que l’art, même quand il est offensant, se présente à un public diffus, non ciblé ; que son message n’est ni singulier ni fixe, et que son intention n’est pas diffamante (ni même discernable) ; et qu’à l’exception d’une poignée d’œuvres notoires il ne met pas en danger son public, lequel, généralement, doit s’en enquérir, pour, vraisemblablement, s’en émouvoir de manière imprévisible et disparate.

Interrogé au sujet des récentes entreprises d'assimilation de paroles haineuses à des sévices physiques, le professeur de droit de l'université de Berkeley john a. powell établit que "la justification libérale classique pour la liberté d'expression" – selon laquelle "votre droit à donner des coups s'arrête au bout de mon nez" – pourrait être insuffisante à présent que "nous en savons bien plus sur le cerveau que John Stuart Mill. Aussi [les étudiants d'aujourd'hui] demandent : 'Compte tenu de ce qu'on sait de la menace stéréotypée, du traumatisme et des troubles du stress post-traumatique, où se situe le bout de mon nez exactement[10] ?'". C'est un cheminement de pensée intrigant, et je me méfie de quiconque prétend en cerner les enjeux. Je n'ai encore jamais entendu d'argument valable sur la façon d'appliquer un tel raisonnement au monde de l'art. Les neurologues et les psychiatres en savent peut-être plus sur les fonctionnements du traumatisme et des troubles post-traumatiques que par le passé (ou pas – l'histoire de la psychologie ne m'incite pas vraiment à avoir foi en son progrès téléologique). Mais même en prenant en compte ce qu'ils savent, ce que nous savons désormais, la question de savoir comment gérer au mieux le traumatisme et les troubles post-traumatiques reste ouverte ; il est rare que les traitements de tels maux impliquent la censure ou le contrôle de l'expression d'autrui.

L'expression exige un contexte. L'art est un tel contexte, et ses spécificités importent[11]. Il nous revient d'être capable de faire la différence entre les émotions produites par, mettons, la lecture d'une scène de roman dans laquelle un personnage en traite un autre de connasse, le fait de sortir acheter du lait et de se faire traiter de connasse par un passant, un groupe de types qui vous encerclent, des torches à la main, en scandant : "Connasse !", le fait que votre amant ou votre amante vous dise : "Connasse" au détour d'un jeu érotique, le fait que votre patron vous traite de connasse en réunion, la vue du mot *connasse* écrit sur un mur devant lequel vous marchez, le fait d'appeler votre propre con "connasse", la lecture d'un paragraphe comme celui-ci, et ainsi de suite. L'homogénéisation de la logique paranoïaque œuvre à corps perdu à aplanir ou ignorer ces différences ; l'homogénéisation de la logique paranoïaque demande à ce que tout le monde réponde à ces questions uniformément, à jamais[12]. Et à cet instant précis, une de mes œuvres d'art vidéo préférées me vient à l'esprit, une séquence de huit minutes intitulée *You Will Never Be a Woman. You Must Live the Rest of Your Days Entirely as a Man and You Will Only Grow More Masculine with Every Passing Year. There is No Way Out* [tu ne seras jamais une femme. Tu devras vivre le restant de tes jours en homme et tu ne feras que devenir plus masculine au fil des ans. Il n'y a pas d'issue] (2008), d'A.L. Steiner + Zackary Drucker, avec Van Barnes et Mariah Garnett. On y voit Drucker et Garnett, deux femmes transgenres, s'insultant sur un ton tour à tour haineux, enjôleur et tendre, tout en se mettant en scène dans des positions intimes. Les vidéastes décrivent leur échange comme un moyen pour les actrices de "se préparer l'une l'autre à une culture d'intolérance et de violence autrement plus répandue et dangereuse", avec pour issue que toutes deux "retrouvent en définitive leur capacité d'agir". Mais ce qui rend la vidéo géniale est qu'elle ouvre une fenêtre sur le monde inconstant, protéiforme, indéterminé de la parole dérogatoire, qu'elle soit ou non empruntée, et laisse son public ressentir et considérer ses dimensions complexes à mesure que les insultes s'enchaînent.

Nous sommes libres de protester contre des œuvres d'art que nous jugeons nocives, et de demander leur retrait ou leur destruction. Nous sommes également libres de trouver une œuvre d'art répugnante, stupide, de considérer qu'elle perpétue, par naïveté ou par pur esprit de malveillance, une injustice, sans pour autant en conclure qu'elle menace notre bien-être. Nous sommes en droit de nous demander si les discours qui réaffirment notre "privation de pouvoir, notre domination, notre destitution, notre exclusion, notre marginalisation, notre effacement, notre mutisme, etc." proposent une description complète ou ininterrompue de nos vies[13]. (Note : je ne parle pas de l'homme blanc hétéro qui dit : "C'est marrant, je ne me retrouve pas du tout dans l'expérience de l'effacement ou de la privation de pouvoir." Je parle de la diversité de positions des personnes au sein de groupes présumés avoir des raisons de recourir à ce type de discours, pour qui la dis-identification ou l'identification plurielle, ou même la contre-identification, peut être une manière solide, générative, voire réparatrice, de dire ou de prendre les choses de biais, en revendiquant la différence quand on leur impose le conformisme.) Nous sommes aussi libres de ne *pas* nous sentir interpellés par le travail de certains, d'avoir pitié des gens dont l'art nous semble nul, et de passer à autre chose. Comme l'a écrit Zadie Smith au sujet du tableau de Schutz : "Je me suis installée devant la peinture et j'ai pensé que ce serait tellement cathartique si ce tableau me rendait furieuse. [...] En vérité, je n'ai pas ressenti grand-chose."

En effet, l'une des choses les plus étranges dans la controverse en art est la réification de l'idée que des œuvres d'art individuelles déclenchent des grands sentiments, ce qui, d'après mon expérience, est plutôt rare. Je dis ça tout en étant cette personne qui se tourne vers l'art en espérant toujours, souvent contre toute attente, voir quelque chose, n'importe quoi, qui l'émeuve un tant soit peu. Mais là encore, je parie que la plupart des gens qui polémiquent à n'en plus finir au sujet d'œuvres controversées ne fondent pas leur opinion sur une expérience personnelle ou somatique (très souvent, ils n'ont pas lu ou vu l'œuvre en question), mais plutôt à partir de ce que les autres ont décidé qu'elles signifiaient, et par envie de manifester leur solidarité. (Pensez à Kathleen Folden, cette femme chrétienne qui, en 2010, avait entendu parler d'une lithographie de l'artiste Enrique Chagoya, jugée blasphématoire par les médias de droite, et fait plusieurs centaines de kilomètres avec son camion pour aller la trouver au Loveland Museum dans le Colorado. Elle n'avait jamais vu l'œuvre avant de s'écrier : "Comment osez-vous profaner mon Seigneur ?" et de la lacérer à coups de pied-de-biche.)

Les injustices historiques dépasseront toujours de par leur magnitude la singularité d'un objet d'art, ce qui explique en partie pourquoi l'art représente un pion si fiable sur l'échiquier de la guerre symbolique. La pauvreté relative de l'objet d'art peut jouer sur les deux tableaux : se focaliser sur une œuvre d'art rappelle sa trivialité face à l'énormité des enjeux (comme prétendre que décrocher la modeste huile sur toile de Schutz du Whitney a un quelconque impact sur la vie des Noirs et les dangers auxquels ils sont confrontés) ; ou renoncer à l'objet symbolique peut sembler relativement aisé ("Ce n'est que du bois et du métal – rien en comparaison des vies et des histoires du peuple Dakota", a argué Durant, après avoir accepté que sa sculpture soit détruite.) Je respecte la décision de Durant, et je peux imaginer prendre la même à sa place[14]. Néanmoins, je ne cesse de penser que mettre sur un pied d'égalité le destin d'une œuvre d'art et le salut ou la destruction de vie humaines est une construction qu'il y a de bonnes raisons – y compris d'un point de vue éthique – d'interroger, voire, dans certaines circonstances, de récuser.

Des flics dans la tête

Dans leur introduction à *The Racial Imaginary* [l'imaginaire racial] (2015), un recueil de textes d'écrivains sur "la race dans la vie de l'esprit", les éditrices Claudia Rankine et Beth Loffreda estiment que, plutôt que de se focaliser sur les droits et la liberté, les artistes blancs feraient mieux "d'incarner et d'examiner un paysage intérieur qui aspire à parler de droits, qui aspire à se déplacer librement et sans entraves à travers le temps, l'espace et les lignes de pouvoir, qui aspire à revêtir l'identité de son choix". À propos du langage des droits qu'invoquent les auteurs blancs quand leur travail est critiqué, elles écrivent : "Ce langage des droits [...] est un appeau dont la succulence se révèle à la fréquence de son usage. [...] Dire, en tant qu'auteur blanc, que j'ai le droit d'écrire sur qui je veux, y compris du point de vue de personnages de couleur – qu'il est dans mon bon droit d'y avoir accès et que c'est compromettre mon art [...] de me nier ce droit –, est une erreur. C'est prendre le problème par le mauvais bout. Premièrement, c'est confondre critique et prohibition (nous connaissons tous la rhétorique inflationniste de la blanchité* scandalisée). Et deuxièmement, c'est ne pas

* *Whiteness* en anglais est parfois traduit par "blanchité", "blancheur" ou "blanchitude". Voici la définition que propose le site canadien de la Ligue des droits et des libertés (https://liguedesdroits.ca/). La "blanchité" est le fait d'appartenir à la catégorie sociale des Blancs, par opposition aux non-Blancs ou aux personnes racisées, à qui l'on attribue des caractéristiques spécifiques et immuables, alors que les Blancs sont souvent décrits comme la norme, la référence à partir de laquelle on définit le différent, l'"Autre". Le fait d'être blanc est rarement questionné ou examiné. D'ailleurs, la plupart des Blancs ne se perçoivent pas comme tels. Or être une personne blanche, c'est aussi subir une forme de racisation qui, dans ce cas précis, octroie des privilèges. Selon le contexte, nous emploierons

reconnaître que nos imaginaires sont des créatures aussi limitées que nous le sommes. Il n’existe pas de zone protégée, imperméable, qui transcende les réalités embrouillées de nos vies et de nos esprits.”

J’aime ce passage pour de multiples raisons, l’une étant sa suggestion wittgensteinienne que ce type de conversations prend les choses par le mauvais bout. Il serait mieux de commencer, disent les autrices, par examiner la notion de blanchité elle-même. Partant de là, on pourrait dépasser le débat éculé entre liberté artistique et prohibition, renoncer aux facilités du discours outragé, et s’engager sur la voie d’un auto-examen – “ne pas parler en termes de droits et de prohibition, mais d’aspiration”. J’aime ce détour vers l’aspiration, même si demander aux auteurs blancs “d’incarner et d’examiner” leurs aspirations ressemble davantage à une invitation qu’à un impératif (cf. “Cette peinture doit disparaître”).

Rankine et Loffreda ont également raison de souligner que l’absence d’entraves, même en art ou dans son imaginaire, n’est jamais qu’un fantasme. La plupart des artistes savent pertinemment que l’imaginaire tend à refléter, en particulier dans le geste spontané, un ramassis sublunaire de ce qui nous entoure, y compris dans ses aspects les plus clichés et hégémoniques. Personnellement, je ne connais aucun artiste qui ait atteint l’âge adulte et conçoive encore son imaginaire comme une “zone protégée, imperméable, qui transcende les réalités embrouillées de nos vies et de nos esprits”. Plutôt que nous conduire vers une absence d’entraves, nos expériences nous ramènent souvent à des nœuds inextricables (voir, par exemple, la question du poète

les termes *blanchité*, *blancheur* (en citant certaines traductions déjà existantes), ou *whiteness* par opposition à *blackness*, qui n’a pas de traduction officielle.

David Marriott, inspirée de Frantz Fanon : “Que faire d’un inconscient qui te haït ?”, ou la féministe française, Luce Irigaray, qui se demande “si le féminin *a* un inconscient ou s’il *est* l’inconscient”). Parvenir à un matériau plus riche, moins attendu, a tendance à requérir un effort soutenu (raison pour laquelle les surréalistes étaient perpétuellement à la recherche de nouvelles façons de tendre des pièges à leur imaginaire, souvent à travers la contrainte).

Pour qu’il y ait découverte dans la création artistique, il est nécessaire d’élucider ses intentions conscientes. Or cette élucidation peut déboucher sur une plus ou moins bonne surprise. L’universitaire Joshua Weiner propose à ce sujet une réflexion audacieuse dans sa contribution à *The Racial Imaginary* : “L’écriture imaginaire qui s’interdit de faire des déclarations ‘politiquement incorrectes’ ; ou de mettre en scène des conflits difficiles ou des états de conscience perturbants ; ou d’utiliser un langage condamné par les mœurs libérales d’aujourd’hui ; une telle écriture est sans intérêt. [...] Une des fonctions sociales de l’art littéraire [...] est de débusquer l’hypocrisie morale là où elle se cache, c’est-à-dire sous nos bonnes intentions.” Mais oublions les bonnes intentions – à un moment donné, l’art n’est plus une question d’intention. Dans ces instants-là, fabriquer une œuvre n’a plus rien d’un travail réparateur mais donne plutôt l’impression de passer huit heures d’affilée à poncer de l’aluminium, à inhaler des poussières toxiques en se demandant pourquoi on n’est pas plutôt en train de consacrer du temps à sa famille, ou de regarder Netflix, ou d’aller voir sa mère malade, ou de faire un travail rémunérateur plutôt que coûteux. Ça donne l’impression d’être – c’est foncièrement – indéfendable, en dépit de tout argument sur la valeur du ponçage de l’aluminium comme voie royale vers un futur utopien[15].

Conjointement, plutôt que d'avoir l'impression de "se déplacer librement et sans entraves à travers le temps, l'espace et les lignes de pouvoir", la plupart des artistes que je connais se sentent souvent désespérément confinés à la médiocrité de leur vision, de leurs compétences et de leurs ressources, et dans de tels moments, c'est l'étroitesse même de l'imaginaire ou de l'inconscient qui devient une sorte de principe esthétique. ("La poésie se contente de peu de chose, d'une décroissance, a dit le poète chinois Mo Fei. C'est l'acceptation d'une certaine forme de pauvreté. Ce n'est pas une construction infinie.") Il y a évidemment des lignes de fuite. Mais l'un des étranges miracles de l'art est qu'un travail capable de donner aux autres un sentiment de permissivité, d'amplitude ou d'échappatoire surgit souvent de la conscience d'un créateur qui ressent l'étroitesse de sa réalité physique, affective, matérielle ou intellectuelle – parfois de manière insoutenable. Comme l'a écrit Merleau-Ponty au sujet de Cézanne : "Voilà pourquoi il n'a jamais fini de travailler. Nous ne quittons jamais notre vie. Nous ne voyons jamais l'idée ni la liberté face à face."

En d'autres termes, un labeur patient qui donne forme à l'impatience de la liberté porte rarement ses fruits. Ou pas complètement, ou peut-être pas de notre vivant. Il faut faire avec. "Abandonne tout espoir de fruit", dit le précepte bouddhiste.

Un tel paradoxe peut nous aider à comprendre comment et pourquoi l'aspiration à se déplacer plus librement et se sentir sans entrave peut être à la fois impossible *et* précieuse pour de nombreux artistes – en particulier celles et ceux qui ne supportent plus de se soumettre au sempiternel impératif de parler ou d'œuvrer au nom d'un groupe qu'ils sont présumés représenter. (Au sujet de la pression de se consacrer à la cause de la collectivité

– de “renoncer à ses pulsions antisociales, de policer le criminel *in potentia* qui gît en soi” – Darby English dit des artistes noirs pendant le Black Arts Movement : “Aucune accusation n’était plus facile à lancer que d’accabler l’individu qui refusait de se rallier au consensus. Cet individu devenait l’ennemi juré de la communauté au même titre que le plus fanatique des racistes blancs.” Darby English soutient qu’un tel environnement est toxique pour l’art, et que “la vraie liberté, pour ainsi dire, ne devient possible que quand un individu a dépassé cette position instinctive”. La liberté artistique pour Darby English repose un peu trop lourdement sur le modernisme et l’individualisme à mon goût, mais ses analyses restent indispensables pour quiconque se demande comment préserver une liberté artistique qui ne soit pas subordonnée à “la création blanche”.)

Pour de nombreux artistes, l’art joue un rôle unique et crucial pour comprendre “de quoi [...] nous pourrions avoir envie quand personne ne nous surveille”, comme l’a remarqué Adam Phillips de la psychanalyse. Par définition, cette exploration n’est pas destinée à faire plaisir aux autres, ou à tenter de satisfaire leurs désirs[16]. (La peintre Tala Madani surenchérit : “Je dis à mes étudiants que s’ils cherchent à faire des œuvres qui pourraient plaire à leur maman, ils sont mal partis.”) Même si j’essayais de créer des œuvres qui pourraient plaire aux autres (ou aux mères), il faudrait présumer de connaître à l’avance ce que ces autres (ou ces mères) aiment ou attendent de moi, une présomption qui en elle-même n’est pas sans son lot de problèmes éthiques. En outre, comme le note Phillips, si nous ne pouvons jamais être totalement libres d’agir sans nous sentir surveillés (par qui que ce soit, y compris par ceux auxquels on s’attend le moins), nous pouvons néanmoins ressentir le besoin de créer des espaces ou des structures où suspendre temporairement leur emprise, et d'échapper, pour ainsi dire, aux "flics dans nos têtes", selon la formule d'Augusto Boal, fondateur du Théâtre de l'Opprimé. (Les flics peuvent être dans notre tête, a écrit Boal, "mais les quartiers généraux de ces flics sont dans la réalité extérieure. Il est important de localiser à la fois les flics et leurs quartiers généraux".)

L'art, en fin de compte, peut être beaucoup de choses à la fois : un exutoire pour le désir illicite qu'éprouve un artiste pour les mineurs, un vecteur irrémissible de gentrification, un espace où dire la vérité au pouvoir. Ce que chacun y trouve ne correspond pas nécessairement aux dichotomies préjudiciable/réparateur, décent/indécent, subversif/hégémonique. Quand personne ne nous surveille, nous pourrions nous découvrir l'envie de peindre quarante monochromes, ou de fabriquer tout un attirail de macramé, ou de modeler une ribambelle de têtes en argile, ou de composer un traité sur le tennis ou les poux ou l'espace. Penser que nous brûlons tous de désirs illicites et tabous contrôlés par les forces répressives du superego, de la loi, ou des meutes sur Twitter, ne me semble pas décrire convenablement l'ensemble de l'humanité.

Apprendre à faire confiance à ses intuitions sans les étouffer de préjugés ; se retenir d'anticiper la catastrophe de la réception ; trouver la force de persévérer face à l'indifférence, au découragement, ou à l'intensité de la critique ; avoir le courage de répondre à son ambition en s'engageant dans des voies maladroites, sans issues, tabous ou en décalage avec son temps ; croire au "Défends ton travail ! Dissèque-le ! N'abandonne pas si facilement, mec !" – toutes ces velléités peuvent parfois se retrouver contaminées par le discours vindicatif de la liberté et du droit. Mais elles ne s'y réduisent pas. Car elles sont aussi des rituels établis à force de détermination comme autant d'injonctions à renouveler sa dévotion à une pratique artistique, sans quoi le dévouement d'une vie à l'art devient une chose nettement moins envisageable.

Pensez, par exemple, à la "poétique de la désobéissance" de la poétesse Alice Notley, qu'elle décrit comme le "rejet de tout ce que j'étais censée être et affirmer, *toutes* les poésies tous les groupes les fringues les bandes les gouvernements les sentiments et les raisons. [...] Je me suis rendu compte que je n'allais pas réussir à suivre, ni le gouvernement, ni les gouvernements, ni les radicaux et encore moins les conservateurs ou les centristes, ni les poétiques radicales et encore moins les autres poétiques, ni les féminismes des autres femmes, rien, merde, que dalle". *Disobedience* [Désobéissance] (2001), le poème épique de Notley, émane de cette manière de dire "Je t'emmerde" ("la règle que je fixe à mes poèmes / est l'honnêteté, mon autre règle est : Je t'emmerde"), y compris à son lecteur : "Je pense également [...] désobéir à mon lectorat. J'ai commencé [*Disobedience*] en niant son existence."

Nier l'existence d'un lectorat, rejeter tout ce qu'on est censé être ou affirmer, se camper dans la posture du "Je t'emmerde" à l'égard du public, des mœurs contemporaines ou de la réception : rien de tout ça ne s'inscrit dans un "souci de guérison d'autrui", ou n'est susceptible de plaire dans un formulaire de demande de bourse. Mais c'est précisément ce qui rend le travail de Notley si visionnaire et permissif. Il est probablement inutile de noter ici que les femmes – qui sont encore violemment assignées par la société à faire plaisir aux autres et qui redoutent, souvent à juste titre, les retombées si elles démissionnent – auront sans doute plus de mal à s'autoriser à désobéir, ce qui explique en quoi la "poétique de la désobéissance" de Notley est une pratique féministe (à l'instar de Madani, qui encourage ses élèves à créer des œuvres qui ne plaisent pas à leur maman), quand bien même la tâche implique de désavouer "les féminismes des autres femmes", ou de prendre le risque de contrarier sa propre mère.

Même en revendiquant l'insouciance (face au public, à l'argent, au futur, à la bienséance, à son aptitude ou à la critique), le travail lui-même demande un tel souci, un tel soin, que l'art n'a rien d'une planque en soi. Même en étant absolument punk, ou armé, exposer un travail dans lequel on s'est investi à ce point revient toujours à se mettre en danger – "c'est tellement sincère, tellement soigné – une blouse sur le dos, et la langue entre les dents, le pinceau à la main, à s'escrimer". En ce sens, j'ai tendance à penser que tout art – y compris un art qui offense ou semble pervers – se rattache au soin, si on entend par "soin" le patient labeur – le soin esthétique – que demande l'entreprise artistique, que vous soyez le marquis de Sade ou Dennis Cooper ou Vladimir Nabokov ou Richard Pryor ou Vaginal Davis ou Kara Walker ou Agnès Martin ou Adrian Piper ou Jack Smith ou Jimmie Durham ou William Pope.L ou Charles Gaines ou Wu Tsang ou Zadie Smith ou Paul Beatty, ou tout autre artiste qui s'est vu un jour accuser de désobéissance envers une sociabilité que l'artiste, selon son détracteur, est tenu d'observer, du moins d'observer différemment.

Ces jours-ci, plutôt que de redouter la bête noire d'antan (l'humiliation du silence ou d'une critique négative), nombreux sont ceux qui craignent de se faire *troller*, griller, harceler ou dénoncer dès qu'ils rendent leurs efforts publics (ou même avant, comme dans les campagnes de *cancel culture* en amont d'une publication). Au vu de la quantité de femmes que je connais qui ont reçu de multiples menaces de viol ou de mort pour avoir publié des travaux à mon sens plutôt inoffensifs, il est clair qu'un tout nouveau degré de compétences quant au "si tu ne fais pas plaisir aux gens, attends-toi au pire" est maintenant de rigueur, tandis que les flics qui œuvrent dans nos têtes se sont métastasés en un chorus d'inconnus désincarnés prêts à cracher non seulement sur notre travail mais aussi sur notre physique, nos relations, nos marqueurs démographiques, notre famille, et bien d'autres choses encore. La bonne nouvelle, c'est que ce comportement est devenu tellement monnaie courante que son scénario est pour le moins prévisible ; y être exposé est en quelque sorte un rite de passage.

Et là, nous devrions peut-être nous attarder à noter une des vastes ironies (ou tragédies, ou un des vastes paradoxes, ou, disons-le moins crûment, un des antagonismes productifs) de cette recrudescence d'intérêt pour le soin, à savoir sa coïncidence avec la déferlante de comportements malveillants et désinhibés, pratiqués en majorité (mais pas exclusivement) sur les réseaux sociaux, et considérés par nombre de ceux qui y participent comme une œuvre réparatrice, quand bien même elle se répand en accusations douteuses, insultes *ad hominem* ou menaces. Ça ne devrait pourtant pas nous surprendre ; la cruauté revêt communément des formes qui se retranchent derrière le soin. Comme toujours, le prérequis est la certitude que la justice de sa cause prémunit de tout préjudice, ou que le préjudice porté, tout compte fait, se justifie.

Une telle mise en scène prend le risque que les artistes deviennent soit démesurément soucieux soit terriblement insouciants (d'où le "pas moyen de gagner" prononcé sur un ton plaintif et bougon). Or le souci et la honte sont intimement liés (ce qui explique pourquoi les vernissages et les lancements de livres donnent souvent lieu au dégoût de soi, ou pourquoi un auteur est susceptible d'être anéanti par une mauvaise critique, et ainsi de suite). Compte tenu de la facilité avec laquelle nous nous laissons paralyser par la honte – et, à l'inverse, des périls qu'il y a à y être insensible –, chacun doit tracer sa propre voie. Si, dans un monde qui se repaît de boucs émissaires, de propos moralisateurs et d'humiliations publiques, on se montre vulnérable aux propos ou aux réflexions des autres au point de courber l'échine à la première remarque, de faire toutes sortes de compromis, ou d'être tétanisé, c'est un problème. Si on se transforme en connard réactionnaire incapable d'écouter les commentaires avisés d'autrui, au détriment de son art (et de sa vie), c'est un problème. Si on prend l'habitude de rejoindre la meute pour calomnier les autres au nom de la justice ou de la réparation, c'est un problème. Chacun doit tracer sa voie.

Tandis que nous tentons de tracer la nôtre, il peut être utile de se souvenir que toutes les transgressions ne sont pas à mettre sur le même plan. Dans son recueil de poèmes, *Fat Art, Thin Art* [l'art gros, l'art maigre], Eve Sedgwick écrit : "Dans chaque langue la plus merveilleuse question / est : Tu peux dire ça ?" J'ai toujours adoré ces vers, qui m'ont souvent tenu lieu d'encouragement en faveur de la permissivité créative et de la désobéissance. Néanmoins, comme en témoignent tant de "déplorables" auto-identifiés – ces personnes qui se disent reconnaissantes d'avoir enfin l'audace de proférer tous ces discours chauvins qu'elles avaient (soi-disant) réprimés auparavant –, "rompre le silence" ou "dire l'indicible" ne garantit rien quant à la nature de ce qui est prononcé. La "transgression", la "désobéissance" et même la "subversion" n'ont, dans l'abstraction, aucun infléchissement politique particulier (souvenez-vous de *parole in libertà*). Comme l'écrivain John Keene nous le rappelle judicieusement, ce qui peut sembler risqué d'un point de vue racial pour des artistes blancs n'est généralement pas aussi subversif, dangereux ou courageux qu'ils l'imaginent, vu la longue tradition de suprématie blanche dans laquelle s'enracine leur culture. Il en est de même de la misogynie : Charles Bukowski continue d'être plus vendeur que Valerie Solanas (bien que les livres de ces deux auteurs figurent sur les étagères de la plupart de mes amies féministes et queer).

Aller où ?

L'idée que l'art est le produit d'"un auto-examen continu et d'un égard pour autrui" semble liée au moins en partie à l'ère des programmes d'art et de littérature – une période allant de l'immédiat après-guerre à nos jours, où la plupart, sinon la totalité, des acteurs sur le devant de la scène ont étudié dans des programmes d'enseignement supérieur en art ou en littérature, et continuent de gagner leur vie dans un cadre universitaire. Ce type de cursus est constitué principalement d'artistes et d'écrivains en place qui aident les moins en place à développer à la fois leur "technique" et leur capacité à en discourir avec éloquence, pour les préparer à l'avenir qui les attend, à savoir un monde de tables rondes, de communiqués de presse, d'autopromotion en ligne, d'enseignement, etc. Dans ce contexte, l'atelier, ou la session critique, avec ce qu'elle comporte d'intimité, de charge affective, d'investiture institutionnelle, agit comme une sorte de scène primitive de la réception, dont les termes seront souvent reproduits (bien que de manière amplifiée) quand les étudiants s'aventureront dans le vaste monde.

Je n'aurais pas consacré plus de deux décennies à participer à de telles scènes si je n'y avais pris un réel plaisir, si elles ne m'avaient semblé profondément stimulantes et enrichissantes. En parallèle, cette position m'a permis d'observer la manière dont les institutions académiques structurent de plus en plus les normes et les attentes de l'art et des artistes. Cette influence a eu des côtés positifs ; d'autres plus troublants. L'un des aspects les plus perturbants de cette évolution a été l'investissement accru de l'enseignement supérieur dans la "sécurité du campus" au nom de la protection des étudiants, des tribunaux du Titre IX à l'émergence d'un corps administratif en perpétuelle expansion chargé d'évaluer les plaintes et de gérer la responsabilité civile. "Le campus promet sûreté et sécurité, écrit Doyle. Pour tenir sa promesse, il doit maintenir l'ordre et expulser. Il doit établir une procédure et gérer ses risques."

Dans un tel climat, le modèle de l'expression comme dommageable, et la nécessité de gérer ses risques et de se protéger davantage, présente un véritable dilemme. D'un côté, il propose un lieu de contestation vitale et offre les moyens de s'attaquer à des conditions injustes qui pourrissent depuis trop longtemps. D'un autre côté, il donne toute latitude aux institutions pour faire peser plus que jamais leur pouvoir administratif et disciplinaire sur les enseignants, les employés et les étudiants. Comme Doyle et d'autres l'ont souligné, si nous ne voulons pas que l'université néolibérale (ou le musée ou l'éditeur, qui, pour bon nombre, sont aussi d'énormes corporations déguisées) se barricade derrière la justice sociale pour mieux consolider son pouvoir et l'exercer impunément, si nous souhaitons au contraire opérer des changements structurels qui ne se contentent pas de renforcer un système dont les rouages pourront se retourner contre nous – y compris à travers la détérioration des conditions de travail des auxiliaires et autres postes précaires[17] –, les appels à la protection ou les expulsions sommaires ne suffiront pas : il faudra être plus malin, plus créatif, plus perspicace. Il faudra se confronter sérieusement à la question que pose Adam Phillips : "Si nous ne punissons pas les gens qui font des choses inadmissibles, que pouvons-nous faire d'eux, ou que devons-nous leur faire ?" Dans une société qui compte davantage de personnes incarcérées par habitant que n'importe où ailleurs dans le monde, il n'est pas étonnant que nous n'ayons que trop peu de réponses à lui apporter.

Quand on ne peut pas demander aux gens de partir, souvent on aimerait au moins leur demander de la fermer, ou de céder la place un moment. C'est particulièrement vrai dans le monde de l'art et de la littérature, où chaque place est précieuse. Ce "Juste, ferme-la" résonne dans "The Thanksgiving Paris Manifesto" de 2016 d'Eileen Myles et Jill Soloway, où les autrices déclarent que "pour commencer une révolution, nous exigeons un climat de réparation : le porno fait par des hommes sera dorénavant banni pendant cent ans (un siècle entier). Pour tous les autres arts et formes de représentations, à savoir le cinéma, la télévision, les livres, la poésie, la chanson et l'architecture, l'interdiction durera cinquante ans (un demi-siècle)".

Chaque fois que je lis ce passage à un événement public, il déclenche des rires et des applaudissements, signalant une espèce de gaieté mêlée de soulagement. Je crois que les gens s'autorisent à rire parce qu'ils savent qu'une telle interdiction ne sera jamais décrétée : l'hyperbole du manifeste renvoie à une tradition performative distincte de ces lettres protestataires qui tentent sérieusement de faire décrocher un tableau des murs d'un musée, ou de convaincre Oprah "de retirer l'imprimatur influent" de son book club sur un roman accusé de ne pas avoir été "imaginé de manière responsable". Néanmoins, même s'il ne s'agit que d'un fantasme, imaginer une censure réparatrice qui dépende de la suppression de l'expression masculine soulève une vraie question, qu'on retrouve dans l'injonction : "Cette peinture doit disparaître."

Comme Jared Sexton l'observe avec sagacité lorsqu'il analyse la lettre de Hannah Black au Whitney : "Trois fois, Black répète, touchant le nœud du problème : cette peinture doit disparaître. Soit, mais même à supposer que nous soyons totalement d'accord, nous ne pouvons que demander : disparaître pour aller où ?" Le refoulé revient inéluctablement, notamment parce que notre turbulente coexistence – avec les autres, nous-mêmes, l'Histoire, les images, les idéologies toxiques qui nous précèdent – n'a pas prévu de touche "Eject". Comme le démontrent à la fois "The Thanksgiving Paris Manifesto" et la lettre de Black (quoique par inadvertance), le fantasme d'une censure ou d'une prohibition qui viendrait régler la question du partage de nos libertés et de notre nécessité d'expression repose souvent sur des distinctions – noir/blanc, masculin/non-masculin – qui ne tiennent pas longtemps la route (sans parler du fait que leur mise en vigueur finirait par réifier le pouvoir des institutions que les autrices entendent mettre à mal)[18].

"Juste, ferme-la" peut parfois être la réponse adéquate, qu'on se l'adresse à soi-même ou aux autres. Mon expérience d'enseignante (et de parent) m'a par ailleurs appris qu'insister lourdement mène rarement au résultat souhaité, d'autant moins sans explication valable ni soin. Sur le plan psychologique, pour reprendre la pensée de Phillips, nous avons tendance à haïr les gens qui nous inhibent ; a fortiori si ces inégalités historiques autour de la prise de parole ne nous ont pas été enseignées. L'injustice a beau être criante et révoltante, notre connaissance de ces inégalités n'est pas innée, pas plus que la conscience de notre héritage à leur égard. Il faut les apprendre, et il faut les enseigner. Leur enseignement demande de l'indulgence ; cette responsabilité ne devrait pas incomber à ceux qui ont pâti le plus de cette iniquité.

Toute règle, même celle de la compassion, peut être amenée de manière maladroite, voire délétère, a fortiori quand elle est présentée comme une injonction ou une contrainte. Sans doute beaucoup se reconnaîtront dans les mots de l'écrivaine féministe Laurie Penny lorsqu'elle s'écrie : "Ça me rend malade qu'on me demande encore d'avoir de l'empathie pour les chauvins et les misogynes, je n'en peux plus d'essayer de comprendre et d'excuser la souffrance qui les a conduits à soutenir tel fasciste ou à harceler telle femme ou à prendre le volant de cette fourgonnette ! Quand ces gens se mettront à manifester un minimum d'empathie pour quiconque, faites-moi signe." Néanmoins, par souci de pragmatisme autant que par principe, je reste fidèle à la compassion radicale, et non pas celle qui attend un signal[19]. Apprendre à savoir à quoi ressemble cette compassion en pratique – et comment la différencier de ce que Chögyam Trungpa appelle "la compassion idiote" (celle qui nous pousse à nous laisser marcher sur les pieds, ou à entreprendre de "faire le bien" sous couvert d'autogratification) – est le travail rigoureux de toute une vie. Ça ne fonctionne pas à tous les coups.

I care/I can't

Résister à la rhétorique du préjudice pour certains artistes n'est pas nécessairement le signe d'un manquement éthique, mais une façon de reconnaître tacitement que certaines formes de soin ne sont pas compatibles avec l'ampleur de la demande. Ça devient une question d'échelle, au sens où l'art, s'il peut être ressenti ou pris personnellement, n'est pas, essentiellement, personnel. Présumer que fabriquer une sculpture ou écrire un roman revient à établir une relation intime avec son spectateur ou son lecteur est un leurre. C'est du même acabit que de penser que nous connaissons personnellement une actrice parce qu'elle joue dans notre film préféré, ou que nous sommes proches d'un chanteur parce qu'il a roucoulé dans nos écouteurs dans un moment de détresse affective. Notre accès accru à des figures publiques via les réseaux sociaux a rendu ce leurre d'autant plus commun : or, la possibilité qui nous est donnée de nous adresser aux artistes pour leur faire part des émotions qu'ils nous ont inspirées ne les rend pas pour autant responsables de nos états d'âme.

Refuser d'assumer le poids des sentiments que peut inspirer son art chez les autres – une foule innombrable, hétérogène, et essentiellement incontrôlable – ne me semble pas indiquer un manquement éthique. Ça me paraît plutôt poser des limites saines dans un monde dédié – à travers la publicité ciblée, le partage de calendriers Google, les cartes d'invitation virtuelles qui attendent urgemment votre réponse, la disponibilité 24/7 d'environ trois milliards et demi de personnes de par le monde qui se servent d'un e-mail ou des réseaux sociaux – à l'érosion de toute limite. Cette érosion présume que notre attention, qui est une marque de soin, peut être accessible à toute personne munie d'un fort ressenti et d'un accès au Wifi. L'épuisement (ou l'addiction) que génère cette économie de l'attention – dont tant de gens se plaignent – prive d'un temps qui aurait pu être consacré à des activités ou des êtres chers. En dépit du fantasme d'un potentiel de soin illimité – ce qui s'envisage effectivement, dans un sens spirituel –, au quotidien la plupart d'entre nous se confrontent au fait que le soin est, lui aussi, une économie, avec ses limites et ses points de rupture[20].

Dans "Exhaustion and Exuberance: Ways to Defy the Pressure to Perform" [épuisement et exubérance : des façons de défier la pression de la performance], le critique

Jan Verwoert décrit le problème en termes d'échelle : "D'un point de vue éthique [...] un problème fondamental se pose : quand on prend pleinement conscience de ce qu'implique de dire 'I care' (je m'en soucie, j'en prends soin, ça m'importe), nous sommes contraints de reconnaître que le potentiel du *care* ne peut jamais être organisé collectivement, parce que la dette envers la personne ou la chose que suppose ce *I care* est toujours hautement spécifique. D'en faire une généralité revient à nier son impulsion même." Verwoert ajoute que si on tient à se consacrer aux "disciplines du *care*" dans un environnement médiatique et une économie qui ont pour vocation d'épuiser nos ressources de temps et d'attention, il faut apprendre à se fixer des limites. Dans certaines situations, observe Verwoert, "proférer 'I can't' [je ne peux pas]", devient "la seule manière adéquate d'exprimer son *care* – pour les amis, la famille, les enfants ou l'amant qui requièrent votre présence, ou pour maintenir une pratique artistique qui demande du temps". Comment trouver le bon équilibre entre cette conviction spirituelle, expansive, que *nous nous devons de tout nous donner* et cette économie conjoncturelle et spécifique, cela demeure une énigme, que chacun apprendra à gérer différemment selon ses goûts et ses capacités.

Il peut paraître blessant d'entendre (ou de dire) : "Je ne peux pas", mais la phrase indique que l'attention du locuteur se fixe ailleurs. Pour de nombreux artistes, cet "ailleurs" est la protection féroce, parfois inconsciente, de ce qui permet la continuité d'une pratique artistique. Cette protection peut sembler exaspérante. Ça se comprend, dans la mesure où le soin esthétique appartient à un ordre différent des autres formes de soin. Or s'il ne semble pas se soucier directement d'autrui, c'est bien parce que c'est le cas. Le soin esthétique implique d'être préoccupé par d'autres choses, comme le grain du papier, le pigment, la gravité, l'oxydation, le hasard, les motifs, les morts et les êtres à venir. Toutes ces choses sont aussi le monde, elles constituent des forces envers lesquelles on peut se sentir une obligation ou un devoir. Le fait que ces forces ne nous réclament pas à travers des corps humains ou des principes éthiques n'est pas une raison pour douter de l'intensité ou de la vitalité de leur appel. Je suis mariée à un artiste, et bien que, vraisemblablement, nous comprenions l'importance de nos travaux respectifs mieux que quiconque, le fait qu'il s'agisse d'un labeur principalement automotivé, solitaire, qui prend du temps (et s'accompagne de "pauses" qui, de l'extérieur, ressemblent beaucoup à des pertes de temps), avec peu ou pas d'échéances ni de garanties financières (le plus souvent, le travail fonctionne à perte), en fait une cible facile quand l'un de nous considère que l'autre pourrait ou devrait faire autre chose (ranger la maison, jouer avec les enfants, prendre soin de notre couple, gagner de l'argent, et j'en passe). Or nous savons tous les deux – surtout en tant qu'enseignants – que l'une des choses les plus vitales que nous avons à transmettre, à nos étudiants comme à nous-mêmes, est l'importance d'accorder du temps et de l'espace à son art dans un monde qui menace perpétuellement de le mépriser ou de le rabaisser.

Certes, il arrive des moments dans la vie d'un artiste où la posture du "I can't care" – je ne peux pas m'en préoccuper – n'est pas tolérable (chez nous, ça arrive environ une fois par semaine). Mais quoiqu'on puisse toujours demander davantage ou différentes choses à l'autre, attendre qu'il s'implique ou nous réponde selon nos critères n'est jamais que le reflet de notre désir. Un désir qui risque toujours d'être contrarié. La réponse à "tu dois m'écouter" ou "tu dois t'occuper de moi" ou "tu dois me répondre" – que l'on s'adresse à un artiste, une institution, son amant, son enfant, ou son représentant au

Congrès – peut toujours être "non" (ou "pas comme tu aimerais"[21]). Auquel cas, il faudra un plan B. En général, ce n'est pas une mauvaise idée d'avoir aussi un solide plan C, et D. Car dès lors que nous intégrons réellement l'idée qu'il y a d'autres personnes dans le monde – ce qui est plus difficile qu'il n'y paraît – nous devons accepter le fait que nous ne pouvons pas les contrôler, quand bien même nous dépendons d'eux (Phillips). Manquer à ce point de contrôle est terrifiant – et rageant. C'est aussi ce qui marque le début d'une vie politique, comme l'a souligné Phillips, sans compter que c'est là le berceau de l'expérience réparatrice.

Peur de faire ce qu'il choisit

Quand Langston Hughes affirmait : "Un artiste doit être libre de choisir ce qu'il fait, certes, mais il ne doit pas non plus avoir peur de faire ce qu'il choisit", il s'inquiétait surtout de "l'ardeur de la race [noire] vers la blanchité". Il pensait tout particulièrement à un poète noir (Countee Cullen, présume-t-on) que Hughes cite : "Je veux être un poète, pas un poète nègre." Aussi, avoir peur dans ce contexte signifiait en premier lieu avoir peur – et, plus encore, avoir honte – d'être noir et d'écrire en Noir, quel qu'ait été le sens de l'expression pour Hughes à l'époque.

Je ne veux pas mettre des mots dans la bouche de Hughes en sortant sa citation de son contexte. Mais laisser sa sage complexité planer semble aussi une façon de lui rendre son dû. Car il ne fait aucun doute que ce mantra s'est révélé fabuleusement versatile et pertinent dans des situations et pour des locuteurs au-delà de celles et ceux qui l'ont vu naître. Chaque génération doit combattre ces forces face auxquelles l'artiste a "peur de faire ce qu'il choisit" ; cette notion était clairement capitale pour Hughes, qui, en plus de son engagement dans la communauté artistique sur les questions de public, de patronage et d'accès, était poursuivi par le FBI pendant la "Chasse aux sorcières" des années 1940 et 1950.

Claudia Rankine et Beth Loffreda ont absolument raison de soutenir qu'il est crucial, en particulier au sujet des controverses raciales en art, d'éviter de prendre "la critique pour de la prohibition", une confusion qu'elles perçoivent comme une "rhétorique inflationniste de la blanchité scandalisée". Inutile de dire que je ne suis pas trop inquiète pour celles et ceux dans le genre de la femme de lettres Lionel Shriver, qui, un sombrero sur la tête, s'est un jour lâchée : "J'avoue que ce climat d'inquisition me hérisse le poil. À mes débuts en tant que romancière, je n'hésitais pas à inventer des personnages noirs, à me servir, par exemple, de dialectes noirs, pour lesquels, ayant grandi dans le sud des États-Unis, [j'ai] plutôt une bonne oreille. J'ai maintenant beaucoup plus d'appréhension à écrire des personnages d'autres races, et les accents m'angoissent." Dieu la préserve de toute hésitation, de toute angoisse, ou d'un tant soit peu d'introspection, avant d'écouter sa "bonne oreille" enchaîner les dialectes noirs ! Son incapacité totale à prendre conscience de ce qu'il peut y avoir de stimulant, de constructif, d'esthétiquement ou éthiquement éclairant – malgré l'inconfort passager – dans l'introspection ou l'éducation nous dit tout ce qu'il y à savoir sur la fragilité du sentiment de liberté artistique de Shriver, laquelle, apparemment, s'étiole au contact de l'histoire désolante et souvent profondément raciste de la représentation blanche de la parole noire, ou à la perspective d'être critiquée pour s'y être associée.

Il me semble, cependant, que quand nous demandons réellement à ce qu'une œuvre d'art soit détruite et/ou prohibée, et/ou que son créateur ou son exposant subissent des conséquences punitives uniquement sur la base de cet art (à travers, par exemple, l'application de mesures disciplinaires sur le lieu de travail de l'artiste, l'annulation d'une exposition, la destruction de l'œuvre, la radiation de l'artiste des institutions, le retrait des honneurs attribués à l'œuvre, l'interdiction pour l'artiste de présenter son travail au public, la menace personnelle, etc.), il est malhonnête de soutenir, comme je l'ai si souvent entendu, que nous ne demandons *réellement* rien de tout cela, sur la foi que nous n'avons pas le pouvoir d'appliquer de telles sanctions, qu'il ne s'agit que d'une agitation fantoche dont le seul but est de se faire remarquer, quand la simple critique passerait inaperçue. De même, si par "conséquences" nous entendons "exiger que les pouvoirs en place interfèrent pour discipliner et punir", il faudrait pouvoir pleinement assumer cette position. La critique Andrea Long Chu n'a pas tort quand elle déclare, dans un article consacré à #MeToo, que "*souhaiter punir*, pour le meilleur ou pour le pire, n'est pas la même chose qu'*imposer une punition*". Toutefois, dès lors que ce souhait est formulé publiquement, je ne suis pas sûre que cette distinction soit moralement viable. Juste parce que nous n'avons pas nécessairement les moyens de traîner quelqu'un en justice, ou de le condamner à mort socialement ou professionnellement, ça ne veut pas dire que nos allégations ou nos campagnes de pression sont sans répercussions, y compris punitives. (Si elles étaient si vaines que ça, pourquoi se fatiguer à les formuler ?) En outre, si on accepte la définition de la censure que propose l'ACLU (American Civil Liberties Union : le syndicat de défense et de préservation des droits individuels et des libertés garantis par la Constitution et les lois aux États-Unis) – "la censure, la suppression de mots, d'images, ou d'idées 'outrageantes', a lieu dès lors que certaines personnes parviennent à imposer leurs valeurs personnelles, politiques ou morales sur d'autres. [Elle] peut être perpétrée par un gouvernement comme par des groupes de pression privés" –, force est de reconnaître que l'organisation de la suppression de certaines œuvres, ou la radiation ou le licenciement d'artistes du fait de leurs œuvres, peut effectivement être considérée comme de la censure ; pas besoin de badge ou d'affiliation gouvernementale pour cela.

Je comprends l'adage selon lequel la protestation est le recours de personnes "dénuées de pouvoir", alors que la censure est appliquée par des gens "munis de pouvoir", une logique à l'aune de laquelle les requêtes dans le genre de celle de Black, qui vise à retirer et détruire la peinture de Schutz, ne peuvent s'appeler "censure" à proprement parler, hormis en principe. (À un moment donné, Durant s'est servi de cette distinction pour expliquer pourquoi il ne considérait pas que détruire *Scaffold* revenait à se plier à la censure, quoiqu'il ait depuis revu ses propos avec davantage de nuance[22].) Mais nous n'avons probablement pas besoin de nous mettre d'accord sur ce qu'on qualifie techniquement de "censure" pour réfléchir de manière critique à nos tactiques, nos habitudes et nos présomptions quant au pouvoir. Le pouvoir se transforme et se meut – comme peut en témoigner tout militant confirmé, sachant qu'il a déjà fait un bon bout de chemin vers son actualisation. Laisser de côté une notion fossilisée de ce qu'est et où se situe le pouvoir et comment il se déplace peut constituer une part cruciale de sa redistribution ; reconnaître et ressentir le pouvoir dont nous sommes *munis* – sans parler d'analyser notre désir à son endroit – nous invite à examiner ce que nous voulons en faire, ce que nous en faisons déjà. Soutenir que tout est bien qui finit bien quand les institutions refusent de se plier à nos requêtes (telles que l'université ne licencie pas le professeur, le musée ne décroche pas le tableau, l'éditeur n'annule pas le livre) n'a, à mon sens, rien d'une stratégie gagnante.

Pour ce qui est de l'autocensure, elle est notoirement difficile à évaluer : on peut recueillir des anecdotes et prendre la température ambiante, mais les décisions artistiques individuelles demeurent, pour la plupart, des histoires d'affect difficiles à démêler, auxquelles nous n'avons pas toujours totalement accès. En outre, nous nous autocensurons à longueur de temps, souvent à grand profit d'un point de vue social, personnel et esthétique (en écriture, on pourrait même appeler ça “réviser”). D'aucuns voient dans certaines formes d'autocensure la preuve d'une évolution des normes salutaire (à l'instar des nouveaux standards d'acceptabilité vis-à-vis des propos chauvins) ; certains s'en trouvent réconfortés, car elle signale que la liberté, dans une certaine mesure, est encore en vigueur (les gens ont tendance à se réjouir, par exemple, quand ils entendent qu'un auteur de littérature jeunesse ou un Sam Durant ont pris les devants et ont décidé de leur propre chef de retirer un livre de la circulation ou de faire détruire une sculpture, plutôt que de voir l'institution chargée de représenter l'œuvre céder à une pression externe). Bill Donohue, de la Ligue catholique, qui a pour stratégie de miner les artistes au point qu'ils finissent par autocensurer tout travail potentiellement blasphématoire avant même de le réaliser, va jusqu'à appeler l'autocensure “une amie de la liberté”. À l'inverse, d'aucuns voient dans l'essor de l'autocensure le triomphe insidieux de mesures liberticides (“Mais il allait bien, tout allait bien. La lutte était terminée. Il avait remporté la victoire sur lui-même. Il aimait Big Brother”).

L'agence nationale contre la censure (NCAC : Nationale Association Against Censorship) a passé des décennies à traiter ce type de problèmes, et soutient que “bien que cela puisse être une bonne chose de réguler ses propos afin de ne pas offenser qui que ce soit, la rhétorique de l'offense a également servi de justification pour menacer des institutions de représailles physiques ou de pertes de subventions, déclenchant par là même une sorte d'auto-censure qui met en péril la vie culturelle du pays". Suite à la controverse autour de *Scaffold*, la NCAC a critiqué les agissements du Walker Art Center en ces termes :

> Les institutions culturelles et les artistes doivent impérativement développer des façons créatives de répondre à ce genre de critique et de controverse et s'impliquer de manière productive auprès de communautés diverses tout en prenant au sérieux leur responsabilité envers les œuvres d'art soumises à leur tutelle. Sans un soutien institutionnel actif pour leur travail, les artistes – qui peuvent faire face à une pression extrême sur les réseaux sociaux, à des attaques *ad hominem*, et même à des menaces physiques – ont parfois l'impression de n'avoir d'autre choix que de consentir à la destruction de leur travail, de s'engager à éviter certains sujets dans leur art (autocensure), voire même de céder leurs droits d'auteur.

Durant a démenti n'avoir eu "d'autre choix" que de se plier aux demandes des manifestants ; mettre en doute l'expression de sa volonté reviendrait à l'accuser de fausse conscience, ce qui n'est pas mon but. En réalité, j'ai lu dans l'histoire de l'engagement de Durant auprès du peuple Dakota une leçon douloureuse mais en définitive édifiante des possibilités de la protestation, du dialogue et de la résolution. Mais il serait aussi naïf de ne pas reconnaître, comme le fait la NCAC, que l'environnement actuel est capable d'exercer des nouvelles formes de pression intenses, et même menaçantes, sur des artistes – une pression dont nous n'avons pas encore complètement cerné les enjeux, mais qui indubitablement nous affecte tous.

Souligner qu'une telle pression peine à se mesurer aux pratiques actuelles et passées en matière de discrimination, d'exclusion et de suppression gouvernementale est une évidence ; c'est pour cette raison que je m'abstiendrai de lâcher des mots comme *totalitaire* pour la décrire. Masha Gessen le formule ainsi : "L'idéologie totalitaire a le pouvoir de l'État derrière elle. Les exécutants de l'État totalitaire – qu'il s'agisse des membres du comité central, des dirigeants du syndicat des écrivains, ou des distributeurs de campagnes d'affichage dans les magasins – avaient le pouvoir des institutions étatiques derrière eux. Les manifestants dans les rues des villes américaines et les journalistes qui les soutiennent ne sont pas mandatés par un pouvoir étatique ou institutionnel, bien au contraire : en toute situation, ils lui sont opposés." En même temps, se concentrer exclusivement sur les périls du pouvoir étatique risque de mettre à distance ou de minimiser les difficultés spécifiques de notre époque, dont la privatisation métastasée de ce qu'on appelle la sphère publique, où de plus en plus d'éléments de nos vies sont façonnés par des forces non gouvernementales, y compris des forces corporatives ; ce serait aussi sous-estimer l'importance que revêtent les sphères autres que politiques – les sphères sociales, privées, affectives et spirituelles – dans la construction de l'expérience ressentie de nos communautés et de nos vies.

Si la prise de conscience à laquelle on assiste dans le monde de l'art face au racisme structurel, à l'inégalité des chances, à la philanthropie toxique, au *art washing**,

* L'*art washing* désigne l'investissement de grandes corporations dans le but de redorer leur image de marque, ou de blanchir leur malfaisance sociale ou politique ; le terme est également employé pour indiquer la gentrification des quartiers transformés par l'installation de galeries d'art, où la flambée du marché immobilier contraint les populations à se délocaliser.

aux relations communautaires, à la restitution et au dessaisissement est aussi profonde que transformative, elle ne peut éviter de perturber et de désorienter un grand nombre de gens. Ça me semble évident. Mon souhait est que nous puissions nous engager dans cette prise de conscience tout en nous rappelant que nous nous tournons vers l'art – ou, au minimum, certains d'entre nous se sont tournés vers l'art à un moment donné – précisément pour *échapper* aux impasses binaires telles qu'aimer/ne pas aimer, dénoncer/couronner – ce que Sedgwick appelle "la rhétorique bon chien/mauvais chien de l'école de dressage pour chiots" – qui nous assiègent partout ailleurs. La plupart des artistes qui comptent profondément pour moi ont eu des incartades avec la justice, et pas toujours pour des raisons éthiquement défendables (pour chaque Thoreau il y a un Marquis de Sade, pour chaque Hughes il y a un Cleaver, pour chaque Goldman il y a une Solanas). De nombreux artistes et penseurs sur lesquels je m'appuie dans ces pages se sont fait "démonter" à un moment ou à un autre ; en réalité, ce livre m'a pris tant de temps à écrire que certains d'entre eux sont passés de la phase de dénigrement à la catégorie de "favori problématique", une expression que je déteste. Je la déteste parce qu'elle présume qu'il existerait des êtres humains "non problématiques", ce qui signifierait, j'imagine, que rien de ce qu'ils ont jamais dit, pensé, expérimenté ou fait n'a jamais contrarié personne, ce qui me semble aller à l'encontre de toute pensée sérieuse, de toute pratique artistique digne de ce nom, ou de tout être humain complexe. Cette approche reflète la logique qui tend à "idéaliser, dénigrer, rejeter", caractéristique d'une appréhension narcissique des autres êtres humains, autrement dit une non-appréhension. Penser que, si seulement nous pouvions réparer les gens – amputer un petit bout d'alcoolisme ici, un petit bout de pédophilie là (ou de machisme ou de transphobie ou de trouble de la personnalité ou qu'importe) –, nous pourrions alors continuer d'en faire nos héros me paraît absurde, voire cruel. Au minimum, cette pensée entretient un rapport des plus ténus avec l'idéologie d'une justice réparatrice, une idéologie dont cette logique s'empare pourtant allègrement sans engagement concomitant envers ses principes fondateurs[23].

Le mythe de l'artiste hors la loi (ou du réalisateur mégalomane ou du romancier incorrigiblement libidineux, ou ses pendants) ne peut continuer à servir d'excuse, comme ça a été si longtemps le cas, aux comportements inacceptables. En même temps, il serait naïf et injuste d'attendre des artistes ou des écrivains qu'ils témoignent d'un accès privilégié aux aspects les plus intenses, extrêmes ou douloureux de la vie, puis de prendre l'air surpris ou effaré en apprenant qu'ils ont un rapport à ces choses qui excède la contemplation abstraite ou la simple critique. Fort heureusement, prétendre que le monde se divise soigneusement (ou qu'il nous revient de le diviser) en des personnes problématiques, moralement turbulentes, essentiellement dangereuses qui doivent rester "là-bas", et des personnes non problématiques, moralement responsables, essentiellement de confiance, qui elles peuvent rester "ici", n'est pas notre seule option. Après tout, ce que je viens de décrire s'appelle une prison.

Liberté et fun

Les enjeux qu'il y a à opposer la désinhibition et la liberté à l'inhibition et au devoir dépassent de loin le monde de l'art. Alors même que j'écris ces lignes, l'extrême droite alternative est en train de faire valoir ce que Wendy Brown a décrit comme "une brillante

[...] campagne" en vue d'associer "les sentiments anti-égalitaires, anti-immigration et anti-responsabilités à la liberté et au fun", tout en rejetant "les engagements de la gauche et des libéraux dans le camp de la répression, de la régulation, de la sinistrose et de la police". Cette campagne séduit ses adeptes en puissance avec la promesse d'une exonération de toutes sortes de responsabilités, qu'elles soient "envers soi-même, les autres, le monde, un compactage social avec les autres, un compactage social avec l'avenir, au nom d'un certain type de désinhibition politique et sociale". L'avertissement de Brown – dont l'urgence s'est amplifiée à mesure que j'écrivais ce livre – quant à la fusion du libidinal "liberté et fun" aux accents libidineux avec un "nouvel étatisme autoritaire" progresse à une rapidité et avec une puissance prodigieuses, et une capacité singulière à embrigader "les jeunes, les immatures, les désinvoltes, et les meurtris". Cette fusion, dit Brown, nous confronte à "une difficulté pire que ce que nous avions conçu jusqu'alors", et exige que "nous réfléchissions en profondeur à des stratégies pour la contrer le plus efficacement possible"[24].

Une de ces stratégies a consisté à reproduire cette agression libidinale débridée au sein de la résistance, laquelle se dédouane de tout manquement éthique par la conviction que toute insulte, tout troll, voire toute violence physique non provoquée, deviennent des sources justifiées "de liberté et de fun" à partir du moment où ils sont commis par les vulnérables contre les puissants[25]. Constater que cette approche mène à des comportements qui imitent la cruauté désinhibée qui s'est fait connaître sous le nom de trumpisme ne revient pas nécessairement à se faire l'avocat des deux partis, comme certains le clameront immanquablement. Plutôt, il s'agit de constater que la jouissance qu'il y a à couvrir de vitriol ou à attaquer avec bellicosité ceux qui nous semblent responsables de nos griefs (souvent légitimes) est un écueil dans lequel nous sommes tous susceptibles de tomber, et pour lequel chacun est justiciable.

Une autre stratégie a consisté à endosser le rôle de “rabat-joie”, comme le revendique Sara Ahmed : “Être un rabat-joie peut devenir [...] un projet de construction du monde.” Pour Ahmed et d’autres, être un rabat-joie signifie reconnaître qu’il y a beaucoup de choses dans ce monde qui justifient notre mécontentement, et qu’attirer l’attention de certaines personnes sur ces injustices risque de les rendre elles aussi malheureuses (ce qui, en retour, tend à faire du messager l’oiseau de mauvais augure, s’il ne l’était pas déjà, en vertu de sa simple présence). Le message rabat-joie d’Ahmed résiste avec insolence à l’injonction au bonheur, en particulier quand ce bonheur dépend de la suppression du malheur des autres, jusqu’à et y compris leur assujettissement[26].

Passer par la case rabat-joie peut être une étape primordiale pour comprendre comment encourager des formes de bien-être plus justes et mieux partagées ; en y mettant de l’humour et de la créativité, ça peut même être fun (comme le démontre le projet d’art immersif *KillJoy’s Kastle* [le château de Rabat-joie], une maison hantée lesbienne féministe, créée par les artistes Allyson Mitchell et Deirdre Logue, qui “ressuscite avec un zeste queer les théories, les idées, les mouvements et les stéréotypes ‘morts’” sous la forme de “grands-mères vampiriques polyamoureuses”, de “chanteurs de folk zombies”, de “goules rebelles” et de “professeures de *women’s studies* déjantées”[27]). Mais il y a aussi simplement trop de choses dont j’ignore encore tout (et que je meurs d’envie de connaître) sur le plaisir ouvert, la convivialité insurrectionnelle et la compassion radicale pour passer mon temps à vénérer une rhétorique rabat-joie, ou privilégier la complainte, laquelle sombre trop souvent dans "une sorte d'aliénation communautaire tordue où les gens se retrouvent liés non par le sang ou une langue commune mais à travers un surenchérissement du malheur", pour citer Moten. Cette situation a tendance à produire, souligne encore Moten, tout un tas de gens qui passent "le plus clair de leur temps à penser à ce qu'ils ne veulent pas faire, à ce qu'ils ne veulent pas être, plutôt que de commencer par être, et par faire, ce qu'ils veulent".

L'art a longtemps été ce lieu où les gens pouvaient faire, et imaginer, ce qu'ils voulaient. Ce lieu où faire l'expérience des extrêmes, se laisser tenter par la sauvagerie, la satire, la désobéissance, les tabous, la beauté et l'absurde, où faire place à ces gestes et ces désirs anarchiques qui dans d'autres contextes risqueraient de renverser (pour le meilleur ou pour le pire) les normes ou les structures sociales. Ça a longtemps été un espace de liberté et de fun, sans pour autant avoir recours – ou rarement – à l'intimidation, à la menace, ou au *bullying*[28]. Comme l'a exprimé Dawn Lundy Martin au sujet du travail de Kara Walker, ça peut aussi être "un exorcisme [...] un exutoire de démons culturels" – un cadre où contempler ou délimiter ce qui est proprement irregardable ailleurs. Pour certains d'entre nous, l'art offre de la magie – une magie qu'il est difficile de trouver ailleurs, qui rend la vie plus digne d'être vécue. Pour ceux que cet excès de sentimentalisme ferait lever les yeux au ciel, ou qui en sont venus à considérer l'art comme un énième concept en faillite, ou un attribut dommageable du capital, je n'ai rien à leur opposer, sinon à leur rappeler qu'il peut aussi exister d'autres choses – des choses qui pour certains d'entre nous comptent autant ou plus encore que les fruits de la démystification.

Le soin esthétique

Le revirement vers un langage de devoir et de soin dans le domaine de l'art reflète la conviction que toutes les formes de relations humaines, y compris l'art, peuvent et doivent être jugées dans le cadre d'un standard utilitaire qui consiste à "permettre à tous les membres d'une collectivité de connaître une vie meilleure", comme l'énonce Susan Sontag dans *L'œuvre parle*. Sontag avait ses doutes. Voici le passage en question : "Car, au contraire de l'art, c'est dans son utilité que la morale trouve en fin de compte sa justification : la morale est faite – ou on se persuade qu'elle est faite – en vue de permettre à tous les membres d'une collectivité de connaître une vie meilleure. Mais le champ de la conscience – que l'on assimile à tort à la faculté de contemplation – est beaucoup plus vaste, beaucoup plus varié que celui de l'action."

J'ai souvent relu cet essai, y découvrant chaque fois quelque chose de nouveau ; le passage qui m'interpelle le plus aujourd'hui est : "beaucoup plus vaste, beaucoup plus varié que celui de l'action". Le soin, la réparation, rendre la vie meilleure – toutes ces choses comptent énormément (elles comptaient aussi énormément pour Sontag). Mais, pour le meilleur ou pour le pire, elles ne sont pas tout. Pour nombres d'entre nous – peut-être même pour une majorité de gens –, la vie semble plus ample, plus vivable, "beaucoup plus vaste, beaucoup plus varié[e]", quand elle ne se réduit *pas* au soin ou à la réparation. On y prend davantage de plaisir quand elle offre plus de texture, plus d'espace pour différentes sortes de quêtes, de compulsions, de réjouissances, quand bien même elles seraient en apparence sans valeur. En dépit des fréquentes et ferventes assertions du contraire, une telle amplitude n'est pas le domaine ou l'aspiration exclusive des privilégiés[29].

En réalité, de nombreux artistes issus de communautés dites marginalisées découvrent en fin de compte que l'un de leurs plus rudes combats ne concerne pas tant le droit de créer une œuvre qui réponde de manière réparatrice "aux réalités barbares de la violence raciale et genrée sur lesquelles nos vies sont fondées" – ce que Hannah Black appelle le plus haut but de l'art – que la possibilité d'être entendus, considérés, ou pris au sérieux quand ils décident de s'attaquer à tout autre chose (je vis avec un artiste qui mène ce combat au quotidien, et le trouve suprêmement déshumanisant).

Une des ironies qu'il y a à imposer à l'art de répondre à un standard utilitaire est que ce dernier fait écho à la fixation capitaliste de résultats quantifiables – auquel cas, célébrer l'art pour ses aspects non utilitaires, pour le "rien" qu'il génère, peut devenir un moyen d'attirer l'attention sur la présence d'un système de valeurs différent, d'une autre modalité d'être. "À considérer combien de choses terribles se produisent, écrit Wayne Koestenbaum, après Oscar Wilde, est-ce que ce ne serait pas mieux qu'il ne se produise rien ? La poésie qui ne produit rien est la chose qu'elle produit. Elle interrompt la violence de tant de choses qui constituent la 'production', c'est-à-dire la destruction." Sontag avance un argument semblable dans *Devant la douleur des autres*, quand elle écrit : "Il n'y a rien de mal à prendre du recul et à réfléchir. La sagesse dit : 'On ne peut pas frapper et penser en même temps.'" De telles notions pourront sembler frustrantes aux critiques qui attendent de l'art qu'il éveille des nouveaux contre-publics ou génère des nouvelles formes de soin communautaire ; elles pourront aussi mécontenter les artistes qui considèrent leur art comme une forme de militantisme. Mais il n'est pas nécessaire qu'il en soit ainsi. Que l'art *puisse* être réparateur ne revient pas à dire qu'il *doit* l'être pour compter. En outre, ce qu'on appelle réparation fonctionne aussi de manière mystérieuse : il ne serait pas abusif de dire, par exemple, que la “nourriture de la conscience” de Sontag a un effet réparateur[30] ; à un moment donné, ce qui est réparateur et ce qui ne l’est pas devient une affaire de sémantique, un jeu auquel on joue quand on présume que l’art (ou un certain art) demande à être justifié.

Le soin esthétique – celui qui reporte son attention, mettons, sur un millier de carrés dessinés au crayon, sans, du moins pas à cet instant précis, se soucier d’autrui, ni s’attacher à savoir si s’appliquer à dessiner ses carrés aura un lien avec (ou un effet sur) le bien-être d’autrui – est une source de texture et d’amplitude. La dévaluation du soin esthétique est longtemps allée de pair avec le diagnostic et la désapprobation de cette chose alternativement appelée “art pour l’art” ou “formalisme” (une histoire à laquelle renvoie Black dans sa lettre quand elle invoque le “formalisme vide”, un terme dérogatoire emprunté aux philosophes, de Hegel à l’École de Francfort). Mais le formalisme ne devient pas profond quand les artistes partagent les mêmes motivations ou préoccupations, et vide quand elles diffèrent. De la même manière, les artistes ne sont pas tenus d’œuvrer à partir d’une identité de questions fondatrices pour que leur travail ait une valeur. (Voir Mike Kelley : “Je fais de l’art pour léguer mes problèmes aux autres.”)

L’ironie de cette résurgence du moralisme politisé où le formalisme joue de nouveau le mauvais rôle réside dans le fait qu’au cours des dernières décennies on a assisté à un essor d’œuvres de pensée critique en art qui semblait enfin s’écarter des vieux clivages – forme/fond, abstraction/figuration, art comme objet autonome apolitique/ art comme arme politique, art comme subversion/ art comme réinscription hégémonique – qui avaient dominé les discours pendant près d'un siècle[31]. Je pense, par exemple, aux réexamens récents du formalisme, de l'abstraction et du conceptualisme, passés au crible de la *queerness* ou de la *blackness*, via le "formalisme queer", ou les libres associations curatoriales autour de la *blackness* et de l'abstraction, comme celles de Glenn Ligon et d'Adrienne Edwards[32]. La théorie et la pratique d'une "abstraction sociale" de l'artiste Mark Bradford (qu'il décrit comme un art abstrait "qui reste bordé par un contexte social et politique") sont ici pertinentes, ainsi que la théorisation d'un formalisme queer qui ne revendique ni de s'être débarrassé du démon de la politique identitaire ni de s'y opposer [33].

Amy Sillman – une féministe queer qui a consacré la majorité de sa carrière à la peinture abstraite – formule le problème ainsi : "Ce qui serait beaucoup plus intéressant que l'opposition rigide à la politique identitaire serait une politique identitaire plus intéressante, qui s'interroge davantage sur l'expérience et la perception réelles des autres, qui interroge de manière plus nuancée les subjectivités, la *culture locale*." Sa réflexion m'évoque la célèbre remarque d'Aimé Césaire, énoncée dans une lettre de 1956 : "Je ne m'enterre pas dans un particularisme étroit. Mais je ne veux pas non plus me perdre dans un universalisme décharné. [...] Ma conception de l'universel est celle d'un universel riche de tout le particulier, riche de tous les particuliers, approfondissement et coexistence de tous les particuliers."

Dans ce même texte, Sillman raconte comment, après qu'elle eut obtenu son poste dans le programme de MFA de Bard dans le cadre d'une campagne de discrimination positive pour mieux représenter les femmes au sein du corps enseignant, ces pratiques de recrutement ont fini au fil des ans par modifier radicalement la culture du genre sur le campus : “On a bougé de la case départ, des simples quotas et gestes symboliques, on a préparé le terrain pour pouvoir évoluer vers des conversations plus intéressantes, plus complexes. La politique identitaire nous a tous circonscrits à des unités séparées et autocentrées, mais elle nous a aussi donné le luxe de mélanger les questions de genre avec toutes ces autres choses qui nous intéressent, comme la forme, la couleur, l'histoire, la mémoire, l'affect, le sens, le visuel, etc.” Pour beaucoup de gens – y compris beaucoup de soi-disant formalistes – il a été difficile de comprendre que l'une des meilleures façons de rendre les discours sur “la forme, la couleur, l'histoire, la mémoire, l'affect, le sens, le visuel, etc.” parfaitement inintéressants est de continuer obstinément à les opposer au “fond” (qu'il s'agisse de “politique” ou de “politique identitaire” ou de quoi que ce soit d'autre) et à se camper dans une position réactionnaire, qui nous empêche à jamais de nous confronter à la différence, nous maintient sur cette case départ qu'évoque Sillman. Il est souvent plus fructueux de prendre le problème à bras-le-corps (à l'instar de travaux comme celui du chorégraphe Miguel Gutierrez dans sa pièce de 2019 intitulée *This Bridge Called My Ass* [ce pont nommé mon cul], dans laquelle Gutierrez s'attaque à “la perception selon laquelle les artistes de couleur ne travaillent que le fond [c'est-à-dire, des œuvres qui traitent de politique identitaire] et que les artistes blancs ne travaillent que la forme et la ligne”, ou la pratique de Sillman elle-même, qui consiste à déposer des fanzines politiques et satiriques dans les galeries qui présentent ses peintures abstraites).

Contraindre toute œuvre abstraite (ou n'importe quelle œuvre, à vrai dire) à être considérée à travers le prisme de ladite politique identitaire peut être suffocant. Mais, comme le suggère l'énigme du titre du livre de Darby English *How to See a Work of Art in Total Darkness* [comment voir une œuvre d'art dans le noir complet], il reste difficile d'échapper aux clichés, aux réponses réductrices et identitaires (comme celles qui considèrent, pour citer English, tout art abstrait par un artiste noir comme "l'articulation cryptique d'une fierté raciale farouche en attente de décryptage"), sans réifier l'idée que, si nous pouvions simplement *passer outre* toutes ces différences exaspérantes de statut et de milieu, les *vrais* sujets de l'art nous seraient enfin révélés, en particulier parce que cet état d'esprit risque de réaffirmer, une nouvelle fois, la vieille hiérarchie selon laquelle l'universel impose son joug sur le particulier, l'abstraction sur la figuration, le blanc éclatant sur les bigarrures de couleur. La parade est de trouver des façons encore inconnues de refuser ces termes, de renverser la tendance, de rester à l'écoute de cet "universel" de Césaire "riche de tout le particulier, riche de tous les particuliers, approfondissement et coexistence de tous les particuliers".

Forcé et librement donné

Quelques années avant d'être invitée à la conférence sur une "esthétique du soin", on m'avait demandé de participer à une autre table ronde sur les femmes écrivaines, laquelle a réellement eu lieu. Les participantes avaient deux sujets à traiter. Le premier était : "Est-ce que les écrivaines peuvent influencer l'imaginaire social de sorte à apporter des changements positifs à notre organisation psychosexuelle ?" *À fond*, ai-je pensé (non sans avoir soupiré intérieurement devant la sempiternelle justification utilitaire ou positive ; et quant au fait que la vie psychosexuelle puisse être organisée, mieux vaut ne pas me lancer sur le sujet). Le second était : "Sont-elles obligées de le faire, ou n'est-ce qu'une autre forme de maternage qui limite les femmes ?" *Absolument pas*, me suis-je dit.

À ce moment-là, j'ai écarté la partie de la question "ou n'est-ce qu'une autre forme de maternage ?", qui m'avait paru superflue, ou une vision étriquée du concept d'obligation. Des années plus tard cependant, cette question continue de me tarauder, ou revient instamment me hanter. La chose s'explique en partie dans le fait que je suis depuis devenue mère ; mais ce n'est pas sans lien non plus avec les récentes déferlantes théorique et philosophique qui soulignent les questions de dette, d'interdépendance et d'obligation, dont certaines issues de Levinas, qui, comme l'explique Simon Critchley, "formule l'affirmation extrême selon laquelle ma relation à l'autre n'est pas aimable bienveillance, soin compatissant ou respect de son autonomie, mais plutôt expérience obsessionnelle d'une responsabilité qui me persécute de tout son poids... En résumé, le sujet éthique levinassien est frappé de névrose traumatique".

Je constate avec un étonnement sans cesse renouvelé, en lisant exposé après exposé de cette figure névrotique, explicitement composite, dont la responsabilité pour le soin de l'autre déplace la primauté du moi, que la plupart de ces traités soit ignorent le maternel, qui a littéralement été le dépositaire de ce type de soin pendant des millénaires, soit le refondent en métaphore. Levinas lui-même décrit la responsabilité éthique "*comme* un corps maternel", de nature à "porte[r] l'Autre sans le ou la faire sienne" (les italiques sont de moi)[34]. L'essai de Jan Verwoert "Exhaustion and Exuberance" opère un rapprochement semblable lorsqu'il illustre une politique fondée sur "une dette envers l'autre" en s'appuyant sur une citation de l'artiste Annika Eriksson constatant qu'"en tant que mère (quand votre enfant a besoin de vous), 'non n'est pas une option'".

J'écris ces mots avec mon téléphone portable posé à côté de mon clavier, prête à tout abandonner pour aller chercher mon fils au cas où la fièvre qu'il a eue avant-hier se déclarerait de nouveau. Si ou quand on reçoit cet appel, de toute évidence, "non" n'est pas une option, ce qui nous autorise à nous interroger – pour qui *non* est-il, a-t-il historiquement été une option, et pour qui ce concept est-il radical ? (J'ai écrit cette phrase des années avant la pandémie ; j'ai depuis pris l'habitude d'essayer d'écrire avec mon fils à côté de moi, parfois sur mes genoux.) Dans une nation qui s'est donné pour vocation d'endetter et de surmener sa population et d'éviscérer ses services sociaux et ses gages, je défie quiconque de me trouver une mère – en particulier une mère pauvre, surmenée, et non blanche – qui ressente la notion de "dette infinie" ou le déplacement de la primauté de son moi à travers l'"expérience obsessionnelle d'une responsabilité qui [la] persécute de tout son poids" comme une nouveauté.

Compte tenu de la répression généralisée, de la valorisation aveugle, ou du manque d'études théoriques au sujet du maternel, je rends hommage à Moten pour ses commentaires, dans un entretien à la fin des *Undercommons*, selon lesquels "il est impossible de comptabiliser combien on doit les uns aux autres. Ce n'est pas comptabilisable. Ça ne marche pas comme ça. En réalité, c'est tellement radical que ça déstabilise probablement la forme sociale ou l'idée même de 'les uns les autres'. Mais c'est vers cela que nous conduit Édouard Glissant quand il parle de ce que cela signifie 'd'accepter de ne pas être une seule personne'. Et quand on y pense, c'est une sorte de lien filial ou essentiellement une relation maternelle. Quand je dis 'maternelle', ce que je sous-entends est la possibilité d'une socialisation générale du maternel". Je ressens moi aussi cette possibilité, et à beaucoup d'égards je la convoite (si par "socialisation" Moten entend une redistribution des charges et des conflits qui ont jusqu'à présent appartenu au maternel). Cette redistribution est, en effet, le but même de l'analogie, qui tend à souligner que le soin et la responsabilité pourraient et devraient circuler hors du corps maternel, ainsi qu'en dehors des liens biologiques (d'où, "Autre").

Le problème de cette analogie est qu'elle perpétue une longue tradition du maternel comme modèle idéalisé d'une dispense de soin désintéressé sans se préoccuper de l'expérience des mères elles-mêmes, lesquelles compliquent le tableau en ayant leurs propres besoins, sans compter qu'il s'agit d'une conception du soin historiquement et psychiquement lié à la désintégration, l'échec, l'inégalité et la coercition. Interroger l'usage de la mère comme modèle de dispense de soin désintéressé et d'obligation impose a priori de se confronter aux répercussions politiques et psychologiques qu'il y a à avoir féminisé ce travail pendant des millénaires, ainsi qu'aux contrariétés qu'a produites ce modèle pour celles présumées heureuses de l'incarner.

Si "accepter de ne pas être une seule personne" est essentiellement, ou analogiquement, une relation maternelle, il est utile de placer cette observation aux côtés de l'avertissement de Jacqueline Rose dans *Mothers: An Essay on Love and Cruelty* [mères : un essai sur l'amour et la cruauté] : "Nous ne devrions jamais sous-estimer le sadisme que peuvent engendrer les mères." Cette dynamique découle en partie du fait d'avoir lourdement chargé la figure maternelle de dispenser un soin et un amour illimités, inconditionnels et sacrificiels, sans réserve ni ressentiment, dans des systèmes qui rendent la tâche difficile voire impossible, qu'ils soient sociopolitiques, économiques, psychiques, ou tout ça à la fois. Il s'agit évidemment d'un piège, ce qui explique pourquoi Rose écrit : "Les mères sont toujours vouées à l'échec. [...] Un tel échec ne devrait pas être perçu comme catastrophique mais normal." Il ne se passe pas un jour sans qu'un incident, aussi insignifiant soit-il, éveille le spectre omniprésent de cette insuffisance. Par exemple, aujourd'hui j'ouvre ma boîte mail et tombe sur un message d'une journaliste française qui m'a interviewée la semaine dernière ; elle m'écrit avoir une petite question complémentaire, qui s'avère être : "Est-ce que vous m'avez dit que vous alliez chercher votre fils à l'école tous les jours, ou seulement certains jours ?" Je ne peux que deviner ce qu'elle sous-entendait, mais le message est assez clair : le soin esthétique ou intellectuel d'une mère doit toujours être hanté par le spectre d'un soin insuffisant pour son enfant – une intimation qui, faut-il le rappeler, ne s'adresse généralement pas aux artistes ou écrivains pères, dont un unique ramassage scolaire par semaine suscite typiquement une orgie de panégyriques[35].

J'ai une assez bonne idée de ce que la journaliste voulait me faire dire. J'ai choisi de ne pas répondre. Rassurer le monde sur la capacité des mères à "tout faire" ne servirait qu'à masquer, sous couvert de ma situation démesurément privilégiée, l'implacable fardeau auquel sont confrontées tant d'autres qui tentent péniblement de construire une existence vivable ; ce serait aussi abîmer l'inévitabilité du conflit maternel et de son échec. Une des leçons à tirer de ce conflit et de cet échec réside dans le clivage qui existe entre le soin qui nous est imposé et celui que nous dispensons de bon cœur – un soin qui peut sembler beaucoup plus agréable, plus joyeux, plus gratifiant, peut-être même plus moral –, or ce clivage demeure toujours plus trouble que nous ne le souhaiterions.

L'éruption de ces questions dans le domaine de l'art *via* la valorisation aveugle du soin a certainement contribué à mon *berk*, dans la mesure où elle menace de faire de l'art

– un domaine auquel les femmes ont eu accès il y a à peu près une seconde à l'échelle de l'histoire de l'humanité – un énième endroit où les femmes devraient se confronter à cette obligation déjà féminisée, maternalisée, de soin et de réparation, ou risquer d'être accusées de singer des formes de libertés masculinisées et toxiques quand elles s'engagent dans des voies "beaucoup plus vaste[s], beaucoup plus varié[es]" d'expression et de dévotion. Mon *berk* était puéril parce que je suis une mère et la fille de quelqu'un, ce qui revient à dire que j'ai conscience des plaisirs et des difficultés qu'il y a à ressentir l'envie et la nécessité de me dévouer entièrement aux besoins d'un autre, tout en désirant m'en affranchir pour me préoccuper des miens. Pour le dire encore autrement, j'ai conscience de la colère, de la peur et de l'angoisse qui submergent l'enfant découvrant que personne – pas même une mère parfaite – ne saura le prémunir de la souffrance, et inversement, de la colère, de la peur et de l'angoisse que ressent une mère confrontée à cette même réalité. (C'est pour cette raison que les peintures de *Shit Moms* [mères de merde] de Madani sont si novatrices et géniales car, pour la première fois dans l'histoire de la représentation picturale, les "mères de merde" – des mères littéralement faites de merde, bien que la merde soit fabriquée avec de la peinture, mais aussi des "mères merdiques", des *mauvaises mères* – occupent le devant de la scène.)

Supporter cette situation n'est pas optionnel. Mais l'étendre maladroitement au domaine de l'art l'est. Persévérer dans le fantasme selon lequel, avec suffisamment de prévenance (de la part de l'artiste, du curateur, du musée, de l'université, du professeur, etc.), nous n'aurions pas eu à vivre cette sale expérience, et n'aurions pas aujourd'hui à en pâtir (ou à en pâtir autant), n'est un modèle ni représentatif, ni fructueux, ni sain. Dans sa pire incarnation, il menace de réactiver le sadisme punitif qui, en ce qui concerne le maternel, n'est jamais loin[36]. Il menace également de circonscrire le soin au don, à la protection et à la réparation, plutôt que de le considérer comme une négociation de besoins qui implique d'imaginer la force de l'autre, de résister à la tentation d'avoir réponse à tout, de voir l'échec et la déception comme inévitables, d'accepter que nos désirs puissent se heurter à ceux des autres, et de permettre à la douleur, l'individuation et le conflit d'exister sans qu'on s'effondre, ou d'abîmer la conviction latente du potentiel de la camaraderie et de l'amour.

À la fin de son essai fondateur, "The Belly of the World: A Note on Black Women's Labor" [le ventre du monde : une note sur le travail des femmes noires], Saidiya Hartman décrit le soin dispensé par les femmes noires de la période de l'esclavage jusqu'à la fausse émancipation du travail salarié comme un soin "forcé et librement donné". Ce paradoxe poétique tend à reconnaître combien ce soin a été arraché aux femmes noires à leurs dépens, et comment elles ont néanmoins continué à le dispenser : "Les formes de soin, d'intimité et de subsistance exploitées en priorité par le capitalisme racial n'y sont pour autant pas réduites, pas plus qu'il ne les a épuisées." Hartman indique clairement combien ce paradoxe est spécifique au travail domestique et sexuel des femmes noires, et ne peut être étendu à une généralité politique, y compris celle des travailleurs noirs. Néanmoins, "forcé et librement donné" évoque une plus ample perspective du soin qui mérite qu'on s'y attarde.

Le soin et la coercition forment souvent un nœud, qu'il n'est jamais aisé, pour ne pas dire impossible, de défaire. Pour autant, ça ne veut pas dire que nous ne devrions pas tenter d'éliminer certains de ses éléments coercitifs ; c'est là la tâche continuelle de l'abolition, ainsi que de la socialisation du maternel. Mais si certains aspects de ce paradoxe sont incontournables, il ne suffit pas de continuer à dire – comme le fait souvent la gauche – que pour trouver le salut il nous faut nous libérer des griffes du besoin, que notre ascension vers l'horizon céleste de la liberté en dépend, de même qu'il ne suffit pas d'exalter le besoin, le soin et l'obligation en lieu et place de la liberté[37]. Si l'un rappelle le schéma familier qui tend à toujours placer l'autosuffisance et l'indépendance au-dessus de la dépendance, du service ou de l'infirmité, l'autre ouvre grand la porte à toutes sortes de demandes irréalistes et dysfonctionnelles, favorisant un modèle de pénitence allant de la codépendance à une servitude pétrie de honte.

La compulsion intérieure qui pousse certaines personnes à faire de l'art est bien évidemment différente de l'obligation extérieure de travailler pour gagner son pain ; c'est là, l'argument de Marx, qui distingue le "règne de la liberté" du "règne de la nécessité", et associe le premier au travail non aliéné, et le second à l'exploitation. C'est certainement la distinction à laquelle faisait référence Berardi en vénérant le fait de "ne pas travailler" qui a tellement énervé Sillman (bien que je sois prête à parier que Sillman s'accorderait à dire que "rester dans son atelier jusqu'à pas d'heure à essayer de faire une 'meilleure' huile sur toile" est différent de, et préférable à, faire des heures supplémentaires à Target ; elle en convient d'ailleurs quand elle dit de la peinture qu'elle n'est "ni un travail aliénant, ni exactement une marchandise"[38]). Et pourtant, la nausée que lui donnent ces distinctions n'est pas un simple malentendu. J'y entends une manière de résister à une classification trop sûre d'elle, une façon de rappeler que, quand on fait de l'art (comme quand on est mère), souvent, on ne sait pas ce qu'on fait. On ne peut jamais savoir avec certitude s'il s'agit d'une obligation, d'un loisir, d'une compulsion, d'une transaction, de liberté ou de soumission – probablement parce que c'est toutes ces choses à la fois, ou successivement. La difficulté qu'a Sillman à avancer une définition ("qu'est-ce qu'on fait, au juste ? Je ne peux qu'appeler ça la quête de cette chose fragile qu'est la maladresse") sert de joyeux rappel au fait que, le plus souvent, on reste dans la merde, à l'instar de sa description de l'art comme "une manière de digérer le monde, comme le système digestif la nourriture". Digérer n'est pas un modèle d'émancipation, de réparation ou d'obligation. C'est simplement le signe que nous sommes, ou avons un jour été, en vie.

Une histoire qu'on nous raconte – Libération de + liberté vers – Brio et courage – Des chambres obscures – Leçons des queers – Toujours autour du pouvoir – Mon corps n'a rien à voir avec ton corps – Rien de tel qu'une histoire vraie – Le mythe de la liberté – Un autre instant présent

Chant II : la ballade de l'optimisme sexuel *

* Le titre fait référence à *The Ballad of Sexual Dependency*, une installation vidéo de Nan Goldin, œuvre-phare dans laquelle l'artiste présente une suite de vignettes d'elle-même et de ses proches dans des moments d'intimité ou de vulnérabilité extrêmes – sous influence, dans des contextes explicitement sexuels, avec leurs enfants, aux prises avec des violences conjugales ou dans la tourmente de l'épidémie du sida –, accumulées tout au long des années 1970, 1980 et au-delà. Le titre de Goldin est emprunté à une chanson de *L'Opéra de quat'sous* de Bertolt Brecht et Kurt Weill intitulée "Ballade de l'asservissement sexuel". Maggie Nelson remplace ici "asservissement" par "optimisme".

Une histoire qu'on nous raconte

J'ai décidé de commencer par les premières phrases d'un article intitulé "Undoing Sex: Against Sexual Optimism" [en finir avec le sexe : contre l'optimisme sexuel] publié sous les initiales C.E. en 2012, soit cinq ans avant le début de ce qui s'est fait connaître sous le nom du mouvement #MeToo. J'ai choisi de commencer par là car, quoique je ne me reconnaisse pas dans une grande partie des positions de l'auteur, l'article exprime quelque chose du climat actuel :

> Une histoire qu'on nous raconte :
>
> Vous êtes sur le point d'accéder à la liberté sexuelle ; elle est là, à portée de main. On vous demande simplement de la trouver ou de la forger. Si avant vous étiez moche, vous pouvez être belle à présent. [...] Vous étiez traumatisée, mais vous pouvez guérir, il s'agit simplement d'être maîtresse de vous-même. C'est du boulot, mais ça en vaut la peine. Surmontez votre honte, peut-être même luttez contre ceux qui vous humilient, et s'ensuivra votre liberté. En définitive, vous atteindrez la plénitude, et vous aurez reconquis votre plaisir inné. C'est un droit fondamental de

l'homme que celui de baiser et de jouir. Sentez-vous libre de vous y adonner car c'est une bonne chose. Les féministes et partisanes de la libération sexuelle le savaient, et c'est ainsi que leur mouvement s'achève. *Cosmo* et Oprah le savent à présent, aussi tout le monde le sait. Le sexe est salutaire et le plaisir est puissant, et cette seule assertion nous arrachera à notre douleur. [...]

S'il fut un temps où il était radical et marginal d'affirmer que le sexe était essentiellement bon, ou qu'il était même possible qu'il soit bon, c'est aujourd'hui central, institutionnel. Loin des sphères de quelques radicaux épars, il répond à la fois à une idéologie du patriarcat et de la majorité de ses opposants, une collection disparate et hétérogène de discours unis dans un but commun. C'est cet optimisme qui nous enjoint instamment, cruellement, de retourner au travail de la baise.

C'est à cet optimisme que je m'oppose.

Si la liberté sexuelle n'est devenue rien d'autre que l'insistance cruelle de "retourner au travail de la baise" – et si cette injonction semble émaner de tous, des *incels** à Beyoncé en passant par les queers radicaux et les "féministes has-been de la deuxième vague, avec leur rouge à lèvres bordeaux et leur balayage raté" (pour citer une formule récente d'un des camps de la guerre féministe intergénérationnelle) –, je peux comprendre qu'il paraisse vital de la rejeter. Mais C.E. ne rejette pas seulement l'exigence d'être sexuel. Se positionner contre l'optimisme sexuel engage ici de rejeter tout lien entre le sexe

* Dans un article paru en 2018 dans le *Monde* et consacré aux "incels", le journal les définit ainsi : "Sur Internet, ils sont plusieurs dizaines de milliers à avoir rejoint ces groupes, dont le nom est la contraction de l'expression *involuntary celibate* ('célibataire involontaire'). Dans la très grande majorité des cas, il s'agit d'hommes, hétérosexuels, âgés de 18 ans à 35 ans, selon leurs témoignages. Ce qui les rassemble : tenir les femmes pour uniques responsables de leur célibat durable."

et la libération, la guérison, le bien, l'*empowerment** ou la politique. Elle ne cherche pas à savoir si cet optimisme vient des cercles féministes, queers ou hétéro/mainstream. L'impératif *Il faut apprendre à désirer la liberté sexuelle* pourrait provenir aussi bien de *Cosmopolitan* que du philosophe queer Paul Preciado (en l'occurrence, il s'agit de Preciado), et se heurter à la même résistance et au même refus[1].

L'article de C.E. a paru dans un journal universitaire, mais l'histoire qui y est racontée prolifère partout. Dans la plupart de ses versions, les auteurs résument en quelques lignes des décennies d'une histoire féministe et queer bigarrée, à l'instar de Moira Donegan dans sa réflexion sur Andrea Dworkin en 2019, pour en conclure que "la fin des guerres du sexe n'a pas abouti au monde plus libéré que les féministes, comme [Ellen] Willis, appelaient de leurs vœux. Au contraire, les nuances de la position pro-sexe que défendait Willis ont donné lieu à une approche plus individualiste et conciliante des droits de la femme, une approche qui ne se concentre plus sur le projet de 'libération' des féministes de la deuxième vague mais sur l'idée plus simple, moins ambitieuse et plus vendeuse de l'*empowerment*. Avec le temps, le mouvement sexe-positif de la troisième vague est devenu aussi virulent et incurieux dans sa promotion d'une culture sexuelle sous toutes ses formes que les féministes anti-porno l'avaient été dans leur condamnation des pratiques sexuelles du patriarcat". Dans le magazine *The Nation*, la journaliste JoAnn Wypijewski lui fait écho, en ajoutant l'anthropophagie du capitalisme à sa liste : "Qu'est-il advenu de la révolution

* "L'*empowerment*, c'est le développement du pouvoir d'agir des personnes et des collectivités sur les conditions auxquelles elles sont confrontées", selon la définition de Catherine Vincent (*Le Monde*, 26 décembre 2020).

sexuelle hormis un *backlash* ? Le capitalisme a serré les dents, englouti l'impulsion libérationniste, s'est mis à produire du sexe en masse mais a partout dévalué l'éducation, la réalité plurielle ; et les forces libérationnistes se sont retrouvées assiégées ou divisées au point de ne plus pouvoir se défendre. Ne reste qu'un simulacre de liberté : d'un côté, les symboles consommés d'une sexualité féminine vendeuse qui protestent contre leur objectification ; de l'autre, des légions de mecs lambda assaillis d'e-mails du style : 'Un plus gros pénis, plus longtemps : deviens la bête de sexe dont elle a toujours rêvé[2].'"

Il y aurait effectivement beaucoup à dire sur le *backlash*, l'assimilation, les limites de l'*empowerment* individuel, et la marchandisation de l'élan libératoire. Si on y ajoute la déferlante de récits du mouvement #MeToo, ces harcèlements sexuels et ces violences aussi répandus que permanents, on peut comprendre que certaines préfèrent tourner le dos à la rhétorique libératoire, s'atteler de plus belle à détailler l'horreur et l'omniprésence des relations de pouvoir (hétéro)sexuelles, et déplorer l'idiotie, aussi bienveillante soit-elle, de ces sexe-positifs qui pensaient avoir changé les choses mais qui, pour toute une série de raisons, n'y sont pas parvenus.

Mais là encore, c'est une version de l'histoire à laquelle il peut être délétère de souscrire aveuglément. Le plus frappant n'est peut-être pas tant sa véracité que la déception qu'elle révèle, le sentiment de trahison ou de frustration qu'elle exprime, le cri primal qu'elle fait surgir quant aux injustices qui continuent de nous ronger, la paranoïa qu'elle exhibe et la crainte qu'elle perpétue de nous faire prendre à rêver naïvement à une "liberté sexuelle" colportée par celles qui ont eu la folie d'y croire, que ce soit pour elles-mêmes ou pour les autres. On peut aussi voir dans cette déception un phénomène inhérent à la logique même de la libération, au sens où placer une foi excessive en des moments de libération (surtout quand ils ont été vécus par d'autres, ou par le passé) plutôt que s'astreindre à une pratique de la liberté (qu'il nous revient de vivre, quand bien même imparfaitement, et ce au présent) produit inévitablement l'espoir contrarié que quelqu'un, quelque part, aurait pu ou aurait dû assurer notre libération mais ne s'est pas montré à la hauteur. Peut-être, l'histoire se poursuit, leurs efforts ont rendu la situation encore pire pour nous, car aujourd'hui nous devons nous contenter d'habiter les décombres de leurs rêves déchus, leur désillusion dystopique. Ce récit a presque une dimension religieuse dans son deuil d'un éden perdu et sa quête de boucs émissaires. (Il peut être particulièrement douloureux quand il émane des féministes, leur donnant l'opportunité pour la énième fois de s'en prendre à leurs aïeules qui n'étaient jamais assez bien, ou de les prendre en pitié pour s'être fait laminer par des pouvoirs qui s'avéraient plus forts qu'elles.)

Si l'optimisme sexuel signifie la conviction totalisante que le sexe, le désir ou le plaisir est bon par essence, est synonyme de guérison ou d'*empowerment*, est éminemment politique ou quoi que ce soit d'autre, dans ce cas, moi aussi, je le rejette. Il y a de gros inconvénients à faire du sexe le fondement central d'une politique, notamment à cause de la nature amorale du sexe, mais aussi parce que toute chose posée comme un impératif encourage inévitablement son rejet, et que le sexe revêt un sens et une importance qui varient selon les personnes et fluctuent au cours d'une vie. Revendiquer le sexe comme une chose irrévocablement bonne dont on devrait jouir davantage finit toujours par se heurter, d'une manière ou d'une autre, à la célèbre réplique du théoricien queer Leo Bersani : "Il y a au sujet du sexe un secret bien gardé : la plupart des gens n'aiment pas ça." En outre, ceux qui ont pu penser que les orgasmatrons de la science reichienne ou les partouzes queer allaient signer l'arrêt de mort du capitalisme ou du fascisme sous-estimaient les liens entre plaisir, désir, capital et pouvoir. (Gilles Deleuze et Félix Guattari ne s'y trompaient pas quand ils écrivaient : "La sexualité est partout dans la manière dont un bureaucrate caresse ses dossiers, dont un juge rend la justice, dont une affaire fait couler l'argent, dont la bourgeoisie encule le prolétariat, etc. Les drapeaux, les nations, les armées, les banques font bander beaucoup de gens.") Et Dieu sait si le capitalisme a une capacité étonnante à "englouti[r] l'impulsion libérationniste", à apposer un "Inc." dès que les premiers léopards s'introduisent dans le temple et s'abreuvent aux jarres d'offrande.

C'est bien là le hic : on est déjà au courant, on connaît tout ça par cœur. L'avant-garde passe de mode ; il faut continuer d'avancer ; si une expérience n'était émancipatrice (ou même simplement valable) que d'après son potentiel de cooptation, de contamination, de *backlash*, selon si sa radicalité pouvait lui être soustraite, si elle pouvait se faire commercialiser, acheter et vendre, la vie s'écoulerait sans le moindre sentiment de découverte, d'invention, d'expansion, ou d'évasion. La culture de masse, corporate ou mainstream, ne représentera jamais qu'un "simulacre de liberté" ou une "vision plus vendeuse de l'*empowerment*" parce que *c'est un produit*, et je me risque à penser que ce n'est pas là que se déroulent nos vies érotiques authentiques pour la plupart d'entre nous.

Je crois que nos aînées se sont vraiment battues, et que leurs victoires étaient réelles. (Comme Sylvia Rivera l'a dit au club des latinos gay de New York dans un discours sur Stonewall, un an avant de mourir d'une cirrhose à cinquante ans : "Nous étions déterminées ce soir-là à devenir une communauté libre, libérée, et nous avons gagné. En fait, je changerai le 'nous' : *Vous* avez gagné votre libération, votre liberté, depuis cette nuit-là. Moi, j'ai toujours que dalle, rien de plus qu'à l'époque. Mais je continue de lutter, je continue de mener cette lutte.") Ce qu'elles ne sont pas parvenues à accomplir – car personne ne le peut –, c'est de faire advenir un monde dans lequel le tourment et la grâce d'une pratique de la liberté n'incombent plus aux vivants. Contrairement aux proclamations oiseuses des tribunes et des comptes Twitter à travers les États-Unis, nos options ne se limitent pas à une sexualité joyeuse et libérée *ad vitam* versus *La Servante écarlate*. On peut, on se doit toujours d'aspirer à créer des conditions plus propices à une pratique de la liberté, ce qui, comme le soulignent Foucault et Arendt, revient à lui *faire de la place*, à étayer les possibles, et à réduire la domination. Ce qui ne veut pas dire se tourner vers une terre promise où toutes les relations de pouvoir et les modes de souffrance ont laissé le champ libre. C'est particulièrement vrai en matière de sexualité, en ce sens où nos motivations sexuelles ne sont pas toujours ancrées dans une quête de plaisir ou de bien-être. Le sexe peut aussi impliquer de se confronter à la difficulté et à la douleur, comme l'a énoncé l'écrivaine Katherine Angel. Accepter cette réalité, plutôt que chercher absolument à ce qu'une sexualité épanouie ou éthique nous *détourne* irrévocablement de la difficulté, de la douleur, ou même de la révulsion, peut nous laisser une plus grande marge de manœuvre pour admettre l'hétérogénéité de l'être, sexuel et autre.

Même dans le meilleur des cas, une expérience sexuelle ne peut pas simplement être transférée d'une génération à l'autre ou d'un corps à un autre. Chacun d'entre nous possède un corps individuel, un esprit, une histoire et une âme à cerner, riche de tous ses travers, ses confusions, ses traumatismes, ses apories, ses héritages, ses orientations, ses sensibilités, ses compétences et ses désirs particuliers. On n'apprend pas à connaître ces caractéristiques en une nuit, une année, ni même une décennie. Et il est peu probable que l'acquisition de ce savoir vaille pour toute une vie (ou même une relation, ou une rencontre). Apprendre à maîtriser sa libido et ses déceptions n'est pas inné ; personne ne naît en sachant négocier les limitations, les persécutions et les permissions variées que la société a dressées autour de la liberté sexuelle avant son arrivée. On peut s'ériger contre les normes et les lois nocives qui restreignent les libertés liées à la reproduction ou à la sexualité ; on peut s'éduquer sur le plaisir partagé et la communication, la localisation du clitoris, et la différence au-delà d'un genre binaire ; on peut se mettre au défi d'accepter la "variation sexuelle bénigne" (pour reprendre la remarque de la théoricienne Gayle Rubin qu'aucun comportement sexuel, tant qu'il est consensuel, n'est intrinsèquement meilleur ou pire qu'un autre) : ce serait un bon début. Mais chaque échange sexuel – en particulier ceux pratiqués avec des partenaires avec qui on n'a pas eu des rapports répétés, mais là encore, rien n'est gagné – aura quelque chose d'une errance dans les ténèbres, du fait de l'impossibilité fondamentale qu'il y a à se connaître soi-même et à connaître l'autre, et à savoir ce que toute nouvelle interaction peut faire surgir.

Cette incomplétude n'est pas seulement un dommage collatéral de l'expérience sexuelle. Elle fait partie du jeu. Sans elle, on en revient à la blague que raconte Eve Sedgwick dans "Paranoid Reading and Reparative Reading" : "'La révolution est arrivée, camarade, tout le monde aura du rosbif tous les jours. – Mais, camarade, je n'aime pas le rosbif. – La révolution est arrivée, camarade, tu aimeras le rosbif.'" Comme le défend Sara Ahmed au sujet de la joie, une libération sexuelle qui tend à homogénéiser le désir ou le plaisir, sans parler de l'imposer, n'a plus rien d'une libération. Et là, il est utile de se rappeler que, lorsque Foucault écrit que “la libération ouvre un nouveau champ pour de nouveaux rapports de pouvoir qu'il s'agit de contrôler par des pratiques de liberté”, il est question de sexe et de sexualité : “Cette libération ne fait pas apparaître l'être heureux et plein d'une sexualité où le sujet aurait atteint un rapport complet et satisfaisant.”

Du temps où Foucault était sur toutes les lèvres, il y avait un débat permanent dans les milieux universitaires qui consistait à savoir si sa réflexion sur les relations de pouvoir décentralisées et omniprésentes – et la façon dont la résistance ne peut faire autrement que d'être intimement mêlée à ce à quoi elle résiste – voulait dire que nous sommes toujours moins libres que nous ne l'imaginons, et qu'il en sera toujours ainsi. Cette question me hante depuis trente ans ; il est probable qu'elle soit à l'origine de tout ce projet. Et pourtant ce n'est que récemment que j'ai enfin réussi à réellement comprendre les propos de Foucault ou, plutôt, à les comprendre différemment, quand il explique :

> Il faut bien remarquer aussi qu'il ne peut y avoir de relations de pouvoir que dans la mesure où les sujets sont libres. Si un des deux était complètement à la disposition de l'autre et devenait sa chose, un objet sur lequel il puisse exercer une violence infinie et illimitée, il n'y aurait pas de relations de pouvoir. Il faut donc, pour que s'exerce une relation de pouvoir, qu'il y ait toujours des deux côtés au moins une certaine forme de liberté... Cela veut dire que, dans les relations de pouvoir, il y a forcément possibilité de résistance, car s'il n'y avait pas possibilité de résistance – de résistance violente, de fuite, de ruse, de stratégies qui renversent la situation –, il n'y aurait pas du tout de relations de pouvoir.

> Cela étant la forme générale, je me refuse à répondre à la question qu'on me pose parfois : "Mais, si le pouvoir est partout, alors il n'y a pas de liberté." Je réponds : s'il y a des relations de pouvoir à travers tout champ social, c'est parce qu'il y a de la liberté partout. Maintenant, il y a effectivement des états de domination. Dans de très nombreux cas, les relations de pouvoir sont fixées de telle sorte qu'elles sont perpétuellement dissymétriques et que la marge de liberté est extrêmement limitée... Dans une telle situation de domination, il faut répondre à toutes ces questions d'une façon spécifique, en fonction du type et de la forme précise de domination. Mais l'affirmation : "Vous voyez du pouvoir partout ; donc il n'y a pas de place pour la liberté" me paraît absolument inadéquate. On ne peut pas me prêter l'idée que le pouvoir est un système de domination qui contrôle tout et qui ne laisse aucune place à la liberté.

De même, en matière de sexe, le pouvoir a beau circuler partout, ça ne veut pas dire qu'il n'y a pas de liberté. Encore une fois, c'est une question de degré – des arrangements perpétuellement asymétriques réduisent sa marge de liberté, c'est pourquoi il est tellement crucial de les réordonner. En tentant de les réordonner, il est essentiel de s'efforcer d'être précis quant à la nature, l'étendue et la singularité du pouvoir en cause, autant que de reconnaître le rôle que nous jouons en acceptant ou refusant ses termes. Auquel cas, observer les nuances dans la zone grise des relations sexuelles n'a rien d'une entreprise bouffonne qui ne concernerait qu'une poignée d'universitaires satellisés cherchant à se débarrasser des casseroles qu'ils ont au cul, ou des réactionnaires "libres penseurs" adeptes de *Quillette*. Il s'agit d'une démarche essentielle pour parvenir à voir, sentir et agir sur la liberté qui est aussi tout autour de nous, et lui permettre de croître.

Libération de + liberté vers

Les critiques de l'"optimisme sexuel" ou des "sexe-positifs" ont tendance à soutenir que certaines "libertés" (comme la liberté de rechercher et de découvrir une plus grande variété de relations sexuelles sans régulations ni punitions indues) ont pris le pas sur certaines "libérations" (comme la libération du harcèlement, de la discrimination, de l'intimidation, de la coercition, de la violence, du trafic sexuel), et qu'il est temps de rétablir un équilibre. Dans un essai de 2014 intitulé "'Freedom To' and 'Freedom From': A New Vision for Sex-Positive Politics" ["liberté vers" et "libération de" : une nouvelle perspective pour une politique sexe-positive], l'universitaire féministe Breanne Fahs propose cette analyse, et défend que, quoique les libertés dites positives ou négatives méritent d'être considérées sur un plan d'égalité, ou du moins pondérées, c'est la "liberté positive" (ou sexe-positivité) qui doit être rééquilibrée, une tâche qui demande à considérer avec davantage de "conscience critique" "toute perspective de libération sexuelle", et à se pencher sur les "aspects insidieux du dés-*empowerment*".

En se donnant pour mission de révéler "la nature ténue de l'*empowerment* sexuel", Fahs donne plusieurs exemples de la fausse conscience qui prétendument afflige les femmes sexe-positives, dénuées d'esprit critique. Fahs affirme que les femmes imaginent avoir "beaucoup plus de liberté personnelle quand elles 'choisissent' leur toilette intime et leur façon de présenter leur corps" qu'elles n'en ont réellement (parce que certains choix de toilette encouragent l'humiliation et l'ostracisme). S'essayer au désir homosexuel ? Une pratique "détournée dans une optique patriarcale et convertie en démarche que les femmes entreprennent pour se faire accepter [...] dans certains contextes". Même les sex toys n'échappent pas à la fausse conscience : "Quand les couples 'pimentent' leur vie sexuelle avec des accessoires, ils évitent souvent de se poser des questions plus difficiles sur leurs motivations, leurs désirs, et les besoins de leur relation [...]. Quand les femmes se masturbent avec des sex toys, elles apprennent aussi à ne *pas* toucher leur vagin." Les sex toys eux-mêmes sont désespérément complices, car ils "existent dans un cadre capitaliste [et] assimilent une sexualité libérée à un *pouvoir d'achat*, à une accumulation matérielle, et (peut-être) éloignent les femmes de leurs corps (sans parler de la politique du travail autour de la fabrication de ces objets, où le travail des femmes des pays en développement est souvent exploité au nom du plaisir des pays riches)".

Pourquoi les sex toys fabriqués dans les pays en développement seraient plus condamnables que, mettons, les vêtements que nous portons, l'eau en bouteille que nous buvons, ou les technologies que chacun d'entre nous utilise pour écrire ou lire ces mots, m'échappe, hormis à y entendre une logique qui lance davantage l'anathème contre les contaminations du sexe que contre toute autre activité. Une telle critique finit par ressembler à un reboot du vieux sport féministe consistant à croire que les comportements ou les désirs sexuels des autres sont imprégnés de fausse libération ou de toxicité politique, comme si le simple fait que nous existions dans des réseaux relationnels (y compris ceux tissés dans un "cadre capitaliste", par le patriarcat, le racisme de l'Histoire, ou juste le banal, turbulent emmêlement de l'intime), plutôt qu'en tant qu'individus "libres", non contaminés, affranchis, détruisait notre sexualité et nos vies sexuelles. Cette approche peut avoir l'effet délétère d'amplifier si considérablement le pouvoir de ce à quoi elle s'oppose qu'aucune expression, aucune expérience, quelle que soit sa force, sa radicalité, sa complexité, sa vigueur, ne restera jamais qu'une fleur plantée dans le canon d'un fusil.

De tels arguments ont aussi tendance à soumettre les comportements sexuels *des autres* à une conscience critique, alors que ceux de l'autrice demeurent une aporie qui se passe d'examen. L'article de 2019 de la journaliste militante Natasha Lennard intitulé (sans ironie) "Policing Desire" [Policer le désir] offre un exemple classique du genre : Lennard commence par introduire son propos sur un mode confessionnel, mais rapidement elle explique que son article se concentrera sur "un plan à trois que je n'ai pas fait" et "un certain genre de porno que je n'ai pas regardé", avant de calomnier les préférences sexuelles d'un ex-petit ami qu'elle juge politiquement corrompues. (Quant au porno qu'elle a effectivement regardé, elle dit à son propos : "Nous regardions ensemble, mais le plus souvent pour en parler plutôt que pour s'exciter mutuellement." Ouf !) Après avoir fouillé l'historique des recherches Internet de son ex, elle balance un sermon impérieux à son intention et à celle de ses lecteurs : "Ne venez pas me parler de préférences sexuelles radicales si vous prétendez vous intéresser aux luttes intersectionnelles mais cherchez 'BDSM gang bang' sur un site de contenu volé, qui nuit directement aux travailleurs et aux travailleuses, et fonctionne à partir d'une taxonomie de tags violemment réducteurs."

Je n'ai aucun problème avec le fait de penser de manière critique à la libération sexuelle, ni de parler de la façon dont le porno gratuit affecte les revenus des travailleurs du sexe. Mais j'ai un sérieux problème avec la démonstration d'une conscience critique uniquement ou principalement focalisée sur le comportement ou les désirs sexuels des autres, laquelle perpétue une longue tradition de concentration sur les travers de la sexualité (ou de la libération sexuelle) d'autrui, se contentant de juger ces comportements ou ces désirs comme pervers, inconsidérés ou dangereux, tout en négligeant de se poser la question autrement plus nécessaire et complexe de savoir ce que nous faisons ou aimerions faire, et comment nos désirs et nos comportements cadrent (ou ne cadrent pas) avec nos positions ou nos aspirations politiques.

Il n'y a pas tellement de gens qui ont envie d'étaler leur vie sexuelle en public, et ce n'est pas moi qui leur jetterai la pierre. Mais braquer l'objectif sur la sexualité d'autrui sans se rendre soi-même vulnérable ne fait que reproduire une dynamique toxique qui a longtemps empoisonné le féminisme. Comme l'a souligné le pervers revendiqué Patrick Califia dans les années 1980 devant plusieurs membres des Women Against Pornography (WAP) engagées dans une campagne farouche contre les sexe-positifs du genre de Califia (qui se faisait alors appeler Pat) : "J'aimerais que chacune d'entre vous m'explique, par écrit, comment votre façon de jouir exemplifie les valeurs du mouvement féministe. La question peut vous sembler vraiment grossière et personnelle, mais j'en ai assez d'être traitée différemment de tout le monde. [...] Si l'égalité est tellement importante pour les féministes, nous devrions pouvoir être également vulnérables quand nous parlons de sexe. Déshabillons-nous toutes, là, maintenant. [...] Le patriarcat ne m'a pas plus fait subir un lavage de cerveau ou corrompue que vous."

Pour celles et ceux parmi nous avides de candeur et de complexité quant aux histoires des femmes autour du sexe, le déferlement des récits de #MeToo – et là je parle de la "zone grise", et non des attaques, abus ou harcèlements putrides – a pris la forme d'une espèce de dilemme. D'un côté, les témoignages de ces femmes sont venus rompre le silence sur les rencontres ou les traitements inacceptables, en ajoutant leurs voix à celles des femmes courageuses qui avaient osé parler avant elles. D'un autre côté, en se concentrant, par mandat de genre, sur l'exposition et le jugement des mauvaises conduites des autres, ces histoires contribuent à la très vaste archive de la littérature du sexe où la promiscuité sexuelle, la transgression, le désir ou la volonté des femmes doivent être gommés pour faire en sorte que l'offenseur paraisse aussi dégueulasse que possible. Comme les plaignantes savent pertinemment que leurs récits seront décortiqués jusqu'à la dernière virgule, cette élision se justifie. Le résultat a donné un recueil de témoignages de résistance qui malgré lui perpétue une culture du silence – confirme, en outre, un dégoût profond et punitif – quant à la complexité du désir féminin.

Rompre le silence sans affronter cette autre omission laisse perdurer des problèmes importants. La journaliste Peggy Orenstein s'en est aperçue pendant qu'elle écrivait *Girls and Sex: Navigating the New Complicated Landscape* [les filles et le sexe : comment s'orienter dans ce nouveau paysage complexe] ; elle y explique que toute sa recherche "retournait sans cesse à cette idée que rien n'est jamais dit sur le droit des filles quant à leur plaisir. Et l'une des choses que j'ai retenues de cette enquête est l'importance capitale qu'il y a à ne pas simplement leur coller l'étiquette de victimes ou de nouveaux agresseurs mais, au contraire, de parler clairement et sincèrement avec les filles de leurs désirs et de leurs plaisirs. Et c'est une chose que nous ne faisons toujours pas". Une des raisons pour lesquelles nous ne le faisons pas, d'après l'éditorialiste Michelle Goldberg, est qu'"une manière socialement acceptable pour les femmes de parler de leur inconfort sexuel [...]

est d'utiliser le langage de la violence et du traumatisme. C'est ainsi que les deux termes se sont amplifiés". (Dans son manifeste au vitriol, *King Kong Théorie*, l'écrivaine et réalisatrice française Virginie Despentes présente le problème en termes plus acérés : "Dans la morale judéo-chrétienne, mieux vaut être prise de force que prise pour une chienne.")

Je sympathise avec C.E. et les autres – dont bon nombre de mes étudiantes – quand elles racontent comment la pression qu'il y a à se faire passer pour "une chienne" (ou ce que la romancière Gillian Flynn appelle une "Fille Cool" : "une femme canon, brillante, drôle, fan de football américain, de poker, de blagues grivoises et de concours de rots, qui joue aux jeux vidéo, boit de la bière, adore les plans à trois et la sodomie, et se goinfre de hot-dogs et de hamburgers comme si elle animait le plus grand gang bang culinaire du monde tout en continuant de porter du 36, parce que la Fille Cool est avant tout canon[3]") se compare ou s'ajoute à la pression de cacher son inconfort ou son déplaisir sexuel. Vu la culpabilité qui s'abat encore sur les victimes dans les cours de justice et l'opinion publique, sans compter l'opprobre auquel les femmes sont confrontées, qu'elles reconnaissent la complexité de leurs désirs ou les désavouent, je comprends qu'elles soient peu enclines à explorer ouvertement ces questions, en particulier dans des débats publics. Mais étant donné que la *doxa* même du discours du viol consiste à dire que l'"on ne peut pas être un sujet à la fois sexuel et innocent", pour reprendre les mots de Jennifer Doyle, *quelque part* il faut bien violer les termes de cette doxa. *Quelque part*, il faut bien reconnaître que nous sommes des sujets sexuels, ce qui veut dire apprendre à incarner et articuler l'expérience sexuelle au-delà de la dyade offenseur offensé.

À ce titre, peu m'importe le contenu du moteur de recherche de l'ex de Natasha Lennard. En revanche, je suis beaucoup plus curieuse de savoir ce qu'elle pensait et ressentait en regardant tous ces pornos dont elle s'efforce de se distancer. J'aimerais en savoir plus sur le cunni que Grace raconte avoir reçu du comédien Aziz Ansari sur le comptoir de sa cuisine, plutôt que d'être invitée à me moquer du penchant d'Ansari pour les jeux oraux-digitaux (un penchant que je partage, quoique je ne sois pas sûre que sa pince* serait vraiment mon truc). Car, si nous aspirons réellement à vivre selon le concept de variation sexuelle bénigne de Rubin (or, à vrai dire, beaucoup de gens, y compris de nombreuses féministes, n'y tiennent pas plus que ça), force est de constater que notre libération sexuelle ou notre lucidité quant à nos désirs n'adviendra pas comme par miracle en ridiculisant les lubies des autres, quand bien même leur comportement singe des scènes de porno, met en évidence des conditions de travail néfastes, ne nous branche pas, ou réaffirme des clichés hétéro-normés. Il est souvent nécessaire de dénoncer les exemples de mauvaise conduite ou de manque de professionnalisme, et dans certaines circonstances, c'est même héroïque. (Ça peut aussi être désespérément banal : rien qu'au cours de l'écriture de ce livre, j'ai eu à me plaindre de trois "professionnels" : un dentiste qui, pendant qu'il me triturait la bouche, m'a raconté avoir percé des trous dans le diaphragme de sa femme ; un kinésithérapeute qui, ostensiblement, dans le but de me faire activer un muscle précis, m'a demandé de m'imaginer dans un ascenseur avec un type hypersexy devant qui je me retiendrais de péter ; et un comptable qui, quand je lui ai demandé si je pouvais

* Dans l'article auquel Maggie Nelson fait référence, Grace appelle la pince (*the claw*) la façon dont Ansari plonge compulsivement ses doigts en forme de V dans sa bouche et dans son vagin.

passer derrière son bureau pour lui pointer un chiffre du doigt, m'a dit : "Bien sûr, mais seulement si vous vous frottez les seins sur mon visage.") Néanmoins, même quand on a de bonnes raisons de s'insurger, il est utile de prendre garde aux différentes façons dont la plainte peut se transformer en automatisme, en une manière de court-circuiter ses réactions négatives tout en prenant l'habitude d'étayer sa propre vertu ou son ascendant sur les autres en se distançant de désirs qu'on perçoit comme sordides, pitoyables ou défectueux. Il faudrait être capable de se plaindre sans en faire un systématisme, surtout quand un tel système compromet la possibilité de pardonner ses propres erreurs, ou d'approfondir la connaissance de soi[4].

Au-delà des déclarations d'innocence et d'impuissance, au-delà de l'insistance passive-agressive à répéter ce que tu n'as pas aimé ("Je n'ai pas eu mon mot à dire et je préfère le vin rouge, mais c'était du vin blanc", raconte Grace, dans le récit de sa nuit passée avec Ansari), il y a un monde, un monde rempli de choses que tu *aimes*, de choses que tu *veux*, de choses que tu es capable de demander, de choses que tu dois te faire aider à demander, de choses dont tu ne saurais dire si tu les veux ou non jusqu'à ce que tu les essayes, de choses que tu croyais vouloir mais dont il s'avère que tu ne veux pas (ou pas ce soir en tout cas), et ainsi de suite. Nous devons apprendre à évoluer dans ce monde si nous ne voulons pas ressasser éternellement notre ressentiment, notre frustration, et notre complainte. (Je dis ça en tant que personne encline à une bonne dose de ressassement.) Si et quand les désirs de l'autre se révèlent incompatibles avec les nôtres, ils peuvent évidemment paraître répugnants ou idiots. Mais nous mettre perpétuellement en position de les rejeter ou de les juger nous expose à une autre forme d'humiliation et de jeu de pouvoir, sans parler du fait que c'est aussi une façon de nous protéger des risques qu'il y a à nommer nos propres désirs, ou même à admettre que nous désirons. Or les risques sont tangibles, dans la mesure où accepter son ardeur, ses lubricités, ses fragilités et ses choix impose de les soumettre en retour au jugement d'autrui – comme potentiellement pétris de fausse conscience, politiquement imparfaits, ni partagés ni bienvenus, qui l'a bien cherché, autodestructeurs, bizarres, niais, trop d'infos, voire passibles de justice.

Pour y arriver, encore faudrait-il s'autoriser à ne pas avoir peur des contaminations de l'ambivalence, à ne pas redouter d'essayer de décrire – et plus encore de ressentir – les expériences sexuelles dans des cadres qui dépassent ceux du péché, de l'abus, de la violation ou du traumatisme. Pour reprendre les mots du performeur porno et présentateur du podcast *Against Everything* [contre tout le monde], Conner Habib : "Le sexe a une valeur pour les gens. D'en parler simplement comme le territoire de tous les dangers, ou un désir que certaines personnes n'arrivent pas à contrôler, ou un jeu de pouvoir, ou une réflexion après-coup, ou un accoutrement de la vie, nous prive de beaucoup de choses." Dans ce contexte, le sexe pourrait devenir une *scène d'apprentissage*. "La promiscuité sexuelle amène ses propres formes d'intelligence ; trop peu de gens parviennent à découvrir cette vérité", écrit Jennifer Doyle. Il n'est pas nécessaire de plébisciter la promiscuité en tant que telle pour imaginer que refondre le théâtre du sexe comme potentiel lieu d'apprentissage, de recueil d'intelligence, pourrait compléter – et peut-être déplacer – utilement la façon plus socialement acceptable de décrire le sexe et le rôle que nous y jouons. Sans ces scènes d'apprentissage, nous avons peu de chances de découvrir ce que nous voulons (ou ce dont nous voulons nous prémunir).

Je suis d'accord avec Breanne Fahs quand elle affirme qu'"une libération et une liberté véritables doivent inclure à la fois la liberté *vers* ce dont nous avons envie ET la libération *vis-à-vis* des structures et des injonctions oppressives". Mais je ne me rallierai jamais à l'idée de formater la liberté pour la raison suivante : expérimenter une liberté plus ample peut aussi réduire les privations et les dégradations classées sous la rubrique "libération". L'"insistance impudente d'agir comme si nous étions déjà libres" produit une réalité différente que le fait de persévérer dans les "aspects insidieux du dés-*empowerment*" ; se concentrer exclusivement sur cette deuxième proposition ne nous mènera jamais à la première. Rester attentifs aux possibilités de la liberté ne saurait nous prémunir des mauvaises rencontres, de l'humiliation ou du danger ; l'*empowerment*, pour toute la force et l'autonomie qu'il nous donne, ne saurait rendre le monde moins pourri, et il ne nous donnera pas moins de raisons de nous insurger contre l'injustice. Mais il a le pouvoir de modifier nos réactions, nos disponibilités, nos capacités et nos aspirations, sans parler de notre répertoire de réponses face aux rapports sexuels désirés ou non, ainsi que ceux entre les deux (car, il faut bien l'admettre, même avec un partenaire régulier, ils se situent bien souvent dans cet entre-deux). Il peut aussi transformer les situations qu'on attire – non pas, encore une fois, au sens où il serait possible de chasser à jamais l'indésirable, mais au sens où, sans cette autonomie, on a peu, voire aucune chance de créer les conditions pour attirer (ou supporter) ce que l'on convoite, ou ce que l'on est prêt à essayer.

Brio et courage

Face à l'exubérant pessimisme de l'article de C.E., il peut être tentant pour celles et ceux qui ont, mettons, plus de quarante ans, de juger la période actuelle en la comparant aux circonstances idéalisées de notre propre apprentissage, et de la trouver moins drôle, moins libre. Écoutez, à titre d'exemple, la provocatrice Laura Kipnis, dans *Unwanted Advances: Sexual Paranoia Comes to Campus* [des avances non désirées : la paranoïa sexuelle arrive sur les campus] :

> Pour ma génération, dont l'apprentissage de la maturité s'est fait dans l'interrègne bien trop bref après la révolution sexuelle et avant que le sida ne transforme le sexe en scène de crime peuplée de victimes et d'agresseurs – à cette époque ancienne où le sexe, même quand il n'était pas terrible ou que les gens se faisaient du mal, faisait partie de l'expérience de la vie –, des mots comme *plaisir* et *libération* étaient brandis à tout bout de champ. Mais la culture des campus a évolué et maintenant les métaphores penchent davantage vers la soustraction que l'addition – le sexe vous *retire* quelque chose, du moins si vous êtes une femme : votre sécurité, vos choix, votre avenir. Il peut vous contaminer : vous pouvez attraper un traumatisme, qui, comme un virus, ne disparaît jamais. On n'entend plus tellement parler de libération ; les slogans tournent autour des agressions sexuelles et autres intrusions : "Arrêtez la culture du viol", "Non, c'est non", "Contrôlez vos pulsions, pas les femmes".

Dans la mesure où mes inclinations personnelles et politiques m'ont toujours détournée de ce qu'on appelle parfois le féminisme carcéral ou le féminisme de gouvernance, et m'ont plutôt fait pencher en faveur de concepts (ou d'expériences) de *plaisir*, de *libération*, de *vie*, et de *contamination*, je me range du côté de Kipnis. (Je ne suis résolument pas à l'abri de penser "Tous en taule !", mais quand je sens l'idée poindre en moi j'y vois un symptôme plutôt qu'une solution.) Néanmoins, il serait difficile de ne pas remarquer que la position de Kipnis illustre une version de l'histoire, une version qui épouse avec enthousiasme le scénario totalisant d'une guerre intergénérationnelle où NOUS étions des adultes pleins de courage et d'audace qui cherchaient (et trouvaient) le plaisir et la libération, alors que VOUS n'êtes que de pathétiques enfants peureux obsédés par la sécurité et le traumatisme. J'ai du mal à voir à qui ce scénario est destiné hormis la personne qui l'énonce. Dénigrer toute une génération de militantes passionnées, se moquer de leurs inquiétudes parce qu'elles contredisent sa propre histoire ou sa sensibilité ne me semble pas judicieux ; convaincre les gens à coups d'humiliation d'accéder au plaisir ou à la libération est probablement encore moins efficace qu'essayer de les en détourner.

Mon propre apprentissage, qui a succédé d'une vingtaine d'années à celui de Kipnis, a beau ressembler dans mon souvenir à une longue bacchanale pangenrée, mes positions étaient, à l'époque, largement ridiculisées et critiquées pour ces mêmes excès de moralisme, de négativité et de régulation que Kipnis déplore. On nous reprochait haut et fort de verser avec outrance dans le politiquement correct et, évidemment, il y avait dissension dans les rangs (quand Michelle Tea dit n'avoir "jamais vu un cercle de gens plus prompts à se déchirer la face que les queers" dans son essai "How Not to be a Queer Douchebag" [Comment ne pas être un(e) abruti(e) queer], sa remarque était aussi vraie à l'époque qu'aujourd'hui). Mais notre expérience du moment n'avait rien de la correction politique fantasmée par la droite ; vivre les choses dans sa chair se conforme rarement à l'idée qu'on s'en fait. (Une réalité qui ne cesse d'être tangible aujourd'hui.) Néanmoins, il y avait nettement plus de séminaires de fisting, de liaisons professeur/étudiant et de clubs BDSM qu'il n'y avait de plaintes au titre IX, de matelas porté sur son dos pendant un semestre*, ou de communautés asexuelles. Moi-même je menais des ateliers sur le consentement en tant qu'éducatrice contre les violences sexuelles et j'ai assisté à mon lot de rassemblements Take Back the Night [reprenons la nuit] avant de décider que mes services seraient plus utiles ailleurs.

Rétrospectivement, le fait que cette époque soit intrinsèquement liée à la crise du sida a été extrêmement formateur. C'est en traversant cette crise – au travers du travail d'ACT UP, Queer Nation, Lesbian Avengers, Sex Panic!, et les autres, autant que par les œuvres d'artistes comme Marlon Riggs, Karen Finley, David Wojnarowicz, Vaginal Davis et Cookie Mueller – que j'ai appris comment garder un appétit vorace, décomplexé, et rester ouverte au sexe et au désir tout en étant confrontée à la menace d'une maladie mortelle, aux violences sexuelles, à la malice gouvernementale, aux conflits internes entre queers et féministes, à mes propres désirs conscients et inconscients, et au péril qu'il y a à faire des choix qui ne semblent pas toujours en être mais le sont néanmoins[5].

Les agressions sexuelles et les actes sexuels non désirés étaient déjà des problèmes omniprésents, bien entendu. Mais pour moi, comme pour bon nombre de mes pairs, la peur la plus terrassante était le risque d'infection au VIH, qui avait accompagné notre entrée dans la sexualité. (Comme le dit Brian Blanchfield dans "On Frottage" [sur le frottement], un magnifique essai sur le passage à l'âge adulte pendant cette période : "Je n'ai jamais eu de vie

* En 2014, Emma Sulkowicz, une étudiante de Columbia University, a porté un matelas sur son dos à travers le campus pour attirer l'attention sur sa plainte pour viol, classée sans suite par la direction de l'établissement.

sexuelle sans avoir un statut.") Dans mon lycée de San Francisco dans les années 1980, les intervenants extérieurs ne venaient pas aux assemblées pour parler de consentement ; ils venaient couverts de sarcomes de Kaposi nous expliquer les données connues et inconnues concernant le VIH. Avec le temps, une simple inattention impliquait d'attendre six mois pour se faire tester en clinique, et puis de prendre un rendez-vous de suivi où on aurait ou non la force d'aller, sachant qu'un test positif était une condamnation à mort. Et ce que je raconte là ne sont que les souvenirs d'une petite joueuse qui n'a jamais été considérée à haut risque, qui n'a jamais vraiment été en première ligne, à l'inverse de tant de mes pairs, de mes mentors, et de mes aînés défunts.

Enseigner à l'université ces vingt dernières années m'a montré combien le sida – du moins ce que la maladie représentait avant les rétroviraux – a quasiment disparu des consciences de celles et ceux nés après le pic de la crise. C'est certainement un effet bienvenu et naturel du passage du temps et des traitements médicaux. Mais c'est aussi déroutant pour la conversation intergénérationnelle autour de la sexe-positivité, du plaisir et du danger, une conversation qui perd de son sens alors que le spectre du sida – le cratère formateur qu'il a creusé – a disparu de bon nombre de vies.

Pour celles et ceux qui ont grandi dans les années 1980 et 1990, s'engager en faveur de la sexe-positivité n'avait rien à voir avec l'idée de rétrograder les missions libératoires féministes ou queer des années 1960 et 1970 en une mini-version néolibérale de l'*empowerment*. Il s'agissait de marteler, devant des moralistes violemment chauvins qui se foutaient de savoir si tu allais vivre ou mourir (beaucoup préféraient que tu meures), que tu étais en droit d'exprimer ton élan vital et ta sexualité, alors même que la culture t'expliquait que ton désir était un arrêt de mort, et que s'il te tuait tu l'avais bien mérité. Le terme "positif" était loin d'évoquer des arcs-en-ciel et un grand soleil (ou des bières bon marché, des plans à trois et des hot-dogs) ; il indiquait ton statut VIH (comme dans *POZ*, le magazine) ; être *sexe-positif* dans ce climat voulait dire parler capotes au lieu de quarantaine. Amber Hollibaugh, lesbienne sexe-radicale autoproclamée et fondatrice du Lesbian AIDS Project (LAP) et du Gay Men's Health Crisis (GMHC) dans les années 1990, décrit l'époque en ces termes : "Pendant qu'on faisait de nous des parias sexuels, les gays et les drag-queens, les gouines et les queers de couleur, leurs frères et sœurs, et les autres communautés de guerriers de la justice sexuelle et raciale, élevaient la voix pour *défendre le sexe* et luttaient pour réclamer le droit de désirer face à une épidémie et un virus transmis par le sexe. Nous refusions de nous faire humilier ou déshériter à cause de nos désirs ou de notre statut sérologique. C'était une époque totalement terrifiante. Mais tout du long – même si nous avons souvent eu tort – nous étions aussi pleins de brio et de courage."

Cette position s'opposait vigoureusement au puritanisme sexuel de certains groupes féministes engagés dans les guerres du sexe (à l'instar des WAP) et conduisit de nombreuses féministes (dont Hollibaugh) à troquer la solidarité de genre contre une camaraderie queer, c'est-à-dire en l'espèce une camaraderie avec "les parias sexuels, les gays et les drag-queens, les gouines et les queers de couleur, leurs frères et sœurs, et les autres communautés de guerriers de la justice sexuelle et raciale" – pas exactement le genre des représentants de la commission des droits de l'homme. (Évoquant ce qu'elle a appris de l'ouverture sexuelle des gays pendant cette période – une ouverture qu'elle désespérait de trouver dans certains cercles féministes –, Hollibaugh dit : "Ils ne décidaient pas qu'ils n'aimaient pas quelque chose avant d'y avoir goûté[6].") L'échange qui en résulta permit à nombreuses femmes – moi comprise – de revendiquer un droit au désir et à la lubricité pour lequel le féminisme avait ouvert la voie, mais que la culture queer rendait possibles autrement. Compte tenu de l'héritage de violence de l'hétérosexualité, on pourrait soutenir que la sexe-positivité a été (ou continue d'être) plus accessible pour les queers que pour les hétéros. Mais une chose que j'ai apprise en passant d'un monde à l'autre, c'est que la plupart des apprentissages sexuels sont éminemment transférables ; le concept de variation sexuelle bénigne n'appartient pas seulement aux queers (le fait même d'être queer peut s'appliquer de manière fluide à différentes personnes).

Au regard de cette histoire, l'accusation de Moira Donegan selon laquelle "le mouvement sexe-positif de la troisième vague est devenu aussi virulent et incurieux dans sa promotion d'une culture sexuelle sous toutes ses formes" me paraît bien légère. Qui sont ou qui étaient tous ces sexe-positifs incurieux, ces imbéciles heureux, toutes ces femmes et/ou queers qui se méprenaient sur les dangers ou les dommages du sexe ? Toutes les figures sexe-positives de cette époque dans ma bibliothèque – sans parler de ma vie – se sont largement confrontées aux dangers du sexe : Annie Sprinkle. Virginie Despentes. Joan Nestle. Amber Hollibaugh. Dorothy Allison. David Wojnarowicz. Samuel R. Delany. Essex Hemphill. Marlon Riggs. Patrick Califia. Leslie Feinberg. Nayland Blake. Gayle Rubin. Michel Foucault. Bruce Benderson. Hervé Guibert. Sylvia Rivera. Eileen Myles. Gregg Bordowitz. Michelle Tea. La liste est longue. La plupart de ces gens avaient (ou ont) une expérience intime de la violence, de la prostitution ou de la persécution sexuelles ; plusieurs sont morts du sida, ont perdu des hordes d'amis à cause du sida, ou se sont battus comme des chiens pour soutenir les mourants. Imaginer leur héritage dissous dans une version édulcorée et vendeuse de l'*empowerment* représente un appauvrissement ahurissant de sa portée.

Nous avons tous un peu tendance à imaginer nos verts paradis au-dessus des luttes des pauvres âmes qui se cherchent aujourd'hui. Mais pour ma part, je ne garde pas vraiment une impression de vert paradis. Le sida en faisait une époque terrifiante et terrible. Je garde, cependant, un profond respect pour les leçons que j'en ai tirées. Une de ces leçons se résume pour moi dans la déclaration de Dorothy Allison, dans toute sa dureté caractéristique : "Tout au long de ma vie j'ai su que ce que je voulais avait un prix et que je ne pourrais pas toujours m'en sortir sans dommage." Allison l'a appris en étant élevée dans un contexte à plus d'un titre à l'opposé du mien en termes de privilèges et de difficultés. Mais je me reconnais dans sa détermination, et je continue de m'y retrouver. Personne ne veut avoir à payer son désir d'une maladie fatale ou d'une agression qui détruit sa vie. Augmenter l'espace d'une pratique de la liberté implique d'œuvrer à réduire la possibilité de tels dommages pour soi-même ou les autres. Mais ce travail peut se faire sans pour autant fantasmer un monde qui nous garantit la sécurité, où une rencontre réussie se mesure au fait d'en sortir indemne.

Dans un essai bouleversant qu'il consacre à sa séroconversion après des années de militantisme contre le VIH, l'historien Douglas Crimp appuie cette idée :

> Les médias mainstream et les journalistes gay conservateurs traitent le sexe comme s'il s'agissait d'un comportement simple, qui obéit à la volonté et à la raison, comme si ce n'était pas tellement différent de, mettons, conduire une voiture. Quand on conduit, il y a un code de la route et des règles de courtoisie que toute personne responsable suivra

> si elle veut veiller à sa sécurité et à celle des autres automobilistes. Bien que de nombreux conducteurs manquent de civisme, conduire avec vigilance n'induit pas que vous dépassiez un conflit psychique insurmontable. Le sexe, à l'inverse, n'est que conflit face aux réflexes civilisationnels.
>
> Aussi, pourquoi les hommes homosexuels auraient des rapports non protégés, et comment en parler aux médias ? [...]
>
> J'ai une réponse simple : nous sommes humains [...].
>
> Je me suis séroconverti parce que moi aussi, je suis humain. Et non, personne ne peut garantir sa sécurité, ni vous, ni votre petit ami, ni aucun de vos amis négatifs. Parce que vous comme eux êtes aussi humains. [...] Accepter mon humanité, c'est accepter ma fragilité. Ou pour le dire autrement, c'est accepter que j'aie un inconscient. Accepter que toutes mes expériences, tout mon savoir, tout ce que j'ai compris ne saurait garantir ma sécurité.

Ce passage souligne combien il est problématique d'exhorter inconsidérément les femmes à savoir et exprimer clairement ce qu'elles veulent. Elles aussi (attention, scoop) sont humaines ; elles aussi ont un inconscient. Mais, heureusement, le fait qu'on ne puisse pas tout savoir ne veut pas non plus dire qu'on ne peut rien savoir. Parfois le conflit psychique que provoque le sexe semble insurmontable ; à d'autres moments, pas tant que ça. Sans aucun doute il y a des tas de gens qui pratiquent la monogamie de manière régulière ou intermittente (je m'inclus dans cette catégorie) et qui ont depuis longtemps arrêté d'envisager le sexe comme un conflit inhérent face à nos “réflexes civilisationnels” (bien qu'il soit plus juste d'envisager le conflit comme étant écarté plutôt qu'éradiqué). Cependant, toute activité qui suppose dans sa nature même l'imprévisible, l'interpénétration, une mise à nu physique ou émotionnelle, représentera toujours un genre de risque ; avoir pour but d'oblitérer ce risque peut malgré soi (ou intentionnellement) développer "un sentiment omniprésent de vulnérabilité [qui] génère un perpétuel état de crise – la construction d'un premier mur, puis d'un autre", comme l'explique Jennifer Doyle. Sachant que notre vulnérabilité n'a nulle part où aller, nous ferions bien d'entretenir avec elle un lien qui n'impose pas d'ériger des murs ou de vivre dans un perpétuel état de crise.

Des chambres obscures

En réexaminant ma propre expérience du désir dans ma jeunesse (hétéro, pour lors), je retrouve une certaine dynamique que j'ai depuis observée dans le comportement d'un nombre incalculable de femmes jeunes et moins jeunes : un grand nombre d'entre elles sont *profondément* empreintes de désirs, mais ayant peu l'habitude de les exprimer, y compris à elles-mêmes, elles deviennent expertes dans l'art de se mettre en situation de "danger" (c'est-à-dire d'activité sexuelle), tout en brouillant habilement la question de savoir ce qu'elles recherchent au juste (souvent, alcool à l'appui).

Garder ses désirs amorphes pour soi-même et pour les autres n'est pas sans vertu, ni même sans plaisirs. Cette stratégie permet de fissurer la notion de souveraineté, d'alléger le fardeau de toujours devoir rester sur ses gardes, de toujours devoir être explicite quant à ses désirs, ou encore de savoir si, sans compter ce que, l'on désire. Elle permet de goûter au plaisir de *ne pas savoir*, autorise une ouverture non instrumentalisée à l'expérience et à autrui. Le "désir émergent", pourrait-on l'appeler : l'inverse d'une virée en ville avec un journal de bord. Cette ouverture peut se révéler magique, en quelque sorte – la magie de laisser les autres venir à soi. À mesure que je la décris, j'y reconnais l'une de mes sensations favorites.

Et pourtant, désirer constamment au prix d'un déni plausible n'est pas sans conséquences, envers soi-même et la nature des relations ou des rencontres que cela entraîne. Contrairement à partir en chasse, où l'on reconnaît rechercher du sexe, insister sur le fait de n'avoir *rien* demandé ni voulu réifie l'épuisante construction sexiste selon laquelle le sexe est une chose que les garçons convoitent et que les filles doivent repousser ou subir, et entérine une culture délétère qui œuvre à rendre le désir féminin imperceptible ou contestable. Si l'on n'y prend garde, une telle démarche peut aussi se transformer en posture ou en identité érotique inconsciente, avec ses sables mouvants. Comme le suggère le travail de Carol Gilligan avec les adolescentes, elle soulève également le problème de la façon dont les filles apprennent à dire “Je ne sais pas” quand elles redoutent que leur désir ne corresponde pas à ce que les garçons ou les hommes aimeraient entendre, craignant que, dans certaines situations, leur franchise ne soit précisément ce qui les mettra en danger[7] ; faire la différence entre une érotique de la passivité et une peur de s'affirmer n'a rien d'une évidence. Garder ses désirs amorphes peut aussi créer les conditions d'une déception perpétuelle, quand les détails pratiques du sexe viennent contrarier le plaisir de flotter dans un nuage d'infinis possibles (menant à la vieille rengaine : “Je voulais tout sauf ça”). En outre, se mettre intentionnellement dans des situations imprévisibles dans un monde rempli de gros dégueulasses n'est pas sans risque, tel que le relate Chelsea Hodson dans son essai autobiographique “Pity the animal” [ayez pitié de la bête] : “Pour être tout à fait honnête, je suis restée à la fête en attendant qu'il se passe quelque chose. Tout le monde était parti, et il ne s'était encore rien passé. Ce n'était pas un inconnu – je savais que c'était un sale type, ça faisait un moment que j'étais au courant. C'est pour ça que je suis restée. J'avais tellement attendu dans ma jeunesse qu'il se passe quelque chose. Laissée sans surveillance, j'avais l'embarras du choix des chambres obscures. Je connaissais les pièces à éviter mais j'y allais quand même. J'en tirais une espèce de pouvoir." Le "sale type" en question prend Hodson de force (ses mots), un événement pour lequel elle ne se culpabilise pas, et qui ne la fait pas non plus renier sa décision d'entrer dans "la pièce à éviter".

Revenons en arrière, en 1992, quand Joan Nestle écrivait dans "The Femme Question" : "Une des idées du féminisme les plus solidement ancrées est que les femmes devraient définir leur désir sexuel de manière autonome et en leur nom propre, pourtant, dès qu'une femme dit : 'Je désire ça', les féministes lui tombent dessus : 'Non, non, ça, c'est la bite dans ta tête ; les femmes ne devraient pas désirer cet acte-là.' Mais nous ne savons pas encore suffisamment de choses sur ce que les femmes – la variété des femmes – désirent." J'adore ce commentaire, non pas parce qu'il ressasse la question (rhétorique, excédée, homogénéisatrice jusqu'à l'absurde) "Que veulent les femmes ?", mais parce qu'il me rappelle que nous ne savons pas toujours nous-mêmes ce que nous voulons, ou si le "désir" existe en tant que tel et peut être analysé en dehors des situations ou des sensations qui l'éveillent[8]. En même temps, en déclarant : "Nous ne savons pas encore suffisamment de choses", Nestle suggère qu'il reste des découvertes à faire, qu'il est bénéfique de continuer de s'interroger et de se raconter.

Trouver une façon de parler du désir hétérosexuel sans porter de jugement politique a longtemps été un problème épineux pour le féminisme. La juriste Janet Halley se penche sur cette question dans sa critique acerbe du féminisme culturel, laquelle, affirme-t-elle, a longtemps démontré "un manque de considération insidieux pour la langueur érotique des femmes à l'endroit des hommes, et invalidé tout espace théorique pour l'affirmation de la langueur érotique des hommes à l'endroit de *ces femmes-là*. [...] Il ne semble y avoir aucune réflexion [dans le féminisme culturel] sur la version *féminine* de ce que Leo Bersani appelle, en se faisant le porte-parole des *hommes gay*, un 'amour de la bite'. [...] Il s'agit clairement d'une carence". J'ai, moi aussi, constaté cette omission. En littérature, ce n'est pas tant que ce type d'écrits n'existe pas. C'est plutôt qu'il trouve rarement sa place au sein du canon féministe, en particulier du féminisme blanc, où il a tendance à servir d'exemple de la façon dont le patriarcat "fait subir un lavage de cerveau ou corrompt". Écoutez, par exemple, la réponse outragée de la juriste Mary Anne Franks face aux commentaires de Halley : "Ce que Halley semble proposer n'est pas seulement de rétablir le patriarcat, mais de le faire avec un grand sourire – de lui accorder l'imprimatur (érotique) des femmes." Subsumer "l'amour de la bite" sous un "rétablissement du patriarcat" est un classique de la dépossession, une manière d'éclipser le fait que vraisemblablement des millions de femmes négocient au quotidien leur désir et leur plaisir de la bite et de la masculinité – chez les hommes cis ou non – tout en se débattant contre l'emprise du patriarcat.

Les termes de l'ère #MeToo semblent parfois suggérer que la meilleure façon de sortir du malaise érotique hétérosexuel est d'inverser les rôles – que les femmes devraient avoir l'audace de faire le premier pas, plutôt qu'attendre que les hommes viennent les chercher (ce qui ne règle pas le problème d'une érotique de la passivité, ou le fait qu'une "avance non désirée" ne peut, comme le souligne Laura Kipnis, se révéler telle avant d'avoir été formulée, mais a la vertu de redistribuer la responsabilité, l'humiliation potentielle, et la capacité d'agir). La même logique encourage les femmes à être des partenaires plus actives, plus expressives au lit, plutôt que de se cantonner à tolérer stoïquement des choses inconfortables, désagréables ou non désirées, comme s'il s'agissait du prix à payer. Je soutiens de tels changements. Mais paradoxalement il pourrait aussi être émancipateur pour les femmes de se rappeler que, comme Lauren Berlant et Lee Edelman l'ont noté, en matière de sexe, souvent "nous *désirons* être subjuguées, et parfois non autonomes", et de tels désirs ne sont pas toujours ou pas seulement un signe d'oppression sexiste. Ils peuvent également indiquer un autre type de pulsion de liberté, laquelle convoite de s'oublier, de baisser la garde, de lâcher prise. (Métabolisé en identité, on pourrait appeler ça être *bottom*.) Honorer et accepter cette pulsion et son érotisme dans un monde plein de dynamiques de genre pourries et de personnes insensibles promet bien des remous. Il faut commencer par reconnaître leur existence.

Un autre livre de Joan Nestle, *The Persistent Desire: The Femme-Butch Reader* [le désir persistant : une sélection de textes de la lesbienne féminine ou butch], est également instructif au sens où il montre comment les lesbiennes féminines reprennent souvent certains aspects de la sexualité et du genre qui incombent aux femmes par défaut, et s'en réclament à travers des identités performatives, délibérées, nous rappelant ainsi que (a) ces comportements et ces penchants ne conviennent pas nécessairement ou obligatoirement à toutes les femmes mais peuvent avoir une charge érotique puissante pour certaines, et (b) assumées en conscience, elles n'impliquent pas forcément de capituler à une régulation sexiste/genrée. Par exemple, la "butch féminine" Mykel Johnson décrit ainsi son penchant féminin : "Mon désir s'électrise [...] quand je sens quelqu'un me désirant, quand je m'abandonne au plaisir qu'une femme prend à me faire l'amour." Chaque fois que je lis une condamnation des femmes hétéros qui sont excitées par le désir de l'autre, ou qui s'abandonnent au plaisir de l'autre, je pense à toutes ces lesbiennes audacieuses et éloquentes qui ont mis des mots sur ces désirs depuis des décennies, et je pense : ces désirs sont-ils intrinsèquement viciés, ou est-ce plutôt qu'on ne veut pas que les femmes se sentent obligées de les mettre au cœur de leur sexualité de façon compulsive ?

Quand Nestle dit : "Nous ne savons pas encore suffisamment de choses sur ce que les femmes – la variété des femmes – désirent", c'est peut-être que nous redoutons que si et quand cette réalité se fera enfin entendre, la terre s'ouvre avec un grondement prodigieux jusqu'alors étouffé. Mais il y a aussi une vraie possibilité que tous les désirs charnels se ressemblent davantage qu'ils ne diffèrent – qu'en dépit de nos idéaux révolutionnaires le langage de la luxure chez les femmes et les queers ne diffère pas tellement de celui des autres. Un des effets collatéraux qu'il y a à évacuer la luxure féminine du discours culturel est que son expression est continuellement cédée aux hommes, auxquels on attribue et l'"objectification" et l'envie de baiser et la promiscuité sexuelle, comme s'ils étaient seuls détenteurs du droit de regarder ou d'approcher d'autres corps avec appétit et appétence. Ce qui ne revient pas à dire : "Circulez, il n'y a rien à voir, relisez *Portnoy et son complexe* ou *Hustler*, et vous saurez tout ce qu'il y a à savoir." Je n'aurais pas passé une si grande partie de ma vie à m'intéresser à des œuvres explicitement érotiques écrites par des femmes et des queers si tel était le cas. En réalité, c'est peut-être exactement l'inverse : la plupart de ce que l'on appréhende comme étant hétérosexué n'est autre que du désir ; les personnes et la culture hétéros n'en ont pas le monopole.

Si et quand, par exemple, nous attribuons tout langage cru, toute persévération sur une partie du corps (y compris, oui, celles qui ne sont pas "rattachées" à l'ensemble), tout désir de consommer, de dominer, de pénétrer ou de fétichiser aux hommes cis, nous restons imperméables ou posons un jugement sur des aspects pourtant bien réels du désir féminin, lesbien et queer, qui demeurent indicibles hors des contextes de genre ou de rapports de pouvoir. (Ça n'a rien de nouveau pour les hommes gay, mais ça reste relativement tabou dans les cercles "non masculins".) Comme l'a exprimé Cherríe Moraga au détour d'une conversation avec Amber Hollibaugh, elle n'est pas devenue lesbienne parce que "les hommes étaient des vrais connards" mais parce que "j'avais tellement envie d'une femme, j'allais crever si je ne m'en faisais pas une le plus vite possible !". Hollibaugh lui répond en se demandant comment les gouines "qui voulaient des nichons" étaient censées s'insérer dans un paradigme sexuel qui considère le désir vorace pour le corps de la femme comme étant par essence corrompu. Ce n'est peut-être pas ce que certaines personnes veulent entendre, mais quand deux femmes décomplexées se parlent avec candeur, ça donne ça.

À mesure que j'écris les mots *plaisir* et *désir*, à mesure que je défends leur résurgence dans la narration (ou l'expérience) des femmes de leur sexualité, je dois admettre que ces termes m'exaspèrent, si ce n'est parce qu'ils connotent une allégresse qui n'est pas exactement en phase avec la réalité sexuelle. Comme l'a écrit Berardi : "Ceux qui glorifient le sexe comme si c'était une force du bien sont à côté de la plaque. Le désir n'est pas une force, mais un champ. Qui plus est, il est très loin d'être positif, en réalité il peut être cruel, malfaisant, alambiqué, autodestructeur, élusif, dévastateur et mortel."

Le récit de Chelsea Hodson montre clairement qu'apprendre à connaître nos désirs (ou à les assouvir) ne veut pas nécessairement dire que nous y découvrirons ce qui nous fait du bien (ou fait du bien aux autres). Cela peut, en effet, impliquer de se confronter au fait que nous désirons parfois (ou désirons partiellement, ou désirons sous forme de fantasme) des choses dangereuses, voire carrément destructrices. Assouvir de tels désirs peut entraîner la honte ou la souffrance (*Pourquoi je me suis infligé ça ?* ou *Pourquoi je me retrouve à nouveau dans cette situation ?*), aussi il peut être plus facile de totalement désavouer ou déplacer ces désirs, plutôt que de dire (comme beaucoup de queers ont aidé les gens à le formuler) : *Parfois je désire des rapports qui me démolissent, qui m'oblitèrent. Parfois je désire des rapports non protégés, imprudents au point de risquer d'attraper le VIH. Parfois je désire des rapports qui répètent mes pires traumatismes. Parfois je désire coucher avec quelqu'un qui me révulse, ou même qui me fait peur. Parfois je désire coucher avec quelqu'un qui est clairement, pour un milliard de raisons, la mauvaise personne avec qui coucher. Parfois je désire faire du mal à quelqu'un. Parfois je convoite la souffrance. Parfois j'ai envie de faire l'amour et une fois fini, ça me dégoûte. Parfois je veux me délester du poids de ma capacité d'agir, quoi qu'il m'en coûte.* On pourrait se confronter à ces sentiments en se répétant le mantra de Rubin : "Les fantasmes sont plus affamés que les corps." Si ton corps a encore faim, tu peux dresser la liste des pour et des contre qu'il y a à réaliser tes fantasmes, et commencer par là. Si les mettre à exécution – quand bien même inconsciemment – te mène inéluctablement à souffrir ou à le regretter, tu peux examiner leurs origines, et voir si comprendre leur étiologie te permet de te, ou de les, changer.

Face à ces difficultés, C.E. écrit : "*Tenter de guérir de mes traumatismes a réussi à me foutre en l'air un peu plus parce que je me suis mise à me demander : Qu'est-ce que je veux ? Qu'est-ce que j'attends du sexe, globalement ? Et en fouillant au fin fond de ma libido détraquée, en définitive, je n'ai rien trouvé [...] Comme c'est lassant d'espérer qu'en bout de course, si seulement on poussait un peu plus loin, on finirait par en tirer quelque chose de bon. Sade n'a rien trouvé, hormis un tas de cadavres qui n'ont jamais eu ce qu'il voulait.*" Mais si on ne présumait pas qu'il existait un fond à notre désir, qu'il ne gisait pas dans une boîte noire au fond de la mer ? S'il n'y avait pas une chose unique, envisageable, que nous attendions du sexe, pas de grande vérité à découvrir ? Si apprendre à identifier nos pulsions, nos identités, nos curiosités, nos désaffections, ou nos aversions changeantes, que ce soit au détour d'une rencontre ou au cours d'une vie, était notre mission véritable ? Si notre moi sexuel ne se cantonnait pas à une vérité univoque (du style : il est soumis, *stone*, sadique, hétéro, détraqué, guéri) ? Le sexe n'échoue-t-il pas quelque part entre la manne céleste et un tas de cadavres ? Le désir lui-même ne surgit-il pas – s'étiole, meurt, meut, fuit, et s'éveille – de manière impénétrable ?

Il peut également être utile de se souvenir que "le plaisir" ne veut pas juste dire "l'orgasme", ou le genre de sexe qui vous met en joie – en mode grand sourire aux lèvres. Étant donné que les filles hétéros, statistiquement parlant, ne reçoivent toujours pas une fraction de leur quota d'orgasmes, j'hésiterais à deux fois avant de défendre une vie sans. ("Je suis vraiment désolée de parler comme les pages de *Cosmopolitan*, écrit Michelle Tea après s'être aventurée à faire une expérience hétéro, mais j'ai été choquée de découvrir que tous les griefs des femmes hétéros contre les hommes sont absolument *véridiques*. Ils veulent *vraiment* baiser sans capotes ! Il n'y en a *vraiment* que pour leur bite ! C'est *vrai* qu'ils jouissent beaucoup trop vite et après, devinez quoi – c'est fini !

La déprime !") Mais il est utile de se rappeler que le plaisir est une catégorie très vaste, et qu'il existe des domaines entiers d'expériences sexuelles désirables ou satisfaisantes qui n'ont pas un but circonscrit ou atteignable de manière prévisible. Je pense aux *stone butches*, dont nombreuses prennent du plaisir à en donner à leur partenaire féminine, sans s'autoriser à être caressées ou satisfaites en retour ; aux vies érotiques profondément riches vécues principalement sous le prisme du voyeurisme ou d'autres formes de mise à distance ; à un amant que j'ai eu, un très beau garçon, qui n'éjaculait presque jamais et ne s'en souciait pas vraiment ; aux personnes handicapées qui ont dû redéfinir ce que la gratification sexuelle implique pour eux et leurs partenaires ; et à tant d'autres. Je pense aussi à l'autobiographie de Catherine Millet, *La Vie sexuelle de Catherine M.*, dans laquelle elle écrit – après cent quatre-vingt-six pages d'exploits sexuels sollicités et méticuleusement relatés : "Je n'exagère pas si je dis que, jusqu'à l'âge de trente-cinq ans environ, je n'ai pas envisagé que mon propre plaisir puisse être la finalité d'un rapport sexuel."

Je ne doute pas que certaines bondissent d'effroi (en effet, elle en a fait bondir plus d'une) et s'apitoient devant la fausse conscience antiféministe de Millet (vraisemblablement confirmée par sa signature de la fameuse tribune française anti-#MeToo, cosignée par l'actrice Catherine Deneuve[9]). Néanmoins, l'élégante et remarquablement sincère autobiographie sexuelle de Millet fait une place immense à des aspects du sexe qui avaient été tus jusqu'alors, y compris des désirs qui ne se réduisent pas à "l'éjaculation". J'apprécie particulièrement le modèle féminin qu'elle propose d'une ouverture radicale au désir de l'autre qui ne soit ni négative ni soumise : "Je suis docile non par goût de la soumission [...] mais par indifférence, au fond, à l'usage qu'on fait de nos corps." Dans un monde qui présume si souvent que tout le monde se préoccupe tellement, ou se préoccupe de la même manière, de l'usage, du sens et de l'importance de nos corps et de leurs parties, l'agnosticisme sexuel fondamental de Millet m'apparaît comme un immense soulagement revitalisant.

Un de mes passages préférés de *La Vie sexuelle de Catherine M.* est quand Millet et son amant Éric fulminent contre "la figure d'un beauf" rencontré dans un bar, qui essaie d'humilier Millet pour sa promiscuité sexuelle (elle est une adepte de la partouze) en lui disant que "ça commençait à sentir le caoutchouc brûlé". Rares sont les moments, dans la littérature comme dans la vie, où les femmes – avec le soutien d'un allié masculin, qui plus est – se dressent contre ceux qui les font passer pour des salopes. Pour celles et ceux qui viendraient souligner que les dés sont encore largement pipés en défaveur des filles, des femmes et des queers qui revendiquent leur droit au plaisir et au désir : je ne dis pas le contraire. Presque toutes mes amies femmes ou queers qui se sont autorisées à explorer leurs désirs à l'adolescence se sont fait traiter de salopes ou ont été victimes de *bullying* ; j'ai un enfant au lycée et un autre qui en prend le chemin, alors je vois ce que ça donne (parfois, la situation semble s'être miraculeusement améliorée ; d'autres fois, c'est désespérant de constater combien rien n'a changé). Les transgressions prennent un sens radicalement différent pour les femmes blanches, dont la prétendue chasteté souscrit à tout un ordre racial, contrairement à celles qui ont eu à subir l'inégalité de la sexualisation, des violations et de la punition[10].

Néanmoins, si l'on est en quête d'une réalité où "la figure du beauf" devient l'aberration et l'intrus, il est possible de la trouver et de la vivre. De toute évidence, c'est plus dur – ce par quoi j'entends *beaucoup* plus dur – dans certaines circonstances que dans d'autres. Mais presque tous les queers que je connais qui ont grandi dans un milieu intolérant qui les maltraitait avant de finalement s'entourer des bonnes personnes y sont parvenus. On a besoin de gens en qui se projeter, on a besoin d'amis et de partenaires, ce qui prend du temps, parfois beaucoup de temps. Je ne serais pas où je suis aujourd'hui si ce n'était pour toute cette galerie de personnages hilarants, débauchés, orduriers, impudiques qui m'ont accompagnée au fil des années, pour certains depuis le lycée. Ils m'ont montré comment hacher menu la beaufrerie et le puritanisme, comment identifier, construire et habiter des univers qui ne se contentent pas de résister ou de s'attaquer au mythe d'un monde unique, ce que David Wojnarowicz appelait "la *doxa*" ; leur exemple m'a apporté un soutien transformatif, lequel m'a permis de modifier à jamais ce que je suis capable de ressentir et de connaître.

Wojnarowicz a été pour moi un de ces personnages, bien que je ne l'aie jamais rencontré ; ainsi qu'Eileen Myles, que j'ai entendue lire pour la première fois quand j'avais dix-huit ans, et que j'ai suivie partout à compter de ce soir-là. Je revois encore le petit livre de poche vert des éditions Semiotext(e), *Not Me* [pas moi] (1991), le recueil de Myles qui traînait sur une des tables de St. Marks Books. Je me revois l'ouvrir pour la première fois, sans savoir encore quelle somme de "liberté vers" s'apprêtait à s'engouffrer dans ma vie. Je me repaissais de ses vers, dont ceux-ci : "Je me souviens / de toi m'offrant la plus belle / assiette rouge de pâtes. C'était comme ta chatte / sur une assiette" ; ou encore : "Je veux / du sexe au whiskey / et je / le trouve." Une grande assiette de pâtes à la chatte ! Du sexe au whiskey en veux-tu en voilà ! Puis en 1994 vint "Robin", dans *Chelsea Girls* de Myles : "Il était de mon devoir de baiser Robin. C'était mon job. Elle avait le plus grand [...] con, le plus grand vagin où j'aie jamais glissé un doigt. Il était rouge, béant et suppliant. [...] On m'a toujours reproché d'être brusque mais j'avais l'impression que j'aurais pu enfoncer un balai dans cette femme, une branche [...]. Je n'ai jamais rencontré pareille bête en chaleur, et je n'avais jamais si distinctement pourvu aux besoins d'une femme avant elle. Tu veux mon poing en toi. N'importe quoi[,] gémissait-elle, n'importe quoi." À l'instar de Millet qui porte son caoutchouc brûlé en bandoulière, Myles transforme ici un gros vagin rouge en chaleur en icône sexy et désirable. Le but n'était pas de savoir si on partageait ou non les désirs de Myles, mais de lire un témoignage tout à fait inédit sur ce qui vous excite et vous rend vivant. Il y en a eu d'autres depuis, bien sûr. Mais pour moi, c'est "Robin" qui m'a fait comprendre qu'il n'était plus possible de faire machine arrière[11].

Pendant une grande partie de ma jeunesse, j'ai voulu du sexe au whiskey et j'en ai trouvé, et (dans l'ensemble) ça me plaisait. Ça me plaît tout autant d'avoir, depuis, renoncé à l'alcool. Un des cadeaux de la sobriété est qu'elle impose d'assumer les verres qu'on a consommés, peu importe son genre, sa sexualité, ou sa situation. Ça ne veut pas dire qu'on assume sa part de responsabilité dans les mauvais traitements que d'autres ont pu nous faire subir quand on était sous influence. Ça veut simplement dire qu'il n'y a aucune plus-value à rejeter nos décisions sur autrui (ainsi que peut le laisser entendre la phrase "Il m'a fait boire"). Et là, je suis d'accord avec Kipnis, qui pense que nous devrions parler plus ouvertement et avec moins d'appréhension de l'alcool et du sexe – que nous devrions reconnaître que la surconsommation d'alcool, en particulier quand elle est destinée à estomper sinon à oblitérer sa cohérence, peut être le symptôme d'un "progrès cahoteux vers l'émancipation pour les femmes (y compris leurs ambivalences en ce qui concerne notre part de libre arbitre)".

Qu'il y ait ambivalence en ce qui concerne notre part de libre arbitre ne veut pas dire que nous sommes stupides, autodestructrices, inaptes, ou que nous désirons nous faire du mal. Ça veut simplement dire que nous sommes humaines. Et être humaine engage aussi de ne pas nécessairement vouloir que chaque instant de sa vie soit un pas en avant sur la longue route de l'émancipation et de la connaissance. Ça veut aussi dire faire face au désir de rôder autour des chambres obscures ou d'y entrer.

Alcooliques ou non, la plupart des gens qui boivent le font aussi pour se soulager du terrible fardeau du libre arbitre ; nous buvons parce qu'il peut être aussi réjouissant et excitant qu'effrayant et terrible de "laisser les choses se faire", de se retrouver dans des endroits et avec des gens que nous n'aurions pas suivis sobres, ou que nous aurions repoussés sans une once d'hésitation. Ça peut être d'autant plus vrai pour celles d'entre nous qui ont été élevées dans la peur. J'étais une enfant plutôt peureuse, j'ai grandi en étant hantée par le meurtre sexualisé de ma tante ainsi que par les tourments sexuels de ma sœur rebelle. Aussi, c'est avec euphorie et soulagement que j'ai cédé mon corps ivre de vingt ans et quelques aux hasards des nuits new-yorkaises, rentrant régulièrement chez moi titubante à 3 heures du matin, une liasse de billets – la paye de mon boulot de serveuse – fourrée dans mon soutien-gorge ou ma chaussure. Le problème, évidemment, c'est que la substance qui permet de ressentir cette liberté est celle-là même qui inhibe sa capacité de s'extraire ou de se protéger de situations indésirables ou dangereuses. Il n'y a pas de remède miracle à ce dilemme ; c'est un nœud que chacun d'entre nous doit apprendre à défaire. Nous seules sommes capables de déterminer quand nous avons eu notre dose de ce genre de jugement déglingue qui préside au mélange du sexe et des substances ; j'ai dû attendre d'avoir trente-trois ans pour décider que ça suffisait. J'ai passé des bons moments et des sales quarts d'heure (j'ai eu la chance d'éviter les drames). Mais ces moments m'appartiennent – je les ai choisis, jusqu'à ce que je choisisse une autre voie. Je sais bien que quand on est sous l'emprise d'une substance on a parfois l'impression de ne rien choisir du tout. Mais une des révélations de la sobriété est qu'il est possible de choisir autre chose, même si ce choix impose, paradoxalement, d'abandonner l'illusion de tout maîtriser, et de se lasser du type de liberté que vous offre la consommation de certaines substances.

Leçons des queers

Dans les années qui ont suivi l'émergence du mouvement #MeToo, je me suis souvent retrouvée à discuter avec des amis queer qui se sentaient ostracisés par la focalisation mainstream sur la dyade hétérosexuelle homme prédateur/femme victime, dans la mesure où la conversation semblait éclipser, une fois encore, l'expérience et la perspective des queers. Les gens avec qui j'ai échangé ne cherchaient généralement pas à attirer l'attention sur leurs propres – souvent considérables – expériences de harcèlement, de discrimination, de *bullying* ou de violence. Au lieu de ça, ils se souciaient du glissement qui pourrait s'opérer entre ce tournant et un mouvement de panique, comme l'a présenté Masha Gessen, notamment parce que beaucoup d'entre eux avaient été soupçonnés ou accusés de désirs ou de comportements sexuels inappropriés à un moment donné, souvent du simple fait de leur existence. Cette expérience rend les queers plus attentifs à la logique paranoïaque qui consiste à rejeter toute inquiétude qui soit sur la méthode ou la logique de #MeToo comme une façon de préserver le statu quo, ou pire encore comme un signe que la personne qui émet des doutes est potentiellement elle-même un danger.

En dépit (ou grâce à) leur connaissance de cet historique, de nombreux queers ont ressenti le besoin de marcher sur des œufs, pour des raisons que Jane Ward décrit dans son essai intitulé “Bad Girls: On Being the Accused” [mauvaises filles : depuis le banc des accusés] :

> Tous ces fils de putes. Ces types qui pelotent et menacent et agressent les filles, les garçons, et les femmes. Ils sont enfin en train de *payer*. Nous fêtons ça, disent les commentateurs. Nous sommes des furies, disent-ils. Le moindre expert a quelque chose à dire sur ce qui nous est arrivé – à nous, les “survivantes” de la culture du viol.
>
> Il semblerait que nous soyons également prudentes, stratèges. Nous nous chuchotons à l’oreille : *S’il te plaît, ne commence pas à brouiller les cartes en parlant de fausses équivalences, là, tout de suite*. La peur nous pousse à nous encourager les unes les autres : *Par pitié, ne détourne pas l’attention de cette puissante éruption de vérités féministes, ce témoignage incoercible de violation et de survie, en te penchant sur les zones grises et les complexités. Pas maintenant. Les enjeux sont trop importants. C’est enfin en train de prendre !* Dans des cercles de confiance, nous reconnaissons ces complexités, mais nous demandons qu’elles soient tues hors de nos chambres féministes soigneusement gardées, où nous avons l’assurance qu’elles seront traitées avec le plus grand soin.
>
> Mais ces complexités ne sont pas théoriques. Et elles ne sont pas privées. Pas plus qu’elles n’apparaissent uniquement dans les cas historiques extrêmes, comme les mensonges de Carolyn Bryant au sujet d’Emmett Till, ou la panique semée par les abus sexuels sataniques dans un jardin d’enfant dans les années 1980 et 1990, ou le procès des

> lesbiennes aujourd'hui connues comme les quatre sorcières (The San Antonio Four), accusées à tort d'avoir commis des abus sexuels dans les années 1990. [...] La complexité – ce par quoi j'entends le fait que la tolérance zéro, censément féministe, contre les abus sexuels est souvent motivée par le racisme, le sexisme et l'hétéronormativité plutôt que par une intervention féministe de substance – est *l'élément-clé* pour beaucoup d'entre nous, absolument impossible à compartimenter ou à remettre à un moment plus opportun.

Ward poursuit en racontant l'histoire de sa compagne, professeure de lycée, sanctionnée par son école pour avoir "failli à préserver un environnement sexuel sécurisé" après qu'on a découvert que deux de ses élèves s'étaient faufilés dans la salle de classe pendant la récréation pour avoir des rapports sexuels oraux consentis. Ward rapproche ce récit de la longue histoire des gouines "premières suspectes à la moindre incartade sexuelle (réelle ou imaginée) ; à qui on demande de rester loin des enfants au sein d'une famille élargie ; de garder leurs distances dans les vestiaires et les toilettes et autres lieux où les femmes hétérosexuelles présument l'absence de désir pour le même sexe et paniquent quand elles réalisent qu'il peut se présenter", et j'en passe. Elle nous rappelle que de "nombreux queers, y compris des femmes queer, sont conscients qu'une vie queer implique le risque d'être accusé d'incommoder les autres, voire éventuellement de les faire se sentir violés, du fait de notre outrance sexuelle ou de notre illisibilité, ou de notre imprévisibilité, ou de notre audace. C'est pour cette raison que certaines d'entre nous se gardent de vilipender trop vite les accusés et de 'croire toutes les femmes', parce que nous avons été les accusées, nous avons aimé les accusées, et nous avons regardé les institutions fabriquer des accusés et les faire couler pour servir leurs propres intérêts".

D'aucuns se moqueront de telles inquiétudes en y voyant “un vent de panique morale soufflant sur une autre panique morale”, ou accuseront celles et ceux qui lui prêtent voix d'être les apologistes des offenseurs, ou des offenseurs eux-mêmes. D'autres soutiendront que, du fait de l'avancée des droits LGBTQ+, ces inquiétudes ne sont essentiellement que des reliques, et que les hérédités de l'homophobie ou de la transphobie ne devraient pas servir d'excuses pour cautionner l'inconduite des personnes, toutes sexualités et tous genres confondus. D'autres encore diront que la “nuance”, la “complexité”, le “contexte” et les “zones grises” sont des noms de code employés pour saboter ou nous distraire de vérités plus simples, d'accusations plus simples, de punitions plus simples ; certains détourneront le problème des accidentés de la route en soulignant que les bords de route sont jonchés de femmes et de queers qui ont subi le même sort, aussi il est regrettable mais il n'est que justice de leur rendre la pareille à un degré infiniment moindre.

On peut comprendre de telles positions quand la colère vous submerge face à des gens qui ont fait des choses inacceptables, et face à un système enclavé qui les a sciemment légitimés et encouragés. Mais la colère à l'état brut est un terrain peu propice à l'engagement politique. La militante pour l'abolition du système carcéral, Mariame Kaba, l'expose ainsi :

> L'une des choses dont je parle tout le temps est l'importance de transformer ses traumatismes personnels en engagements politiques. Donc tu as un traumatisme individuel dont tu as fait l'expérience et puis tu as un engagement politique qui peut être distinct de ce traumatisme.
>
> Voici un exemple de ce que j'entends par là. J'ai survécu à un viol. Et j'ai été une survivante réactionnaire. [...] Je cherchais la vengeance. C'était important pour moi. J'ai dû

> travailler là-dessus. J'ai dû traverser ça. [...] Si tu m'avais invitée à un débat juste après et que tu m'avais demandé quoi faire des violeurs je t'aurais dit : Il faut les tuer. Ça aurait été ça, ma réponse. [...]
>
> [Mais tu] dois penser aux engagements politiques que tu développes à partir d'une expérience personnelle qui t'a meurtrie, et puis tu dois penser à la manière de les appliquer au sens large à une multiplicité de personnes dans différents contextes. [...]
>
> Il faut faire partie d'une communauté suffisamment unie pour être capable de dire à ses amis [:] Tu es en train de virer grave réactionnaire. [...] On ne va pas commencer à extrapoler ta blessure personnelle, ta peur et ta colère, et en faire un programme qui gouverne tout un tas de gens qui ne t'ont rien fait.

Tandis qu'on développe ses engagements politiques, ça peut paraître une évidence d'affirmer que manifester sa solidarité avec des pratiques sexuelles non normatives n'implique en aucun cas de défendre la coercition, l'agression ou le harcèlement. Hormis, bien sûr, quand les choses ne sont pas si claires. Compte tenu de l'élasticité – et parfois de l'idiosyncrasie – de l'usage de ces termes, quiconque s'engage à résister contre l'avidité psychiatrique et carcérale de l'État à circonscrire et persécuter la déviance sexuelle, quiconque se méfie du moralisme sexuel sous toutes ses formes – y compris ses manifestations féministes – devra inévitablement examiner toute idéologie qui prétend savoir ce qu'est le sexe éthique, ce qui doit en être écarté, et quelles anomalies doivent être punies. Même – ou surtout – quand nous avons mal, il est judicieux de prendre le temps de s'assurer que notre douleur ne s'allie pas à notre puritanisme ou notre envie de punir, car une telle alliance ne fait que renforcer les dichotomies viciées innocent/coupable, dangereux/pas dangereux, jetable/valable, dont dépend le système carcéral[12].

Même si nous sommes généralement d'accord pour nous donner pour but de créer plus de mutualité et moins de domination, il reste des problèmes épineux, dont (la liste n'est pas exhaustive) l'âge du consentement, la divulgation de son statut de MST, le *barebacking**, le travail sexuel, la polygamie, les questions statutaires, le consentement des personnes souffrant d'infirmités mentales, ainsi que "les rapports consensuels entre employés ou étudiants, les baisers ou les caresses non désirés interrompus dès que l'autre dit non, les propositions sexuelles jugées inappropriées ou non professionnelles par des institutions mais pas par les personnes impliquées, la présence du sexe ou du désir dans des lieux où les gens préféreraient qu'il n'y en ait pas, ou entre des personnes qui ont appris à penser qu'elles n'étaient pas censées se désirer (le désir interracial, queer, intergénérationnel, etc.), et les embrouilles entre les personnes éventuellement dues à un élément sexuel", pour reprendre le résumé de Ward. La volonté de prescrire éthiquement (sans parler de légalement) quelles relations sexuelles sont inappropriées ou haïssables en traitant tout le monde pareil, mérite d'être sérieusement reconsidérée à la lumière du principe de variation sexuelle bénigne (et par sérieusement, j'entends *vraiment* sérieusement – voir, par exemple, *Screw Consent: A Better Politics of Social Justice* [merde au consentement : pour une meilleure politique de justice sociale], où Joseph Fischel examine ce que le sexe socialement marginalisé, dont les pratiques bestiales, nécrophiles, cannibales, peut apporter à la création de nouveaux modèles de justice sexuelle).

L'emploi abondant dans les médias de l'expression imprécise mais clairement péjorative d'"inconduite

* Sexe anal non protégé.

sexuelle*" pour recouvrir tous types de plaintes adressées publiquement a donné l'occasion à nombre d'entre nous sensibles à la diffamation sexuelle de nous inquiéter, en particulier en voyant l'"inconduite" en question se transformer subrepticement en "harcèlement" ou même en "agression" dans les gros titres et les conversations, comme un bouche-à-oreille qui aurait dérapé. Je comprends cette position, mais ça me désole néanmoins d'entendre des gens saliver à l'idée que les hommes chient dans leur froc face à la possibilité qu'un incident sexuel douteux de leur passé revienne les hanter, en particulier quand tant de femmes, queer ou hétéros, m'ont confié, en substance : "Waouh, heureusement que tout le monde se fout de ce que j'ai pu faire par le passé !" Elles ne veulent généralement pas dire par là qu'elles ont commis des agressions ou des abus de pouvoir dans des situations de quid pro quo, mais peut-être qu'elles ont déjà flirté ou couché avec quelqu'un de beaucoup plus jeune qu'elles ; dragué lourdement ; tenté un baiser ou une caresse sans être sûres que le geste soit désiré ; couché avec une personne appartenant à une catégorie litigieuse, comme un employé, un patron, un fan, un enseignant ou un étudiant ; banalement menti et trompé ; exercé une pression affective sur quelqu'un ou adopté un comportement compromettant dans des moments troubles ; et j'en passe.

Pour toutes ces raisons, je suis estomaquée de constater que ces gens qui proposent d'ériger des règles générales pour une plus grande intervention institutionnelle et/ou une police du sexe semblent totalement convaincus par, ou ignorants de, son histoire, insinuent

* Les médias américains ont librement employé l'expression *sexual misconduct*, qui en France était plus généralement traduite par "abus sexuels", une différence terminologique qu'il est utile de comprendre pour mieux apprécier les nuances du raisonnement de l'autrice.

librement que ceux qui s'y opposent soit sont des agresseurs en puissance soit ont quelque chose à cacher, ne se projettent jamais de l'autre côté de la barricade, et paraissent dans l'ensemble pétris de certitudes quant à leur irréprochabilité. Ils ne semblent pas avoir de raisons de s'inquiéter de voir, mettons, des travailleurs sociaux envoyés par l'État suite à l'adoption d'une loi inspecter tout le matériau sexuel vaguement louche de leurs bibliothèques ou sur leurs murs ; que leurs œuvres d'art "obscènes" leur attirent de sérieux ennuis avec la justice ; de devenir l'agneau sacrificiel si et quand leur institution sous le coup de la panique pour sa responsabilité civile décide de les balancer pour répondre à une plainte ; que des contenus troublants, des conversations ou des critiques émises lors de leur séminaire (ou une accusation proférée contre eux dans un tweet) mènent à une enquête sur leur lieu de travail ; de savoir si chaque instant de leur vie sexuelle et sentimentale a vraiment été, et sera à jamais, au-delà de tout soupçon, en particulier au regard de standards d'acceptabilité fluctuants ; ou si ça fait avancer les ambitions féministes et queer de se rallier aux bureaucrates qui promeuvent aveuglément une morale sexuelle traditionaliste (comme dans ces réunions de l'université auxquelles j'ai assisté, où il était notamment question de déterminer, avec le plus grand sérieux, si les liaisons étudiant/professeur qui se soldaient par un mariage devaient être traitées différemment des autres).

La peur de la "pente savonneuse" n'est pas une excuse pour ignorer les mauvais agissements. Mais ma proximité avec les situations énumérées plus haut m'a amenée à penser que lorsque nous considérons un certain type de conduite nous nous devons – à nous-mêmes ainsi que les uns aux autres – d'y apporter autant de spécificité et de contexte que possible, de prendre garde à ne traiter personne comme un dommage collatéral. Autrement, nous risquons de voir nos efforts se retourner contre ces mêmes personnes qu'ils sont censés servir[13]. Ceci impose de faire preuve de clarté quand nous protestons contre la hiérarchie de genre au nom de l'inconduite sexuelle, car cette confusion, si on ne la reconnaît pas, peut devenir elle-même périlleuse. Le message de la fondatrice de #MeToo Tarana Burke à la suite des accusations contre l'universitaire Avital Ronell et la militante #MeToo Asia Argento, selon lequel le genre ou la sexualité de l'agresseur n'est pas pertinent car le mouvement est destiné à s'attaquer au "pouvoir et [au] privilège", était censé apporter des clarifications, mais n'a fait qu'ajouter au trouble. Sans aucun doute, il y a des moments où le pouvoir et le privilège en cause correspondent à des interdictions institutionnelles ou pénales (c'était le cas de Ronell et d'Argento). Mais en dehors de ces circonstances, déterminer ce qui constitue le pouvoir ou le privilège dans une rencontre lambda entre deux adultes consentants est loin d'être évident. Pas plus que ne l'est la question de savoir quel rôle le pouvoir ou le privilège joue, ou devrait jouer, dans les rapports sexuels entre deux adultes consentants, et qui devrait s'en faire l'arbitre.

Toujours autour du pouvoir

À la conférence de Barnard de 1981 sur la sexualité, où des féministes anti-pornographie ont protesté contre la présence de Hollibaugh, ainsi que celles de Nestle, de Rubin et d'Allison, Hollibaugh a prononcé les paroles suivantes concernant le rôle du pouvoir dans le sexe :

> La réalité est qu'en l'état actuel des choses le féminisme a imposé que les femmes vivent leur sexualité en dehors du pouvoir. Nous semblons avoir décidé que le pouvoir

en matière de sexualité est masculin parce qu'il mène à la domination et à la soumission, lesquelles, par voie de conséquence, sont également définies comme des notions exclusivement masculines. La plupart de ces théories ont suggéré que toute femme excitée par le pouvoir est simplement empreinte de fausse conscience. Dans la vraie vie, cela contraint bien des féministes à renoncer à une sexualité qui leur plaît et contraint un contingent encore plus vaste de femmes à enterrer leurs rêves. Pour toutes ces femmes qui n'ont pas encore la moindre idée de ce dont elles auront envie à l'avenir, cela implique de réduire au silence et à la crainte les aspects inconnus de leurs passions alors que ceux-ci commencent à peine à poindre. Le silence, la dissimulation, la crainte, la honte – ces pratiques ont été imposées aux femmes pour leur dérober toute notion, sans parler du contrôle, de ce qu'elles veulent. Allons-nous maintenant nous les imposer de nous-mêmes ?

Des décennies plus tard, #MeToo a réveillé des questions semblables. Une grande partie de cette nouvelle analyse du pouvoir a été d'une importance capitale, et s'est révélée particulièrement pertinente quand elle s'est focalisée sur le milieu professionnel, où les questions de quid pro quo, de harcèlement et de redistribution pullulent. Cependant quand l'analyse sort de cette sphère, il devient nécessaire d'avancer prudemment, et de nous attarder un instant sur le réflexe qui veut que la sexualité dite “correcte” – c'est-à-dire la sexualité la plus éthique et juste et vers laquelle nous devrions tous nous acheminer – soit une sexualité débarrassée d'autant de rapports de pouvoir que possible.

Pour certaines personnes, le pouvoir fait partie inhérente de leur sexualité. D'autres y sont indifférentes ; pour d'autres encore, c'est un tue-l'amour. Pour sa part, Amber Hollibaugh atteste : “Ma propre sexualité est fondamentalement ancrée dans le danger. Beaucoup de femmes que je connais ressentent aussi leur sexualité de cette manière : toujours autour du pouvoir et toujours autour du danger." (On peut avoir sa petite idée sur une telle propension, mais, rappelez-vous, d'autres auront, elles aussi, leur petite idée sur vos propres propensions.) Et il y a une autre difficulté, comme l'a souligné Fischel : "les partenaires sexuels sont rarement égaux, s'ils le sont jamais ; en réalité, il est difficile de déterminer ce que l'égalité pourrait vouloir dire." Fischel voit les choses ainsi : "Stipuler de réguler le sexe dans les relations de dépendance mène à deux voies : soit le sexe est inadmissible partout puisque les différences de pouvoir fabriquent fonctionnellement le consentement, soit la stipulation doit être rejetée précisément parce qu'elle considère le sexe suspect partout, et ça ne peut pas être viable, parce que le sexe est bien ou plaisant ou mutuellement désiré en dépit ou parfois du fait d'un pouvoir asymétrique."

Analyser les dynamiques de pouvoir dans un scénario donné peut être crucial pour comprendre ce qui s'est passé et pourquoi. Si des rapports de pouvoir existent – et il est inévitable qu'il y en ait –, ça n'annule pas automatiquement notre capacité d'agir, pas plus que ça ne prouve qu'un abus de pouvoir a eu lieu. Exercer sa capacité d'agir implique toujours de négocier entre les possibles et les sources de pression ; il n'existe pas d'univers où le "libre arbitre" ou la "volonté individuelle" se tient en dehors des réseaux relationnels, lesquels incluent des rapports de pouvoir. Il n'est pas non plus souhaitable de plaquer notre propre conception du pouvoir sur la psychologie d'autrui, car nous n'attribuons pas tous le pouvoir aux mêmes personnes ou aux mêmes forces, ni ne sommes affectés par ce pouvoir à l'identique. Les femmes n'apprécient pas nécessairement qu'on leur explique qui a nécessairement un pouvoir sur elles ; les accusations de fausse conscience ou de décision inconsciente risquent toujours d'être prises pour du paternalisme au lieu d'exprimer leur sollicitude.

Certaines se sont sans doute réjouies quand le chanteur du groupe de rock indépendant Pinegrove – clairement inspiré par l'analyse de #MeToo des "aspects insidieux du dés-*empowerment*" – a posté sur ses réseaux sociaux : "j'ai flirté avec des fans et à plusieurs reprises j'ai eu des rapports intimes avec des femmes que j'avais rencontrées en tournée. j'en suis venu à la conclusion aujourd'hui que ce n'est jamais acceptable – même quand la démarche vient de l'autre. il y aura toujours une dynamique de pouvoir inégale dans ce type de relations et je ne peux pas en bonne conscience continuer à l'ignorer." Moi, ce message m'a rendue dingue. Le chanteur a le droit de faire ce qu'il veut, et je le félicite d'avoir décidé de ne plus coucher avec ses fans, quelle qu'en soit la raison (la raison n'est sans doute pas sans rapport avec son accusation de "coercition sexuelle non physique" par une ex ; on imagine ses propos faire écho aux reproches de son ex). Mais il arrive un stade où l'assertion d'une "dynamique de pouvoir inégale" est simplement une réification du pouvoir (masculin), qui (encore une fois) dissimule ou se méfie de l'autonomie féminine (cf. il ne peut pas faire confiance à l'envie de ses fans de coucher avec lui, "même quand la démarche vient de l'autre"). Si je draguais un mec après avoir été grave excitée par son charisme sur scène et qu'il me répondait : "Pardon, je sais que tu penses que c'est ce que tu veux, mais du fait du pouvoir implicite que j'ai sur toi à cause de ma célébrité et de mon privilège de genre, ce n'est juste pas possible pour toi de savoir ce que tu veux", je serais verte. Les personnes en position de pouvoir relatif – de par leur âge, leur fonction, leur sobriété, etc. – ont de toute évidence beaucoup à gagner à considérer les conséquences potentielles qu'il y a à s'engager dans une relation sexuelle sujette à ces dynamiques. (Ces conséquences sont à double tranchant : à moult reprises, j'ai vu des relations qui avaient commencé dans l'adulation exploser en plein vol quand l'objet d'adulation s'avérait être un être humain ordinaire en demande d'affection, qui se retrouvait rejeté par la personne qui l'avait mis sur un piédestal.) S'adonner à ces réflexions est différent de nourrir une conviction réflexive quant à l'endroit où réside le pouvoir de manière immuable, de présumer que toutes les formes de pouvoir sont un "pouvoir sur", ou de demander qu'il y ait consensus quant à quels différentiels de pouvoir sont acceptables entre adultes consentants et lesquels ne le sont pas[14].

Le problème de la diabolisation du pouvoir s'étend bien au-delà du domaine de la sexualité, comme l'explique J. K. Gibson-Graham :

> Quand le pouvoir est identifié à un caractère impitoyable et dominant, il devient une chose dont la gauche doit se distancer, au risque de se faire coopter et de se compromettre (Newman 2000). [...]
>
> Le succès de l'innovation politique semble perpétuellement bloqué ou prorogé parce qu'il requiert une toute nouvelle relation au pouvoir. Il faudra qu'elle échappe au pouvoir, qu'elle l'outrepasse, qu'elle l'oblitère, le transforme, en prenant un tournant radical, d'un pouvoir coercitif et dominateur vers un pouvoir permissif et émancipateur (Newman 2000). Mais puisque sa distance vis-à-vis du pouvoir est la marque d'une radicalité authentique, et que le désir est enfermé dans la pureté de l'impuissance, le mouvement vers une réappropriation du pouvoir est différé. Pour parvenir à prendre ce tournant, de victime à puissant, de censeur à acteur, de la protestation à des projets constructifs, nous devrons aussi travailler sur cette posture moralisatrice qui reste accrochée à une conception univoque du pouvoir et bloque l'expérimentation dans ses formes plurielles.

Il ne fait aucun doute qu'il y a beaucoup de raisons de se sentir impuissant ces jours-ci, et il est aussi évident que cette réalité incombe à certains corps beaucoup plus violemment qu'à d'autres. Mais attribuer la radicalité authentique à la pureté de l'impuissance ne mène pas nécessairement à l'*empowerment*, ni à des manières plus justes ou plus responsables de l'exercer. S'enferrer dans la conviction de notre impuissance peut nous rendre insensibles à notre propre pouvoir, alors même que nous demandons aux autres de le reconnaître. Comme l'écrivaine et militante pour l'abolition carcérale Jackie Wang l'a présenté dans un contexte différent : "Quand les gens s'identifient à leur victimisation, nous devons nous demander si celle-ci n'est pas en phase de devenir une manœuvre tactique pour fabriquer leur innocence et exercer un pouvoir sans être mis en cause."

Nous gagnons également à examiner notre propre rôle dans la distribution du pouvoir, et l'investissement libidinal que nous pouvons mettre en jeu. Chaque fois que j'entends dire, par exemple, que la notoriété, le charisme, le talent ou le succès d'un écrivain (ou d'un artiste, d'un musicien, etc.) l'a auréolé d'un certain pouvoir (comme le chanteur de Pinegrove), cela me laisse dubitative, dans la mesure où l'équation me semble être un phénomène de genre qui ne fonctionne qu'à sens unique. C'est-à-dire qu'à aucun moment au cours de ma carrière littéraire quelqu'un n'est venu me dire un truc du genre : "Tu dois pouvoir te faire toutes les meufs maintenant", comme Ta-Nehisi Coates raconte qu'"un éminent doyen" du monde des lettres le lui a dit au moment du succès d'*Une colère noire*. (Voir également le récit autobiographique de la musicienne de rock Carrie Brownstein, *Hunger Makes Me a Modern Girl* [la faim fait de moi une fille moderne], dans lequel elle résume un truisme bien connu des rockeuses du monde entier : "Les gens me posent souvent des questions sur les groupies en tournée, ils me demandent si je me suis fait des plans cul torrides. La réponse est non. À tout. Nous n'avons jamais eu de groupies. Déclaration que je ponctuerais de cette petite phrase désolante : J'aurais *tellement* aimé. Juste pour avoir pu écrire : 'Oui, bien sûr, on a eu des groupies ! Un nombre incalculable de groupies. Une pléthore de groupies, des groupies qui me sortaient des narines, des groupies de partout.' [...] La personnalité pour un homme équivaut au pouvoir ; la personnalité pour une femme la rend moins femme, plus distante et mystérieuse, et par là même menaçante.") Il y a des exceptions – il y a des groupies lesbiennes et queer, et quelques courageux hommes hétéros qui craquent pour des femmes puissantes et charismatiques. Mais partout où la doxa affirme que le sexe exalte les hommes et dégrade les femmes, une version de cette dynamique restera probante. (Voir Chrissie Hynde : "Un groupie homme est un fan. Ce n'est pas pareil. Un groupie homme ne va pas te proposer de te tailler une pipe.")

La doxa n'est pas une force distincte de nous qui ne fait qu'agir sur nous. Nous avons un rôle à jouer dans sa création et sa préservation. L'idée qu'un chanteur (homme) sur scène et qu'un écrivain (homme) récompensé d'un Pulitzer aient une emprise sur nous, ou détiennent les clés de notre royaume créatif ou professionnel, n'est pas une réalité objective dont tout le monde fait l'expérience à l'identique ou accepte unilatéralement. Il y a d'autres manières de percevoir notre situation et de s'y engager et, parmi elles, nombre ont été forgées par ceux qui s'en sont donné les moyens en disant : Pas moyen[15].

Mon corps n'a rien à voir avec ton corps

Il y a quelques années, je me suis retrouvée à la sortie du métro à Astor Place au milieu d'une Slut Walk (marche de salopes) dans l'East Village à Manhattan. D'une manière générale, le spectacle était un délice. Cependant, avec le temps, je me suis remise à penser à la première chose que j'y ai vue, un groupe de jeunes femmes, autocollants sur les tétons et jeans taille basse, qui brandissaient une banderole disant : MON CORPS N'A RIEN À VOIR AVEC TON CORPS. Bien qu'il n'eût rien d'insolite, le slogan semblait si improbable dans ce contexte qu'il m'a paru presque comique. Pour commencer, la banderole avait besoin d'être portée par environ cinq femmes, donc cinq corps étaient unis au service de la proclamation que ces corps en présence n'avaient rien à voir les uns avec les autres. Par ailleurs, la déclaration était érigée lors d'une manifestation qui avait explicitement pour but de démontrer comment les corps avaient quelque chose à voir les uns avec les autres, *via* une assemblée publique largement dénudée destinée à attirer l'attention et capable d'arrêter la circulation. Je savais que "ton corps" sur la pancarte était censé désigner un ennemi ou un intrus imaginaire, mais comme toute personne à même de lire ces mots était susceptible d'être interpellée par son message, la banderole avait pour effet étrange de vous embarquer dans un échange dont le seul but était de vous signifier que vous n'aviez rien à y faire. Ça m'a fait penser, non sans tristesse, au sexe même, où ostensiblement deux ou plusieurs corps entrent en "connexion", se mêlent ou se détachent en un scintillement selon que ces corps affirment leur indépendance ou leur aliénation les uns aux autres.

La pancarte soulignait également un paradoxe au cœur de la liberté sexuelle. D'un côté, il est logique de voir la liberté sexuelle, ainsi que le font Janet Jakobsen et Ann Pellegrini dans *Love the Sin: Sexual Regulations and the Limits of Religious Tolerance* [aimer le péché : la régulation du sexe et les limites de la tolérance religieuse], comme "la liberté de tisser des relations humaines" – en d'autres termes, une liberté de fabriquer, de créer, d'être quelque chose ensemble. D'un autre côté, aux États-Unis, nombre de nos libertés sexuelles élémentaires et chèrement acquises (dont le droit d'accès à la contraception, à l'avortement, à pratiquer la sodomie) sont juridiquement dépendantes de principes de liberté individuelle dérivés du "droit à la vie privée", bricolés à base d'amendements constitutionnels renforcés par des actions en justice qui limitent les types de relations concernées par ces protections (par exemple : un couple marié, une "femme et son médecin", un "couple de même sexe"). Ce casse-tête a conduit beaucoup de gens à se demander à quoi ressemblerait notre conception de la liberté sexuelle si l'étiologie de *Griswold v. Connecticut**, *Roe v. Wade*** et *Lawrence v. Texas* était dérivée de différentes bases juridiques (si ces droits venaient à être abrogés, nous le découvririons bien assez tôt)[16].

Le conflit dû à la perception de la liberté sexuelle comme une chose qui nous appartient, ou que nous convoitons individuellement, ou comme une chose à construire et expérimenter collectivement nous mène au cœur du

* *Griswold v. Connecticut* est un arrêt rendu par la Cour suprême en 1965 visant à protéger le droit à la vie privée et à la liberté de l'intimité conjugale, et à ce titre, l'usage de la contraception ; *Lawrence v. Texas* est un arrêt rendu par la Cour suprême en 2003 renversant la loi texane qui interdisait la sodomie, et plus largement les comportements sexuels considérés comme déviants.
** *Roe v. Wade* est un arrêt rendu par la Cour suprême des États-Unis en 1973 sur la question de la constitutionnalité des lois qui criminalisent ou restreignent l'accès à l'avortement.

malaise dans la "culture du consentement". Il n'aura pas échappé à certains combien il est ironique que la culture du consentement au sein de l'université – avec ce qu'elle comprend de discours sur l'autonomie individuelle, les droits, les autorisations et les contrats – se soit répandue en même temps que l'éviscération universitaire du sujet libéral autonome, porteur de droits, ainsi que la célébration de concepts comme la porosité, l'interdépendance, l'interpénétration, la "transcorporéalité", la vulnérabilité et l'intersubjectivité. La féministe australienne Astrida Neimanis expose bien ce phénomène quand elle écrit : "Je me suis mise à réfléchir récemment au paradoxe auquel je suis confrontée en tant que féministe : me battre à la fois pour une autonomie corporelle ('nos corps, nous-mêmes', 'touche pas à mon corps', etc.) et pour une vulnérabilité inaliénable et une incarnation commune soulignées par la transcorporéalité. Apprendre à s'orienter avec ces paradoxes est une des premières difficultés pour comprendre ce que l'incarnation commune pourrait devenir et accomplir." C'est une bonne remarque : dans la mesure où la culture contemporaine du consentement dépend d'une théorie contractuelle libérale et des individus libéraux qui la motivent, elle entrera toujours en conflit avec la volonté de souligner nos natures emmêlées, et les innombrables, ingouvernables et souvent invisibles capacités d'agir opérantes à tout moment, jusqu'au niveau cellulaire.

Si Foucault nous a bien appris une chose au sujet de la sexualité, c'est que le discours que nous employons pour en parler n'est pas sans lien avec la perception que nous en avons. (Il a également démontré, dans son analyse de l'"hypothèse répressive" de la période victorienne, l'immense potentiel de plaisir libidinal dans la répression ou la diabolisation du sexe, en particulier chez ceux qui le diabolisent.) Aussi il est utile de considérer le genre de sexe, par exemple, que le modèle du "consentement affirmatif" produit ou cherche à produire. Comme l'universitaire Tanya Serisier l'a présenté dans "Is Consent Sexy?" [le consentement est-il sexy ?] : "Le modèle du consentement enthousiaste [...] suggère que le modèle du contrat verbal du sexe est la meilleure – si ce n'est la seule – manière d'avoir de bons rapports sexuels, dévaluant ainsi implicitement toute autre forme de pratique sexuelle ou de communication sexuelle. [...] L'assertion selon laquelle ce type de consentement est le modèle du sexe à la fois éthique et sexy présume qu'il y a quelque chose qui ne va pas chez les gens qui ne se comportent pas de cette manière." Ça ne veut pas nécessairement dire que ce modèle est bon à jeter. Cela signifie seulement que nous gagnerions à rester aussi vigilants que possible quant à ce qu'il produit, ainsi qu'à ses conséquences non intentionnelles.

S'agissant du consentement, ils sont nombreux à avoir signalé le BDSM en tant que sous-culture qui a beaucoup à apprendre à ceux moins accoutumés à revendiquer leurs désirs et leurs penchants. De mon point de vue, les leçons du BDSM concernent moins les contrats et les mots sûrs en eux-mêmes (beaucoup de ses adeptes vous diront que ces garde-fous ne fonctionnent pas toujours comme prévu) qu'une manière de percevoir le consentement comme un véhicule qui permet d'accéder au vrai travail du désir. (Typiquement, tu ne "consens" pas à te faire ligoter et fouetter ; ou à te faire coudre les zones érogènes ; tu le veux, tu le demandes, tu le provoques. Ton désir est la force motrice, non pas une arrière-pensée ou un acquiescement ; le plus souvent, c'est le dominé qui doit savoir ce qu'il veut.) Brown explore la question comme suit :

> Dans la mesure où *consentement* est un terme critique dans les débats entre féministes à propos de la sexualité et de la pornographie, je voudrais clarifier le fait que quand je dis que le consentement importe réellement j'entends

> qu'il importe car il dénote des relations de subordination. Néanmoins on l'utilise aussi souvent – à tort, à mon avis – pour légitimer des activités au sein d'arrangements relativement inégalitaires. Ainsi, par exemple, les justifications féministes du sadomasochisme qui reposent sur la nature "consensuelle" de l'activité s'adressent de façon défensive à l'inquiétude que l'apparence manifeste de la domination ou de l'inégalité sexuelles puisse occulter un désir mutuel pour cette activité. Mais cette défense, plutôt que de balayer l'inquiétude, la fait surgir précisément pour son évocation du spectre souterrain de l'inégalité dans le langage du consentement. Pourquoi ne pas dire : "C'est son désir" plutôt que : "Elle a consenti à ce qui semble être sa violation" ? Pourquoi le consentement est-il le seul langage dont nous disposons pour formuler les ententes qui ne sont pas des contrats, et que révèle la faillite du langage à cet endroit ?

Comme le suggère Brown, au-delà du consentement et de la subordination légitimée, il existe des pratiques de la liberté à un niveau supérieur, ainsi que l'indique l'assertion encore radicale : "C'est son désir." (Pensez aussi aux "quatre mots magiques" que le chroniqueur sexuel, Dan Savage, encourage les hétéros à emprunter aux gays : "Quel est ton kif ?") Grace se plaint qu'Ansari n'ait cessé de lui demander, encore et encore : "Où tu veux que je te baise ?" – une question que Grace dit avoir trouvée difficile car "elle n'avait pas envie de baiser du tout". J'entends volontiers qu'il a dû rater une étape importante (ou pas mal d'étapes) ; j'entends qu'il se soit avéré compliqué pour elle de le lui faire remarquer à ce stade. Mais quand quelqu'un nous interroge sur notre désir, et nous pose une question directe, à de multiples reprises, sans que nous puissions y répondre, c'est, il me semble, qu'on a soi-même du pain sur la planche. Les autres peuvent nous aider à entreprendre ce travail plutôt que l'entraver. Mais personne ne peut le faire à notre place. Il est certes difficile de dire non, mais il peut l'être tout autant de dire oui, et surtout la tâche demande autre chose qu'un simple acquiescement.

Rien de tel qu'une histoire vraie

J'aimerais à présent proposer quelques réflexions sur le temps, la mémoire, le sexe et la liberté ; si possible (et je sais que ça ne l'est pas, en tout cas, pas complètement), j'aimerais y réfléchir sans donner l'image misogyne de la harpie accusatrice qui semble consentir (ou du moins acquiescer) au sexe sous le couvert de la nuit, puis porte plainte le lendemain matin (ou dix ans plus tard), ni en posant la question lourde de sens du comment, du quand, ou de quels souvenirs de rencontres sexuelles sont fiables ou non. J'aimerais réfléchir au temps, à la mémoire, au sexe et à la liberté parce que je trouve intéressant que, sans doute du fait que le sexe a la vertu de nous faire vivre dans l'instant en nous permettant de nous échapper momentanément de l'implacable nécessité de construire du sens, ce n'est souvent que rétrospectivement que nous pouvons appréhender les différentes forces qui ont fait survenir une situation donnée.

Parfois ces forces semblent empreintes de magie, comme dans : *Comment avons-nous fait pour nous trouver ? Comment as-tu pu savoir ce que je ressentais ? Comment se fait-il que j'aie autant de chance ?* À d'autres moments, elles sont teintées d'une impression plus sombre, du genre : *Comment me suis-je (encore) retrouvée dans cette situation ?* Il peut nous arriver de revenir sur des situations ou des choix passés et de constater que nous avons été plus libres que dans notre souvenir, mais la plupart du temps je parie que nous ressentons plutôt l'inverse – a posteriori, nous voyons comment nos choix et nos vies ont été déterminés, peut-être même surdéterminés, par les forces et les schémas qui nous ont formés, ainsi que par celles et ceux qui ont formé les personnes que nous percutons. Bien que nous pensions souvent à cet emmêlement comme à une chose qui nous rend “moins libres”, nous pouvons aussi voir dans notre capacité à l’examiner et la réexaminer une pratique de la liberté en tant que telle.

Réécrire les diverses rencontres et tribulations de sa vie en vue de refondre le hasard en karma m’a toujours paru douteux. À mon avis, c’est d’autant plus vrai en ce qui concerne les anecdotes sexuelles, a fortiori pour une fille dont on dira volontiers qu’“elle l’a bien cherché”, afin de masquer le tsunami d’attentions sexuelles que la majorité d’entre nous ont dû endurer avant même d’avoir atteint la puberté. (Dans ce domaine, ma propre préadolescence a été excessivement tranquille, et pourtant je revois avec une précision cinématographique cet homme sortir de son pantalon sa bite non circoncise tout en me pourchassant, l’année de mes dix ans, dans la papeterie du quartier ; j’entends encore la voix menaçante du type qui m’a accostée, quand j’avais douze ans, devant le snack de la plage, et m’a chuchoté : “T’as l’air encore assez jeune pour saigner.”) J’ai eu pas mal de rapports sexuels au lycée, et dans l’ensemble je ne les ai trouvés ni géniaux ni horribles. Plus tard, comme le font souvent les étudiantes féministes à l’université, j’ai soumis mon histoire à un profond réexamen, et j’ai été désorientée, de manière assez prévisible, en notant, au travers d’expériences qui m’avaient paru à l’époque consensuelles, au moins un certain degré de coercition, généralement du genre tête-plaquée-contre-la-braguette, “Vas-y, suce”, ou de cet ordre-là.

Néanmoins, en repensant à mon principal attachement érotique au lycée, un garçon avec un penchant pour le plaquage de tête et l’humiliation, légère mais efficace, je dois aussi reconnaître que je faisais régulièrement presque cent bornes en voiture pour aller le retrouver, que je mentais à ma mère au sujet de ces déplacements, et que je me rejouais compulsivement les détails de chacune de nos rencontres après coup pour alimenter mes séances de masturbation. Pour le dire simplement, il n’y a pas une seule version authentique de notre histoire. Il était souvent dégueulasse, mais j’étais en grande partie le moteur de notre relation, que j’alimentais d’un désir disproportionné, souvent gênant dans sa non-réciprocité. Rétrospectivement, je me rends compte que j’expérimentais le masochisme érotique tout en essayant d’éviter d’y laisser trop de plumes ou de franchir la ligne rouge. J’y parvenais moyennement, mais j’avais aussi à peine seize ans. Ces complications sont en partie ce qui m’a convaincue de quitter mon poste d’enseignante auprès des étudiants de mon cours de première année sur les questions de consentement, parce que le programme laissait trop peu de place pour parler de la voracité et de la turbulence du désir féminin, dont j’avais fait l’expérience comme d’une force fulgurante qui était venue bouleverser ma vie, mais était totalement hors sujet dans un cursus qui privilégiait surtout les jeux de rôles pour savoir comment éjecter un mec de sa chambre sur le campus quand un massage devient sexuel.

L’interprétation n’est jamais une activité statique ; il est très rare qu’une version de l’histoire “tienne” toute une vie. Avec le temps, nous découvrons souvent que les histoires que nous nous sommes racontées ne fonctionnent plus ; nous devons en changer, afin qu’elles œuvrent différemment en nous, pour nous, qu’elles permettent de nouvelles séquences de connaissance ou d’introspection. En ce sens, il n’y a rien de tel qu’une histoire vraie. Ça ne revient pas à dire que tous les faits sont fongibles, ni que nous n’avons pas tous le droit d'avoir nos propres histoires. Ça signifie seulement que les événements de nos vies nous apparaîtront différemment à différents moments, et que notre attirance, notre aversion ou notre indifférence envers des objets, des personnes ou des événements est toujours conditionnée par notre état d'esprit.

Un exemple célèbre d'un tel réexamen continu est celui de Monica Lewinsky, qui a revu le récit de son aventure avec Bill Clinton par écrit à de nombreuses reprises au fil des années, notamment dans le sillage du mouvement #MeToo. Je trouve son dernier témoignage remarquable à plus d'un titre, aussi je le citerai amplement ici :

> J'ai habité si longtemps la Maison du *Gaslight**, m'accrochant aux expériences de ma vingtaine et m'indignant contre les mensonges qui faisaient de moi une harceleuse instable et la prestataire en chef. Mon incapacité à dévier du scénario intérieur de mon expérience intime laissait peu de place à la réévaluation ; je restais cramponnée à ce que "je savais". Très souvent, je luttais avec l'impression de ma capacité d'agir versus ma victimisation. (En 1998, nous vivions à une époque où la sexualité des femmes était un signe de leur capacité d'agir – il fallait "revendiquer son désir". Et pourtant, je voyais bien que si je m'affichais un tant soit peu en victime, ce serait la porte ouverte au chorus des "Tu vois, tu n'étais vraiment là que pour une prestation de service".)

* *Gaslight* (ou *gaslighting*) désigne une forme de manipulation psychologique qui pousse la victime à remettre en question sa santé mentale ou sa perception du réel. Le mot vient d'un film de George Cuckor de 1944 intitulé *Gaslight* (*Hantise*, en français) dans lequel un homme manipule sa femme jusqu'à lui faire croire qu'elle devient réellement folle. Le titre évoque la façon dont le mari joue avec les lampes à gaz de leur demeure, en les faisant vaciller ou s'obscurcir de manière imprévisible.

Confronter une croyance longtemps admise (une croyance à laquelle on s'est agrippé comme à un radeau de sauvetage au milieu de l'océan) implique de remettre en question ses propres perceptions, et de laisser le palimpseste sous la surface du tableau apparaître à la lueur d'un nouveau jour.

Au vu de mes symptômes de stress post-traumatique et de ce que je connais de ces mécanismes, il est fort probable que ma réflexion n'aurait pas tant évolué à ce stade s'il n'y avait pas eu le mouvement #MeToo – non seulement du fait de la nouvelle perspective qu'il a offerte mais aussi grâce à la sécurité de ces nouvelles voies qu'ouvre la solidarité. Il y a à peine quatre ans, dans un article pour ce même magazine, j'ai écrit la chose suivante : "D'accord, mon patron a profité de moi, mais je resterai toujours ferme sur ce point : c'était une relation consensuelle. Si j'ai été 'abusée', ce n'est pas lors de notre relation mais par la suite, lorsqu'on a fait de moi un bouc émissaire afin de protéger sa position de pouvoir." Je comprends aujourd'hui combien il était problématique que nous arrivions à un stade où la question du consentement puisse même se poser. Au lieu de ça, la route était pavée d'abus d'autorité, de position, et de privilège. (Point à la ligne.)

Aujourd'hui, à quarante-quatre ans, je commence (*je commence à peine*) à appréhender l'écart dans les relations de pouvoir entre un président et une stagiaire de la Maison-Blanche à cette époque. Je commence à envisager l'idée que dans de telles circonstances la notion de consentement ait pu être discutable. (Bien que les inégalités de pouvoir – et la capacité d'en abuser – existent même dans des rapports sexuels consensuels.)

Mais c'est aussi compliqué. Très, très compliqué. La définition du "consentement" dans le dictionnaire ? "Donner sa permission pour qu'une chose ait lieu." Et pourtant que voulait dire "une chose" dans ce cas précis, compte tenu des dynamiques de pouvoir, de sa position, et de mon âge ? Est-ce que cette "chose" était juste de franchir le pas de l'intimité sexuelle (et plus tard affective) ? (Une intimité que je désirais – avec le discernement limité de mes vingt-deux ans.) Il était mon patron. Il était l'homme le plus puissant sur Terre. Il avait vingt-sept ans de plus que moi, et suffisamment de maturité pour faire la part des choses. Il était, à l'époque, à l'apogée de sa carrière, de mon côté, c'était mon premier poste après l'université. (Note aux trolls, démocrates et républicains confondus : rien de ce qui précède ne me décharge de ma responsabilité pour ce qui s'est passé. Je salue le Regret tous les matins.)

"Voilà" (soupir), l'étendue de ma réévaluation pour l'instant ; je veux être prudente. Mais je sais une chose avec certitude : ce qui me permet aujourd'hui de remettre mon histoire en question, c'est de savoir que je ne suis plus seule. De cela, je suis reconnaissante.

J'imagine assez bien quelqu'un encourager Lewinsky – Allez, sœur, tu y es presque ! Tu as presque réussi à te débarrasser du piège de ta capacité d'agir et de ton plaisir ! Nage juste encore un peu plus loin par-delà la houle et tu trouveras la rive où il ne reste plus que l'abus de pouvoir de Clinton (bien sûr, ça risque de contaminer ou même d'effacer ton expérience vécue, à quel point ta liaison était torride, mais c'est le prix à payer pour voir l'"abus de pouvoir" avec lucidité). Ce que j'aime le plus dans son récit est son hésitation – son *"(je commence à peine)"*, son interjection : "Mais c'est compliqué", son "(soupir)", le fait qu'elle reconnaisse : "Voilà [...] l'étendue de ma réévaluation pour l'instant", alors qu'elle aurait très bien pu se faire plébisciter en rangeant tous ses pions d'un côté. Au lieu de ça, son "soupir" manifeste une certaine résistance de sa part, une appréhension à se soumettre au dogme selon lequel "les ambitions érotiques complexes et ambivalentes sont moins bonnes que celles qui sont simples et stables" (Janet Halley). Ça me semble être une position hautement salutaire, bien qu'inconfortable. Et une autre chose importante : Lewinsky démontre ici combien cette résistance peut coexister avec une gratitude pour la solidarité, la clairvoyance et la protestation féministe, parce qu'elle le peut.

Après tout, qui peut savoir si, après avoir passé plusieurs années à vivre avec la version "J'étais en réalité une victime de l'ignoble abus de pouvoir de Bill Clinton, et je m'aperçois aujourd'hui que tout désir ou capacité d'agir que j'ai pu ressentir ou cru être 'mien' était en fait fabriqué, contaminé et illusoire", Lewinsky ne changera pas à nouveau d'avis ? Nous avons tendance à nous lasser de nos histoires avec le temps ; nous avons tendance à en retenir ce qu'elles ont à nous enseigner, puis à trouver leur point de vue spécifique ennuyeux. Je vois le changement de perspective de Lewinsky sur son histoire comme une pratique de la liberté, une manière de revendiquer son indétermination sans qu'elle s'oppose à la lucidité. Je soupçonne aussi que, quelque part, elle cherche à préserver un aspect de son expérience qui se refuse à être embaumé ou expliqué – ce qui nous appartient en privé, comme le sont tant de nos réminiscences intimes, tel un engramme inscrutable que nous nous autorisons à ne jamais diagnostiquer, justifier ou comprendre.

Le mythe de la liberté

Depuis maintenant un certain temps, j'ai attribué l'idée selon laquelle il n'y a "rien de tel qu'une histoire vraie" à la pensée bouddhiste, plus précisément au bouddhisme Shambhala, une tradition qui a généré des textes que je compte parmi mes plus grandes inspirations en tant qu'autrice et en tant qu'être humain. *Le Mythe de la liberté* de Chögyam Trungpa est resté sur mon bureau d'un bout à l'autre de l'écriture de ce livre, et sa deuxième partie,

"Styles d'emprisonnement", a fourni la structure mentale et formelle d'un de mes livres précédents, *The Art of Cruelty*. La plus célèbre élève de Trungpa est la moniale et écrivaine bouddhiste Pema Chödrön, dont le livre *Conseils d'une amie pour des temps difficiles : quand tout s'effondre* est un best-seller depuis 1996. (La phrase "Rien de tel qu'une histoire vraie" est le titre d'un chapitre du livre de Chödrön intitulé *The Wisdom of No Escape** [la sagesse du manque d'échappatoire], un titre qui à lui tout seul souligne une certaine disposition pour le nœud que forment l'absence de choix et la liberté et qui habite ces pages.)

En 1993, Pema Chödrön a donné un entretien au magazine bouddhiste *Tricycle* intitulé "No Right, No Wrong" [ni bien, ni mal], qui se concentre en partie sur la dévotion de Chödrön pour Trungpa, lequel avait notamment la réputation de coucher avec ses élèves de sexe féminin, de boire avec excès, et d'exhiber un comportement erratique classé sous la rubrique "folle sagesse". Cet entretien de 1993 précède notre ère d'avertissements relatifs au contenu, d'espaces sécurisés, et de la culture de la dénonciation, mais le sujet demeure étrangement pertinent. L'intervieweur commence par demander à Chödrön : "Depuis la mort [de Trungpa] en 1986, il y a eu de plus en plus d'inquiétudes sur un usage déplacé de l'autorité spirituelle, en particulier en matière de sexe et de pouvoir. Aujourd'hui, même certains étudiants qui ont été dévoués à Trungpa Rinpoché ont changé d'avis. Des comportements qu'ils avaient jusqu'alors considérés comme éclairés leur paraissent à présent répréhensibles. Avez-vous connu pareil revirement ?" Ce à quoi Chödrön répond : "Ma dévotion éternelle pour Trungpa Rinpoché vient du fait qu'il m'a enseigné chaque jour qu'on ne peut jamais faire le bien ou le mal." L'intervieweur insiste : "[Mais si] vous aviez su il y a dix ans ce que

* Publié en France sous le titre *Entrer en amitié avec soi-même.*

vous savez aujourd'hui [...], est-ce que vous auriez voulu que les femmes avec qui vous travaillez étudient avec lui, compte tenu de ses antécédents d'agressions sexuelles ?" Chödrön n'en démord pas et dit qu'elle aurait conseillé auxdites élèves "de décider d'elles-mêmes ce qu'elles pensent de cet homme". Vers la fin de l'entretien, Chödrön propose à l'interviewer une dernière analyse : "Mon maître spirituel a dévié des normes éthiques et ma dévotion pour lui est inébranlable. Ça me laisse face à un grand *koan**."

Lors du même entretien, Chödrön répond à plusieurs questions au sujet des espaces sécurisés. L'intervieweur demande : "On parle beaucoup dans les cercles bouddhistes d'espaces 'sûrs' où pratiquer, d'enseignants 'sûrs', et même d'environnements 'sûrs' où organiser des conférences pour les enseignants bouddhistes. Et l'idée de sécurité semble impliquer la garantie que les choses se passeront comme prévu. Ça semble très différent de votre formation. Comment gérez-vous le désir des élèves d'être dans un 'espace sécurisé' au monastère ?" Chödrön répond :

> Nous venons juste de compléter ce programme où les gens s'effondraient de droite et de gauche. Souvent les élèves disaient : C'est qu'on se sent en sécurité ici pour tout lâcher. Donc l'environnement était sécurisé, mais l'enseignement était menaçant. [...] Une situation où personne ne fait de vagues, où tout est lisse, crée un entendement très faible et permet d'obvier à la douleur, qui est une cause majeure de souffrance, la cause majeure du *samsara*. [...] On ne parviendra jamais à effacer l'instabilité. On n'obtiendra jamais un joli petit tableau, bien net, sans aucune salissure, peu importe le nombre de règles qu'on impose.

* Dans la pensée bouddhiste, le *koan* est un objet de méditation souvent présenté sous forme de paradoxe ou d'énigme, susceptible de permettre l'éveil spirituel.

Je suis fascinée par la formulation “l’environnement était sécurisé, mais l’enseignement était menaçant” car elle épelle un paradoxe souvent au cœur de la création intellectuelle et artistique et de la pédagogie, un paradoxe particulièrement pertinent pour celles et ceux d’entre nous qui ont dédié une grande partie de leur vie à la contemplation et à la création d’œuvres transgressives, ainsi qu’à soutenir et respecter leurs élèves. On peut s’astreindre à créer un environnement sécurisé, mais si l’enseignement est destiné à secouer, il est inévitable que les gens s’en trouvent ébranlés. D’un point de vue bouddhiste, ce n’est pas une mauvaise chose, dans la mesure où les bouddhistes considèrent la tentative habituelle d’obvier à la douleur et aux difficultés comme étant précisément propre à les amplifier, et à réduire notre aptitude à les gérer avec astuce.

Bien entendu il y a des situations dans lesquelles les avertissements sont de rigueur pour des raisons éthiques (voire légales), auquel cas peu importe qu’on y prenne garde : on les dispense néanmoins, par soin et par vigilance. Je passe 95 % de mes journées à alerter mes enfants sur toutes sortes de dangers, des rayons UV aux chauffeurs Lyft véreux, en passant par le fentanyl, en priant pour qu’ils finissent par intégrer au moins une fraction de mon monologue. Mais pour le meilleur ou pour le pire, on ne peut vraiment prémunir personne contre quiconque ou quoi que ce soit. Ni l’héroïne, ni les tricheurs, ni les sectes, ni même le saut à l’élastique. Comme le sait toute personne qui a tenté d’organiser une intervention, établir ce qu’on considère être bien et mal (et quel sera l’ultimatum si le coupable présumé ne se conforme pas à la prééminence de notre sagesse) est largement considéré comme contre-productif, un moyen malavisé d’essayer d’aider, au sens où il tend à réduire le sentiment de capacité d’agir de la personne visée plutôt que de lui donner la place de s'épanouir. La plupart des enseignants et des parents (sans parler des coachs, des travailleurs sociaux, des sponsors AA, et j'en passe) savent que laisser de l'espace pour cet épanouissement est essentiel, même s'il ne se traduit pas en "soin" aussi rapidement ou superficiellement que la "protection". Ce type de soin respecte l'hétérogénéité et l'autonomie des autres, et permet des résultats indéterminés, incontrôlables, aussi atrocement douloureux qu'ils puissent être. (La parentalité pose un problème particulier à cet endroit, car le travail commence par une protection brute, qui doit par la suite se transformer en une forme de soin plus ample et espacée, sans marqueurs évidents qui permettraient de déterminer quand et comment cette transition doit s'opérer, et sans instructions pour savoir comment la supporter.)

Les gens sont différents les uns des autres, ce qui signifie que nous convoitons et apprenons différentes choses selon les formes de soin, de pensée, de pédagogie et d'expérience. Du fait de ces différences, tous les styles ne fonctionnent pas pour tout le monde de la même façon. Comme Chödrön l'explique à son intervieweur : "Mes héros sont Gurdjieff, Chögyam Trungpa Rinpoché et Machig Labdrön. J'aime les dingues. Probablement parce que je me suis tellement fatiguée à être une bonne élève et j'en ai toujours été félicitée. Mais mes amis et mes enseignants ont toujours été dingues et c'est comme ça que je les aime. Les bons élèves m'ennuient. Ce n'est pas exactement qu'ils m'ennuient, mais ils ne m'interpellent pas. Je suis le genre de personne qui n'apprend que quand on la jette par-dessus bord et qu'on lance des requins à ses trousses." Je ressens une profonde affinité pour cette caractérisation, ce qui explique certainement pourquoi ses méthodes (et celles de Trungpa) m'ont tant inspirée. Évidemment, n'étant pas aussi éclairée que

Chödrön, je suis plus susceptible qu'elle de dénoncer certains comportements en termes moralisateurs, et je ne me vois pas non plus prêter un serment d'allégeance à quelqu'un qui se fait appeler Roi (comme le faisait le fils de Trungpa, Mipham Rinpoché – aussi connu sous le nom de Sakyong –, qui s'est fait déboulonner dans un scandale #MeToo au moment où j'ai commencé à écrire ce chapitre, et qui amorçait son come-back alors que je le terminais[17]). Et je ne cherche plus non plus autant l'excitation que j'ai pu le faire par le passé – en vieillissant, on s'aperçoit que les requins rappliquent, hélas, sans qu'on ait besoin de les appeler.

La position de Chödrön ne plaira pas à tout le monde, et elle a elle-même cherché sa voie au fil des années (en 2020, elle a démissionné de ses fonctions à Shambhala, en partie parce que Sakyong y a repris les siennes). Mais cette formule continue de m'habiter, pour mon plus grand bonheur : "Mon maître spirituel a dévié des normes éthiques et ma dévotion pour lui est inébranlable. Ça me laisse face à un grand *koan*." Qui ne l'est pas ? Notre désir de traiter tout le monde avec compassion, gentillesse et pardon, et de jeter les connards toxiques du haut d'une falaise, est un grand *koan*. Pratiquer la liberté dans un monde de contraintes et de circonstances souvent merdiques est un grand *koan*. Notre désir de garder le contrôle sur ce qu'il advient de nos corps et de nos esprits tout en cherchant des expériences de lâcher-prise et d'abandon est un grand *koan*. Attendre une plus grande protection des institutions tout en voulant les évacuer de nos vies est un grand *koan*. Souhaiter prendre le risque de découvrir des choses par nous-mêmes tout en étant protégés est un grand *koan*. Maintenir un engagement spirituel inébranlable au "ni bien ni mal" tout "en rassurant [les gens] que quand il y a dommage il y aura des conséquences" (comme l'a écrit Chödrön à la communauté de Shambhala dans une lettre de 2018 au sujet de Sakyong) est un grand *koan*. Ainsi que l'a écrit un enseignant bouddhiste à la suite des incidents à Shambhala : "Savoir que le Guru peut avoir de profonds défauts nous offre l'opportunité de renoncer à nos attentes une fois pour toutes. Cesse de chercher un sauveur. Concentre-toi sur ce qui *est* plutôt que sur ce que tu attendais. Cesse d'espérer un autre instant présent."

Un autre instant présent

Il est extrêmement difficile, bien sûr, de cesser d'espérer un autre instant présent. C.E. exprime cette frustration quand il ou elle écrit : *"D'où les vieilles féministes pensaient que la différence allait survenir ? Que restera-t-il de ce monde dans le suivant ? Je ne demande pas ça pour me moquer mais parce que je ne cesse d'y revenir, en espérant que la réponse soit différente, en espérant tomber dessus par hasard un jour et qu'ensuite tout rentre dans l'ordre. Mais elle ne vient pas, alors qu'est-ce qu'on fait maintenant ?"*

Oui, qu'est-ce qu'on fait maintenant ? Alors même que j'écris, plusieurs États sont en train de passer des lois draconiennes pour interdire l'avortement, chacun espérant que la sienne sera le ticket gagnant pour renverser *Roe v. Wade*, introduisant ainsi une nouvelle ère de grossesses forcées, cette fois-ci propulsée au turbo réacteur par l'incarcération de masse. Michelle Goldberg peint un triste tableau de ce qui nous attend probablement : "Il est important de comprendre que nous ne faisons pas nécessairement face à un retour en arrière. Cette nouvelle vague de lois anti-avortement suggère qu'une Amérique post-Roe ne ressemblera pas au pays d'avant 1973, quand la justice a rendu son verdict. Ce sera probablement pire." C.E. amplifie ce pessimisme, en le teintant de nostalgie : "Il y a mille ans, il existait des modes de plaisir pré-genrés, l'incarnation et l'usage des parties génitales, mais tout ça est irrévocablement perdu [...]. [Maintenant il n'y a] plus qu'un champ infini de toucher, d'affect, de désir, de survie et de rapports de pouvoir, produits par l'intermédiaire de nos conditions matérielles."

Je délire peut-être mais "un champ infini de toucher, d'affect, de désir, de survie et de rapports de pouvoir, produits par l'intermédiaire de nos conditions matérielles" ne me paraît pas si terrible (surtout si les "conditions matérielles" peuvent être conçues avec plus d'amplitude, et même d'émerveillement, qu'au sens marxiste du terme). Ça ressemble à un monde où "la libération ouvre un nouveau champ pour de nouveaux rapports de pouvoir qu'il s'agit de contrôler par des pratiques de liberté", un monde dans lequel on cesse de comparer notre libération à l'idéal d'une sexualité heureuse, débridée et statique, mais où, au lieu de ça, nous nous engageons à avancer, sachant que certaines non-libertés et certaines souffrances feront toujours partie du chemin, même en essayant de réduire leur prévalence et leur force. (Accepter l'inévitabilité de la souffrance tout en œuvrant à la réduire est un autre grand *koan*, peut-être l'un des plus grands.)

Une telle approche nous invite à laisser de côté les pôles de pré- versus post-libération, la négativité versus la positivité, l'optimisme versus le pessimisme, l'utopie versus la dystopie, et nous encourage plutôt à reconnaître que non, tout ne va pas pour le mieux, et que personne ne viendra nous sauver, et c'est à la fois violemment insoutenable mais aussi parfaitement tolérable. Ce n'est pas la peine de nous pourrir la vie en nous languissant d'un passé inaccessible et fantasmagorique, ou en nous faisant flipper avec les images d'un futur forcément effrayant. Nous pouvons regarder en arrière avec gratitude, sans déception ; nous pouvons regarder en avant avec curiosité et détermination, enorgueillis de ce que l'artiste féministe, géniale libératrice sexuelle, la regrettée Carolee Schneemann, appelait "la ferme attente des grands moments que nous avons à vivre ensemble". Comme le démontre l'exploration de Schneemann de ces grands moments – qu'elle n'a jamais séparés des moments catastrophiques –, une telle conviction peut enrichir bien plus encore que notre avenir.

Chant III : fugue de drogue

Le point d'intersection – Pour se plaire à une drogue il faut aimer être sujet – J'aime horrifier les gens – La réhabilitation de l'addiction – Les blonds – Désamorcer le piège – Des personnes non humaines – S'y abandonner

Le point d'intersection

Il y a beaucoup d'histoires qui expliquent pourquoi les gens prennent des drogues. Certaines de ces histoires ont trait à la liberté. Exemple : les gens se droguent parce qu'ils ne se sentent pas libres et certaines substances leur permettent de se sentir plus libres. Ou les gens se droguent parce qu'ils veulent échapper à des conditions pesantes et pénibles mais se retrouvent tragiquement écrasés et asservis par l'addiction (*addicere* = dédier, vouer, abandonner, adjuger quelque chose à quelqu'un ; *addictus* = esclave pour dette). Ou les gens se droguent parce que la liberté est un état difficile à supporter, et l'addiction offre un contrepoids à l'insoutenable légèreté de l'être. Ou les gens se droguent pour se libérer l'esprit, non seulement de la souffrance mais aussi des perceptions conventionnelles, de la doxa. Ou les gens se droguent parce que, en utilisant une substance illicite, ils ont le sentiment de se libérer du carcan des lois. Ou, comme le dit Marcus Boon dans *The Road of Excess: A History of Writers on Drugs* [la route de l'excès : une histoire des écrivains drogués], les gens se droguent parce qu'ils – ce par quoi j'entends *nous* – ont un désir légitime de se défoncer. Et le désir de se défoncer est en partie un désir de se libérer, si bref soit-il, du fardeau de sa capacité d'agir, de sa subjectivité, de sa souveraineté, de son autonomie, de sa relationalité, ou même de son humanité, autant de choses supposément désirables parce qu'elles établissent notre humanité. La pulsion de drogue nous dit le contraire.

La relation entre les drogues, l'addiction et la liberté me passionne depuis le début des années 1990, quand je suis tombée sur *Crack Wars** [les guerres du crack] d'Avital Ronell, un des premiers livres à me montrer comment la théorisation pouvait être un acte littéraire. Dans ce texte, Ronell écrit : "Le point d'intersection entre liberté, drogues et condition addictionnelle (ce dont nous décrivons le symptôme par l'expression 'être-sous-drogue') mérite une analyse interminable dont les portes sont lourdement verrouillées ; les coups d'une recherche solitaire ne peuvent tout au plus y ouvrir qu'une fissure."

J'ai lu ces mots autour de 1994, sans doute assise dehors sur l'escalier de secours de l'immeuble, avec une bouteille de Jim Beam et une Camel, à observer le carrefour désolé et envahi de toxicos de mon quartier du Lower East Side. À tout juste vingt et un ans, je débarquais sur une scène saturée de drogues, majoritairement de l'héro et de l'alcool (j'ai évité l'une surtout en dépendant de l'autre). Les "guerres du crack" susmentionnées étaient âprement menées depuis près d'une décennie ; le Violent Crime Control and Law Enforcement Act de Bill Clinton, son immense projet de loi sur la criminalité, venait d'entrer en vigueur ; le sida était la principale cause de mortalité chez les vingt-cinq quarante-quatre ans. Dans ce contexte, le titre de Ronell opérait comme un étrange mirage, une invocation, avec un effet de distorsion, de

* Publié en France sous le titre *Addict : fixions et narcotextes.*

la persécution intentionnelle et perverse des corps noirs et *brown* à travers la guerre des drogues, pour ensuite dévier radicalement vers la littérature et la philosophie. Ce qui me paraissait essentiel à l'époque était la double proposition du livre que les "drogues" – une catégorie trouble, culturellement induite, à laquelle aucun agrégat de molécules n'appartient de manière inhérente sans classification politico-judiciaire – nommaient une structure profonde à la base de notre culture, et étaient intimement liées à la question de la liberté. Aussi séduite que j'aie pu l'être par cette proposition, je n'ai pas tout compris (l'opacité légendaire de l'écriture de Ronell n'a pas aidé) ; près de trois décennies plus tard, depuis le perchoir de ma sobriété, à une époque et en un lieu très différents, ces questions me travaillent encore.

"Pour trouver accès à la question de l''être-sous-drogue', il nous a fallu suivre la voie de la littérature", écrit Ronell en début d'ouvrage. Moi aussi, j'emprunterai principalement cette voie, en m'autorisant quelques détours vers des expériences personnelles. Tout est aussi affaire d'affinités : à quelques exceptions près (comme le grand film de l'ère du crack, *Strange Weather* [drôle de temps] de Peggy Ahwesh), je n'aime pas les films sur la drogue, avec ce qu'ils supposent d'efforts pour évoquer la désorientation – lentilles kaléidoscopiques, etc. –, et je ne trouve généralement pas non plus que la chanson est le médium adéquat pour considérer les "intériorités fractales" des drogues, pour reprendre l'expression de Ronell (quoique, fussé-je une auditrice plus attentive, la musique pourrait certainement m'y donner accès). Je choisis surtout la voie des récits littéraires à la première personne parce que j'aime les récits littéraires à la première personne. Mais je crois aussi que Ronell voit juste quand elle dit que les œuvres littéraires "ont toujours travaillé comme informatrices, mais sans se laisser manipuler par qui que ce soit – si elles ont parlé aux philosophes, c'est qu'elles étaient renseignées de l'intérieur". J'ai passé des décennies à écouter ces renseignements de l'intérieur, et je trouve stimulant de contribuer à l'interminable analyse qu'ils appellent.

Comme il est de rigueur dans ce domaine, nous commencerons par quelques mises en garde. Quels que soient les renseignements de l'intérieur qu'offre la littérature, elle ne fait pas pour autant œuvre de sociologie. Vu qu'il existe à peine une poignée de consommateurs qui peuvent revendiquer être ou jamais devenir des écrivains de mérite, se servir de leurs témoignages comme d'un échantillon à partir duquel établir une base de données empiriques sur la nature des drogues ou de l'addiction semble peu recommandable (mais probablement pas tellement moins recommandable que d'utiliser la littérature comme une informatrice dans tout autre domaine). Malgré la légende d'immédiateté qui entoure l'écriture de la drogue (comme cette fable selon laquelle Jack Kerouac, défoncé au speed, aurait écrit *Sur la route* en tapant cent mots par minute sur un rouleau de trente-six mètres), l'expérience des drogues est notoirement difficile à représenter, sur le moment aussi bien que rétrospectivement ("J'ai percé le secret de l'univers la nuit dernière, mais ce matin j'avais tout oublié", raconte Arthur Koestler au sujet d'un trip aux champignons hallucinogènes). Michael Clune, critique littéraire et auteur du meilleur récit de drogué que j'aie jamais lu, *White Out: The Secret Life of Heroin* [effacé au blanc : la vie secrète de l'héroïne], écrit dans *Writing against Time* [écrire contre le temps] : "L'intérêt littéraire pour la description des effets marquants des substances addictives est familier. En revanche, on relève plus rarement l'étrange divergence entre ces descriptions et les études empiriques des expériences des drogués, dont la perception ternie et ouatée est caractéristique de l'addiction aux narcotiques ou à l'alcool dans le système sensoriel." En d'autres termes, pour faire de la "bonne littérature", l'écriture des drogues doit être vivante, surprenante, captivante, alors que les expériences décrites sont souvent caractérisées par la monotonie, l'inattention et la vacuité. Ceci devrait suffire à nous rappeler la transformation qui doit s'opérer pour qu'une expérience devienne de l'art.

Deuxième mise en garde : la littérature n'est pas la morale. Ceux qui se présentent comme étant "contre les drogues" (quel que soit le sens que revêt cette formule) confondent souvent contenu et qualité, et interprètent ce que William Burroughs a appelé "les boniments de camés et les combines de drogués aux abois" – c'est-à-dire, "toujours les mêmes histoires, et on les a racontées des millions de fois, mais il n'y a rien à dire parce qu'il n'arrive jamais *rien* dans l'univers de la drogue" – comme la preuve qu'il n'y a rien à découvrir d'un trip au LSD, d'une retraite d'ayahuasca, d'une cuite à la tequila, ou d'une prise d'héro, plutôt que comme le signe qu'on est probablement en train de lire un livre médiocre. Ils ont tendance aussi à accuser l'écrivain, ou les fans de l'écrivain, d'embellir ou de valoriser ce qui mériterait au contraire une condamnation sans appel.

Vu que la représentation ou l'esthétisation valorise inévitablement un minimum, ceux qui s'en inquiètent ont de bonnes raisons de le faire. Voir, par exemple, l'article du *New Yorker* sur *White Out* : "Tout critique avec un sens de la responsabilité sociale [...] se doit d'émettre quelques réserves avant de concéder le brio [du *White Out* de Clune]." Je ne me considère pas indifférente à ma responsabilité sociale, mais je ne peux pas dire non plus que je partage ces réserves. "Il est clair qu'il est aussi absurde d'être 'pour' les drogues que de soutenir une position 'contre' elles", écrit Ronell. Je suis plutôt d'accord. Ça ne veut pas dire que je suis insensible à la souffrance cataclysmique, souvent mortelle, que peuvent engendrer les drogues et l'addiction – loin de là. La question est de savoir comment ne pas réprimer cette souffrance tout en maintenant son ouverture d'esprit à travers cette recherche du "point d'intersection entre liberté, drogues et condition addictionnelle".

L'écriture de la drogue est généralement brutale et déprimante, en particulier quand on la consomme en grande quantité (ce dont je tâche de me souvenir chaque fois que je donne un cours sur le sujet). Le portrait glaçant, dénué de rédemption, que Burroughs peint de l'addiction dans *Le Festin nu* – comme quand il décrit, après une longue séance de défonce, la visite d'un ami : "Je demeurais prostré, indifférent à l'ombre qui avait pénétré mon champ de vision – cet écran grisâtre, chaque jour plus vide et plus flou – sans prêter plus d'attention à sa présence qu'à son départ. Et si cet ami avait été terrassé sur place, je serais resté assis sans bouger à regarder ma godasse en attendant qu'il fût bien mort pour pouvoir lui faire les poches. Vous en auriez fait tout autant" – est symptomatique du genre, de même que l'est le défi qu'il lance au lecteur de reconnaître ses propres manquements moraux. Les comportements présentés dans les portraits de l'addiction sont souvent répugnants, comme celui du musicien de jazz Art Pepper, qui décrit violer une femme dans son récit épique, dévastateur, de camé, *Straight Life* [une vie droite] – scène qui demeure le seul témoignage à la première personne d'un violeur que j'aie jamais lu (les gens n'admettent généralement pas certains agissements par écrit à moins qu'ils n'aient l'impression, comme c'était le cas de Pepper, de n'avoir plus rien à perdre)[1]. La certitude de la nature immorale de l'intoxication défendue par exemple par Emmanuel Levinas – "La détente de l'ivresse [est]... suppression de la fraternité ou meurtre du frère" – est souvent tue ou absente dans la littérature des drogues, même quand l'histoire se clôt par une guérison. Je trouve cette suspension de la morale déconcertante, étrange, et parfois utile.

Dernière mise en garde : j'ai constaté en enseignant l'écriture des drogues au fil des années que les réactions des gens sont inévitablement teintées, au moins en partie, par leurs propres expériences de prises de substances ou d'addiction. Par extension, ce doit être également mon cas. Je peux écrire aujourd'hui comme quelqu'un qui préfère "se passer d'alcool, de drogues et de folie, c'est cela le devenir, le devenir-sobre, pour une vie de plus en plus riche", pour citer Deleuze, mais mon attitude envers l'écriture des drogues est probablement moins moralisatrice avec les années (sans doute parce qu'elle est moins défensive) et plus attentive à l'humour et à la surprise. Si je célèbre le genre, ce n'est pas pour le modèle d'émancipation qu'il propose, ni pour confirmer un inévitable enfermement. C'est pour sa manière de montrer le clignotement de nos différentes pulsions vers la liberté et la non-liberté, la consolidation et la dissolution de soi, l'intériorité et la sociabilité, le contrôle et l'abandon – des pulsions qui nous parcourent à tout moment, mais que l'écriture des drogues a la vertu contestable de présenter *in extremis*.

Pour se plaire à une drogue il faut aimer être sujet

Crack Wars, je l'ai déjà dit, ne parle pas vraiment de crack. Le livre traite de la condition d'être-sous-drogue, à travers le prisme d'Emma Bovary, l'héroïne décidément très peu héroïque du célèbre roman (1856) de Gustave

Flaubert, qui lui-même a fait l'objet d'un procès pour obscénité en 1857, accusé de répandre du poison dans le corps social. Bien que la seule véritable drogue dans le roman soit l'arsenic qui sert au suicide d'Emma (fourni par l'odieux pharmacien du village, l'anticlérical et mercenaire M. Homais), Ronell relit l'histoire à la lumière de l'éclairage qu'il apporte sur les "mauvaises drogues", ainsi que sur l'angoisse suicidaire et l'intériorisation de la violence. En plaçant Emma Bovary et ses addictions comportementales au cœur d'une superposition entre "liberté, drogues et condition addictionnelle", Ronell suggère que, de toutes les informatrices disponibles, "EB" – avec sa maternité toxique, ses névroses alimentaires, ses lectures pourries, ses dépenses excessives, sa religiosité douteuse, son romantisme bourgeois, son adultère hystérisé, et sa pulsion de mort – est un cas d'école pour qui s'intéresse aux questions pressantes de la liberté, du soin, de la nourriture, de l'envie et de l'angoisse, qui ont fasciné les philosophes depuis Kant jusqu'à Nietzsche et Heidegger. Je cautionne ce geste féministe sournois, par lequel une femelle humaine sert, sans fanfare, de point d'appui à l'étude de la condition humaine.

Le geste n'est pas habituel. Quand on choisit "la voie de la littérature", les figures le plus souvent citées de la littérature de l'intoxication incluent Antonin Artaud, Charles Baudelaire, Walter Benjamin, John Berryman, Charles Bukowski, William Burroughs, Jim Carroll, Carlos Castaneda, Samuel Taylor Coleridge, Aleister Crowley, Thomas de Quincey, F. Scott Fitzgerald, Sigmund Freud, Allen Ginsberg, Aldous Huxley, Denis Johnson, Jack Kerouac, Ken Kesey, Malcolm Lowry, Henri Michaux, Arthur Rimbaud, Jean-Paul Sartre, Hunter S. Thompson, Alexander Trocchi et Irvine Welsh. (Ajouter Emma Bovary à la liste n'est peut-être pas aussi disruptif qu'il y paraît, vu qu'il s'agit d'une création de Flaubert.) Pour les lecteurs et lectrices d'une certaine génération, cette liste ne manquera pas de faire naître une kyrielle de mots ayant une consonance héroïque, comme rébellion, quête, furie, expérimentation, bravoure, défiance, transcendance. Autrement, pourquoi leurs livres seraient parmi les plus volés au monde, souvent entrouverts derrière le comptoir de la librairie, comme si les transgressions qu'ils documentaient étaient contagieuses ?

Il y en a beaucoup que j'aime parmi ces auteurs, et j'ai même une affection particulière pour certains d'entre eux. Mais je ne cesse d'être abasourdie que leurs œuvres soient traitées comme des vecteurs de libération machiste, même si, à la lecture de leurs mots et de leurs sentiments, nombre d'entre eux décrivent des expériences parfois explicitement féminisées de dépendance, de fragmentation, d'abaissement, de compulsion et de pénétration abjectes. Écoutons par exemple Michaux parler de la mescaline en des termes qui rappellent le viol : "Je m'étais pourtant préparé à admirer. J'étais venu confiant. Ce jour-là, on brassa mes cellules, on les secoua, les sabota, les mit en convulsions. On leur faisait des caresses, on se livrait dessus à des arrachements. On me voulait tout consentant. Pour se plaire à une drogue il faut aimer être sujet." Que de tels témoignages de subjection puissent si facilement être transformés en exemples d'émancipation virile, voilà qui mérite notre attention.

Comme l'écrivaine Kate Braverman, qui s'est identifiée comme toxicomane pendant dix-sept ans, l'explique : "Quand les hommes se comportent mal, ils embrassent la vie mythique de l'artiste. Quand une femme raconte ses activités illégales, on la prend pour une pute malade mentale." Qu'il existe à ce point deux poids deux mesures est évidemment exaspérant ; en le prenant au pied de la lettre, il peut être tentant de retourner la situation, et, d'une part, de souligner le côté pénétré, castré et souvent pathétique de ce que Burroughs appelle "l'algèbre du besoin" ("Un toxico est quelqu'un de totalement possédé, qui ne peut s'empêcher d'agir de la sorte. Les drogués sont des malades totalement incapables de changer leur comportement") et, d'autre part, d'aduler une espèce de femmes hors la loi qui acquerraient détermination, pouvoir et prestige grâce à la consommation de drogues ("Putain ! J'étais une junkie. J-u-n-k-i-e, junkie. C'était un vrai truc, un sacré truc, un truc important et héroïque. Un truc de dingue. Qui voulait dire qu'on était puissant, qu'on avait des tripes, comme Annie Oakley ou Wild Bill Hickock", écrit Barbara Quinn dans ses mémoires de camé, *Cookie*).

Un tel renversement peut sembler gratifiant sur le coup. Mais en définitive il mène à une impasse car il ignore la dynamique – articulée par la grande et regrettée critique Barbara Johnson – selon laquelle les auteurs masculins "qui jouent la féminité" ne rencontrent jamais d'obstacle à la consolidation de leur privilège ou de leur prestige. Bien au contraire. Dans un article datant de 2000, "Gender and Poetry" [le genre et la poésie], Johnson rappelle que les poètes de sexe masculin ont longtemps témoigné de "la fragmentation, la blessure, la dépossession psychique ou la perte de contrôle" que génère le sentiment amoureux, et combien ces témoignages ont longtemps été appréhendés comme des observations profondes de la nature du désir. Mais quand les femmes décrivent des impressions semblables, leurs écrits sont perçus comme une preuve de plus d'une instabilité intrinsèquement féminine, ou de masochisme. Ajoutez-y les drogues, et on arrive très vite au portrait de la "pute malade mentale" (cf. Emma Bovary). Ajoutez-y la race, et on obtient le stéréotype de la mère accro au crack ou de la femme qui vend son corps pour avoir sa dose – deux figures qu'on retrouve inlassablement dans les représentations masculines du traumatisme ou de la déchéance la plus extrême.

La littérature des drogues est souvent de fait profondément pathétique, mais elle magnifie la dynamique que décrit Johnson. Bizarrement, plus la masculinité en jeu se montre pathétique, plus elle en ressort héroïque (je pense en particulier à la réception de Karl Ove Knausgaard, qui dans *Mon combat* sonde des profondeurs encore inexplorées de masculinité pathétique, souvent corrélées aux humiliations – et dans un incident indélébile, littéralement une défiguration – infligées par l'alcool). Comme l'expose Eileen Myles dans un essai sur l'art pathétique et le genre : "Le concept même [du pathétique] apparaît clairement quand il s'agit d'un homme parce qu'un homme doit FAIRE QUELQUE CHOSE pour être pathétique. Il n'est pas intrinsèquement pathétique comme l'est toute femme." Une dynamique semblable a conduit Johnson, à la grande époque de la déconstruction, à se demander si la popularité du concept d'"autorésistance" (élaboré entre autres par Paul de Man, un des anciens professeurs de Johnson) était "une des dernières postures envisageables pour les hommes blancs de l'establishment[2]".

Je ne crois pas qu'en explorant l'autorésistance les artistes ou écrivains hommes aient nécessairement pour objectif d'adopter l'une des dernières postures qui leur restent ; et je suis à fond pour la masculinité pathétique. Je suis surtout curieuse de savoir comment nous pouvons éviter l'écueil que décrit Johnson : "Il semblerait que l'on doive déjà être en position de pouvoir pour que l'autorésistance soit valorisée." Esquiver ce piège, ou refuser d'y entrer, permet de faire deux choses : enregistrer l'autorésistance de ceux qui y sont vraisemblablement peu enclins ; et comprendre différemment l'autorésistance de ceux qu'on présume a priori compromis, ou chaotiques.

L'usage de Johnson d'une voix passive – "il semblerait que l'on doive déjà être en position de pouvoir pour que l'autorésistance soit valorisée" – suggère que nous devrions peut-être attendre que la culture au sens large évolue avant de pouvoir entreprendre une telle réorganisation. Mais pourquoi attendre ? Au sujet de Baudelaire, Johnson écrit : *Pourquoi le masochisme masculin est-il un secret si bien gardé de la poésie ?* Que se passerait-il si nous constations le même travers dans la littérature des drogues, et vendions la mèche ? Après tout, il semble assez évident que quand Michaux écrit "Pour se plaire à une drogue il faut aimer être sujet", par "sujet" il entend une entité soumise à une puissance supérieure, soit par la force soit par consentement (ou une combinaison des deux), et non pas "l'autre genre" de sujet, soit un individu souverain, empli de libre arbitre, et totalement en contrôle. On pourrait imaginer que le commentaire de Michaux s'adresse spécifiquement à la drogue en question (la mescaline) ; il existe aussi des substances – les amphétamines, pour être précis – qui sont connues pour procurer un sentiment de surpuissance plutôt que de terrassement et d'errance. (Pour éviter de généraliser au sujet des différentes drogues, comme je le fais ici, Marcus Boon divise intelligemment *The Road of Excess* en chapitres sur les narcotiques, les anesthésiants, le cannabis, les stimulants et les psychotropes, en indiquant combien chaque drogue produit son propre canon.) Mais, comme le savent les accros au speed, ce sentiment de "contrôle" a son pendant, sa descente, qui saborde tout sentiment de souveraineté et de puissance amplifié par la drogue, renvoyant immédiatement au conflit épineux du sujet et de la subjection.

Ces sens opposés du mot *sujet* paraissent souvent accidentels tant on a tendance à les ignorer ou à les nier. Mais comme l'a expliqué le philosophe Étienne Balibar, ce "jeu de mots historique", vieux de deux mille ans, pourrait "nous donner une clé pour résoudre l'énigme suivante : pourquoi le *nom* même qui permet à la philosophie moderne de penser et de désigner la *liberté originelle* de l'être humain – le nom de 'sujet' – est-il précisément le nom qui *historiquement* signifie la suppression de la liberté, ou une limitation intrinsèque de la liberté, c'est-à-dire la *subjection*[3] ?". Je n'ai pas de réponse simple à cette question, hormis à constater que la liberté s'emplit de sens quand elle se heurte à ses limites, et que l'écriture des drogues offre un riche point de vue d'où contempler l'incarnation parfois maniaque de cette énigme.

J'aime horrifier les gens

À la fin de *Crack Wars*, Ronell invente sa propre "EB" pour la mettre en scène dans une joute verbale, aux côtés d'autres femmes ingérables (Marguerite Duras, Marguerite Faust, Thérèse d'Avila, Irma du "Rêve de l'injection faite à Irma" de Freud), face à plusieurs penseurs européens, célèbres pontifes de l'addiction, dont Ernst Jünger, Derrida, Heidegger, Freud, Nietzsche, Baudelaire et Benjamin. À un moment donné au cours de l'échange, l'EB de Ronell dit : "Moi, je fume pour métaboliser mon angoisse. Dans le domaine public, c'est une provocation. J'aime horrifier les gens. Ils vomissent tous les signes du narcissisme des femmes. On fume pour soi, et même contre l'autre."

Ce commentaire nous mène à l'une des stigmatisations les plus répandues au sujet des femmes et de l'addiction : l'addiction fait dévier les désirs naturels de la femelle, lesquels devraient normalement tourner autour des besoins et des désirs des autres. Ce soin, poursuit la petite histoire, préserve les liens qui rassemblent la famille, la communauté, l'humanité, et même la biosphère – surtout – quand les hommes passent leur temps à les détruire. Le pathos spécifique de l'addiction féminine est, comme l'a écrit Elizabeth Ettore, de remplacer la norme culturellement acceptée de la dépendance féminine (dépendance en tant que subordination) par sa forme injurieuse (dépendance en tant qu'addiction).

Vu sous cet angle, l'une des raisons pour lesquelles la consommation de drogue et/ou l'addiction chez l'homme peut si aisément s'associer au "voyage héroïque" – cette structure narrative antique définie par la quête, l'épreuve, la transformation, et le retour triomphal au pays – a trait au fait que le voyage du héros est, par définition, un séjour *loin* de la sociabilité domestique (même si le but est de la retrouver au final), propulsé par un besoin légendaire, quasi irrépressible, de "vagabonder", ou d'"acquérir de l'expérience", plutôt que de rester au bercail à s'occuper des autres. Dans cette mesure, la désocialisation de l'addiction – sa tendance à supplanter le soin des autres en faveur de son prochain trip – correspond à certaines attentes de la masculinité, qu'elles soient héroïques, pathétiques ou même queer (voir, par exemple, le film d'Alfred Leslie et Robert Frank, *Pull My Daisy*, dans lequel le peintre Larry Rivers joue Milo, un homme qui déserte son environnement hétéro-domestique plan-plan, encouragé par une bande homo-érotique de rigolards défoncés constituée d'Allen Ginsberg, Gregory Corso et Peter Orlovsky ; le film se termine alors que Milo s'échappe pour passer la nuit dehors avec ses copains, tandis que sa femme, qui est chargée de s'occuper de leur jeune fils, sanglote en guise de protestation. "Ne pleure pas. Il n'y a pas de raisons de pleurer", lui dit Milo. "Qu'est-ce que tu sais des raisons que je peux avoir de pleurer ?" elle lui répond. "Je sais parfaitement quelles raisons il peut y avoir de pleurer et ça n'a rien à voir avec ce qui est en train de se passer, là, maintenant", conclut Milo, en quittant la pièce et en balançant un coup de pied furieux dans une chaise. À qui, me suis-je demandé, alors jeune poétesse, étais-je censée m'identifier[4] ?).

De tels manquements dans la figure stéréotypée de l'homme soutien de famille – d'où l'accusation contre le toxico qu'il "ne produit rien, rien de vrai ou de réel" (Derrida), ou qu'il est du côté des *takers* (ceux qui "prennent") plutôt que des *makers* (ceux qui "font") (à la Mitt Romney, circa 2008). Mais en réalité, les mythes du soutien de famille et du vagabond sont issus du même cycle éculé (pensez à la célèbre chanson des Allman Brothers : "Lord, I was born a ramblin' man / Tryin' to make a livin' and doin' the best I can / And when it's time for leavin' / I hope you'll understand, / That I was born a ramblin' man" [Seigneur, je suis né vagabond / J'ai essayé de gagner ma vie en faisant de mon mieux / Mais quand il sera temps de partir / J'espère que tu comprendras / Que je suis né vagabond]). Ce cycle instille un conflit, mais il n'est jamais aussi monstrueux que le spectacle du "narcissisme des femmes" – EB revendique qu'on fume "pour soi, et même contre l'autre". C'est d'autant plus vrai quand la femme en question est une mère ou une mère en puissance (ce qui revient à dire la plupart des femmes, aux yeux de beaucoup de gens)[5]. Imaginez Delphine Seyrig, qui joue la femme malheureuse dans *Pull My Daisy*, décider de rejoindre ses copines pour fumer du hash, engloutir une bouteille de vinasse, et passer la nuit sur la Bowery, en laissant son fils endormi à l'étage ; le film passerait rapidement de classique boute-en-train de la Beat Generation à un portrait terrifiant de la négligence maternelle. La performance virtuose de Seyrig, seize ans plus tard, dans le chef-d'œuvre féministe de Chantal Akerman, *Jeanne Dielman, 23, quai du Commerce, 1080 Bruxelles*, referme la parenthèse en quelque sorte, dans la mesure où le film montre son personnage accomplissant méthodiquement trois jours de travaux domestiques avant de poignarder un homme à mort avec une paire de ciseaux.

Prenez à présent le récit éculé du toxico noir qui se réveille fébrilement de l'engourdissement opiacé, revigoré par l'acquisition d'une nouvelle conscience politique (cf. Malcolm X, Iceberg Slim, D. Watkins, etc.), et comparez-le à l'absence de rédemption politique ou d'épiphanie dans les histoires où figurent des personnages de mères noires, malgré leur inlassable représentation dans les films grand public, de *Boyz n the Hood* à *Jungle Fever*, de *Losing Isaiah : les chemins de l'amour* à *House of Payne* et *Moonlight*. Je suis absolument en faveur de l'idée de transformer la dépendance aux drogues en potentiel politique, mais il est important de noter qu'alors que ce parcours est synonyme de "devenir un homme" le "combat pour la liberté" de la femme accro restera à jamais "opaque, intraduisible dans le lexique politique", comme l'a dit Hartman de la condition des travailleuses domestiques noires.

Cette illisibilité est certes le produit d'une injustice et d'une inégalité flagrantes. Mais elle peut également signaler un possible, en dépit de ses racines toxiques. Au minimum, elle nous oblige à prendre du recul et examiner notre propension à transformer les combats de toutes sortes en récits héroïques de reconstruction personnelle et politique. Elle nous contraint à nous attarder sur la déperdition, qui en retour nous conduit à nous interroger précisément sur ce que nous souhaiterions rebâtir, quand quelque chose est perdu[6].

Loin d'un rebond vers une subjectivité (re)consolidée après avoir touché le fond, l'écriture des drogues par les femmes présente plus souvent une chute libre, qui conduira la protagoniste à un tout autre endroit. Cette chute peut être particulièrement brutale, quand le sexe s'ajoute à l'équation, comme c'est souvent le cas. Les réalisateurs illustrent régulièrement cette combinaison à travers une figure féminine repoussante, émaciée, qui titube dans le cadre pour vendre son corps contre de la drogue, ou une femme à moitié inconsciente qui se fait impitoyablement baiser dans un coin ; dans les films réalisés par des hommes blancs – comme dans la double peine de l'année 2000, *Traffic* et *Requiem for a Dream* –, une fille blanche défoncée qui baise avec un homme non blanc fait figure de dégradation ultime, avec une constance écœurante. En se détournant de tels spectacles, et en suivant les femmes, cependant, d'autres sons surgissent. Ces sons n'ont rien de foncièrement plaisant, mais ils ont la vertu d'amplifier notre perception préconçue de ce qui est recevable ou possible.

Un de ces sons est le rejet catégorique de l'empathie, de la sociabilité et de la dépendance-comme-subordination. Comme le dit un des personnages d'Anna Kavan dans une nouvelle de son recueil profondément étrange et culte, *Julia et son bazooka* (le bazooka étant une seringue) : "Je n'ai jamais aimé ma vie, jamais aimé les gens. J'aime les montagnes parce qu'elles sont la négation de la vie, indestructibles, inhumaines, intouchables, indifférentes comme je voudrais l'être." J'ai beau espérer être une personne chaleureuse, vivante, jouissant de liens sociaux solides, vu la rage que déclenchent couramment les femmes qui ne se sentent pas placées sur terre pour être des mères nourricières, la glu de leur communauté ou des consciences morales, leur rejet glacial et insurrectionnel de ces rôles a quelque chose de revigorant et d'exaltant dans son réagencement de la doxa.

À l'autre extrémité de cette "négation de vie" se trouve le roman d'Ellen Miller, *Like Being Killed* [comme se faire tuer] (1999), dans lequel la narratrice – une "Juive psychotique de moins de trente ans, suicidaire, très agitée", la grosse et érudite Ilyana Meyerovich – mélange activement les drogues et le sexe BDSM pour mener à bien sa campagne d'"auto-extermination" conduite dans le Lower East Side :

> Je faisais exactement ce contre quoi Primo Levi nous a mis en garde : laisser pénétrer dans ma propre maison ce qui avait été infligé à des personnes qui me ressemblent au cours d'une tragédie qui aurait pu être la mienne. Le monde que j'habite aujourd'hui s'était approprié une histoire de souffrance et de massacre qui me révulsait mais dont j'étais également devenue l'instrument [...]. La méthylamphétamine, aussi appelée *Copilote*, synthétisée en Allemagne, prescrite dans la Luftwaffe avant les opérations du Blitzkrieg. Göring accro à l'héroïne – nom dérivé de l'allemand *heroisch*, héroïque, lien conceptuel qui persiste dans les marques disponibles au marché noir : *Balls* (couilles), *Courage*. L'héroïne commercialisée par Adolf von Baeyer, inventeur des barbituriques comme le Luminal, aussi appelée Purple Hearts (du nom de la médaille de guerre).
>
> Il n'y a pas de solution finale. L'héroïne n'est qu'une arme, et l'addiction qu'une stratégie dans un combat où il n'y a ni perdant ni gagnant, seulement des forces déployées [...]. J'avais besoin de quelque chose qui abolisse – une campagne d'auto-extermination – mais au lieu de ça j'ai tourné autour du siphon, j'ai clignoté, je me suis étiolée, j'ai traîné, j'ai dépéri, dépéri.

Tandis qu'Ilyana dépérit, sa souffrance teintée du désir de reproduire l'expérience de la violence historique qui a meurtri sa famille juive, sa façon de "tourn[er] autour du siphon" prend une forme quasiment littérale dans sa liaison avec un plombier sadique et poilu qu'elle rencontre par le biais d'une petite annonce du *Village Voice*. "J'étais en chute libre, et je voulais le plombier – qui arriva deux heures après mon appel – pour participer à la descente." Et pour participer, il participe – à sa deuxième visite dans son appartement dégueulasse (elle s'est mise à chier dans la litière du chat), il lui attache les chevilles et les poignets, la gave de drogues, lui fourre un paquet de cigarettes dans la bouche et lui dit : "Je veux que tu sois tellement défoncée que tu ne te rendes même plus compte de ce que je te fais." Et c'est précisément ce qui arrive, au cours de nombreuses visites successives et au fil de pages difficiles à lire.

Peu importe l'atroce pornographie de ces scènes, où interviennent des couteaux, une scie ("Il a épargné mon visage"), l'asphyxie ("Une fois j'ai fait un black-out, mais les autres fois je finissais par revenir à moi, le cou bardé de plaies et de brûlures") et des quantités quasi fatales de drogues, Ilyana n'a toujours pas ce qu'elle veut. À un moment donné, elle veut un flingue. Et il ne lui suffit pas que le plombier lui écarte les lèvres avec des épingles à nourrice et la baise avec son Colt, ni qu'il la sodomise avec puis qu'il le lui fasse sucer ("Le flingue avait un goût de saumure", rapporte-t-elle). Elle ne veut pas que ce soit comme "se faire tuer" ; elle veut que le plombier la tue. Quand il refuse, elle est furieuse qu'il ne réponde pas à ses attentes, et elle décide de s'en charger elle-même. "J'allais tailler une pipe au flingue que le plombier n'était pas près d'oublier", dit-elle, avant de fébrilement mettre le revolver dans sa bouche et d'appuyer sur la gâchette. Elle se pisse dessus mais reste en vie ; le plombier avait joué avec des balles à blanc.

Miller n'était pas étrangère à la différence de traitement que réserve la critique à ce genre d'écriture. Dans une interview de 1998, la journaliste lui confesse :

“Je peux dire sincèrement que je n’ai jamais lu de scènes de sexe aussi perturbantes que celles-ci. J’en ai lu quelques-unes dans mon lit à côté de mon petit ami, et je secouais la tête et poussais des soupirs horrifiés en répétant : ‘Mon Dieu, mon Dieu !’ Et quand il m’a demandé ce que j’étais en train de lire, je me suis aperçue que je n’arrivais même pas à le lui dire. Je ne pouvais même pas prononcer les mots.” Miller répond : “Eh bien, oui, la réaction face à ce type d’écriture est hautement genrée. Les gens sont plus à même d’encaisser ces choses-là quand elles viennent d’un homme, voire de penser que c’est cool. Que c’est aventureux. Quand vous êtes un homme, c’est une preuve de courage ; quand vous êtes une femme, c’est répugnant.” Mais Miller ne se satisfait pas du simple renversement qui retournerait l’abjection en un acte de bravoure. Elle s’intéresse à la manière dont la quête de l’oblitération – être “pleine de croûtes et de sang et couverte de merde et de vomi et de morve et de terre”, être détruite, flinguée, mais pas encore morte – rejoint la quête spirituelle de se sentir “appartenir à quelque chose de plus grand que la somme de ses parties”. “Aussi tordu que ce soit, aussi dévoyé et dévié que ce soit, être avec le plombier est la façon détraquée d’Ilyana de rechercher le bonheur”, répond Miller à la journaliste (qui s’exclame alors : “Seigneur !”). Imperturbable, Miller poursuit : “Ou le pouvoir, ou le sentiment d’exister dans une relation, pas comme une monade isolée de l’être. Une chose qu’on ne peut leur nier, à elle et au plombier, c’est qu’ils savent ce qu’ils attendent l’un de l’autre. Il n’y a pas eu tant de gens que ça dans sa vie qui lui ont accordé autant d’attention. [...] Je suis convaincue, et j’espère que le lecteur finit aussi par en être convaincu, que, pour Ilyana, tout ce qu’elle fait, y compris les choses les plus terribles, sont motivées par une espèce de désir de rédemption.”

J'en suis convaincue, parce que *Like Being Killed* m'y fait croire. Quelle que soit la libération qui se trouve dans ses pages, elle n'a rien à voir avec le succès ou l'échec de la quête d'Ilyana (elle finit par survivre – ce qui, tragiquement, n'est pas vrai de Miller, morte à quarante et un an d'une crise cardiaque, avant qu'elle ait eu le temps d'écrire quoi que ce soit d'autre). Elle a à voir avec l'audace railleuse de Miller à mesure qu'elle explore la filiation grotesque et grandiose entre la quête de rédemption, d'un entourage et d'une reconnaissance ; la douleur du traumatisme intergénérationnel ; et le désir d'auto-oblitération. Elle a à voir, aussi, avec la détermination de Miller d'aller fouiller cette filiation jusque dans l'épouvantable, en étant capable d'écrire des mots que d'autres n'oseraient même pas prononcer (j'ai ressenti la même chose, en transcrivant certains des passages plus haut).

Là encore, les transgressions ne sont pas toutes égales : qu'une œuvre soit difficile à lire ou à regarder ne la rend pas pour autant méritoire. Mais en l'occurrence, les sons ici me semblent vitaux et neufs. Et aussi, anciens : en guise de ponctuation à son soliloque final, Ilyana décrit comment, à l'heure la plus sombre, dans cet instant qui ressemble à "se faire tuer", "il reste une violence en toi qui croît, qui se débat" : "Et la souffrance éternelle et exquise des femmes s'éleva dans leurs voix à l'unisson, qui retentirent par-delà et par-devers mes mots." Peu importe si Ilyana/Miller évoque ce chœur de femmes avec sarcasme : leur chant s'élève, néanmoins.

La réhabilitation de l'addiction

L'approche de Miller est railleuse mais aussi théâtrale ; pour une satire plus directe du diagramme de Venn entre sexe, drogue, abjection et libération, je ne connais pas mieux que le classique d'Iris Owens, *After Claude*, roman publié en 1973, six ans après le Summer of Love. Les deux premiers tiers du roman présentent notre narratrice, la caustique Harriet, engloutissant vin et tranquillisants, s'adonnant à des frasques de sociopathe, et accablant d'insultes ou de traits d'esprit son amant français, Claude, lequel essaie tant bien que mal de l'éjecter de son appartement de Greenwich Village. Le dernier tiers du roman se passe au Chelsea Hotel, où Claude a fini par larguer Harriet. “Quelqu'un avait-il déjà été plus inutile, plus exclu de toute célébration humaine ?” se demande Harriet, exsangue, alors qu'elle se réveille sur “un matelas effilé et pelucheux qui [l']a endommagée à vie”. Au bout d'un moment Harriet titube jusqu'à la chambre voisine, où un aspirant gourou nommé Roger préside un harem de femmes défoncées qui rivalisent pour son attention, jouent au bongo et fixent la neige sur l'écran d'un téléviseur.

Owens aurait pu se contenter, avec sa sagacité tranchante, d'éviscérer un personnage comme Roger, “le genre à la calvitie précoce, à la peau flasque, aux yeux glauques de fœtus”, qui ne porte rien d'autre qu'un “Levi's retenu à la taille par un ceinturon avec une boucle en argent”, qui alterne entre sermons sur le lâcher-prise et démonstrations de sadisme et de manipulation sordides (vous voyez le genre). Mais plutôt que d'exposer son imposture afin que Harriet en ressorte grandie, Owens la dépeint comme étant à la fois lucide et affectivement dépendante au point d'être pitoyable face à la situation. La combinaison souligne un principe sur lequel l'ex-amie d'Owens, Emily Prager, dans son introduction à une réédition d'*After Claude*, explique qu'elle et Owens étaient parfaitement en accord : “Rien ne fait plus chaud au cœur d'une fille intelligente qu'un sourire sur le visage d'un sadique.”

Dans la dernière scène du roman, Roger convainc Harriet de se déshabiller entièrement et de se faire jouir devant le groupe : “Maintenant, Harriet, je veux que tu observes comment ton corps devient une masse indifférenciée d’émotions. [...] Il commence à se libérer de sa fragmentation meurtrière. Il devient un, une simple diffusion palpitante de sensations. Vas-y, joue avec lui, étonne-le, aime-le. Ma beauté, si courageuse et libre, ça me fait tellement plaisir de te voir te faire plaisir. [...] Ouvre les yeux, regarde-moi, bébé ; laisse-moi voir combien tu te fais plaisir, s’il te plaît.” En regardant ses yeux injectés de sang, “aux contours parsemés de squames blanches, son visage creusé par une fatigue profonde”, elle jouit violemment : “J’ai eu peur que les spasmes me possèdent à jamais, et quand ils ont commencé à s’espacer et faiblir, j’ai fermé les yeux et j’ai essayé de me faire jouir au moins encore une fois.” Ensuite, une des filles demande à Roger : “Tu as tout filmé ?” Ce qu’il a fait, bien entendu. Harriet est furieuse et humiliée, et pourtant, elle supplie Roger de l’emmener dans son “Institut” dans le Vermont. “S’il te plaît, Roger. Je veux être un oiseau. Je veux m’envoler avec toi.” Il refuse, abandonnant Harriet une fois de plus à son sort. Le roman s’achève alors que Harriet regagne sa chambre : “J’ai ouvert un nouveau paquet de Marlboro, et regardé fixement les cercles bruns et blancs. Je ne pensais à rien, j’avais seulement vaguement conscience d’écouter et d’attendre.”

Dans un entretien consacré à la genèse d’*After Claude*, l’écrivain Stephen Koch raconte qu’il tapait à la machine tout ce qu’Owens avait réussi à griffonner dans la semaine, sachant qu’Owens avait “une propension à la procrastination, l’indolence et l’inaction au-delà de tout ce que j’avais pu observer chez quelqu’un d’aussi talentueux”. Mais Owens n’a jamais laissé Koch lire ni taper la dernière scène au Chelsea Hotel. “Je ne sais pas très bien pourquoi, dit-il. Je ne peux même pas spéculer. Hormis que cette scène finale était tout pour elle. Elle était essentielle. Elle ne pouvait pas ne pas y être. Son rôle était absolument déterminant.” J'ignore pourquoi Owens n'a pas laissé Koch la taper, mais je comprends sa volonté de discrétion en amont de la publication au regard de la conflagration, de l'exposition et de l'humiliation. Cette scène enraye férocement l'idée d'une libération aux mains d'un type véreux qui t'encourage à te masturber face à une caméra, après t'avoir fait boire et fumer de l'herbe, tout en refusant de proposer un modèle simpliste de libération féministe.

À l'instar de *Like Being Killed*, tout sentiment de liberté que communique *After Claude* ne vient pas tant de la trajectoire de la narratrice que de l'écriture d'Owens – de son intelligence intraitable, sans compromis, et de sa détermination à laisser Harriet n'être dupe de personne tout en étant si pitoyable qu'elle finit par être au-delà de toute pitié. Que l'on laisse Harriet tandis qu'elle scrute ses cigarettes semble juste, dans la mesure où celles-ci sont devenues un talisman de rébellion et de servitude : en quittant la pièce, Roger ordonne à Harriet de ne pas fumer, attrape sa dernière clope et la réduit en miettes (une des filles dit à Harriet qu'il considère les cigarettes commerciales comme “une sale habitude”). Si elle abandonne ses cigarettes, elle répond au commandement paternaliste de Roger ; si elle les reprend, elle continuera à se rendre malade, convaincue comme elle l'est depuis de nombreuses pages qu'elle est sur le point d'avoir une crise cardiaque. (D'après Koch, Owens – une grosse fumeuse – a longtemps été terrifiée à l'idée de développer un cancer des poumons, ce qui lui arriva en fin de compte ; elle est morte dans la semaine qui suivit le diagnostic.)

Il y a très peu de “sincérité” dans *After Claude*, mais sa dernière phrase – “Je ne pensais à rien, j’avais seulement vaguement conscience d’écouter et d’attendre” – m’émeut. Elle fait écho à la dernière phrase de *Like Being Killed*, où Ilyana est assise à côté de son ami qui est en train de mourir du sida, “nos deux mains nouées, suspendues dans l’air au-dessus de nos chaises, lâches, évoquant une passerelle bringuebalant au-dessus d’un ravin – pendant un très long moment”. Plutôt que de trouver la rédemption, ou de sombrer dans une misère irrémédiable, il y a une pause, un suspens. Nous demeurons avec nos narratrices au milieu d’un silence chargé, inconfortable, puis nous les laissons là. Il est impossible de savoir ce qu’il adviendra d’elles.

Pour autant que j’admire l’esprit incisif d’Owens, le portrait radical de l’autodéflagration chez Miller, ou l’assertion de Ronell, via EB, selon laquelle elle aime “horrifier les gens” (une amplification, peut-être, du slogan motivationnel auquel Ronell a déclaré souscrire et d’après lequel une femme se doit d’être “une emmerdeuse”), il m’a toujours paru hautement suspect de tenter d’ériger la souffrance ou la monstruosité de la femme toxicomane en modèle. Quand bien même elle permet de se détourner de rapports de soin ou de connexion forcés ou étriqués, les remplacer par une consommation compulsive de drogues n’a, me semble-t-il, rien de la libération assurée. Quelques critiques ont tenté de soutenir le contraire – voir par exemple la défense pour ce que Karen Kopelson a appelé la “réhabilitation de l’addiction”, où elle perçoit “la consommation de drogues et/ou l’addiction [chez les femmes] comme une sorte d’incarnation d’une pratique de la liberté” : “Défendre les propriétés émancipatoires de l’addiction ou de la consommation de drogues peut effectivement sembler déraisonnable, voire impossible. [...] La ‘raison’, cependant, est la logique masculine hégémonique par excellence, et la circonscription du possible est ce que les manifestations féministes de l'excès ont toujours eu pour but de transgresser."

J'apprécie la volonté de désobéissance de cet argumentaire. Malheureusement, en plus de céder le domaine de la "raison" aux hommes, il dépend d'une mise en opposition de la liberté avec une sobriété conçue comme "une servitude forcée aux valeurs suprêmes de la modération et de la pudeur", une internalisation de "l'idéal régulateur de la liberté elle-même". C'est très bien de rester vigilant à comment, quand et pourquoi certaines formes de liberté peuvent devenir en elles-mêmes régulatrices. Néanmoins, appréhender la sobriété uniquement sous le prisme d'une "soumission forcée à une totale autonégation/ abstinence" me paraît limité au point d'en devenir absurde, de même que l'est la conviction de Kopelson que toute défiance envers la "logique masculine hégémonique" livre automatiquement une opposition salutaire.

Essayer de revoir et de réévaluer la pathologisation et la criminalisation de la révolte des femmes (comme le fait Saidiya Hartman dans son livre *Wayward Lives, Beautiful Experiments* [2019]) peut inspirer des modèles de pratique régénérative (même si Hartman énonce clairement qu'elle ne considère pas avoir écrit un texte ayant trait à la libération sexuelle – "l'insistance impudente d'agir comme si nous étions déjà libres" de Graeber ne constitue pas, pour Hartman, une libération). Hélas, quand il s'agit des drogues, la pratique régénérative se heurte à de sérieux obstacles. Le plus saillant étant que les personnes en proie à l'addiction ne sont pas à même de faire la différence entre l'impudence envers des normes et des principes qui méritent d'être défiés et la violation de principes éthiques auxquels on tient. Comme Owens l'a dit un soir à Prager (une nuit où elles étaient toutes les deux passablement éméchées) : “Dès que tu as l’impression de vouloir faire le bien, cours dans la direction opposée.” Je la crois sur parole.

Les toxicos célèbres qui font aussi office d’icônes féministes – genre Courtney Love ou Billie Holiday – peuvent incarner aux yeux du public des formes essentielles de désobéissance, de fugue, ou d’excès ; j’ai eu ce sentiment pour chacune des deux chanteuses. Mais il n’est pas nécessaire de fourrer tout un tas de contradictions dans une machine pour en extraire une libération ou un échec ; il n’est pas nécessaire de rédimer leurs luttes en une “incarnation d’une pratique de la liberté”, encore moins si la tâche engage de réfuter leurs propres témoignages. (Pensez par exemple au discours implorant de Holiday, “Je veux me soigner”, prononcé devant le juge qui s’apprêtait à la condamner aux travaux forcés dans un pénitentiaire de Virginie-Occidentale pour possession d’héroïne, ou ses commentaires dans son autobiographie : “Les gens qui se droguent sont des malades [...]. Imaginez que le gouvernement fasse la même chose aux diabétiques, décide d’un impôt sur l’insuline, se rendant ainsi responsable du développement d’un marché noir de ce médicament, interdise aux médecins de soigner [les diabétiques] [...] et les mette en prison. Tout le monde crierait au fou. C’est pourtant ce qui se passe tous les jours avec les gens accros à la drogue.” Nous pouvons louer l’audace de Billie Holiday, son acuité, sa puissance, ainsi que la bravoure avec laquelle elle a tenté d’échapper aux flics racistes qui se sont acharnés contre elle pendant tant d’années – “Ils vont finir par m’arrêter dans ce putain de lit”, a-t-elle dit à propos de la brigade des stups qui la traquait, et elle avait raison : elle a été condamnée par un grand jury et menottée à son lit d’hôpital tandis qu’elle agonisait, à l’âge de quarante-quatre ans –, sans pour autant exalter son addiction en une pratique de la liberté qu'elle-même ne reconnaissait pas comme telle[7].)

Comme le suggère la difficulté légendaire d'Owens (Koch l'appelle "une espèce de monstre" avec un "très fort penchant sadique"), les plaisirs d'un comportement socialement disruptif ou éthiquement transgressif peuvent être nettement plus faciles à supporter et à célébrer sur la page ou sur une scène que dans la "vraie vie" – un phénomène mis en évidence par la plainte au titre IX, hautement médiatisée, déposée contre Ronell en 2018 par l'un de ses étudiants qui l'accusait de pédagogie toxique et de harcèlement sexuel. Tandis que le procès défrayait la chronique, jusqu'à faire la une du *New York Times*, de nombreuses personnes se sont empressées d'accuser Ronell d'être une femme vampirique, narcissique, pathologiquement fragile, sexuellement incohérente, que son envie d'être une emmerdeuse avait menée à abuser de son pouvoir plutôt que de le remettre en question ("'EB', c'est moi ?"). Je crois effectivement que Ronell s'est mal conduite sur le plan professionnel. Pour autant l'appétit vorace avec lequel a été accueillie son humiliation publique était instructif, dans la mesure où elle démontrait que la célébration des intellectuelles et des femmes artistes qui explorent les extrêmes et la transgression peut se retourner en un claquement de doigt en une répulsion moralisatrice quand leur relation à ces concepts se révèle corrompue, sans parler de la manière dont on censure les vivants tout en vénérant sans complexe les transgresseurs imaginaires ou morts[8].

Célébrer certaines formes de transgression seulement de loin ou dans l'abstraction se justifie d'une certaine manière : les actes de rébellion nous apparaissent nécessairement différemment selon l'endroit où nous nous trouvons, ou notre distance vis-à-vis de ces actes dans le temps et dans l'espace. L'ouverture ou l'appétit des gens pour le chaos – les miens compris – sont bien plus grands quand il s'agit d'"art" que de "vie", ou d'inconnus plutôt que de proches. Tout ça est logique. Ce qui me semble moins logique est de célébrer l'"incarnation d'une pratique de la liberté", puis d'exprimer son dégoût et d'imposer la censure une fois qu'on se retrouve confronté de trop près à des exemples vivants de tels comportements. Au minimum, ce genre de réaction devrait nous rappeler la difficulté des choses difficiles, la drogue n'étant pas des moindres.

Les blonds

Le genre littéraire du "récit d'addiction" a tendance à être très blanc, sinon très masculin[9]. Cette situation s'explique par tout un tas de raisons complexes, vraisemblablement liées à la propension des auteurs blancs à envisager leur expérience comme séparée des forces socio-économico-politiques qui pourtant la déterminent ostensiblement aux yeux des autres ; une telle propension mène à la création d'œuvres plus aisément classifiables sous la rubrique "récits d'addiction"[10]. Mais si les récits d'addiction écrits par des Blancs paraissent à première vue dénués de conscience raciale, à y regarder de plus près la plupart semblent saturés d'une grande angoisse liée à la blancheur, ainsi que du déploiement stratégique (bien qu'inconscient) de tropes racisés qui "n'arrêtent pas de faire surface dès qu'on entreprend un examen attentif", pour citer Toni Morrison dans *Jouer dans le noir : blancheur et imagination littéraire.*

Dans le cas de *Crack Wars*, le titre suffit à souligner, de par le mirage susmentionné, sa propre symptomatologie chaotique. Car, quelles que soient les horreurs que provoquent les transgressions d'Emma Bovary/EB/Ronell, elles paraissent bien pâles quand on les compare à la façon dont l'État persécute et punit les personnes noires, y compris les mères noires, un phénomène caractéristique de la guerre contre les drogues[11]. Néanmoins, le malaise, la révulsion ou la colère que j'ai pu ressentir à cet endroit n'ont fait qu'approfondir mon intérêt pour *Crack Wars* avec le temps. Car à jeter EB dans le chaudron combustible de la "guerre contre les drogues", Ronell interroge la relation entre les filles blanches et la construction racisée des drogues et de la transgression – une interrogation à laquelle *Crack Wars* ne répond pas vraiment, mais qui ouvre une piste vers un examen ultérieur.

Vu leur manque d'accès à l'espace public et à des fonds indépendants avant les années 1960, c'est surtout en tant que patientes que les femmes blanches ont eu recours aux drogues – soit en tant que résidentes d'institutions (comme c'est le cas de Kavan), soit en volant des médicaments dans des contextes hospitaliers (cf. le milieu tristement célèbre qu'évoque *La Vallée des poupées* de Jacqueline Susann, où tout le monde se gave de médocs)[12]. Mais quand les femmes blanches se sont mises à s'approvisionner dans la rue, leurs témoignages littéraires ont commencé à rendre compte des dynamiques raciales qui ont de longue date déterminé le monde criminalisé des "drogues". Certains y manifestent un enthousiasme fétichiste, comme dans le récit autobiographique, ciselé et glaçant, d'Ann Marlowe, *How to Stop Time: Heroin from A to Z* [comment arrêter le temps : l'héroïne de A à Z] : "Choper étaye la fascination de la classe moyenne pour le milieu de la rue. Finalement tu es là, avec tous ces gens flippants, tu ne cherches pas à les éviter, tu les rejoins." (L'enthousiasme de Marlowe à être "là, avec tous ces gens flippants", mêlé à son élitisme éhonté – elle passait ses journées dans un bureau d'angle à Wall Street, et ses nuits au coin d'une rue d'Alphabet City –, est souvent parfaitement révoltant, mais il a la vertu discutable de dire ouvertement ce que d'autres ont tendance à masquer d'euphémismes.) Pour les filles blanches plus socialement averties, comme la narratrice de l'autofiction de Michelle Tea, *Black Wave* [vague noire], leur plus grande conscience d'elles-mêmes et leur malaise politique finissent par se faire balayer par la puissance de la drogue : "Michelle se demanda une fraction de seconde si elle ne risquait pas d'attraper des maladies en embouchant le verre brûlé de la pipe d'un fumeur de crack professionnel, mais elle avait appris que dans ce genre de situation ces craintes ne menaient à rien sinon au racisme, à l'élitisme, à toutes sortes de jugements primaires et sectaires, et donc il valait mieux éviter de réfléchir. On se contentait d'attraper la pipe ébréchée avec sa tête carbonisée, et d'inspirer."

Assumé ou non, le trope le plus commun reste celui de la blancheur comme identité spirituellement ou culturellement déficiente que les Blancs rêvent d'abandonner, soit par l'effet déstabilisant des drogues soit par le "brassage de population" qu'implique d'en acheter et d'en consommer (pensez non seulement aux "gens flippants" de Marlowe, mais aussi au livre de Norman Mailer, *White Negro** [le Nègre blanc] (1957) – le hipster blanc qui décide de s'encanailler dans des cercles non blancs que l'imagination blanche associe à la libération, au plaisir et aux drogues, qu'il s'agisse d'une fumerie de haschich à Tanger, d'un club de jazz au sud de Manhattan, ou d'une cérémonie shamanique au Mexique). Ce désir est un classique de l'écriture des drogues par le Blanc "hors la loi", de Rimbaud à Ginsberg en passant par Kerouac, Burroughs et Paul Bowles. (Si l'envie, l'érotisation ou la fascination de cet Autre fantasmé est ici plus courante, il existe aussi des exemples d'antagonisme ou de racisme avéré dans cette tradition – voir l'horreur qu'inspire à de Quincey le

* Paru en France sous le titre *Hipsters : le nègre blanc.*

soi-disant Orient d'où vient son opium, ou le racisme cinglant et erratique de *Straight Life*, de Pepper ; on pourrait envisager l'envie et l'antagonisme comme les deux côtés d'une même médaille aveugle.)

Une saison en enfer de Rimbaud (1873) offre une espèce d'*urtext* pour le primitivisme d'avant-garde et le courant du “Nègre blanc” du siècle à venir. Rimbaud commence par une description de sa propre blancheur et de son héritage – “J'ai de mes ancêtres gaulois l'œil bleu-blanc, la cervelle étroite, et la maladresse dans la lutte. Je trouve mon habillement aussi barbare que le leur. Mais je ne beurre pas ma chevelure” – avant de déverser des flots de haine contre la race blanche, l'Europe et le christianisme. Puis il annonce : “Ma journée est faite ; je quitte l'Europe. L'air marin brûlera mes poumons ; les climats perdus me tanneront. Nager, broyer l'herbe, chasser, fumer surtout ; boire des liqueurs fortes comme du métal bouillant – comme faisaient ces chers ancêtres autour des feux. Je reviendrai, avec des membres de fer, la peau sombre, l'œil furieux.” Rimbaud va même jusqu'à dire à ses interlocuteurs qu'il s'agit d'une erreur d'identité : “Je n'ai jamais été de ce peuple-ci ; je n'ai jamais été chrétien ; je suis de la race qui chantait dans le supplice ; je ne comprends pas les lois ; je n'ai pas le sens moral, je suis une brute : vous vous trompez [...] Je suis une bête, un nègre.” Il jure de “quitter le continent” et d'“entre[r] au vrai royaume des enfants de Cham”. Ce n'est pas par hasard que ce désir se corrèle à celui de “fumer surtout ; boire des liqueurs fortes comme du métal bouillant” et d'entreprendre “un long, immense et raisonné dérèglement de tous les sens” (une phrase reprise un siècle plus tard par Jim Morrison, un adepte de Rimbaud).

Dans quelle mesure Rimbaud est-il “entr[é] au vrai royaume des enfants de Cham”, nul ne peut le dire avec certitude. Mais il a effectivement quitté l'Europe

– d'abord pour Java, puis Chypre, puis enfin l'Abyssinie, où il vendit des armes et du café pendant dix ans jusqu'à sa mort à trente-sept ans. En 1936, Artaud adopta une stratégie semblable, quittant l'Europe en quête des rites peyotl parmi les Tarahumaras au Mexique. Derrida a décrit la mission d'Artaud au Mexique ainsi : "Il s'agissait aussi de lever un système de normes et d'interdits qui constituent la culture et d'abord la religion européennes. À la drogue mexicaine, il demandait aussi le pouvoir d'émanciper le sujet, de le désassujettir de ce qui l'avait en quelque sorte exproprié à la naissance, et d'abord du concept même de sujet."

Chercher à se "désassujettir [...] du concept même de sujet" semble nettement plus sophistiqué que, mettons, la prose fleurie du jeune Blanc larmoyant de *Sur la route* : "Un soir de lilas, je marchais, souffrant de tous mes muscles, parmi les lumières de la Vingt-septième Rue et de la Welton, dans le quartier noir de Denver, souhaitant être un nègre, avec le sentiment que ce qu'il y avait de mieux dans le monde blanc ne m'offrait pas assez d'extase, ni assez de vie, de joie, de frénésie, de ténèbres, de musique, pas assez de nuit... J'avais envie d'être un Mexicain de Denver, ou même un pauvre Jap accablé de boulot, n'importe quoi sauf ce que j'étais si lugubrement, un 'homme blanc' désabusé." Mais, au bout du compte, je doute que ces visions soient si différentes. Malgré les tentatives frénétiques (et, il faut bien le dire, dingues) d'Artaud d'"en finir avec le jugement de Dieu" et l'insistance de Rimbaud – apparemment scandée sur son lit de mort – qu'il n'avait "jamais été chrétien", tous deux restent claquemurés dans une vision particulièrement blanche de la "perte du jardin d'Éden" – "une étrange nostalgie", dit Baldwin dans un essai sur Mailer (où il commente ce passage de Kerouac), pour un temps toujours meilleur que le présent si décevant, que ce soit via "pas assez d'extase, ni assez de vie, de joie, de frénésie, de ténèbres, de musique, pas assez de nuit", ou via le désir de "Make America Great Again".

Que dire ? On pourrait simplement répondre à ce passage de Kerouac comme l'a fait Baldwin : "C'est absolument n'importe quoi, bien entendu, et choquant qui plus est ; je n'aimerais pas être à la place de Kerouac s'il était assez fou pour lire ça à haute voix sur la scène de l'Apollo à Harlem." Voilà qui est dit. Et puis, c'est super de prendre enfin conscience de la perversité de la blancheur, vraiment super, mais bon, dans le style *Danse avec les loups*, laissons-le-colonialisme-blanc-des-pionniers-derrière-nous-et-rejoignons-les-autochtones ; comme il est pervers de présumer ensuite que ton émancipation, "ta liberté et ton fun" se trouvent dans des cultures (ou des cultures fantasmées) de personnes non blanches que toi et/ou tes ancêtres avez passé plusieurs siècles à coloniser, piller, diaboliser, incarcérer, assassiner et vous approprier ; comme il est déprimant de convoiter une telle émancipation spirituelle alors même que le système judiciaire passe son temps à s'assurer que les non-Blancs en payent le prix. Les adeptes du mantra "Make America Great Again" imaginent leur paradis perdu comme une terre explicitement gouvernée par la suprématie blanche, et promeuvent la fiction selon laquelle les Noirs et autres non-Blancs sont la cause de leur chute et de tous leurs maux ; la pensée de "l'homme blanc désillusionné qui regrette de ne pas être un nègre" semble souffrir d'une gueule de bois assez semblable, en mode : *Tout devait aller pour le mieux – les Lumières, les colonies, la Constitution, le Far West, la Confédération, la superpuissance d'après-guerre –, alors pourquoi je me sens si nul ? Pourquoi je n'arrive pas à profiter de l'extase, de la joie et des kifs qui sont mon dû ? Peut-être qu'il EXISTE une sorte de liberté spécifique à ceux qui ont vécu l'esclavage, et peut-être qu'elle est meilleure, plus profonde, que la mienne ! Peut-être qu'elle devrait aussi être mienne !* Voilà la mise en scène du "Nègre blanc" de Norman Mailer, où Mailer expose l'idée que, du fait de la menace de l'annihilation atomique, les hipsters blancs connaissent enfin le danger ou l'angoisse qui caractérisent la "vie de Nègre" depuis des siècles. ("Car tout Nègre désireux de vivre doit vivre avec le danger dès son premier jour. Il ne peut prendre aucune expérience à la légère et ne peut pas se balader dans une rue en étant assuré que la violence ne va pas lui tomber dessus au cours de sa promenade", écrivait Mailer il y a soixante ans.)

Les hommes en proie à un tel fétichisme n'ont pas mal diagnostiqué la gravité de leur maladie (ce qui rend l'essai de Mailer si choquant et difficile à oublier). Mais ils ne parviennent souvent pas à reconnaître que le problème vient de loin, de l'invention de la blancheur, laquelle a projeté sur les corps noirs et non blancs toute l'irrationalité, la désobéissance, la mécréance et la rébellion avérée qui constituent le bas-fonds ou la périphérie de ce qu'on appelle la société civile ou de la raison. À l'aune d'une telle projection, la racisation de la guerre contre la drogue (et sa jumelle, l'incarcération de masse) était simplement une question de temps, l'ultime manifestation d'une habitude ancestrale. Comme l'a écrit Derrida : "Les Lumières de la Raison (*Aufklärung*) [...] sont d'elles-mêmes une déclaration de guerre contre la drogue."

Les besoins de transgresser, de s'écarter des frontières normatives du moi, de la loi et de la société – d'assumer "le pouvoir d'émanciper le sujet", jusqu'à l'autorésistance et l'annihilation de l'ego –, sont des désirs humains légitimes et tenaces, partagés par toutes sortes de personnes, en tous lieux, à travers les âges. L'issue à cette complexité ne peut se trouver dans sa suppression. Mais nous devons prendre la mesure de la catastrophe à laquelle ont conduit les façons de la filtrer à travers un schéma racial – pour les personnes noires et non blanches d'une manière cruciale particulièrement cruelle, mais aussi pour les Blancs. Alors, avant de reprendre tous en chœur "Rock N Roll [N-gger]" de Patti Smith, où celle-ci (fortement influencée par Rimbaud) célèbre toutes sortes d'outsiders, de Jésus Christ à Jimi Hendrix en passant par Jackson Pollock et "grandma, too" sous la rubrique "n-gger", nous ferions bien de prendre un moment pour considérer cette histoire. Cette tâche n'implique pas de décider de *cancel* tel artiste ou de dénoncer publiquement telle chanson ; les chansons sont puissantes pour une raison. (Cette raison tient en partie aux possibilités anarchiques et souvent réprimées de l'identification interraciale ou trans-raciale, comme le démontrent, par exemple, les écrits de Baldwin sur Joan Crawford et Bette Davis dans *Le diable trouve à faire* [1976], ou le recueil d'articles de Hilton Als, *White Girls* [2014], qui prend pour point de départ l'identification d'Als, en tant qu'homme noir, avec des femmes blanches, et sonde la complexité de l'identification transraciale de figures comme Eminem ou Richard Pryor.) Il s'agit de se confronter à la construction historique de la transgression, aux difficultés que présentent les alliances maladroites dans la quête de la libération et de la révolte, et à la question de ce que les braves Blancs peuvent faire, devraient faire (ou ne devraient pas faire), quand ils reconnaissent que les systèmes qu'ils ont construits ou dont ils ont hérité les corrompent, les avilient, et les tuent aussi[13].

Je ne peux parler des effets qu'ont pu avoir Rimbaud ou Artaud sur les peuples et les lieux qu'ils ont croisés ou traversés, mais ces rencontres ont tendance à suivre un scénario convenu, lequel est raconté avec lucidité dans l'histoire de la chamane mazatèque María Sabina, devenue célèbre dans les années 1960 après que R. Gordon Wasson, un banquier reconverti en ethnomycologue, eut publié un article dans le magazine *Life* en 1957 sur la connaissance de Sabina des champignons psilocybes, à la suite duquel des hordes d'étrangers s'empressèrent d'aller la trouver.

Au départ, Sabina accueillit avec plaisir les visiteurs qui arrivèrent chez elle au Mexique, en quête d'expériences hallucinogènes transformatives. (Elle appelait ses visiteurs – dont Mick Jagger, Bob Dylan, Keith Richards et John Lennon – "les blonds".) Mais, comme le rappelle Sabina dans son remarquable récit oral, *Autobiographie*, les blonds ont fini par saccager non seulement la communauté de Sabina, mais les champignons eux-mêmes. "À partir du moment où les étrangers sont arrivés pour chercher Dieu, dit-elle, les enfants sacrés ont perdu leur pureté. Ils ont perdu leur force, on les a gâchés. Désormais, ils ne feront plus d'effet. On n'y peut rien." Ce ne furent pas les seuls dégâts qu'engendrèrent les interactions de Sabina avec les blonds : elle se retrouva persécutée par la police mexicaine pour trafic de stupéfiants, sa maison fut brûlée, un châtiment en forme d'expiation vraisemblablement infligé par ses voisins mazatèques. La cause ? "J'avais révélé le secret de notre médecine indigène aux étrangers."

En tant que guérisseuse, Sabina était surtout horrifiée que les étrangers viennent pour chercher Dieu plutôt que pour se soigner. "C'était difficile pour moi de leur expliquer qu'on ne fait pas les veillées par simple envie de rencontrer Dieu, mais que cela se fait uniquement avec le but de soigner les maladies dont souffrent les gens de chez nous." Derrida rétorquerait que ce qu'on reproche au consommateur de drogue est qu'il recherche "des expériences sans vérité", mais Sabina ajoute un commentaire important : que l'expérience de la drogue appelle une vérité "réelle" ou "fausse", elle devient hors sujet dès lors que la recherche d'une vérité, qu'il s'agisse de "Dieu", du "secret de l'univers", de l'"excès cosmique" ou autre, est *la mauvaise quête*. La clairvoyance de Sabina à ce sujet ainsi que son intelligence de conteuse rendent *Autobiographie* particulièrement généreux et cinglant, comme l'exemplifie le passage suivant : "Un jeune étranger, qui avait des habits multicolores et des sandales d'Indien, a voulu me faire cadeau d'un beau et grand chien. Je lui ai dit que je ne voulais pas de chien, que je n'avais pas de quoi lui donner à manger. Qu'est-ce que cette bête aurait pu manger ? De la merde peut-être ? L'étranger a compris ma situation et a emmené son chien."

Si c'était à refaire, cependant, Sabina dit qu'elle aurait quand même partagé son savoir avec les blonds, "parce qu'il n'y a rien de mal à cela". Personne dans son récit ne fait figure de saint – ni sa communauté indigène, ni le gouvernement mexicain, ni sa famille rapprochée, ni même Sabina ; et elle ne considère pas non plus les étrangers – y compris R. Gordon Wasson – comme des pécheurs. Le plus souvent elle se contente de qualifier les blonds de "stupides" ou d'"irrespectueux". Les strates de souffrance, de violence et d'exploitation qui composent le témoignage de Sabina racontent des siècles d'histoire coloniale, l'héritage de la pauvreté rurale, auxquels s'ajoutent bien d'autres causes de souffrance, des maris qui trompent et maltraitent et des hommes qui tuent par jalousie, par vengeance ou l'esprit embué par l'alcool (à un moment donné, un homme saoul lui tire dessus à trois reprises, après quoi elle est guérie pour la première fois par un "savant en médecine", aussi appelé "médecin occidental" – Santiago Guerra –, dont elle commence par se méfier, mais envers qui elle finit par être tellement reconnaissante qu'elle insiste pour qu'il prenne des champignons, en guise d'échange de savoir médical). Fervente chrétienne,

Sabina associe fréquemment les champignons au Christ et à l'Église, à laquelle elle voue une obéissance absolue : "Les enfants sont le sang du Christ [...] J'obéis aux prêtres. Je suis aussi obéissante à ce que disent les autorités municipales. Ce sont les têtes. Ce sont eux qui nous gouvernent."

Pour toutes ces raisons, en dépit de la souffrance que relate son récit, et en dépit du fait qu'elle suive un scénario destructeur endémique de ce type de rencontres, *Autobiographie* n'est pas tant un récit édifiant à la morale évidente (en d'autres termes, cette rencontre avec les blonds, ce partage de sagesse, n'aurait jamais dû avoir lieu et devrait être proscrite à l'avenir) qu'une rumination sur la tragédie et la comédie, et dans une certaine mesure le caractère inévitable des enjeux de la contamination et de l'emmêlement interculturels. La complexité morale de son histoire demeure critique, tandis que cette saga continue de se perpétuer, malgré la différence des protagonistes, des lieux et des drogues[14].

Le son qu'émettent les Blancs quand ils font entendre leur crainte que les systèmes qui ont permis leur domination les aient également privés d'une chose vitale, voire les aient foutus en l'air d'une manière qu'ils ressentent profondément mais ont peine à comprendre ou à exprimer, n'est généralement pas plaisant. (Ou, du moins, ce son a cessé de plaire – Rimbaud, Artaud, Mailer, Kerouac, etc., sont devenus des héros littéraires en partie parce qu'ils s'en sont fait les porte-parole.) Je me contente de noter ici qu'il est de leur (de notre) devoir de continuer d'essayer d'y mettre de l'ordre, et que l'écriture de la drogue offre un *topos* riche, bien que repoussant, pour prêter l'ouïe à sa symptomatologie. Tandis que je tends l'oreille, j'aime me souvenir de Sabina, de sa critique acerbe des connards stupides qui sont venus et ont tout gâché, et de sa conviction inébranlable et quasi inconcevable que certaines formes de sagesse appartiennent à tout le monde.

Désamorcer le piège

En 2008, l'écrivain espagnol Paul Preciado a publié un texte théorique déjanté dans la tradition de *Crack Wars* intitulé *Testo Junkie : sexe, drogue et biopolitique*. Plutôt que de privilégier une drogue (le crack ou les opioïdes, par exemple) comme la drogue symbolique de notre époque, Preciado avance que nous sommes tous consciemment ou inconsciemment sujets à un nouvel ordre économique néo-fordiste qu'il appelle "pharmacopornisme" – fusion de la pharmacopée et de la sexualité englobant toute la diversité possible de produits et d'expériences allant du Viagra aux hormones synthétiques en passant par les antidépresseurs, les antipsychotiques, les benzodiazépines, le fentanyl, la Ritaline, le sperme en tube, le sang en sachet, les antibiotiques, la fertilisation *in vitro*, le travail sexuel, la pilule contraceptive, Grindr, les épouses sur catalogues ou le porno sur Internet. Preciado décide sciemment de ne pas faire de nuances entre les différentes substances, si tant est que ce qui précède puisse être qualifié de "substances", et s'intéresse davantage à la façon dont nos désirs, nos subjectivités et nos corps nourrissent la machine pharmacopornographique, qui les structure en retour. *Testo Junkie* oscille entre des chapitres théoriques fouillés et des sections autobiographiques agencées selon trois fils narratifs : la passion torride et ravageuse entre Preciado et l'écrivaine et réalisatrice Virginie Despentes (ou "VD"), la mort par overdose de l'ami de Preciado, l'écrivain Guillaume Dustan (ou "GD"), et la première immersion de Preciado dans la testostérone, décrite dans l'introduction de l'ouvrage comme "une expérience politique dont la durée exacte a été de 236 jours et nuits et qui continue aujourd'hui sous d'autres formes".

Contrairement aux figures du genre de Wilhelm Reich, qui imaginait notre "puissance orgiastique" comme une force libératoire, Preciado voit dans "la puissance (actuelle ou virtuelle) d'excitation (totale) d'un corps" – une puissance que Preciado appelle "potentia gaudendi" – le moteur même de la pharmacopornographie, dernière itération en date du capitalisme. Preciado adopte une position essentiellement foucaldienne : il est impossible de sortir du piège pharmacopornographique – vous y êtes coincé, en vertu de votre désir et de votre être biopolitique. Mais vous pouvez le déjouer de l'intérieur : "Ta mémoire, ton désir, ta sensibilité, ta peau, ta bite, ton gode, ton sang, ton sperme, ta vulve, tes ovules [...] sont les outils d'une possible révolution *gendercopyleft*." Si cette position paraît un peu trop "ambiance hégémonique, ambiance subversive", aurait pu dire Sedgwick, il est utile de se rappeler qu'elle fait écho au piège de l'existence en général ; "désamorcer le piège dans lequel nous nous trouvons inévitablement", comme l'a dit Judith Butler de la performance du genre, pourrait décrire la condition humaine en général. (Dans sa citation intégrale, Butler fait la distinction entre cet état et la liberté : "[Cette] performativité [...] n'est pas la liberté, mais une question de désamorcer le piège dans lequel on se trouve inévitablement." D'autres philosophes l'appréhenderont différemment – voir, par exemple, Brian Massumi : "Il ne s'agit pas de démanteler les contraintes ou d'y échapper pour accéder à la liberté. Il s'agit de les transformer en degrés de liberté. Personne n'échappe aux contraintes. Aucun corps ne peut échapper à la gravité. [...] La liberté n'advient que par la contrainte – il s'agit d'une conversion créative, et non d'une fuite utopienne.")

Comme le suggère le titre, *Testo Junkie* propose une théorie maximaliste de l'addiction, dans laquelle on peut devenir un "junkie" (*yonqui*, dans la version originale en espagnol) de tout, de la nourriture au sexe au shopping aux réseaux sociaux à la politique aux jeux vidéo aux smartphones aux relations aux médicaments au fitness aux hormones ou aux Douze Étapes elles-mêmes. Cette théorie inclusive de l'addiction est presque devenue un truisme incontesté à notre époque, au point de convaincre quasiment tous ses détracteurs. Parmi eux figurait Sedgwick, qui, dans son essai de 1991, "Epidemics of the Will" [épidémies de la volonté], avait émis des réserves quant à une théorie maximaliste de l'addiction (bien avant que *Crack Wars* ou *Testo Junkie* ne paraissent). Sedgwick y soutient que si l'on peut ramener "non seulement toute forme d'ingestion de substance, mais plus simplement toute forme de comportement humain sous le prisme d'une addiction potentielle", on risque d'étayer – même inconsciemment – une certaine "propagande du libre arbitre", dans laquelle le spectre constant des compulsions malsaines appelle son contre-exemple : un libre arbitre sain, héroïque, éthique, qui demande constamment à être éveillé, sauvé, purifié ou libéré. Sedgwick situe cette "propagande du libre arbitre" dans les écrits tardifs de Nietzsche ; elle la trouve aussi dans les travaux du psychiatre libertaire Thomas Szasz, un critique féroce de la psychiatrie coercitive et de "l'état thérapeutique" et un défenseur obstiné de ce qu'il appelait "notre droit à la drogue".

Selon Szasz, il existe deux types de drogués : le premier suivrait le modèle d'"un enfant stupide, malade et sans défense, qui, tenté et influencé par ses pairs et le plaisir des drogues, se laisse appâter et perd toute maîtrise de lui-même" (à la William S. Burroughs ou à la Billie Holiday) ; le second serait "une personne en pleine maîtrise, qui, comme Adam, choisit le fruit défendu comme moyen premier, élémentaire de s'ériger contre l'autorité" (à la Ann Marlowe). Ces deux modèles, écrit Szasz, "encadrent deux différentes perspectives morales”, chacune offrant une stratégie morale distincte : “Si nous prenons le parti de l'autorité et choisissons de réprimer l'individu, nous le considérerons comme une personne sans défense, une victime innocente écrasée par la tentation [...]. Si nous prenons le parti de l'individu et choisissons de réfuter la légitimité du pouvoir et de rejeter l'autorité qui consiste à infantiliser, nous considérerons l'individu comme étant maître de lui-même, responsable des décisions qu'il prend.” Ces deux positions se justifient, dit Szasz. Ce qui se justifie *moins* – ce qu'il dénonce comme “confus sur le principe et chaotique en pratique” –, c'est de chercher à “traiter [à la fois] les gens en adulte et en enfant, de les considérer comme libres et non libres, sains d'esprit et fous”. (En tant que libertaire, Szasz préférait le deuxième modèle, et s'opposait violemment à l'idée de réguler le comportement des drogués ou des malades mentaux, même quand leur comportement représentait un danger pour eux-mêmes.)

Considérer les gens comme “libres et non libres” rend difficile l'élaboration d'une politique ou d'une législation (un débat que les féministes connaissent bien à travers la théorie du syndrome de la femme battue, et son application controversée en matière de prostitution ou de trafic sexuel). Mais dans la philosophie de tous les jours, la notion selon laquelle nous sommes libres et non libres me semble fondamentalement incontestable au point d'en devenir banale. (Althusser : *“Il n'est de sujets que par et pour leur assujettissement.”*) Ironiquement, les polémistes ont beau rester bloqués sur l'idée que ce soit tout l'un ou tout l'autre, les anciens toxicomanes négocient tous les jours le paradoxe de se sentir libres et non libres face à la drogue, comme l'indiquent les Douze Étapes, qui mettent l'accent à la fois sur l'impuissance et la décision quotidiennement renouvelée de ne pas replonger (reflétée dans les slogans du type “Un jour à la fois” et “Si tu n’en prends pas, ça ne pénétrera pas en toi”).

La puissance et le plaisir de la lecture de *Testo Junkie* viennent de sa manière d’embrasser ce qui est “confus sur le principe et chaotique en pratique”, son slalom exalté entre ce qui est sain d’esprit et fou, libre et non libre, entre la compulsion et la volonté, mêlé au reniement badin de ses propres théories fortes, y compris la théorie maximaliste de l’addiction. Comme dans *Like Being Killed* ou *After Claude*, la libération que propose le livre n’a rien d’un chemin tout tracé vers une échappatoire ou l’obtention d’une capacité d’agir illimitée, mais au contraire se réalise dans la représentation de cette lutte avec le paradoxe et la contamination comme une éclate totale, une flambée d’énergie et d’expérimentation. C’est principalement un exploit affectif : parce que *Testo Junkie* n’a pas peur de plonger tête la première, de se contredire, d’explorer un contenu autobiographique cru et souvent comique, le livre ne procède pas sous forme d’argumentaire, ce qui le distingue du champ académique strict (un domaine connu pour exprimer des possibilités libératoires qui éveillent peu voire pas du tout d’émotions).

En dépit de son titre, à mesure que se poursuit le “protocole d’intoxication volontaire” de Preciado à la T (l’adjectif “volontaire” se heurtant déjà à l’éponyme “junkie”), il enrage de ne pouvoir assouvir son désir explicite de devenir accro à la testostérone. “J’aurais aimé pouvoir tomber dans une dépendance, avoir la sécurité de m’accrocher définitivement et chimiquement à quelque chose, écrit-il. Au fond, j’espérais que la testostérone serait cette substance. M’attacher non pas à une subjectivité, mais à la modification produite par l’ingestion d’un objet sans volonté dans mon organisme. Ne dépendre de personne pour cette ingestion. Confronter ma volonté à un objet sans volonté[15]." L'échec de la T à devenir "cette substance" est peut-être lié au fait qu'en tant qu'hormone synthétique/stéroïde anabolisant la T n'a pas les mêmes propriétés addictives que, mettons, les narcotiques. Mais là encore, ce n'est pas non plus le cas du shopping ou de la Cardio Barre. En définitive, la question d'être "accro" ou "pas accro", "piégé" ou "libre", équivaut à une sorte de mirage ; une fois que l'on a vu au-delà ou au travers, des sujets plus pertinents se révèlent.

Un de ces sujets est l'indétermination du genre. À un moment donné, Preciado se demande : "Si je n'accepte pas de me définir comme transsexuel, comme 'dysphorique de genre', je dois admettre que je suis accro à la testostérone [...]. Les options biopolitiques qui s'offrent à moi sont les suivantes : soit je me déclare transsexuel, soit je me déclare droguée et psychotique." Mais c'est absurde – Preciado récite en ventriloque les termes binaires qu'il rejette. Il sait pertinemment qu'il est possible de n'être ni accro à la T ni transsexuel tel que le définit l'État ; son livre s'attache à combler cet espace, en refusant de se conformer à des protocoles de genres prescrits et en rejetant tout autant la rubrique "droguée et psychotique". Il existe en outre une certaine binarité du genre dans la liberté et le soin qui a longtemps hanté les milieux queer – un schéma qui associe les lesbiennes au "soin" (des unes les autres, du bien-être du monde, de leurs chiens, etc.) et les hommes gay à la "liberté" dans un mode insouciant, voire imprudent (la fête, la promiscuité, la drogue, etc.). Cette binarité pointe son nez quand Preciado écrit sur GD, invétéré consommateur de drogues et séropositif défenseur d'une liberté sexuelle radicale (y compris de pratiques controversées comme le *barebacking*), que Preciado décrit avec admiration en tant qu'"idole et ultime représentant français d'une forme d'insurrection sexuelle par l'écriture".

Testo Junkie commence par l'annonce de la mort de GD : "5 octobre : Tim m'annonce ta mort" ; plus tard dans la nuit, dévasté par le deuil, Preciado met en scène une "vidéopénétration" pour lui, un film dans lequel Preciado se rase la tête et le pubis, se fabrique "une moustache de pédé" en collant ses poils pubiens sur sa lèvre supérieure, et s'autopénètre dans ses orifices inférieurs. Il prend ensuite une dose de T et dit au défunt GD : "Cette testostérone est pour toi, ce plaisir est pour toi." Le désir de "[s]e travestir en [GD]", de communier avec lui à travers la T et le sexe, est limpide ; ce qui demeure trouble sont les schismes qui s'y enchevêtrent. Ces schismes se révèlent dans le contraste entre l'érudition lourdingue voire logorrhéique de Preciado et la façon dont GD représente le bouffon hédoniste, prêt à ridiculiser les efforts et les convictions de Preciado (cf. Sillman : "tellement sincère, tellement soigné [...] le pinceau à la main, à s'escrimer"). Preciado se souvient tout à coup d'une conversation qu'il a eue avec GD, lors de laquelle il lui parle d'un projet d'une histoire trans, dont il espère que GD la soutiendra financièrement et la publiera :

> Tu me dis mais merde qu'est-ce que tu peux avoir à raconter sur ces pédaleries, que tu croyais que je n'étais pas comme les autres gonzesses, que moi ce qui m'intéressait c'était baiser, mais que maintenant tu te rends compte que je suis comme les autres lesbiennes, prête à devenir l'infirmière politique de tous ceux que je rencontre. Je te réponds que je ne suis pas lesbienne, que je suis *trans*, que je suis un garçon, que le fait que je n'ai pas une biobite de merde comme la tienne ne signifie pas que je ne suis pas un mec. Je te dis, arrête de me traiter comme une bouse juste parce que tu me prends pour une fille. Tu dis que je te fais de la peine, que tu as honte pour moi, qu'il ne faut pas compter

> sur toi pour publier ces tarlouzeries, que je ferais mieux d'appeler *Têtu* pour faire un reportage. Tu éclates de rire. Je ne veux pas te contredire. Je ne veux pas me fâcher avec toi, parce que si tu ne publies pas mes livres, qui le fera ? Mais je te hais de me parler comme ça.

Le travail fouillé, engagé, par lequel les intellectuels "non masculins" doivent perpétuellement prouver leur sérieux et leur stature est ici évidé de sa valeur phallique : la politique est devenue gênante, et une lesbienne n'est plus qu'une "infirmière politique" incapable d'avoir la moindre chose à dire sur "ces pédaleries", la baise, la liberté et le plaisir (voir *Dans ma chambre* de GD : "Le sexe est la chose centrale. Tout tourne autour : les fringues, les cheveux courts, être bien foutu, le matos, les trucs qu'on prend, l'alcool qu'on boit, les trucs qu'on lit, les trucs qu'on bouffe, faut pas être trop lourd quand on sort sinon on ne pourra pas baiser"). Plutôt que de défendre son projet d'une histoire trans ou de rejeter les termes sexistes ici en jeu, Preciado est surtout en colère que GD se méprenne sur son genre : biobite de merde ou pas, Preciado est un MEC, et devrait, comme tel, être considéré avec respect (pas comme une bouse, ce qui vraisemblablement sied aux meufs). Parce que Preciado redoute de ne pas trouver les fonds ou l'éditeur qu'il cherche ailleurs, devant le dénigrement de GD, il tente d'éviter le conflit : "je ne veux pas te contredire". Plus ça change...

Écouter deux écrivains identifiés de sexe masculin se colleter pour savoir si l'un d'eux devrait se faire traiter comme une bouse parce que l'autre l'a pris pour une femme, ce n'est pas vraiment révolutionnaire. Mais ces scènes prennent une teneur différente au regard de l'aventure de Preciado avec VD, féministe véhémente dont la prolixité artistique, la ferveur sexuelle et la férocité en général donnent au schéma binaire de GD entre baise défoncée/charité consciencieuse une allure terne et rétro. À titre d'exemple, voici le récit que fait Preciado de l'une de leurs premières rencontres sexuelles :

> Ce jour-là, dans la même chambre que Karen et Raff, on baise nues pour la première fois. Son bassin se colle au mien, sa vulve est branchée à la mienne, nos sexes se mordent comme deux gueules de chiennes qui se reconnaissent. Pendant qu'on baise, je sens que toute mon histoire politique, toutes mes années de féminisme avancent directement vers le centre de son corps pour s'y déverser, comme si elles trouvaient sur sa peau leur unique, leur véritable plage. Quand je jouis, Wittig et David, Woolf et Solanas, la Pasionaria et Kate Bornstein, bouillonnent avec moi. Elle est couverte de mon féminisme comme une éjaculation diaphane, un océan de paillettes politiques.

L'exaltation – et la connivence – que je ressens à la lecture de ces pages tient à leur représentation du sexe non pas en tant qu'affirmation d'une politique (comme dans l'énoncé de Ti-Grace Atkinson : "Le féminisme est la théorie ; le lesbianisme est sa mise en pratique"), ni en tant que force antithétique ou annihilatrice de la politique (comme dans le modèle Leo Bersani-Lee Edelman-Guillaume Dustan), mais en tant que façon d'imaginer que la politique puisse électriser le sexe, en faire une fête, figurée ici à travers un champ sémantique insolite et puissant : *s'y déverser*, *bouillonnent*, *diaphane*, *paillettes*. Cette description constitue une tentative certainement sans précédent de donner à voir la présence matérielle de sa vie politique dans l'acte sexuel en une sorte d'extase ironique.

Preciado essaye de rabattre sa relation avec VD sous la forme d'une addiction : "Il devient évident que ma relation avec V. appartient à ce type d'unions placées sous le signe de l'addiction. *Dépendance :* être accroché à. J'ai trouvé ma drogue et elle est, comme toutes les drogues, en même temps proche et insaisissable." Mais bien que leur aventure ait pu présenter les caractéristiques de l'addiction et de la codépendancc (c'est le cas de la plupart des passions torrides et dévastatrices), la faire entrer dans un cadre addictif semble encore une fois presque intentionnellement inadéquat. Preciado témoigne de son désir pour un "objet sans volonté", mais en choisissant VD il a l'inverse : VD fracasse l'idée de la muse muette, et d'ailleurs apparaît tout au long de *Testo Junkie* en train d'écrire son propre livre, *King Kong Théorie*, un manifeste incandescent sur le "viol [de VD], sur l'époque où elle faisait la pute, sur pourquoi le XXIe siècle sera féministe ou ne sera pas" : "Le dos très droit. Cheveux emmêlés de rocker blond, une bague à chaque doigt [...]. Je lis les chapitres au fur et à mesure qu'elle les termine, je les reçois comme des bébés encore endormis, et qui ouvrent les yeux pour la première fois devant moi. Le kiffe. Je reconnais la voix qui m'excite, la voix qui me baise : une voix d'adolescente punk qui a appris à parler avec un programme de production du genre de biohomme, un cerveau aristocratique de louve futuriste logé dans un corps de pute, une intelligence de prix Nobel incarné en chienne de rue."

L'excitation qu'il y a à voir le formidable intellect de Preciado s'engager dans une danse avec celui de VD à "un moment fractal, au bord d'une tragédie technogrecque : elle vient de commencer à sortir avec des filles, et moi, je viens de commencer à prendre de la testostérone" est précisément le genre de "pédaleries" que je veux lire. La communion sexuelle et intellectuelle qui les unit n'est ni circonscrite par le mandat de l'"infirmière politique", ni alignée sur une liberté qui ressemble à une pulsion de mort. C'est un nouveau son, un son qui, comme il est souvent de mise dans l'harmonie queer, porte le deuil de ses prédécesseurs, leur rend hommage alors même qu'il mute, qu'il va de l'avant. D'où l'adresse finale de Preciado à GD sur sa tombe, où Preciado fait ses adieux à une certaine forme d'insurrection et annonce la naissance d'une nouvelle forme de lutte : "Si tu étais encore vivant, tu nous haïrais certainement, VD et moi, d'une haine chaude, et soyeuse comme la peau d'une bite qui ne bande pas, parce que tu saurais qu'elle et moi sommes ensemble comme la révolution en marche."

Des personnes non humaines

Le désir frustré de Preciado de s'attacher à une "substance sans volonté" trouve peut-être sa cause dans les propriétés spécifiques de la T, la volonté obstinée de VD, et/ou l'ambivalence de Preciado dans sa soif de dépendance et de domination. Mais il vient aussi certainement tout autant de l'instabilité de la dichotomie sujet/objet – une instabilité que l'écriture de la drogue (tout comme son expérience) révèle avec force. Encore et encore, les consommateurs de drogue témoignent du fait que, loin d'être un "objet sans volonté", les substances ont leurs propres penchants, imposent leurs propres exigences, semblent empreintes de sentiments qu'on pourrait appeler capacité d'agir, liberté ou désir ("[La mescaline] me voulait tout consentant"). Pour rendre compte de cette sensation, les écrivains ont souvent recours à la personnification, comme quand Sabina parle de ses "petits saints", ou quand Billie Holiday pleure la perte de son "amant"[16]. En effet, l'étrange fascination qu'exerce la littérature de la drogue est en partie liée au fait que les livres eux-mêmes sont des "objets muets", capables de nous ensorceler ou d'exiger des choses de nous : dans l'expérience de la drogue, l'ambiguïté de savoir qui ou quoi fait quoi à qui se reflète comme dans un miroir dans l'expérience de sa lecture elle-même (d'où la méfiance ancestrale des pouvoirs intoxicants de l'écrit, de *La République* de Platon au procès pour obscénité de *Madame Bovary*, comme autant de formes menaçantes du *pharmakon*).

On serait tenté de balayer un tel anthropomorphisme comme un trope littéraire par lequel les auteurs tentent, souvent péniblement, de faire des drogues des personnages vivants. Mais la fréquence avec laquelle la drogue prend vie à travers l'écriture nous invite à nous demander si elle n'est pas réellement vivante.

Cet anthropomorphisme est peut-être une manière d'honorer l'intuition que nous avons que la drogue est plus qu'une matière inerte – ce que la théoricienne politique Jane Bennett appelle une "matière vibrante", et que l'écologiste Timothy Morton appelle des "personnes non humaines". Savoir s'il est cohérent de parler de matière vibrante ou de personnes non humaines ayant une capacité d'agir ou un sens de la liberté a longtemps été débattu d'un point de vue scientifique, philosophique et spirituel. Mais si, comme l'énonce la physicienne féministe Karen Barad, toute matière "ressent, converse, souffre, désire, se languit et se souvient", il n'existe peut-être simplement pas d'"objet sans volonté" – ce qui expliquerait l'échec du désir de Preciado[17].

Pour ceux qui se sont habitués à ce que l'espèce humaine impose sa volonté et son pouvoir sur la nature, cette dernière étant conçue comme une collection d'objets inertes et muets, se confronter aux "exigences" de ces objets peut être une expérience aussi déroutante que chaotique (Michaux : "Je m'étais pourtant préparé à admirer. J'étais venu confiant. Ce jour-là, on brassa mes cellules, on les secoua, les sabota, les mit en convulsions"). Ceux qui, à l'inverse, ont l'habitude d'appréhender – et de traiter – les forces non humaines autrement, ne trouveront guère étonnant qu'elles puissent nous rendre vulnérables au point de nous déposséder, de s'infiltrer en nous – et, par conséquent, de nous contraindre à négocier avec elles et à les respecter. Un passage de *Shadowlands* [paysages d'ombres] d'Anthony McCann (2019), où l'auteur retrace les conflits entre les membres d'une milice d'extrême droite et la tribu Burns Paiute dans le Nord-Ouest Pacifique, explicite cette distinction : "Si on prend une plante, ou un bout de plante, on doit toujours faire une offrande ou demander la permission. On doit respecter la liberté de la plante." McCann compare ensuite cette liberté-ci avec la liberté telle que l'envisagent les membres de la milice (et de nombreux Américains), une "liberté [qui] existe pour les personnes et leur propriété – et pour les corporations et l'argent". Inutile de souligner combien ces deux conceptions de la liberté sont aux antipodes l'une de l'autre.

Les récits de drogue sont souvent dépositaires de ce sentiment d'émerveillement devant les forces non humaines refoulé dans d'autres contextes. Dans *White Out*, Clune est obsédé par les propriétés talismaniques de l'héroïne et de ses signifiants (il en est de même pour Art Pepper dans *Straight Life*, quoiqu'en des termes moins philosophiques ou scientistes). Pour Clune, ce sont les "bouchons blancs" de certaines fioles d'héroïne qui agissent comme source d'obsession : "On pourrait penser que la blancheur des bouchons blancs est sans incidence [...] Mais le premier truc que j'ai pris était contenu dans une fiole avec un bouchon blanc, et sa blancheur m'a révélé le secret magique de la came." (Là encore, il n'y a pas à chercher très loin pour déceler ici un discours sur la blancheur, même si son schéma précis demeure opaque dans *White Out*.) Clune s'est intéressé ailleurs aux recherches neurologiques récentes qui montrent comment les indices visuels (la vue d'un bouchon blanc, par exemple) peuvent à eux seuls sécréter un afflux de dopamine dans le cerveau, et générer pour le drogué un amalgame troublant de matière vibrante[18].

Savoir que nous pouvons répondre physiquement à des choses que nous n'avons ni ingérées ni touchées ne doit pas nécessairement réifier ou magnifier nos sentiments d'impuissance ou de non-liberté. Comme en phénoménologie, discipline qui nous demande de prendre en compte l'intention, l'orientation ou la proprioception des phénomènes dans leur capacité à structurer notre expérience du monde, ce savoir peut nous aider à comprendre la nature mystérieuse de notre emmêlement, qui ne se limite pas au contact de la peau ou à l'humain. De là, il est possible de voir que le pathos de l'addiction à la drogue n'est pas seulement de remplacer un amour naturel pour les autres êtres humains par un amour dénaturé pour un objet froid et muet, mais de révéler notre porosité devant les personnes non humaines – notre appétit pour elles, et notre vulnérabilité face à elles. Quand on essaie de rester abstinent, trouver un moyen de négocier cette porosité tout en gardant foi dans le mantra "Si tu n'en prends pas, ça ne pénétrera pas en toi" est crucial.

Ironiquement, peut-être, Clune explore moins cette perméabilité dans *White Out* que dans *Gamelife* [vie de joueur], un récit autobiographique ultérieur sur son immersion dans les jeux vidéo à l'adolescence. À l'exception d'un inoubliable bond narratif dans l'avenir, *Gamelife* évite méticuleusement d'évoquer la consommation d'héroïne de Clune à l'âge adulte, et propose à la place une méditation sur le lien qui unit le monde des ordinateurs, du *gaming*, et "cette chose étrange qu'on appelle *nature* ou *Dieu*". Dans un passage particulièrement poignant à la fin du livre, la mère de Clune tente de le convaincre de rejoindre le monde de la socialisation humaine duquel il s'est lui-même retiré (et dont les autres l'ont horriblement exclu) : "C'est la qualité de tes rapports humains qui donne un sens à ta vie, Michael. Mon psy le dit, la Bible le dit, tout le monde sait ça, Michael ! Quand on *meurt*, la *seule* chose qui compte est la *qualité* de nos *rapports humains*. [...] Maintenant éteins-moi ce *foutu* jeu et commence à réfléchir à ce que tu peux *faire* pour que ces gamins recommencent à t'*apprécier*."

La mère de Clune ne qualifie pas explicitement le *gaming* d'addiction (une idée que Clune mentionne ailleurs, pour mieux la brouiller[19]). Mais son conseil correspond à un principe prévalent dans certains cercles de désintoxication (et présenté dans un célèbre TED talk de 2015 par le journaliste Johann Hari), selon lequel l'inverse de l'addiction n'est pas la sobriété mais la connexion humaine. Mais Clune ne croit pas que "la *seule* chose qui compte [soit] la *qualité* de nos *rapports humains*", ou en tout cas pas complètement. À la toute dernière page de *Gamelife*, après avoir essuyé une énième et terrible humiliation sociale, Clune décrit l'incroyable couleur du ciel, "le ciel magique" de mai 1989, l'année de ses treize ans. Puis il revient sur le conseil de sa mère et ajoute : "Il existe un cœur rouge et ardent pour les gens, c'est vrai. Mais il existe aussi un autre cœur. Un cœur qui se déplace dans le temps. Un cœur composé de ces choses pérennes qui font les montagnes ou les étoiles. Ou les pixels. Ou le ciel. [...] Quand je mourrai, je me souviendrai de la couleur du ciel." Évidemment, nous souhaitons à Clune d'avoir des amis et un cœur ardent et une fin de vie riche du souvenir d'avoir aimé et d'avoir été aimé. Mais en se positionnant en émissaire du monde des chiffres, des étoiles, des pixels, du ciel, il s'attache à nous rappeler que notre cœur est à la fois humain et autre. (Sabina soutient une idée semblable : "Je prends du *petit-qui-pousse* et je vois Dieu. Je le vois sortir de la terre. Il pousse et grandit, il devient grand comme un arbre, comme une montagne. Son visage est apaisé, beau, serein comme dans les églises. À d'autres moments, Dieu n'est plus comme un homme : il est le Livre [...] un livre blanc, tellement blanc qu'il [resplendit].") Nous souhaitons à Clune d'"étein[dre] ce *foutu* jeu" – et plus tard dans sa vie, de renoncer aux bouchons blancs et aux dégâts qu'ils causent – mais nous ne lui souhaitons pas vraiment d'abandonner cette attention hors du commun pour le non-humain au profit de *relations significatives avec d'autres personnes*. Nous l'encourageons à trouver le moyen de respecter ce pouvoir sans prétendre pour autant savoir le maîtriser, et sans s'exposer à davantage de souffrance. Parfois, ça implique d'apprendre à garder ses distances avec le non-humain.

S'y abandonner

Vers la fin de *Testo Junkie*, Preciado écrit : "Mon genre n'appartient ni à ma famille, ni à l'État, ni à l'industrie pharmaceutique. Mon genre n'appartient ni au féminisme, ni à la communauté lesbienne, ni non plus à la théorie queer [...]. Je ne me reconnais pas. Ni quand je suis sous T., ni quand je ne suis pas sous T. Je ne suis ni plus, ni moins moi [...]. Il est fondamental de ne pas se reconnaître." Cette non-reconnaissance pourrait être, comme l'affirme Preciado, une "condition d'émergence du politique comme possibilité de transformation de la réalité". (C'est aussi l'effet de certaines drogues, en particulier celles qui induisent une dissociation.) Mais personne ne viendra dire que c'est toujours agréable, ou qu'une telle désorientation conduit directement ou assurément à un changement pour le mieux. Ainsi que Butler l'expose dans son travail sur le deuil, la non-reconnaissance et la crise psychique vont souvent de pair, accompagnées d'une impression profondément déstabilisante de confusion et de perte. Pour Butler, il s'agit d'une nécessité. "Regardons les choses en face. Nous sommes défaits les uns par les autres. Et si ce n'est pas le cas, nous passons à côté de quelque chose[20]."

Le sentiment que "je" manque à l'appel ("Je crois t'avoir perdu-e 'toi' avant de découvrir que 'je' manque également à l'appel", écrit Butler) est indubitablement cette forme d'"émancipation du sujet" que recherchaient Artaud et les autres. Mais on ne le trouve pas obligatoirement, ou pas seulement, dans un *high* transcendantal. Il peut aussi survenir dans l'état désigné vulgairement par l'expression "toucher le fond". Pour certaines personnes, toucher le fond ouvre un espace de liberté, au minimum la liberté de n'avoir "plus rien à perdre". Mais le problème de l'accro est qu'en réalité, peu importe l'énormité de ce qu'il a perdu en route, il reste *encore* quelque chose à perdre : la possibilité de se défoncer. Face au cataclysme de sa dégringolade, la voix de l'addiction murmure qu'il *peut* remonter la pente – juste après *une petite dernière*. Ou alors, elle promet que cette *ultime* défonce sera différente – *cette fois*, plutôt que de précipiter la débâcle, elle corrigera la situation.

Il faut réussir à en avoir totalement ras-le-bol de ce raisonnement. Le précepte tibétain, *ye tang che*, qui signifie "complètement épuisé, [...] 'le ras-le-bol total'", est pertinent ici ; selon Chödrön, "[*ye tang che*] décrit une expérience d'absence totale d'espoir, un abandon complet de tout espoir. C'est un point important. C'est le début du commencement". Cette absence totale d'espoir est sans grand rapport avec un régime d'autoprivation ou d'abstinence – la "forme règlementée de la liberté" que certains imaginent être la liberté (les partisans des Douze Étapes appellent ça "serrer les dents"). Ce n'est pas non plus un renforcement de l'être en tant qu'individu libre "en pleine maîtrise de lui-même, l'exécutant de décisions responsables", comme Szasz et d'autres adeptes du libre arbitre le conçoivent. C'est le genre de liberté qui n'est pas directement accessible par un acte de volonté, mais qui peut être atteint indirectement, à travers le renoncement, l'effondrement, l'abandon. Ce n'est pas une consolidation de la personne, ou une galvanisation de la conscience de soi-même ou de l'estime de soi. Ce n'est pas non plus une révélation de la "valeur" de sa vie. Il s'agit davantage d'une soustraction, par laquelle on parvient à un certain dénuement, le dénuement de la vie mise à nu. "Qui je suis n'a pas grand rapport avec l'addiction et la désintoxication, écrit Clune dans le dernier chapitre de *White Out*. Qui je suis n'est pas la première chose à connaître pour aller mieux, c'est peut-être même la dernière."

De cet effondrement naît ce que les bouddhistes appellent "le coup du non-choix". La plupart des religions comportent une astuce de ce type – le sentiment qu'une fois que l'on a entrevu ou embrassé la grâce, ou l'honnêteté radicale, ou la noble voie ou la volonté de Dieu ou une hygiène mentale de base, peu importe le nom qu'on lui donne, le choix s'est déjà imposé de lui-même. On peut s'en détourner, mais on ne peut plus se mentir ; si nous replongeons, nous fourvoyons, son appel reviendra nous hanter. L'enjeu, explique Chödrön, est que "nous pensons avoir le choix de prendre ou non cet engagement vis-à-vis de la santé psychique mais, en fait, depuis le début, nous n'avons pas le choix. C'est une astuce empreinte de compassion, une astuce pour nous permettre de réaliser qu'il n'y a vraiment aucune issue". Le coup du non-choix est lié, à l'inverse, à ce que Trungpa appelle "le mythe de la liberté". Non que la liberté soit un mythe, ni qu'elle n'existe pas. Mais plutôt, le mythe serait de croire que la volonté ou la fuite nous y donne accès, alors que seule l'acceptation radicale, qui inclut une forme d'absence totale d'espoir, peut nous y conduire.

Pour une raison qui m'échappe – et je ne prétendrai pas l'analyser ici –, la sobriété, en particulier la "décision" de devenir sobre, m'a permis d'accéder intimement à cette forme de liberté plus que toute autre expérience que j'ai pu vivre – et certainement davantage que tout alcool ou toute drogue qu'il m'est arrivé de consommer, quel qu'ait été le sentiment de libération qu'ils m'aient offert (et ils m'ont souvent donné l'impression d'être, souvent à juste titre, libérateurs). En fin de compte, le douloureux paradoxe de certaines substances, ou de certaines substances chez certaines personnes, c'est qu'elles permettent *réellement* d'accéder à un sentiment de liberté, de soulagement, de sociabilité, ou de lucidité, mais qu'elles peuvent aussi se transformer – parfois sans préavis – en expériences terribles d'entrave, de désespoir, ou d'aliénation. (Quand les abstinents vous racontent que les drogues ou l'alcool les ont abandonnés, plutôt que l'inverse, c'est généralement ce qu'ils entendent par là.) En d'autres termes, les drogues peuvent offrir un sentiment incomparable de liberté et en même temps œuvrer irrémédiablement à réduire l'espace nécessaire à une pratique de la liberté. Cette dynamique devient palpable dans la négociation croissante de l'accro entre son désir de soulagement et d'abandon, d'une part, et, de l'autre, ses efforts obsessionnels pour s'autoréguler et se restreindre (compter les verres, les doses, les ressources disponibles, les heures, les jours, ou les mois passés sans substance, et ainsi de suite). À mesure que ces efforts paraissent de plus en plus vains, finissant par n'exister que pour leur transgression et la culpabilité qu'ils génèrent, un cycle répétitif s'installe, où le désir d'étouffer l'ego ou la volonté ne fait que conjurer sa version amplifiée, dont l'impératif est de justifier la mission de consommer.

Comme de nombreux alcooliques, j'ai passé beaucoup de temps à essayer de m'autoréguler (mesurer le niveau des bouteilles avec du Scotch, faire des pauses restauratrices, me comparer à des cas nettement plus graves que le mien, parmi lesquels certains de mes clients quand j'étais barmaid ou des intimes que je m'étais choisis). Mais la simple idée de *ne plus jamais toucher une goutte d'alcool* me paraissait parfaitement impossible, une négation intenable, sinistre, de toute convivialité. J'ai passé tellement de temps à rejeter cette perspective que quand elle a fini par surgir elle m'a semblé venir d'ailleurs. Elle a flotté jusqu'à moi en une phrase que j'ai écrite dans le livre que je tenais à la main au moment même où elle m'est tombée dessus : *Je ne boirai plus*. Le soulagement qu'il y eut à l'écrire, et à y croire, était absolu – je n'avais jamais rien ressenti de semblable. J'étais terrifiée à l'idée de ce que cette phrase pouvait signifier. Mais, d'où qu'elle vînt, j'ai su, au moment où je l'ai inscrite, qu'elle était bel et bien réelle. Il s'agissait d'un vœu auquel j'étais instantanément, presque malgré moi, suturée.

Au risque de donner à penser que cet instant ressemblait à une plume tendrement déposée par un dieu magnanime, il convient d'ajouter que, la veille, je m'étais réveillée dans une résidence d'écriture en milieu rural avec une abominable gueule de bois, abattue, le cœur brisé, dégoûtée de moi-même, avilie par mes dernières rencontres sexuelles en date, et, alors que je marchais en direction de l'épicerie la plus proche (pour racheter du vin, sans aucun doute), j'avais été prise de l'envie terrassante de me jeter sous les roues des voitures qui passaient au feu. À cet instant précis, un autre axiome, venu lui aussi de nulle part, m'a heurtée avec une force quasi égale : *Je ne vivrai plus*. Je ne sais par quel miracle je suis parvenue à traverser la route et appeler une amie (il y avait encore, chose incroyable, des cabines téléphoniques), qui m'a écoutée pendant que je sanglotais. Avec le recul, je suis convaincue que la phrase du lendemain est venue déplacer et corriger la première.

Il est remarquablement difficile d'évoquer de telles révélations sans avoir recours à un ordre moral, voire religieux, du genre : parti en quête de Dieu, l'accro s'est égaré, dupé par des simulacres, il s'est fixé sur une fausse idole, peut-être même un démon. Dans une lettre de 1961 adressée à Bill Wilson, Carl Jung, largement crédité pour avoir aidé Wilson à décider de faire d'AA un programme spirituel, propose un récit qui illustre parfaitement cette idée, tandis qu'il compare l'envie impérieuse de boire de l'alcool à un désir d'"union avec Dieu", avant de conclure : "Vous voyez, 'alcool' en latin se dit *spiritus*, aussi le même mot désigne l'expérience religieuse la plus élevée et le poison le plus dépravant. D'où la formule utile : *Spiritus contra spiritum.*" Un siècle plus tôt, le prêtre défroqué Emerson présentait cette question en termes plus séculaires : "La seule chose que nous poursuivons insatiablement est l'oubli de nous-mêmes, pour être surpris hors de nous, pour perdre nos sempiternels souvenirs et agir sans savoir ni pourquoi ni comment [...]. La vie peut devenir merveilleuse, si l'on sait s'y abandonner [...]. Les rêves et l'ivresse, l'usage de l'opium ou de l'alcool sont les déguisements et les contrefaçons de ce génie prophétique, d'où la dangereuse séduction qu'ils exercent sur les hommes." Ce passage m'est cher depuis longtemps car il reconnaît que le problème ne réside pas dans la poursuite de "l'oubli de nous-mêmes, [...] être surpris hors de nous", ou de rechercher des expériences nouvelles sans savoir comment ou pourquoi, ou de s'y abandonner. Le problème se trouve dans la méthode et ses effets secondaires. Ce qui nous ramène à Burroughs, qui, en dépit de son statut légendaire de junkie, s'est toujours acharné à nous rappeler que "tout ce qui peut se faire chimiquement peut se faire autrement".

La différence entre les formes d'abandon qui galvanisent et celles qui entravent – sans parler de l'envie de choisir les premières plutôt que les secondes – est une décision à laquelle on arrive seul (ce qui explique pourquoi AA considère l'alcoolisme comme une maladie autodiagnostiquée). Face à la relation complexe qu'entretient la consommation de drogue avec son écriture, Boon défend une thèse semblable : "Le fait que les gens deviennent encore accros aux narcotiques, alors que l'addiction a été racontée par écrit génération après génération, suggère que pour beaucoup de gens seul le témoignage personnel, étayé par l'expérience, permet la connaissance." Il est facile de regretter cette situation (d'autant plus quand on est parent, une position qui semble souvent définie par l'espoir que sa connaissance puisse être transmise, ou que son amour ait le pouvoir de tout arranger). Mais il n'est pas moins vrai que personne ne peut découvrir à notre place quels plaisirs viennent d'*"expériences sans vérité"* (Derrida), et lesquels ont une valeur réelle (ou une valeur quelconque) ; personne ne peut déchiffrer à notre place quels modes d'abandon sont merveilleux, et lesquels sont dommageables (ou causent plus de dommages qu'ils n'en valent la peine) ; personne ne peut déterminer à notre place quand une stratégie de libération s'est retournée en prison. Comme le suggère la formule : *Que tu sois béni par une lente convalescence*, ces frictions forment un nœud qu'il est bon de prendre le temps de démêler patiemment – parfois toute sa vie.

Chant IV : entre les wagons

Travel Town

Parce qu'il s'agit de mon fils, il pourrait aussi bien être le premier garçon au monde à aimer les trains. Ces deux dernières années, en plus de passer plusieurs heures sur YouTube à regarder ce que je ne saurais décrire que comme des vidéos conceptuelles et durationnelles de locomotives à vapeur traversant des villages de l'Amérique rurale en temps réel (on commence par voir de la fumée, puis on attend, on attend, on attend pour qu'enfin le train défile à toute vitesse), nous avons passé de longs moments tous les deux à Travel Town, un cul-de-sac à Griffith Park où des locomotives géantes sont mises à la retraite. Notre premier arrêt est toujours le plus gros train, le plus noir, *Engine 3025*, garé à l'entrée du parc. Nous gravissons ses marches raides – ses roues sont immenses, parmi les plus grandes jamais construites –, et voilà que mon fils s'installe dans la cabine du conducteur et devient Jim, l'ingénieur héroïque du classique de Virginia Lee Burton, *Choo Choo*, un des innombrables livres pour enfants, principalement écrits par des femmes blanches pendant la première moitié du XXe siècle, dans lesquels une locomotive hors de contrôle, désignée par un prénom ou un pronom féminin, doit être rattrapée à l'aide d'une lourde chaîne, remisée à la rotonde et comprendre une bonne fois pour toutes qu'il n'y a pas de meilleur travail sur Terre que celui de servir son Jim.

Une fois dans la cabine, mon fils pose sa main gauche sur le levier de l'accélérateur, son bras droit tendu par la fenêtre, et, à l'exception de quelques pauses pour remplir le tender de charbon et d'eau imaginaires, il conduit son train avec un enthousiasme qu'il m'a rarement été donné d'admirer d'aussi près. *WOO-HOO, WOO-HOO ! DINGA DINGA DINGA !* s'écrie-t-il, tandis que défilent des paysages de campagne dans sa tête, ses cheveux balayés par un vent fictif. Bonne chance au gamin qui attend son tour. "L'ingénieur a besoin d'espace", dit-il, une paume dressée contre l'impudent, à trois ans à peine.

Quand nous allons à Travel Town, je me fais presque toujours cette réflexion : *Je n'ai jamais été aussi heureuse de toute ma vie.* Parfois je le dis à haute voix, à lui, à moi-même, ou à la brise indifférente. C'est l'une des choses que j'ai apprises sur le bonheur : quand on est heureux, c'est bien de le formuler. Comme ça, si on se retrouve par la suite aux prises avec la dépression ou le désespoir et qu'on dit : "Je n'ai jamais été heureuse", il restera une trace audible du contraire.

"La fin du monde a déjà eu lieu", écrit Timothy Morton. De surcroît, ajoute-t-il, "nous pouvons indiquer avec une précision invraisemblable la date à laquelle le monde a pris fin. [...] Elle est survenue en avril 1784, lorsque James Watt fit breveter la machine à vapeur, acte qui inaugura le dépôt de carbone dans la croûte terrestre : dès lors l'humanité est devenue une force géophysique à l'échelle planétaire". Cette ère notre ère – définie par l'impact de l'homme sur la planète –, s'appelle communément l'Anthropocène[1].

Ce n'est pas comme si je n'avais pas déjà des réserves sur les trains à vapeur : outre les récits antiféministes susmentionnés (lesquels incluent un puissant rappel du désir de la machine féminine de circuler librement), presque tous les livres sur les trains que nous possédons exaltent le rôle des chemins de fer dans ce qui continue d'être décrit en anglais comme "the settling of the American West", la conquête de l'Ouest, dont le carnage est sémantiquement, gaiement, omis. Ce n'est pas comme si je ne connaissais pas le rôle de l'esclavage et des travaux forcés dans la construction des voies ferrées, ou le rôle que ces dernières ont joué dans l'extraction, le transport, la consommation et la vente des carburants fossiles au cours des deux derniers siècles, qui resteront certainement gravés dans l'Histoire – s'il reste encore des êtres pour s'en souvenir – comme une leçon exemplaire de la myopie, de l'exploitation et de l'avarice humaines.

Pourtant, me voilà, émerveillée par le spectacle de mon fils conduisant son train à l'arrêt, admirant son beau visage ébahi devant ces machines qu'il aime tant, et desquelles il ne sait rien hormis ce qu'une créature humaine d'à peine trois ans peut en connaître : elles sont prodigieusement grandes et puissantes ; elles émettent des sons impressionnants ; elles crachent d'incroyables panaches de fumée noire ; et quand elles se mettent en marche, elles communiquent un sentiment de liberté – de vitesse, de transformation, de départ, de fuite, d'anonymat, d'élan –, qu'on les conduise ou qu'on les regarde filer. (Cette étrange réciprocité est palpable dans le manège du mini-train à vapeur autour du parc, où l'on est pris d'une irrésistible envie de faire des signes de la main, qu'on soit passager ou badaud.) Me voilà, envahie par cette sensation de bonheur simple, total, inégalé (du moins dans ma vie), qu'il y a à être témoin du bonheur simple, total, d'une autre personne, à embrasser cette nouvelle arrivée dans le monde, alors que les mots *La fin du monde a déjà eu lieu* trottent comme les aiguilles d'une horloge sous nos pieds.

Sommes-nous, mon fils et moi, en train de donner corps à cette fin, alors même que nous sommes traversés par une sensation de commencement ? Existe-t-il un commencement qui ne porte pas en lui les germes de sa propre fin ? "Lorsque vous donnez naissance à un enfant, si vous vouliez vraiment retenir la vie, il ne faudrait pas couper le cordon ombilical, écrit Trungpa. Ou bien vous assisterez à la mort de votre enfant, ou bien celui-ci assistera à la vôtre. Peut-être est-ce une façon lugubre de considérer la vie, mais il n'y a rien de plus vrai, pourtant." Inexorablement cruel, inexorablement banal.

Parmi les conflits intellectuels et émotionnels liés à la crise climatique, il y a cet état d'hébétude dans lequel nous plonge l'impossibilité de dire si notre époque est triviale ou exceptionnelle. De tout temps, les sages nous ont mis en garde contre l'illusion qui nous ferait croire que nous vivons un moment particulier sur Terre, nous rappelant que toute forme de vie, y compris la vie de la planète elle-même, s'est toujours accompagnée du spectre (et de la réalité tangible) de l'impermanence et de l'extinction. "Comment croire que nous ne sommes pas éminemment significatifs alors que notre siècle l'est ? – notre siècle et son Holocauste sans précédent, ses populations de réfugiés, ses exterminations totalitaires en série ; notre siècle et ses antibiotiques, ses puces en silicone, ses hommes sur la Lune, et ses gènes fragmentés ? écrit Annie Dillard. Non, nous ne le sommes pas plus qu'il ne l'est. Nous vivons une époque comme les autres, une tranche de vie comme une autre. Mais qui peut l'entendre, ou qui peut l'accepter ?" Et puis, il y a ces données saisissantes livrées par les scientifiques du climat et les environnementalistes à qui veut bien les entendre, selon lesquelles nos actions ces deux cent cinquante dernières années ont conduit à une sixième extinction de masse, avec un million d'espèces en voie de disparition rien que dans les prochaines décennies, un destin auquel nous sommes liés, que nous croyions ou non à ce lien[2]. Bien sûr, il y a déjà eu des extinctions de masse, dont quelques-unes pendant lesquelles du dioxyde de carbone a envahi l'atmosphère. Mais dans l'histoire planétaire de la vie animale, longue d'un demi-milliard d'années, il y en a eu peu, et aucune n'aurait pu être anticipée comme celle-ci l'est (ou l'était) ; aucune n'a été provoquée par une seule espèce (sans compter qu'il s'agit d'une espèce qui a les moyens de contrer la menace). Ces soixante dernières années ont été particulièrement brutales : si la machine à vapeur et la naissance de l'industrie pétrolière moderne ont marqué le début de la combustion des énergies fossiles à grande échelle, c'est seulement depuis 1988 qu'a été enregistrée la moitié des émissions totales de CO^2, bien après que les scientifiques – et les grands industriels du pétrole – ont compris que ces émissions finiraient enfermées dans l'atmosphère ("l'effet de serre"), provoquant un réchauffement climatique irréversible[3].

Bien sûr personne ne voudrait se retrouver parmi les dupes d'Annie Dillard, ivres de la conviction niaise, historiquement ignarde, que notre époque possède une signification particulière. Néanmoins, il semble tout aussi imbécile (voire génocidaire, géocidaire) d'ignorer les circonstances extraordinaires de cet instant, qui, quand on en mesure l'ampleur, appellent la stupéfaction (et la peur, le deuil, la colère, ainsi que tout un tas de sentiments difficiles à gérer). Même si nous suivons le sage conseil de Dillard, rien ne nous garantit que tout ira pour le mieux. Nous pouvons nous consoler en nous disant que la planète Terre et l'univers survivront d'une manière ou d'une autre sans nous – comme l'a signalé le théoricien Andrew Culp : "La détonation simultanée de tous les engins nucléaires qui existent ne serait qu'une douce brise estivale pour Gaïa" –, mais cette perspective ne nous aide pas nécessairement à savoir comment appréhender le "portrait abyssal de la vie future, y compris la vie humaine" que nous promet l'Académie nationale des sciences, ou comment changer de cap. Si le brevetage de la machine à vapeur a scellé nos destins, il est sans doute pertinent que l'une des métaphores les plus employées pour décrire notre situation actuelle soit d'être pris au piège dans un train hors de contrôle.

Aussi, comment s'étonner que certains préfèrent voyager entre les wagons ? Éviter de regarder l'horizon, se contenter de mettre un pied devant l'autre ? Comment s'étonner que la version de la liberté qui séduit le plus ces jours-ci soit par nature nihiliste, mue par l'impuissance, le déni, la fuite, ou l'indifférence, plutôt qu'une forme de liberté qui saurait imaginer – ou réellement croire en – la possibilité d'une coexistence continue, l'entraide et la survie ? Prenez quasiment n'importe quel autre problème – les ravages du capitalisme, le racisme, un désastre environnemental plus gérable – et il serait encore possible de défendre que la situation doit empirer avant de s'améliorer, que "l'heure la plus sombre est celle qui vient juste avant l'aube". Je ne crois pas à ce genre de principes, mais même si j'y croyais ils ne sauraient s'appliquer au réchauffement climatique. On peut nourrir l'espoir de se débarrasser de certains systèmes ou de certaines idéologies et que de leurs cendres naisse un monde meilleur, mais on ne peut pas incinérer l'atmosphère pour la refonder. Toutes les platitudes du monde sur le patient labeur que requiert la démocratie ou la justice sociale s'effondrent face au dilemme écologique actuel, "la première épreuve à échéance que les hommes aient jamais eu à affronter", comme l'a énoncé Bill McKibben, un des vétérans du militantisme écologiste. Même à supposer que nous arrêtions d'émettre du CO^2 aujourd'hui, nous avons déjà atteint un niveau irréversible de réchauffement, dont les effets se feront sentir pendant des dizaines d'années, voire des siècles[4]. La tâche qui nous incombe n'est plus d'arrêter le changement climatique mais de le "moduler et nous adapter" : moduler ses dommages avérés en empêchant, à travers une décarbonisation rapide, les températures d'augmenter encore davantage, et nous adapter aux changements incontournables qu'impose le réchauffement déjà avéré. Si nous n'agissons pas au plus vite – dans les dix prochaines années, disent la plupart des experts –, il deviendra de plus en plus difficile de nous adapter. Au bout du compte, ça ne sera peut-être même plus envisageable.

Il s'agit d'une réalité douloureuse. Il est tentant, dans l'adversité, de recourir à un fantasme apocalyptique, par lequel toute l'expérience humaine (et la planète) disparaîtrait d'un coup de baguette magique. De tels fantasmes nous soulagent de la perspective, sans parler du travail, que demandent la modulation et l'adaptation. Le fantasme d'une apocalypse qui oblitère tout le monde en même temps nous évite aussi de nous confronter au fait que celles et ceux qui en pâtissent le plus, et en premier, seront toujours les mêmes, sont toujours les mêmes, si bien que le nihilisme qui consiste à penser "autant en profiter" devient une nouvelle manière de se décharger du risque et de la souffrance sur les plus vulnérables[5]. Comme l'a présenté la philosophe belge Isabelle Stengers, plutôt que donner lieu à "la soudaine mythique fin du monde", le réchauffement planétaire sera plus vraisemblablement un "long processus" auquel "nos enfants et les enfants de nos enfants devront s'habituer et [qui les forcera à] vivre dans les décombres technologiquement sophistiqués de nos rêves". Aussi est-on en droit de se demander : qu'est-ce que Travel Town, sinon précisément cela ?

Fin de partie

J'ai écrit les paragraphes précédents il y a plusieurs années, déjà. Nous avions alors cinq ans devant nous pour réduire les émissions carbones, cinq ans que nous n'avons plus ; l'équivalent de cinq années supplémentaires d'émissions a été déposé dans l'atmosphère, à un rythme exponentiel. Je ne sais pas ce qui se passera d'ici que ces mots soient imprimés, mais si je devais parier je ne miserais pas sur un changement radical. Jamais auparavant le temps que prend l'écriture, son *labeur patient qui donne forme à l'impatience de la liberté*, n'a été si douloureux, si *clairement insuffisant*. Mon fils n'aime plus les locomotives – nous avons donné sa collection complète de petits trains il y a déjà un long moment ; la semaine dernière, quand nous sommes allés faire du vélo sur le parking devant le zoo de L.A., au coin de la rue de Travel Town, il m'a dit qu'il ne se souvenait même plus de l'endroit. J'avais imaginé qu'il serait à jamais gravé en lui. (Nous étions allés au parking du zoo parce que nous avions entendu dire qu'il était désert ces jours-ci, à cause de la pandémie ; je l'ai regardé faire des dérapages contrôlés sur la gigantesque dalle de bitume, s'entraîner à se mettre debout sur les pédales, pour prendre de la vitesse. Comme il n'y avait personne alentour, je l'ai laissé retirer son masque, pour qu'il puisse sentir le vent sur son visage.)

Pas un jour ne s'écoule sans que je me demande comment il est possible que j'aie donné naissance à un être si brillant, si résilient, si optimiste. *Arrête de t'inquiéter autant, maman, sinon la vie n'est vraiment pas drôle !* me dit-il. Ou *T'inquiète, maman, je sais faire !*, cette dernière phrase prononcée avec tout l'aplomb et toute la perspective de celui qui n'en est pas à son coup d'essai (loin de là). Même quand j'étais enceinte, j'avais la distincte impression que ce n'était pas son premier rodéo : les médecins s'inquiétaient d'un problème de santé qu'ils avaient décelé ; après chaque rendez-vous, qui soulevait bien des inquiétudes à l'extérieur, je lui demandais : *Hé, ça va là-dedans ? – BAM ! BAM !* me répondait-il d'un coup de pied. Il donne toujours des coups de pied.

Un jour j'ai demandé à une psy si elle pensait que ces paroles réconfortantes indiquaient que je lui avais transmis mon angoisse, que je l'avais forcé à prendre soin de moi plutôt que l'inverse (chose que j'avais longtemps et probablement injustement reprochée à ma mère, et que je m'étais promis de ne pas répéter si j'avais un enfant). La psy m'a totalement prise de court en me répondant qu'il pouvait aussi se parler à lui-même, que c'était peut-être sa façon à lui de se donner du courage, de se réconforter, d'apprendre la survie. *Imagine un peu, maman – il ne parle pas toujours qu'à toi !* Il a une relation avec lui-même. *Il a un moi.* Il lui parle. Les soins que tu lui prodigues avec empressement, aussi étouffants et primordiaux qu'ils puissent te paraître, ne sont pas et ne seront pas son seul horizon. *Quel soulagement !*

Ce n'est pas un soulagement de savoir qu'il devra trouver le moyen de vivre dans les "décombres technologiquement sophistiqués de nos rêves" (bien que ça semble toujours mieux que le feu, le feu, encore et toujours le feu, comme c'est la tendance en Californie, d'où j'écris). Mais il y a un certain réconfort à trouver dans le fait que cette difficulté n'est pas nécessairement extraordinaire, dans la mesure où s'investir dans un rêve implique toujours sa désillusion. *Cruel optimisme*, l'appelle la théoricienne

Lauren Berlant. À mesure que mon fils grandit, sa capacité innée au courage, à l'autoréconfort, à la survie, sera inéluctablement mise à l'épreuve. Juste l'autre soir, à l'heure du coucher, il m'a demandé avec une inquiétude inhabituelle : *Maman, est-ce que c'est vrai que si on n'arrête pas d'utiliser du pétrole la Terre va devenir aussi chaude que Vénus et me tuer ?* Bien que le réchauffement climatique ait été l'objet principal de mes préoccupations depuis des mois, je ne lui en avais pas encore parlé. Comme je m'efforçais de trouver quoi lui répondre, je me suis soudain souvenue que je venais de recevoir les épreuves du dernier livre de Roy Scranton, *We're Doomed. Now What ?* [nous sommes perdus. Et maintenant quoi ?], dont la table des matières mentionnait un dernier chapitre intitulé : "Élever une petite fille dans un monde en ruine" – page 305. J'ai sauté les pages jusqu'à la conclusion, pensant que j'y trouverais peut-être des informations utiles. Mais la page 305 était vierge, à l'exception des mots : "Chapitre à venir dans la version définitive du manuscrit." À cet instant précis, mon fils a interrompu mes pensées pour monter en pression : *Ou est-ce qu'on va me tirer dessus ?* Je me suis finalement hâtée de le rassurer sur ces deux points, sans pour autant verser dans un cruel optimisme, mais il s'est vite lassé de ma voie du milieu. Il m'a tapoté le bras, et m'a dit : *Ça va aller, maman. Si ça doit arriver, on partira ensemble. On aura eu une belle vie.* Pourtant, en prononçant ces mots, il avait les larmes aux yeux.

Pour le meilleur ou pour le pire, la question du récit – *ce qu'on se raconte*, et ce qu'on raconte aux autres – est devenue incontournable dans le discours du réchauffement climatique. Le champs est pétri de considérations narratives, qu'elles s'interrogent sur son genre (s'agit-il d'un conte apocalyptique ? d'un film d'horreur ? d'une tragédie ? d'une fable ? d'une farce ? d'une typologie ?), ou sur ses origines ("C'est arrivé en avril 1784, lorsque James

Watt fit breveter la machine à vapeur"), ou encore sur la manière dont l'histoire se termine ou évolue (si les scientifiques du climat s'accordent sur la question du réchauffement, ils divergent quant à "son tempo et son mode"), voire sur la validité du récit en tant que tel (est-il utile de raconter ou de consigner ces histoires quand on ignore s'il restera encore à l'avenir des gens pour en prendre connaissance ? Qu'est-ce que les histoires des anciens humains peuvent nous enseigner sur la crise actuelle ? Quelle relation existe-t-il entre le récit et l'adaptation, ou le récit et l'évolution ?), et ainsi de suite.

Ces considérations se justifient dans la mesure où le réchauffement de la planète, à l'instar du récit, est un problème temporel. En effet, il est le résultat, au fil du temps, de l'accumulation du dioxyde de carbone dans l'atmosphère terrestre, déposé par les actions individuelles et collectives de millions d'êtres humains au cours de centaines d'années, au moyen d'une matière qui elle-même a mis des millions d'années à s'amasser, au prix de millions de vies et de morts. Si l'on était d'humeur compatissante, on pourrait dire que la tragédie du réchauffement climatique représente les conséquences tragiques à la fois de l'avarice et de la faillite de l'esprit humain – ou de certains esprits humains – à appréhender ou se préoccuper du temps profond[6]. (Les deux sont bien entendu liées : ne s'intéresser qu'à son bien-être immédiat implique rarement de protéger l'avenir ou de préserver le passé, quoique certains peuples aient plus de facilités que d'autres à concilier ces ambitions.)

Je n'ai pas lu la version finale du texte de Scranton, mais j'imagine qu'il est peu probable qu'il annonce à ses lecteurs ou à sa fille la "possibilité d'un nouveau tournant à l'avenir". J'imagine qu'il nous encourage plutôt à "accepter noblement l'irréversibilité de l'extinction humaine ainsi que des nombreuses espèces qui y sont emmêlées". Ces mots ne sont pas de Scranton mais du théoricien politique William Connolly, qui décrit l'attitude de "fin de partie" qui réunit bon nombre – un nombre probablement perpétuellement croissant – de scientifiques du climat comme Guy McPherson, qui prédit que cette extinction surviendra plus tôt – beaucoup plus tôt – qu'on ne l'imagine ; en 2030, selon son estimation prudente, soit l'année des dix-huit ans de mon fils, neuf ans après la parution de ce livre.

Connolly réfute la position de McPherson – non qu'il conteste la plausibilité de ses allégations, mais il attend que "McPherson lui dise comment expliquer à ses enfants à sa compagne, à ses étudiants, à ses petits-enfants, et à ses amis sur Facebook la réalité de cet avenir implacable". La théoricienne Donna Haraway se montre, elle aussi, critique. Puisque nous sommes "au beau milieu de la sixième extinction de masse [...], considérer que la partie est finie est loin d'être insensé", écrit-elle. Néanmoins, elle s'inquiète des possibles effets délétères de ce discours sur les autres, y compris les jeunes et ses étudiants. "Entre avoir conscience de la portée et de la gravité de ces troubles et succomber à quelque futurisme abstrait – ainsi qu'aux affects du sublime désespoir et à la politique de sublime indifférence qui l'accompagne –, il n'y a parfois qu'un pas."

Quand j'ai peur ou que je redoute le pire, je relis ces auteurs et je pense : *Il n'y a qu'un pas, en effet*. Est-ce vraiment tout ce qui nous reste, délibérer quant à la bonne ou la mauvaise façon d'accepter ou de livrer ces nouvelles, y compris à ceux dont nous nous soucions le plus, dont l'avenir nous importe plus que tout ? Ces penseurs manifestent-ils leur propre forme de déni en s'inquiétant davantage des "effets délétères" des mauvaises nouvelles sur nos enfants, sur nos petits-enfants, nos étudiants et autres, que des mauvaises nouvelles elles-mêmes ? À ce stade de ma réflexion, je m'aperçois que si je préfère qu'on m'annonce les mauvaises nouvelles – "dites-moi la vérité, docteur" –, c'est aussi par désir de mettre un terme à l'indétermination, pour ne plus avoir à négocier cet interrègne entre naître et mourir – autrement dit pour ne plus avoir à se confronter à la difficulté de vivre.

Car pour autant que nous voulions affronter la vérité sans fard, personne n'est tenu de nous la livrer. Personne, pas même McPherson, ne sait exactement ce que l'avenir nous réserve (ce qui ne revient clairement *pas* à dire que nous ne savons rien et que, de ce fait, nous ne devrions rien faire ; nous agissons à longueur de temps d'après les meilleurs renseignements disponibles, les meilleures options, les meilleures intentions). La douleur du moment actuel tient en partie au fait, selon Hathaway, que "nous en savons à la fois trop et pas assez" – un dilemme épistémologique par lequel "nous cédons ainsi à l'espoir ou au désespoir". "Céder à l'espoir" peut sembler une proposition étrange pour ceux qui sont accoutumés à croire que l'espoir est la seule issue vers l'action juste. Mais, de plus en plus, il semblerait que l'inlassable oscillation entre espoir et désespoir ne soit que "les deux faces d'une même médaille, émotionnellement immature et ultra-privilégiée", comme l'a écrit la spécialiste de la justice climatique Mary Annaïse Heglar. À présent que nous sommes à peu près certains d'augmenter la température de la planète d'au moins deux degrés Celsius, l'appel de Heglar à ce que le militantisme climatique "occupe une voie médiane" paraît des plus sensés. Il nous détourne de la dichotomie "foutu"/"pas foutu", et nous oblige à penser au réchauffement comme à "une réalité qui empire tant que nous continuons à produire du gaz à effet de serre", pour reprendre les termes de David Wallace-Wells.

Autrement dit, “peu importe de combien les températures augmentent, peu importe dans quelle mesure le réchauffement transforme la planète et notre façon de l’habiter, la situation ne fera que s’aggraver dans la décennie à venir, ou pas. Jusqu’à quel point elle empire, c’est à nous de voir, et ce sera toujours le cas”. Là encore, il s’agit d’une réalité douloureuse. Mais de savoir qu’il reste encore *une chose* qu’il “est à nous de voir” peut insuffler une part de liberté, alors que la majorité d’entre nous se sentent démunis.

Pour ce que ça vaut – et croyez-moi, j’ai bien conscience que l’essentialisme ne vaut pas grand-chose –, je trouve intéressant que peu de femmes qui écrivent sur le climat, sans parler des femmes de couleur, souscrivent à une politique de “fin de partie” ou au sentiment des *doomer dudes* (ces hommes qui présagent l’apocalypse, que Heglar appelle les “dé-nihilistes”), alors qu’elles sont largement conscientes du problème, parfois même intimement[7]. Cette différence s’explique au sens où la crainte qu’une apocalypse vienne transformer ou détruire un style de vie établi, confortable, et de préférence héritable, s’inscrit dans un certain statut social, racial ou national, où la menace d’un effondrement de la civilisation paraît aussi inédite qu’insolite, à l’inverse de quelque chose qui s’est déjà produit. “Si l’Anthropocène s’inquiète soudain des préjudices environnementaux pour les communautés blanches libérales, ce n’est qu’après que ces préjudices ont été sciemment exportés sur les communautés noires et *brown* au nom de la civilisation, du progrès, de la modernisation, et du capitalisme”, écrit Kathryn Yusoff dans *A Billion Black Anthropocenes or none* [un milliard d’anthropocènes noirs ou zéro]. “L’Anthropocène a beau annoncer un avenir dystopique qui se lamente de la fin du monde, l’impérialisme et ses colonialismes ininterrompus n’ont cessé de détruire des mondes depuis qu’ils existent.” Après plusieurs siècles d’impérialisme, de colonialisme, de dégradation environnementale et d'esclavage, venir demander des conseils sur le deuil et la survie à ceux qui ont déjà tant souffert tient du grotesque[8]. Raison de plus pour ne pas attendre des conseils en soi, mais plutôt accepter de nous laisser guider par celles et ceux qui ont la sagesse et l'expérience nécessaires.

Le manoir des libertés modernes

Une des terribles ironies de notre si longue apathie face aux avertissements des militants écologistes est qu'il fut un temps – pas si éloigné – où, comme l'explique McKibben, changer de cap aurait été relativement simple, aurait demandé nettement moins de sacrifices, de bouleversements et de mesures "liberticides" que ce n'est le cas aujourd'hui. À force d'insouciance, et à force de dilapider le peu de temps que nous avions – jusqu'à ce qu'il ne se compte plus qu'en années – pour nous attaquer au problème, nous avons fait en sorte que les interventions nécessaires créent beaucoup plus de changements *et* soient beaucoup moins efficaces, échouant ainsi à parer à la souffrance et aux pertes qui auraient pu être évitées si nous avions réagi avant. (Notre réponse nationale au Covid-19, a souligné McKibben, n'a fait qu'emprunter le même chemin[9].)

Plus un problème devient difficile à résoudre, plus il est tentant de l'ignorer. Si on l'ignore suffisamment longtemps, il finira par devenir insoluble. Renoncer peut alors ressembler à un soulagement, dans la mesure où, ne serait-ce que l'espace d'un instant, on se sent libéré des affres d'un effort voué à l'échec. Mais ce soulagement ne saurait durer, car le problème irrésolu ne fait que générer d'autres problèmes, de causer d'autres souffrances. Or ces souffrances n'ont souvent rien d'un sentiment de liberté.

En 2011, Naomi Klein a assisté à la sixième conférence internationale sur le changement climatique du Heartland Institute – "le plus grand rassemblement de personnes dédiées à nier l'écrasant consensus scientifique selon lequel l'activité humaine réchauffe la planète" –, pour rendre compte des discours sur la liberté qu'elle y a entendus. D'après le récit qu'en fait Klein, les Heartlanders croient profondément – ou disent croire, tout au moins – que le changement climatique est "un complot visant à voler la liberté américaine". Comme l'a dit un homme plus tout jeune à la foule : "Vous pouvez croire ces théories sur le climat, et beaucoup de gens y croient, mais cette croyance n'est pas raisonnable. [Le problème, c'est qu']aucune société libre n'accepterait de s'infliger ce qu'impose l'agenda du [réchauffement climatique]." En suivant cette logique, même si le réchauffement n'était pas un odieux mensonge "collectiviste", ou une intox chinoise (comme le pensent de nombreux Heartlanders), il faudrait *néanmoins* ne rien faire, car une vraie "société libre" préférerait encore emprunter une voie suicidaire plutôt que d'accepter les mesures "liberticides" que la gestion du problème engage quant à l'extraction des carburants fossiles ou leur consommation. (Sans grande surprise, Klein relate combien les Heartlanders sont partisans d'une rhétorique de type "La liberté ou la mort", souvent liée à leur attachement à leurs appareils électroménagers. "Il faudra d'abord me passer dessus avant de m'arracher mon thermostat", a déclaré un participant. Le Covid-19 a déclenché des sentiments semblables, et pas seulement dans les marges. Comme l'a déclaré le représentant républicain de l'Indiana, Trey Hollingsworth, lors d'une émission de radio en avril 2020 : "La position du gouvernement américain a toujours été de dire : entre la perte de notre mode de vie en tant qu'Américains et la perte de vies américaines, il faut toujours préférer la deuxième option." Si seulement la perte – de vies, des espèces, de régions habitables – pouvait se limiter à ceux qui l'ont voulue – mais, hélas, notre interdépendance est sans limites.)

On pourrait arguer que les déclarations ayant trait à la liberté que l'on entend à ce type de rassemblements – à l'instar de la Free Speech Week de 2017 à l'université de Berkeley, finalement annulée – manquent délibérément de sérieux, et ne font que servir de garants intellectuels et pseudoscientifiques aux industriels pétroliers et gaziers pour leur permettre de continuer d'amasser leur fortune (on ne s'étonnera pas que l'industrie pétrolière finance les travaux de nombreux "réalistes du climat" présents à Heartland). On pourrait même affirmer que Heartland n'est qu'un troll de plus, dans le sens où le déni climatique de l'extrême droite est lui-même une espèce d'intox : Exxon et les autres géants du pétrole sont au courant depuis des décennies du changement climatique – *et ils y croient* –, à la différence près qu'ils ont pris la décision stratégique d'inculquer le déni climatique aux autres pour gagner du temps – une décision que McKibben appelle "la plus terrible supercherie de l'histoire de l'humanité[10]".

Naomi Klein, néanmoins, est prête à prendre au sérieux le débat sur la liberté qui se tient à Heartland, car elle considère que les Heartlanders conçoivent mieux la nature du problème que les "éco-capitalistes". Les Heartlanders ont raison, affirme-t-elle, quand ils disent que le changement climatique n'est pas vraiment un "enjeu". En effet, "le changement climatique est un message, qui nous explique que nombre de nos idéaux les plus précieux ne sont plus viables". Ces idéaux – que partagent des personnes à gauche comme à droite du spectre politique, poursuit Klein – sous-tendent le paradigme d'une civilisation fondée sur le progrès et l'expansion plutôt que sur une appréciation et un respect des limites naturelles, y compris les limites de l'intelligence humaine, et les paramètres planétaires, matériels, qui rendent la vie humaine possible. La dure leçon du changement climatique pour la liberté, soutient Klein, est que le seul moyen pour les humains de continuer de l'exercer est d'arrêter de la conceptualiser comme un défi des limites, et de la réimaginer comme une négociation avec les différentes contraintes matérielles qui structurent nos vies et les rendent possibles.

Ça me semble juste. Le fait est que nos corps ne peuvent survivre que dans des conditions restreintes – comme l'explique McKibben : "Quand les températures dépassent trente-cinq degrés Celsius, avec plus de 90 % d'humidité, même dans un environnement 'ombragé et bien ventilé', la transpiration ralentit, et les humains ne peuvent survivre que 'quelques heures, la durée exacte étant à déterminer selon la physiologie individuelle de chacun'.[11]" En dépit de nos prodigieuses réserves d'ingénuité et de résilience, en dépit des combinaisons spatiales ultra-stylées pour le jour où nous rejoindrons le fabuleux terrarium de Mars, en dépit des stars qui voyagent en navettes Zero-G pour simuler l'état d'impesanteur, en dépit des tentatives des patrons de Google pour télécharger les consciences sur le cloud, nous ne pouvons pas et nous ne parviendrons pas à échapper aux contraintes de notre enveloppe mortelle, tel notre besoin d'eau, de nourriture, d'air, d'abri et d'amour, et je ne vois pas non plus pourquoi ce serait souhaitable. Accepter et s'accommoder de ces contraintes, plutôt qu'espérer en être libéré par une technologie imprévisible, une intervention divine, ou un combat apocalyptique de jeu vidéo, appelle une conception de la liberté plus sensible, d'aucuns diraient peut-être plus adulte. (Massumi : "Personne n'échappe aux contraintes. Aucun corps ne peut échapper à la gravité. [...] La liberté n'advient que par la contrainte – il s'agit d'une conversion créative, et non d'une fuite utopienne.")

La division entre ceux qui veulent forer à tout prix et ceux qui attendent une action urgente pour le climat est souvent perçue comme un conflit entre ceux qui chérissent la liberté (c'est-à-dire la liberté d'excaver ce qu'on veut, d'en tirer le profit qu'on veut, de consommer ce qu'on veut, bref, de faire ce qu'on veut quand on veut) et ceux qui lui préfèrent le sens de l'obligation (c'est-à-dire le devoir d'être un bon gardien de la Terre, de cohabiter de manière responsable avec les millions d'autres formes de vie dont le destin est lié au nôtre, de prendre en compte le bien-être des générations futures). Le problème de cette dichotomie est qu'elle court le risque de réduire "l'obligation" à une harangue morale, et "la liberté" à un hédonisme mesquin et autocentré. Ni l'une ni l'autre des deux options ne nous aide à nous emparer de l'opportunité de nous délester des mythes et tropismes éculés – et toxiques – de la liberté, ou d'explorer avec ses nouvelles itérations. Nous pourrions imaginer, par exemple, la *retenue* comme un choix, la retenue de NE PAS extraire les 80 % de carburants fossiles qui restent sous la terre, afin de préserver les conditions nécessaires à la continuité de la vie humaine. (La retenue n'a évidemment pas la même signification ni la même application selon les circonstances : on ne peut pas demander aux plus démunis de "se retenir" de gagner leur vie de la seule manière qui leur soit accessible.) Comme l'état d'addiction l'indique clairement, assouvir ses désirs immédiats à répétition et de manière compulsive mène rarement à l'émancipation. Et cependant, avant de se moquer de celles et ceux qui trouvent une source de liberté dans le fait de posséder une clim, de conduire une voiture en solo, d'utiliser des emballages jetables, des pailles en plastique, de manger des hamburgers, de voyager souvent en avion, il est bon de se rappeler que nombre d'entre nous ont des attachements comparables : le but est d'inventer de nouvelles normes qui soient tolérables – voire désirables – pour tous plutôt que de s'acharner à humilier les gens pour leur attachement affectif à des habitudes et des conforts de vie pas très éloignés des nôtres.

Repenser la liberté dans le contexte du changement climatique nous invite aussi à nous demander comment le concept lui-même – à l'instar de tous ces autres concepts qui ont occupé l'esprit humain de manière itinérante – a été formaté non seulement par des phénomènes humains (l'esclavage, la technologie, les différents systèmes de gouvernement, et j'en passe) mais aussi par notre relation, consciente ou non, avec des matières et des forces non humaines. L'essai de l'historien Dipesh Chakrabarty, "The Climate of History: Four Theses" [l'histoire du climat : quatre thèses] (2019), est ici instructif, en ce que Chakrabarty nous invite à regarder la totalité de l'histoire moderne de la liberté dans son contexte géologique :

> Aucune discussion sur la liberté depuis les Lumières n'a jamais conscientisé la capacité d'agir géologique que les hommes acquerraient en parallèle des processus qui les menaient à la liberté. Les philosophes de la liberté se sont principalement préoccupés, à juste raison, de permettre aux hommes d'échapper à l'injustice, à l'oppression, à l'inégalité, ou même à l'uniformité que leur imposaient d'autres hommes ou systèmes humains. Le temps géologique et la chronologie des histoires humaines restaient sans lien. Or, la distance entre ces deux calendriers, tel que nous la concevions, s'est aujourd'hui télescopée, selon les experts du climat. La période que j'ai citée, allant de 1750 à nos jours, est aussi le moment où les hommes sont passés du bois et autres carburants renouvelables à un usage massif

> de carburants fossiles – d'abord le charbon, puis le pétrole et le gaz. Le manoir des libertés modernes est bâti sur une fondation qui ne cesse de s'étendre, faite de carburants fossiles.

La pensée de Chakrabarty est troublante de porosité car, s'il souligne une relation temporelle et structurelle entre l'usage des carburants fossiles et le "manoir des libertés modernes", il n'insiste pas sur la nature exacte de cette relation. (Son expression "manoir des libertés modernes" pourra heurter certains, sachant qu'il se concentre sur ces mêmes deux cent cinquante années qui englobent l'apogée de la traite des esclaves, la colonisation, la pollution industrielle, et j'en passe. Mais Chakrabarty sait parfaitement tout cela, aussi j'imagine que le manoir qu'il évoque rassemble la somme des discours générés par les hommes sur la liberté pendant cette période, et non sa distribution équitable.)

Fort heureusement, il y a eu d'autres historiens et universitaires pour combler ces lacunes – *Carbon Democracy : le pouvoir politique à l'ère du pétrole* de Timothy Mitchell, par exemple, propose un compte rendu historique du lien qui existe entre le développement de la démocratie moderne et le pétrole pour montrer comment "les combustibles fossiles ont contribué à créer la possibilité et à définir les limites de la démocratie moderne". "Plutôt qu'une étude sur la démocratie et le pétrole, ajoute-t-il, ce livre est ainsi devenu un travail sur la démocratie *comme* pétrole[12]." Tel que le raconte Mitchell, les carburants fossiles ont permis aux personnes de se réunir, de se mobiliser, et de contester les formes de règne oligarchique, ouvrant ainsi la voie à la politique démocratique moderne, y compris la politique révolutionnaire. Mais ces mouvements ont eu tendance à considérer les limites écologiques comme extérieures à leur cause, et à imaginer l'avenir comme "un horizon de croissance illimité", si bien qu'eux non plus ne sont pas parvenus à endiguer la situation exaspérante dans laquelle nous sommes aujourd'hui, où les gouvernements démocratiques semblent incapables de prendre des mesures pour éviter un réchauffement catastrophique.

L'emmêlement de la démocratie moderne avec les carburants fossiles ne veut pas nécessairement dire qu'il faut se débarrasser de l'une pour se sevrer des autres (je me le répète chaque fois que je me sens sombrer dans un fantasme éco-fasciste, en mode : *Et si on mettait au pouvoir un dictateur écologiste juste un micromoment, le temps de tous nous obliger à arrêter d'émettre du CO_2, pour qu'il nous reste une chance de poursuivre la moindre expérience de gouvernance*). Comme Mitchell l'expose utilement, savoir que certaines énergies *structurent* la politique ne revient pas à dire qu'elles *déterminent* la politique. Plus nous serons conscients de cette dynamique, mieux nous pourrons œuvrer avec intelligence et inventivité, et nous atteler à l'idée que "l'élaboration de solutions aux besoins énergétiques futurs passe également par la construction de nouvelles formes de vie collectives". (C'est ce que suggère Haraway quand elle déclare : "Quelles questions nous permettent de réfléchir à d'autres questions ? Quelles histoires racontons-nous lorsque nous racontons d'autres histoires ? Quels nœuds nouent d'autres nœuds ? Quelles pensées pensent des pensées ? [...] Penser nous devons, nous devons penser.")

Jusqu'à présent, nous n'avons jamais appréhendé la liberté moderne autrement qu'avec le pétrole, qu'on l'ait voulu ou non. Le carbone alimente l'équipement même par lequel nos pensées, nos voix et nos corps parviennent aux autres ; il alimente nos débats publics sur la nature de la liberté, de l'autonomie, de la justice et de l'autogouvernance, des manifestations de rue aux plateaux des tables rondes en passant par les guerres sur Twitter. Il va jusqu'à influencer la façon dont nous aimons nos enfants : "Un jour il faudra que je raconte à mon fils ce que j'ai fait, écrit la climatologue de la NASA Kate Marvel. Ma vie stable et confortable est en grande partie le résultat d'un moteur à combustion interne. Les carburants carbones alimentent les trains qui nous emmènent à la plage, les usines qui fabriquent ses seaux et ses pelles en plastique, les lampes que j'éteins quand je lui souhaite une bonne nuit [...]. En définitive, je suis responsable des gaz qui modifient le climat et, en élevant mon fils dans le confort et l'aisance, je lui transmets cette responsabilité et cette culpabilité." Même si notre notion du temps profond est minimale (la mienne l'est), je suis convaincue que *quelque chose* en nous perçoit le chiasme fondamental entre les millions d'années qu'ont mis les carburants fossiles à s'accumuler et la vitesse ahurissante avec laquelle nous les avons extraits, consommés, et excrétés. L'ébahissement de mon fils à Travel Town était totalement justifié : nous *devrions* être bouche bée devant l'énergie que nous avons générée à force de flamber le temps profond en un rien de temps. Nos propres corps ont été modelés par cette puissance, à travers la vitesse des avions, des trains, des voitures et des ondes cybernétiques, lesquelles font toutes partie intégrante aujourd'hui de notre conception de la liberté. Nous pensons souvent la liberté comme une liberté de mouvement – la liberté de quitter un contexte délétère pour (avec un peu de chance) trouver mieux ailleurs ; la liberté de renoncer à ses origines sclérosantes pour forger des nouvelles affinités dans un lieu plus vaste, encore plus anonyme ; la liberté de choisir l'inconnu plutôt que ce qu'on connaît déjà. Les capitalistes, les abolitionnistes, les queers comme les révolutionnaires se sont tous appuyés sur ces rêves et ces désirs, dont certains sont chers à mon cœur.

Après tout, j'ai grandi en Californie, où ma liberté adolescente dépendait de ma VW Coccinelle 1976 ; à l'issue d'une longue période passée sans voiture à New York, je suis revenue au plaisir de la conduite solitaire (ou j'y étais revenue avant la pandémie – maintenant ma voiture prend la poussière dans le garage, ce qui s'avère être sa propre forme de liberté – la liberté de n'avoir à aller nulle part, laquelle grince contre le sentiment d'avoir nulle part où aller). Depuis les nombreuses années de ma vie à New York – et encore aujourd'hui, depuis mon exil mélancolique de cette ville –, les mots du poète Frank O'Hara dans *Méditations dans l'urgence* me touchent intimement : "Nul besoin de sortir de New York pour avoir toute la verdure dont on rêve – je suis incapable d'apprécier le moindre brin d'herbe à moins de savoir qu'il y a une station de métro à portée de main, ou un magasin de disques ou tout autre signe que les gens ne *regrettent* pas complètement d'être en vie." Le travail rémunéré que j'accomplis dans le monde est exclusivement culturel, et ça me plaît ainsi ; les deux seuls métiers que j'aie jamais exercés ont été ceux de serveuse/barmaid et professeure/écrivaine. J'adore l'anonymat et l'opulence des métropoles, je n'ai pas d'affection particulière pour le "local", et ne nourris aucun fantasme de retour "à la terre". Je ne jardine même pas. Comme l'a écrit le théoricien britannique dans un élan d'honnêteté cosmopolite : "Que tous ceux qui souhaitent renoncer à leurs banlieues anonymes et à leurs pubs et retourner à la gadoue biologique de la paysannerie lèvent la main. C'est-à-dire, levez la main tous ceux d'entre vous qui veulent vraiment revenir aux territorialités précapitalistes, à leurs familles et leurs villages. Levez la main, en outre, si vous croyez vraiment que ces désirs de restauration d'une complétude biologique sont *extrinsèques* à la culture capitaliste tardive, plutôt qu'inhérents à l'infrastructure capitaliste libidinale." Il devient alors intimidant, et exaltant, de nous demander ce qui arrivera à notre conception de la liberté quand nous commencerons à y penser, à la ressentir, à la vivre, loin de nos actuels fétichismes et habitudes. Cette expérience est non seulement nécessaire mais utile, car ce serait s'enfermer dans une perspective profondément nostalgique et claustrophobe de la liberté que de rester solidaire des technologies de production d'énergie, en particulier quand cette dépendance nous promet de nouvelles contraintes et des nouvelles formes de souffrances tout aussi claustrophobes. (Cette notion n'a rien d'abstrait : j'écris aujourd'hui toutes fenêtres fermées et scellées au scotch, des serviettes roulées devant les portes pour bloquer la fumée toxique des incendies qui s'infiltre de toutes parts. *Penser nous devons, nous devons penser.*)

La bonne nouvelle pour ceux qui n'ont pas levé la main est que la "post-civilisation" n'est pas condamnée à ressembler à la "pré-civilisation" ou à l'"anti-civilisation". Comme Bruno Latour l'a clairement indiqué, l'opposition entre local et global n'est plus viable : "La planète est bien *trop étroite et limitée* pour le Globe de la globalisation ; elle est *trop grand*e, infiniment trop grande, trop active, trop complexe, pour rester contenue dans les frontières étroites et limitées de quelque localité que ce soit." Le changement climatique a montré combien les actions locales peuvent avoir un effet global, lequel agit invariablement sur l'expérience locale. Plutôt que de continuer à penser en termes local/global – ou droite/gauche – Latour soutient (avec persuasion, à mon sens) qu'il serait plus fructueux de penser en termes de "Terrestre/Hors-Sol", où le "Hors-Sol" signifie le renoncement au faux-semblant qu'il existe une terre partagée et un futur commun, avec pour mission conséquente de "se débarrasser au plus vite de tous les fardeaux de la solidarité", et où le "Terrestre" signifie la volonté de retrouver "une Terre où atterrir", accepter notre emmêlement, et œuvrer les uns avec les autres. L'approche de Latour nous encourage à dépasser les débats de plus en plus archaïques sur la liberté en tant que grand gouvernement versus gouvernance locale, totalitarisme versus démocratie, et à commencer à penser à la liberté d'un point de vue écologique, ce qui sous-entend de reconnaître les possibilités et les limites d'un environnement partagé, de cesser d'espérer que des murs, des douves, des planques apocalyptiques, des trésors cachés ou encore des navettes spatiales nous en préservent.

Rien de tout cela ne semblera nouveau à quiconque s'est intéressé au féminisme, à l'environnementalisme, au post-colonialisme, ou à la pensée indigène, lesquels ont tous souligné depuis bien longtemps, quoique depuis des perspectives différentes, les méprises intellectuelles, écologiques et éthiques – ou les catastrophes – auxquelles a donné lieu la présomption d'un individualisme séparé de et supérieur à la Nature censément inerte[13]. “Un grand nombre d'êtres humains, en particulier ceux sous le charme de la pensée occidentale des Lumières, ont passé des siècles à se convaincre qu'ils existaient dans une sphère bien supérieure au monde bassement matériel autour d'eux car leur ontologie était celle d'une création et d'une autocréation. Les êtres humains étaient des sujets, jamais des objets, a écrit l'historien Timothy LeCain. Or que se passe-t-il quand la création et la pensée des humains n'ont pas pour effet de transcender la nature, mais de les y renvoyer en une chute abrupte ? C'est précisément le phénomène à l'œuvre dans le réchauffement planétaire anthropogénique.” Au cours de ces mêmes siècles, cependant, un grand nombre d'êtres humains ont été traités en objets. Qui plus est, ces objets se sont rebellés et ont continué de le faire (cf. l'ouverture du livre de Moten *In the Break* [dans la fêlure] : “L'histoire de la *blackness* témoigne du fait que les objets peuvent et savent se rebeller.") Ils se rebellent non seulement contre leurs maîtres, mais aussi contre les notions de liberté ou d'humanité qui dépendent de la domination ou de la transcendance du monde bassement matériel sur lequel ils se sont toujours alignés. (D'où l'argument de Hartman dans *Scenes of Subjection* [scènes d'assujettissement] que le sujet abstrait et universel du libéralisme a toujours dépendu de la "substance charnelle" des sujets châtiés afin de parvenir à sa "splendeur éthérée", pour la maintenir, en une construction qui actualise l'injustice alors même qu'elle promet la libération.)

Agir sur cet emmêlement – comme agir sur le soin – est plus complexe que de simplement jurer fidélité au principe : la relation maître-esclave est elle aussi une forme d'emmêlement. Pensez, par exemple, à la façon dont la notion du "vivre éthiquement" de la physicienne féministe Karen Barad, définie comme la constante "prise en compte de l'enchevêtrement des phénomènes en tant qu'intrinsèques à la vitalité du monde, et la réactivité devant les possibilités qui nous aident et les aident à s'épanouir", se mélange à l'observation de Morton selon laquelle "du fait de notre interconnexion il semble toujours y avoir une pièce manquante. Quelque chose ne tourne pas rond. La compassion fait toujours peser le risque d'être en porte-à-faux. Être gentil avec les petits lapins revient à ne pas être gentil avec les parasites des petits lapins". Ce porte-à-faux implique qu'il y aura toujours matière à discorde, que ce soit quant au "nous" qui doit s'épanouir (les petits lapins ou les parasites de petits lapins ?), à la définition de "s'épanouir", et ainsi de suite. Même si le type de liberté auquel on souscrit est celui du "personne n'est libre jusqu'à ce que tout le monde soit libre", une telle interdépendance ne saurait nous préserver des compromis difficiles, des dilemmes éthiques à l'issue imparfaite ou parfois même terrible. Notre emmêlement est avant tout complexe, et la complexité mène à la difficulté.

Cette difficulté est plus facile à accepter une fois qu'on a reconnu que notre désir de la résoudre une fois pour toutes engage aussi de ne plus y participer.

Nos enfants et les enfants de nos enfants

Compte tenu de l'étrange situation temporelle dans laquelle nous nous trouvons, où le réchauffement dû à nos actions passées a déjà commencé à produire ses effets, et tandis que nous nous dirigeons vers des effets nettement plus intenses dans un avenir proche (avec la possibilité terrifiante d'une folle accélération), il n'est pas surprenant que tant de gens qui écrivent et s'interrogent sur le climat se soient retrouvés confrontés à la notion vertigineuse de la futurité elle-même. Le plus souvent, cette confrontation repose sur la figure de l'enfant. Je l'ai moi-même invoquée dans les premières pages de ce chapitre, parce que ça me semblait "naturel" mais aussi pour annoncer les questions à venir.

De nombreux mouvements qui visent à "rendre le monde meilleur", des Black Lives Matter aux Fridays for Future en passant par Standing Rock, Never Again, ou Families Belong Together, présentent leurs actions comme un service rendu aux enfants et aux générations futures. ("Ce moment demande que *vous* assuriez votre propre liberté, a déclaré la militante de Black Lives Matter Tamika Mallory dans son discours de 2020 après le meurtre de George Floyd. Et la liberté de vos enfants – nés et à naître.") En d'autres termes, ils ont recours à un futurisme reproductif, défini par le théoricien queer Lee Edelman dans son polémique *No Futur** comme la double idée qu'il existe un avenir que nous pouvons et

* Publié en France sour le titre *Merde au futur*.

devons améliorer, et que l'Enfant est son emblème. *No Futur* revendique son rejet de cette idéologie, et défend la position provocante que "la queerité désigne le côté de ceux qui ne se battent pas pour les enfants, le côté extérieur au consensus par lequel toute politique confirme la valeur absolue du futurisme reproductif". Ils sont nombreux pris au mot – certains pour exprimer leur désaccord (voir, par exemple, le regretté José Muñoz, qui a soutenu avec passion que les "*queers* n'ont rien sinon un avenir" et a qualifié la posture anti-futur d'Edelman de "dernier combat de l'homme blanc gay") ; d'autres pour étendre cette perspective à quantité de romans, de films, de campagnes environnementales, de discours politiques, ou de décisions personnelles, pour y détecter un futurisme reproductif ou pour le détrôner[14].

Vu combien les queers ont été punis, souvent violemment, du fait d'être perçus comme des menaces ou des outsiders au futurisme reproductif – et vu la filiation et la culture qu'ils ont réussi à construire en marge du concept –, on peut comprendre qu'une branche de la théorie queer se soit attachée à révéler et valoriser les "temporalités queer" réprimées ou occultées par la norme hétérosexuelle. *In a Queer Time and Place* (2005) de Jack Halberstam, par exemple, s'attaque à une notion que l'auteur appelle le "temps racheté" sous toutes ses formes : "Le temps de la famille fait référence à l'organisation normative de la vie quotidienne (couche-tôt, lève-tôt) qui accompagne la pratique de l'éducation d'un enfant. Ce calendrier est régi par une conception des besoins de l'enfant, et entre en relation avec les croyances établies quant à la santé de l'enfant et ce qui constitue un environnement sain dans lequel élever un enfant. Ce temps de l'héritage fait référence à une vue d'ensemble du temps générationnel où les valeurs, la fortune, les biens et la morale sont transmis par les liens familiaux d'une génération à l'autre." Dans "Paranoid

Reading and Reparative Reading", Sedgwick évoque les périls de "la temporalité paranoïaque" – "la rigidité narrative défensive et opiniâtre [...] par laquelle hier n'a pas le droit d'être différent d'aujourd'hui, et demain encore moins" – qu'elle perçoit comme inhérents au "récit générationnel caractérisé par une régularité et une répétition distinctement œdipiennes : c'est arrivé au père de mon père, c'est arrivé à mon père, ça m'arrive à moi, ça arrivera à mon fils, et ça arrivera au fils de mon fils". Dans *Vivre avec le trouble**, Haraway propose le slogan anti-futurisme reproductif : "Faites des parents, pas des enfants !", par lequel elle essaie de fusionner le potentiel queer de filiation non biologique avec des considérations écologiques autour de la surpopulation et de l'anthropocentrisme.

Ces théories ont été déterminantes pour reconnaître, et parfois promulguer, des types de filiation et de temporalité qui ne seraient plus fondés sur la famille hétérosexuelle, privée, blanche, nucléaire, ou même humaine. Néanmoins, comme c'est malheureusement souvent le cas dans le contexte universitaire, ces critiques ont aussi donné lieu au rejet automatique de toute chose qui pourrait sembler contaminée par le futurisme reproductif, y compris, à ce stade, par la plupart des grands acteurs de la lutte pour le climat, menée en partie par les enfants eux-mêmes. (Pensez à Greta Thunberg, qui, avec quinze autres enfants, a déposé une plainte historique auprès

* Le titre *Vivre avec le trouble* ne traduit que partiellement la polysémie du message de Haraway – en anglais, *Stay with the trouble*. En effet, l'expression implique d'embrasser la difficulté, d'accepter de ne pas esquiver le problème que présente le fait de vivre et mourir ensemble sur une planète compromise. Cette acceptation, suggère-t-elle, nous permettra de réfléchir aux moyens de construire des futurs plus vivables. Maggie Nelson emploie à plusieurs reprises l'expression 'stay with the trouble', en une citation implicite de Haraway.

du Comité des droits de l'enfant des Nations unies pour dénoncer l'échec des gouvernements à respecter la réduction des émissions carbones auxquels ils étaient tenus par l'Accord de Paris ; au mouvement Sunrise, "une armée de [...] jeunes gens ordinaires qui ont peur de l'impact de la crise climatique sur les personnes et les endroits que nous aimons" ; aux vingt et un jeunes de *Juliana v. the United States*, procès de 2015 dans lequel les plaignants ont fait valoir que l'inaction du gouvernement américain face à la crise climatique "discrimine délibérément les enfants et les générations futures en exerçant leur autorité souveraine sur l'espace aérien de la nation et ses ressources en carburants fossiles pour en faire profiter économiquement la génération adulte actuelle" ; aux milliers de gamins qui sont descendus dans la rue pour participer à la grève scolaire pour le climat ; et j'en passe.) Comme c'est si souvent le cas quand les adultes sont contraints d'écouter les enfants plutôt que de se planquer derrière les platitudes du futurisme reproductif (ou la forfanterie punk de son antithèse *no futur*), les vraies difficultés de la conversation intergénérationnelle remontent à la surface[15].

Dans un tel contexte, le refus d'Edelman d'"abjur[er] fidélité à un futurisme toujours acquis à nos dépens", ou la doléance de 1997 de Lauren Berlant qu'une "nation faite pour des citoyens adultes a été remplacée par une version conçue pour les fœtus et les enfants", ou la sortie d'Andrea Long Chu ("avoir un enfant est comme l'hétérosexualité, une idée vraiment stupide [...] Les enfants sont un cancer") commencent à sembler plus *has been* qu'avant-garde, dans la mesure où ils réifient la division entre enfants et adultes, en faisant des adultes une catégorie privilégiée. En effet, on a du mal à se sentir inspiré par la *queerness* en tant que "rupture avec notre foi fondatrice en la reproduction du futur" (Edelman) quand le changement climatique s'en est déjà chargé, à des fins catastrophiques.

Demandez aux ados de *Juliana v. U.S.* ce qu'ils pensent de la faillite de la régularité et de la répétition générationnelles ; demandez aux plaignants auprès de l'ONU si le vrai problème est que nous ayons conçu un monde uniquement "pour les fœtus et les enfants" ; demandez à n'importe qui dont la terre natale ou la capacité à gagner sa vie a été oblitérée par le changement climatique ce qu'il pense du fait qu'hier n'aura plus rien à voir avec demain.

Il ne s'agit pas de démontrer que le futurisme reproductif avait raison tout du long, et qu'à présent que les queers ont été accueillis en son sein nous devrions tous nous aligner et l'avaler tout rond. Il s'agit plutôt de reconnaître les variations dans le concept de reproduction : les militants écologistes qui ont recours au futurisme reproductif ne veulent pas reproduire le monde qui nous a apporté l'inégalité radicale et la dévastation écologique. Ils convoitent un monde qui reproduise des conditions d'habitabilité identiques ou semblables à celles dont les autres animaux humains ont pu profiter pendant onze mille cinq cents ans. De même, il est trop facile de dire (comme le fait Rebekah Sheldon dans *The Child to Come* [l'enfant à venir]) qu'il faut apprendre à vivre "sans la demande de sécurité et le visage implorant de l'enfant qui lui sert de garant", quand l'accès à la sécurité varie selon les contextes. La lutte pour le climat – comme la lutte pour la justice raciale, à laquelle elle est inextricablement liée – est indissociable d'une exigence de sécurité, dans la mesure où elle s'attache à réduire la menace d'une mort prématurée ou d'une extinction de ceux qui y sont disproportionnellement exposés, que ce soit à travers les violences policières, la flambée de l'Amazonie, ou la montée des eaux. Aussi il n'est pas surprenant que certains groupes queer aient changé de cap : voir, par exemple, le collectif Parliament of Bodies, qui lors de sa dernière conférence à Bergen, en Norvège, a énoncé pour but de trouver "comment redéfinir nos alliances avec celles et ceux qui ne sont pas actuellement en vie [...] et prendre nos responsabilités auprès de celles et ceux qui ne sont plus, ou pas encore, parmi nous", ou l'Institute of Queer Ecology (IQECO), "un organisme collaboratif" dont "la mission est de créer un espace pour imaginer collectivement un futur équitable pour une variété d'espèces".

À ce stade, je ne compte plus le nombre de gens qui m'ont dit que puisque avoir un enfant est un "choix" ils ne comprennent pas pourquoi ceux qui choisissent de procréer devraient bénéficier d'un "traitement de faveur" (des réductions d'impôts, un emploi du temps aménagé au travail, un programme universel de garderie, etc.). En réponse à ces préoccupations – lesquelles font involontairement écho aux pressions de la droite pour démanteler les services sociaux, y compris l'éducation publique –, les tribunes pullulent pour expliquer pour quelles raisons il est de notre devoir de nous soucier des enfants, en particulier les enfants des autres. Les arguments varient selon les engagements de l'auteur : parfois les enfants importent en tant que futurs citoyens ; parfois ils sont les porte-drapeaux d'une tradition en voie de disparition ou d'un peuple opprimé ; parfois ils sont des futurs contribuables ; des futurs révolutionnaires ; des futurs soignants ou aides à domicile. Si ces arguments parviennent à convaincre certaines personnes de s'intéresser aux enfants des autres ou aux vies futures en général, tant mieux. Mais ils me laissent toujours un peu sceptique, parce qu'il me semble que les enfants importent en tant que tels – en tant que frères humains, quoiqu'en plus petits, et avec des besoins différents. Ils ne sont pas une espèce distincte ; ils sont, au présent et en devenir. En réalité, ils étaient nous, ils *sont* nous, même si nous avons tendance à l'oublier (et par oublier j'entends vraiment oublier, au sens où Winnicott affirmait qu'un parent suffisamment bon permet au bébé d'oublier l'expérience d'avoir été pris dans les bras, tandis que le devoir du parent est de toujours se souvenir du bébé). Se faire les défenseurs des futurs nés est certes devenu un pari périlleux. Mais ce n'est pas une raison pour laisser les militants anti-avortement nous empêcher de reconnaître et d'apprécier le continuum entre la vie actuelle et la vie potentielle (un continuum dont la quintessence est pour moi démontrée par le fait, à la fois ahurissant et explicitement biologique, qu'un bébé fille née avec un utérus porte déjà en elle tous les ovocytes qu'elle aura dans sa vie, autrement dit les cellules ovocytaires qui deviendront peut-être un jour la grand-mère d'une mère parturiente).

Se préoccuper des futurs nés ne revient pas à affirmer que toutes les choses qui ne sont pas encore nées devraient l'être. Ça veut dire que, d'ici que vous ayez fini de lire ce paragraphe, deux cent cinquante nouveaux bébés seront nés dans un avenir qui n'existait pas quand vous l'avez commencé. Aussi, avant de savourer sa sublime indifférence pour tout ce qui viendra après soi, il faudrait peut-être considérer que ce n'est pas si différent que de balancer des tonnes de déchets toxiques qui empoisonnent les populations, puis de revendiquer que, parce qu'on ne connaît pas personnellement les gens qui sont tombés malades, ou qu'on ne sera plus en vie lorsque ces gens tomberont malades, ou parce qu'on n'aime pas tellement les gens quoi qu'il arrive, en particulier quand ils sont petits et crient dans les avions, ce n'est pas un problème. On n'a pas besoin de se faire l'avocat des fœtus, des baby showers, de la disneyfication de Times Square, ou de traiter les êtres présents et futurs comme éthiquement identiques, pour reconnaître que cette logique est moralement absurde.

La crise du climat ne peut pas attendre de purger l'attachement des gens au futurisme reproductif, aussi stupide soit-il. Elle ne peut pas attendre que le monde entier adhère au slogan : “Faites des parents, pas des enfants !” S’escrimer à convaincre les foules – avec cette bien-pensance si commune aux circuits universitaires et aux cercles de gauche – que si nous pouvions juste nous mettre d’accord sur la bonne façon d’encadrer le débat (ou si nous pouvions simplement nous mettre d’accord sur le cadre à bannir) nous serions plus à même de forger le genre de collaborations nécessaire à la coexistence et à la survie, c’est une perte de temps, alors même que le temps nous est compté. Plutôt que de chercher un cadre unique pour mobiliser les gens sur la crise du climat, il serait certainement plus judicieux d’accepter la diversité, de mettre en œuvre ce que Félix Guattari avait imaginé (dans *Les Trois Écologies*), à savoir “une pluralité de groupes disparates qui se réunissent en une désunion unifiée, une solidarité pragmatique sans solidité”.

Au sujet d’un litige écologique à Manggur, en Indonésie, où deux partis avec des priorités et des perspectives aux antipodes ont été amenés à collaborer dans leur opposition à une entreprise forestière, Connolly écrit : “L’association émergente n’est pas devenue une union, encore moins une communauté ; elle est devenue un ensemble complexe et fluctuant d’intérêts, de préoccupations et de perspectives critiques avec quelques affinités et points communs saillants. Tous, par exemple, s’opposaient à l’entreprise forestière, mais certains avaient en tête l’idéal d’une région sauvage, tandis que d’autres voulaient préserver les forêts en tant que sites vivants à l’intersection de l’humain, de la forêt, de la faune et de la flore. Même la victoire n’avait pas le même visage pour tous les partis concernés[16].” *Même la victoire n’avait pas le même visage pour tous les partis concernés* : ce type de dissonance n’a rien d’un échec. Ça implique que les gens sont différents les uns des autres. Vu que près de la moitié du peuple américain souscrit au déni climatique (et/ou à son pendant : un survivalisme "moi-d'abord") avec une telle intensité que certains sont prêts à prendre les armes contre la décarbonisation, nous allons avoir besoin du plus grand soutien et de la plus grande sagesse pour appréhender ces différences. La plupart de ces braves gens ne sont pas sur le point de découvrir la justice écologique queer et multi-espèces. Mais ils finiront peut-être par trouver des raisons de se battre pour la liberté de ne pas perdre leur maison, leur santé, leur moyen de subsistance, leurs ressources alimentaires, ou de ne pas avoir à faire une croix sur l'avenir de leurs enfants. Et ils ont peut-être aussi des choses à nous apprendre sur la liberté, le soin et la contrainte dont nous n'avons pas encore conscience, même si – ou surtout si – nous pensons pouvoir nous dispenser de leurs conseils.

Qu'est-ce que le futur a fait pour moi ?

Quand les économistes s'attaquent au réchauffement climatique, ils s'engagent dans un processus appelé "réduction des coûts futurs", par lequel on "soupèse les bénéfices futurs face aux coûts imposés au présent". En considérant l'avenir, on peut lui attribuer des réductions de coûts plus ou moins importantes. Pour reprendre l'explication du chercheur climatique David Hodgkinson : "Si une analyse de rentabilité utilise un fort taux de réduction des coûts, il réduit proportionnellement les bénéfices futurs, accordant ainsi peu de poids aux intérêts des personnes à l'avenir." Si on utilise un faible taux de réduction des coûts, alors la génération actuelle est appelée à "faire des sacrifices urgents pour le bienfait des personnes à l'avenir". Les économistes et les politiciens se sont totalement lâchés sur la réduction des coûts, en accordant "un poids minime aux intérêts humains plus ils s'éloignent dans le temps pour la simple raison qu'ils existent dans l'avenir". En outre, poursuit Hodgkinson, "la position dominante au niveau international quant à l'action sur le changement climatique semble être : 'Pourquoi devrais-je me préoccuper des générations futures ? Qu'est-ce qu'elles font pour moi ?'". Inutile de souligner l'écart entre cette position dominante et celle qui exige, comme le fait la Constitution iroquoise (Haudenosaunee), que nous "regardions et écoutions le bien-être du peuple en son entier et que nous ayons toujours en tête non seulement le présent mais aussi les générations à venir, y compris celles dont les visages sont encore sous la surface de la terre – les prochains nés de la Nation future".

Naviguer entre ces extrêmes d'une obligation-envers-personne à une obligation-envers-tous n'est pas chose aisée. Même quand nous penchons du côté de la seconde proposition, nos ambitions sont sérieusement éprouvées par des questions d'échelles et de capacité, sans parler du fait que, quand il s'agit de soin, on ne peut jamais avoir tout bon. "Être gentil avec les petits lapins revient à ne pas être gentil avec les parasites des petits lapins." De surcroît, tenter d'imposer aux gens une "pensée des espèces" sans prendre en compte les difficultés auxquelles ils font face pour répondre aux besoins de leur entourage immédiat brasse son propre lot de problèmes éthiques (ce qui explique pourquoi des organisations comme le Just Transition Fund, un groupe dédié aux communautés les plus touchées par la transition du charbon, soulignent que "les solutions les plus durables sont celles menées par les communautés et développées par les plus touchés, en partant de la base[17]").

Dans le domaine de la négociation climatique, le problème de l'hétérogénéité des obligations a même son propre acronyme : PRCMD-CR, dans le jargon de l'ONU, ou "principe des responsabilités communes mais différenciées et des capacités respectives". Ce principe, qui vise à appréhender le fait que les nations ont des histoires et des enjeux distincts face à la réduction des émissions carbones, joue un rôle à bon escient dans tout congrès international sur le changement climatique. Ces négociations, notoirement épineuses, ont contribué à faire du changement climatique non seulement un "méchant problème", défini en 1973 par les théoriciens Horst W. J. Rittel et Melvin M. Webber comme un problème qui "a d'innombrables causes, est difficile à décrire, et n'a pas de bonne solution", mais encore un "problème super pervers", défini en 2012 par Kelly Levin, Benjamin Cashore, Steven Bernstein et Graeme Auld comme un méchant problème avec quatre caractéristiques supplémentaires : "Le temps presse ; les responsables du problème sont les mêmes à s'enquérir d'une solution ; l'autorité centrale nécessaire pour s'y atteler est faible ou non existante ; en conséquence de quoi, les politiques bradent l'avenir de manière irrationnelle." Ces quatre facteurs supplémentaires cumulés en font, disent les chercheurs, "une *tragédie* politique".

Au regard de cette difficulté – ou de cette tragédie, pour ceux qui sont déjà arrivés à cette conclusion –, certains penseurs et écrivains ont commencé à adopter une tout autre tactique, en interrogeant le réflexe qui consiste à croire que "survivre est toujours mieux que ne pas survivre", pour reprendre les termes de Morton. Morton associe cette prédilection d'une survie à tout prix à une notion qu'il appelle "agrilogistique" – une modalité développée en Mésopotamie à la fin du Pléistocène et au début du Holocène, quand les hommes sont passés du nomadisme des chasseurs-cueilleurs à une agriculture sédentaire. Avec le temps, l'agrilogistique s'est amplifiée, "jusqu'à avoir besoin de machines à vapeurs et d'une industrie pour alimenter sa prolifération". Dans cette version de l'histoire, la machine à vapeur ne marque pas le début d'une nouvelle façon d'être et de penser, mais le moment où une habitude ou une logique beaucoup plus ancienne a trouvé sa réalisation dans une source d'énergie capable de déclencher une transformation géologique.

Parce que l'agrilogistique antidate le capitalisme industriel de plusieurs milliers d'années, Morton – ainsi que d'autres scientifiques et politologues – considère le capitalisme industriel davantage comme un symptôme que comme une cause de notre impasse. Certes, on ne manque pas de responsables à blâmer pour notre situation actuelle (un casting complet commence à se dessiner dès 1965, lorsque l'American Association for the Advancement of Science révéla au président Lyndon Johnson les causes et les effets de l'accumulation des gaz à effet de serre dans l'atmosphère). Mais l'amplitude de vue de Morton, Chakrabarty et d'autres – Chakrabarty pousse la compassion jusqu'à déclarer que nous aurions "trébuché" dans l'impasse actuelle – semble aussi utile à garder présente à l'esprit, même si elle se heurte à l'habitude de tout mettre sur le dos du capitalisme.

Si l'agrilogistique, tout en développant un moyen pour les humains d'assurer leur sécurité et leur survie est *également* la cause de notre crise actuelle, alors, d'après Morton, "un paradoxe de survie émerge : la tentative de survie à tout prix [...] est exactement la même dynamique que le meurtre-suicide". Au regard d'un tel paradoxe, Morton pense que nous ferions bien de nous délester de notre attachement à l'axiome selon lequel "exister est au-dessus de n'importe quelle qualité d'existence" (ou, plus particulièrement, "l'existence humaine est toujours au-dessus de n'importe quelle qualité d'existence"). Il veut faire vaciller notre inébranlable engagement en faveur de l'idée selon laquelle "peu importe que j'aie de plus en plus faim, que je sois de plus en plus malade, de plus en plus opprimé, sous ces phénomènes de surface, mes frères humains et moi nous régénérons perpétuellement, ce qui revient à dire que nous refusons d'accepter la mort".

Je suis prête à éprouver une pensée qui appréhende la réalité de la mort et déstabilise l'automatisme qui nous maintient dans la conviction que la survie des *Homo sapiens* prévaut sur tout le reste. Mais je ne crois pas non plus que quiconque devrait accepter trop facilement les divagations d'intellectuels blancs du premier monde – moi comprise – qui visent à déterminer sous quelles conditions une vie mérite de continuer, et quels types de souffrance (qu'il s'agisse de la faim, de la maladie, de l'oppression, ou des multiples privations que certains peuples ont imposé à d'autres) rend sa perpétuation rédhibitoire. Parfois certaines personnes choisissent la mort pour échapper à des circonstances atrocement oppressives, ou pour éviter un destin abominable, ou pour sauver la vie d'autrui. Mais quand quelqu'un prononce un jugement à la place d'autrui, ou au nom d'un segment démographique, ça s'appelle à juste raison un meurtre, ou un génocide.

De nombreuses branches de la pensée écologique radicale suivent cette piste, au sens où faire face aux menaces systémiques qui planent sur la biosphère telle que nous la connaissons impose souvent d'élargir notre perspective sur l'humanité et la planète, avec la profonde perturbation qu'elle sous-tend en termes de changements paradigmatiques et de propositions. La survie (et d'aucuns diraient la reproduction) est un instinct de base (quoique ça se discute) ; les philosophes excellent à nous encourager à repenser et à rééquilibrer nos automatismes, nous aidant à imaginer – à ressentir, à comprendre – qu'il pourrait en être autrement. Que nous pourrions être autrement. Que nous pourrions habiter la planète autrement. Que notre rapport à la mort – notre propre mort, et celle de notre espèce – pourrait être vécu autrement. Autrement aussi, nos dispositions envers le futurisme reproductif, envers les formes de vie non humaines ; notre façon de négocier, de distribuer et de conceptualiser la liberté ; notre façon d'appréhender l'obligation. En dépit de notre volonté instinctive de préserver la "civilisation" (cf. l'ethos d'Elon Musk, qu'il dit avoir hérité d'Isaac Asimov : "Il faut essayer de s'engager vers la coalition d'actions la mieux à même de prolonger la civilisation, de minimiser la probabilité d'un âge des ténèbres ou de réduire sa durée s'il doit avoir lieu"), il est absolument salutaire de se demander si sa préservation devrait être notre but *quoi qu'il en coûte*. Je suis encline à croire que les problèmes auxquels nous faisons face ne sont pas concevables à moins d'être prêts à éprouver le type de perspective qu'illustre la spécialiste de l'environnement Laura Watt quand elle dit : "À mesure que le réchauffement climatique provoque des changements inédits et imprévisibles, je ne doute pas que la planète Terre survive, et que de multiples aspects du monde biologique s'adaptent et évoluent avec lui. Le changement est inéluctable, et les transformations qu'il implique ne sont pas nécessairement 'bonnes' ou 'mauvaises' au sens non humain ; est-il meilleur ou pire d'avoir plus de mammifères que de dinosaures ? Ni l'un ni l'autre – ce ne sont que des issues différentes. Ce qui rend le changement climatique si terrifiant est la possibilité réelle que nous n'y survivions pas – mais là encore, est-ce mieux ou pire qu'il y ait des personnes humaines ? De notre point de vue, mieux, mais autrement, ce n'est qu'une issue possible sur une planète en perpétuel mouvement."

Le truc est d'apprendre à se déplacer entre le genre de réflexions ouvertes à la Morton, le flegmatisme de Watt et l'élan passionné, combatif, d'une activiste comme Heglar quand elle déclare : "Même si je ne peux sauver qu'un fragment de ce qui m'est cher, ce sera le mien et je le cajolerai. Si je ne peux sauver qu'un seul brin d'herbe, je le ferai. J'en érigerai un monde. Je vivrai par et pour lui." Se déplacer entre ces modes n'est pas qu'un simple exercice intellectuel. Cela engage de nous laisser submerger par un amour féroce, et d'expérimenter les sensations que procure cet amour quand on lui lâche du lest.

De vilains sentiments, revisités

Parlez à n'importe qui du réchauffement climatique pendant ne serait-ce que deux minutes, et à coup sûr vous recevrez une réponse du style : "Je ne peux pas gérer." C'est trop déprimant, trop terrassant, trop paralysant, trop triste, trop terrifiant, trop inimaginable. Je comprends. Je ne crois pas réellement que nous puissions ou que nous devrions être capables de considérer avec un quelconque détachement de vivre – sans parler de provoquer – une sixième extinction de masse qui pourrait à terme éradiquer toute vie sur Terre, y compris "nos enfants et les enfants de nos enfants". Vu l'intensité des contraintes de temps, des exigences affectives auxquelles chacun est confronté au quotidien, il convient de se poser la question : QUAND viendra au juste le moment de faire face aux sentiments d'angoisse, de peur, de rage, de deuil et d'impuissance liés au climat – des sentiments qui, quand on les appréhende pleinement, menacent de nous plonger dans un gouffre sans fond ou de nous anéantir ? En particulier parce que, comme le savent les angoissés de première, anticiper la catastrophe dans un avenir insondable est une activité qui n'est ni très productive ni très joyeuse, et remarquablement peu propice à nous aider à gérer. Mais qu'importe ce que nous *ressentons*, après tout, quand la vraie question qui se pose est indubitablement : qu'allons-nous faire ? Pourquoi diable continuerais-je, à ce moment précis de l'histoire, à m'intéresser aux sentiments, plutôt que de soutenir le Green New Deal, de défendre la réduction de consommation du plastique et de la viande, de me mettre au service des plus vulnérables, ou juste de manifester non-stop ?

L'inversement proportionnel entre l'étendue du problème climatique et notre difficulté à nous y investir émotionnellement n'est pas une simple ironie cruelle, ou une nouvelle raison de débattre du conflit entre le personnel et le politique. C'est l'une des caractéristiques structurelles de la crise. Aussi je me concentre ici sur les sentiments, en particulier les plus mauvais d'entre eux, non seulement parce que je crois qu'ils entravent ce qu'on a l'habitude d'appeler “l'action”, mais aussi parce que, que nous “agissions” à temps pour prévenir une montée vraiment catastrophique des températures ou non – et il est fort probable que non –, ils comptent néanmoins, dans la mesure où ils structurent nos expériences, influencent notre façon de traiter les autres, déterminent comment nous parvenons à ne pas fuir le problème, et parfois décident même si nous sommes capables de faire face aux difficultés.

Nous luttons tous avec ce que signifie “être au courant” du réchauffement climatique, alors même que nous nageons en plein dedans. Comme l'ont indiqué Edward Morris et Susannah Sayler, du Canary Project, “être au courant” est différent de “croire” car, affirment-ils, la vraie croyance stimulerait l'action, et pourtant nous ne faisons rien. (Ça aiderait, évidemment, si nous avions une idée plus claire de quoi faire, ou si nous avions une vision plus solide d'une collectivité à laquelle adjoindre nos actions individuelles.) Pour reprendre les mots de Morris : “Croire est une fonction affective. Nous ne pouvons croire au changement climatique – ce par quoi j'entends *non pas* l'objet de recherche statistique, pas même l'hyperobjet, mais plutôt le coût en termes de douleur que provoquera le changement climatique – que lorsque nous sommes émotionnellement ouverts à sa réalité. Transpercés." Sayler et lui décrivent cette prise de conscience comme un genre de rupture ou de traumatisme. Les principales victimes du traumatisme lié au climat en ont déjà conscience ; ceux qui n'ont pas eu à le vivre sont confrontés à une sorte de paradoxe, où leur refus d'être transpercé au nom d'autrui est aussi la promesse que ce traumatisme leur arrivera à l'avenir.

Mais, une fois transpercés, quoi faire ? Vers qui ou vers quoi se tourner pour nous aider à affronter cette rupture ? Comment apprendre à nous orienter à travers ces rafales d'émotion, de sorte à n'être ni consommés par leur intensité ni menés à les réprimer ?

Affirmer la légitimité de ses sentiments – y compris ses vilains sentiments – a son importance, en particulier quand on est sans arrêt soumis au *gaslighting*. Car il s'agit bel et bien de *gaslighting*, et ce littéralement, dans la mesure où nos soi-disant dirigeants ne sont définitivement *pas* honnêtes avec nous quand ils parlent des réalités de notre présent ou de notre avenir environnemental. Comme l'énonce le manifeste du Dark Mountain Collective – un groupe d'artistes et d'écrivains basé en Grande-Bretagne et dédié à l'"incivilisation" : "Nous entendons parler tous les jours de l'impact de nos activités sur 'l'environnement' (de même que 'nature', c'est une expression qui nous distance de la réalité de notre situation). Tous les jours nous entendons parler, aussi, des nombreuses 'solutions' à ces problèmes : des solutions qui en général impliquent la nécessité urgente d'un accord politique et une application judicieuse du génie technologique humain. Les choses sont en train de changer, dit la rengaine, mais que personne ne s'inquiète, il n'y a rien d'impossible à gérer. Nous devons peut-être avancer plus vite, avec plus d'urgence. Incontestablement nous devons accélérer le rythme de la recherche et du développement. Nous sommes d'accord que nous devons devenir plus 'durables'. Mais tout va bien se passer. Il y aura encore de la croissance, il y aura encore du progrès : ces choses vont continuer, parce qu'elles doivent continuer, aussi elles ne peuvent rien faire d'autre que continuer. Circulez, il n'y a rien à voir. Tout va bien se passer." Ce à quoi le collectif répond : "Nous ne croyons pas que tout va bien se passer."

Je ne crois pas non plus que tout va bien se passer. En réalité je ne connais personne qui croit que tout va bien se passer, ni personne qui puisse dire en gardant son sérieux, la conscience tranquille, que nous sommes en voie de laisser derrière nous une planète saine, habitable, qui saura préserver le miracle de la biodiversité pour nos enfants et les enfants de nos enfants. Mais le désespoir et la dépression ne sont pas les seules réponses possibles à cette réalité, aussi pertinentes soient-elles. Le désespoir a tendance à exercer une mainmise sur notre conscience et notre affect : il est "seul à pouvoir se comprendre, à pouvoir s'expliquer, et à pouvoir se justifier amplement" (Stengers). Il porte, ou semble porter, une vérité que la joie, l'optimisme et le bonheur éludent[18]. Quand on est sous son joug, l'optimisme et le bonheur semblent ridicules : quand les véritables horreurs du passé, du présent ou de l'avenir nous apparaissent – les terribles, cruelles, inévitables réalités de la vie et de la mort –, nous nous rions des sentiments illusoires et puérils de liberté, de paix ou de bien, que nous avons été un jour assez naïfs pour imaginer tangibles.

Depuis maintenant un certain temps, universitaires et militants ont tenté d'exhumer ces mauvais sentiments comme la dépression, la peur, la paranoïa, la rage, la jalousie et la honte pour leur valeur politique[19]. Culp, par exemple, se désole du fait que “la plupart des critiques pondérés considèrent ces vilains sentiments en partage comme inaptes à représenter une cause aussi noble que la libération”, et soutiennent que se servir de la négativité comme fondement d’une libération commune “ne peut apparaître [comme une possibilité] qu’à ceux qui ont cessé de croire que les affects positifs tirent le meilleur des gens”. Je suis d’accord qu’il faut savoir traverser les affects négatifs plutôt que les contourner. Mais il me semble aussi qu’il y a une différence cruciale entre accepter leur existence – s’intéresser à eux, leur faire de la place, ne pas les considérer comme des pathologies, comprendre leur cause et leur énergie potentielles, ne pas les traiter en ennemis à purger de nos consciences ou de nos vies – et les mettre sur un piédestal en tant qu’ultimes signifiants de radicalisme ou de mobilisation, ou les charger d’une valeur utilitaire ou d’une sorte de véracité qui excède à la fois leur sens et leur force. Les habitudes de l’esprit ont tendance à se perpétuer ; il en est de même de la négativité. Et bien que la positivité ne tire pas toujours le meilleur des gens (quel que soit ce qu’on entend par là), en déduire que la négativité, elle, est à même de le faire dément toute mon expérience des affects négatifs (sans parler de ces gens qui prennent un malin plaisir à jeter de l’huile sur le feu).

Les chercheurs Ann Cvetkovich, Moten et d’autres ont noté que beaucoup de dépression et de négativité semblent coaguler à des endroits où les gens donnent l’impression de “faire ce qu’ils aiment”, dont le monde de l’art, les cercles de militants, ou l’université. D’après Culp : “Les affects positifs abreuvent Zuccotti Park ou les tours de Goldman Sachs. Or on trouve les affects négatifs sur les lieux de travail à des postes en intérim, mais aussi à des tables rondes de conférences féministes. À l’instar de l'ambivalence de toute autre forme de pouvoir, l'affect n'est pas une vertu mais un diagnostic." Néanmoins, les supporters de Trump à ses meetings ont l'air de se sentir plutôt bien, voire *hyper* bien, si tant est que le plaisir et la désinhibition de la vindicte, du nihilisme et de la haine s'apparentent vraiment à se sentir bien. Plutôt que chercher à identifier des domaines particulièrement misérables, il me semble plus productif de simplement noter qu'il y a partout énormément de misère, ainsi qu'un manque d'habileté à demander pourquoi ça va mal, et que faire pour aller mieux[20]. Auquel cas, il est cohérent de poser des questions structurelles concernant les conditions qui doivent être altérées pour qu'on puisse aller mieux, tout en interrogeant les raisons pour lesquelles on se sent mal, et en examinant si ces raisons sont aussi immuables ou inévitables qu'on le croit. La première proposition est difficile parce que changer des conditions et des structures n'est pas évident ; la seconde est difficile parce qu'elle engage de reconnaître que nous pouvons être attachés à certains aspects de notre mal-être, que nous craignons d'abandonner alors même que nous sommes convaincus de le vouloir.

Il ne s'agit pas de simple perversion. Il est difficile de défier les forces vives de l'anxiété et de la paranoïa car elles sont, comme l'a dit Freud, fondamentalement des modes de défense. ("On devient paranoïaque à propos des choses qu'on ne supporte pas", a écrit Freud, pour indiquer pourquoi nous ne pourrons jamais totalement purger notre psychologie de la paranoïa et de l'anxiété.) Nous redoutons qu'en lâchant prise nous n'appréhendions plus notre situation correctement et ignorions des menaces tangibles. Nous redoutons que, sans notre anxiété, une menace nous prenne par surprise, et que cette surprise soit insupportable (hello, quasi-extinction 2030 !). Nous redoutons qu'à s'engager dans une acceptation radicale des "choses comme elles sont" nous risquions de sombrer dans la répression, la complaisance ou l'inaction (grand classique de la critique de gauche du bouddhisme ou d'autres formes de pleine conscience). Mais la paranoïa, le désespoir et l'anxiété ne sont pas connus pour nous aider à nous atteler aux problèmes, ou approfondir notre soutien les uns envers les autres. À l'inverse, ils ont tendance à réifier un sentiment douloureux d'individuation, et à restreindre notre imaginaire à ses versions du pire, comme si répéter nos pires peurs saurait amoindrir notre souffrance future. Ma vaste expérience personnelle de cette approche m'a appris que c'est tout l'inverse, en réalité. J'y ai découvert un moyen totalement compréhensible et extrêmement efficace d'étouffer tout sentiment de libération, d'amplitude ou de plaisir qui puisse être disponible dans le moment présent, le parfait moyen de s'en priver.

Politique et psychothérapie

En 2014, Guy McPherson a obtenu une licence en tant que *grief-recovery specialist* – une spécialisation dans le soutien des personnes endeuillées – et a depuis fait sa profession d'aider les gens à accepter leur extinction imminente. McPherson associe cette acceptation à une forme de liberté – la seule liberté qui nous reste. À l'occasion d'un discours prononcé en 2019, il a cité le survivant des camps de concentration Viktor Frankl disant : "On peut tout retirer à l'Homme sauf une chose : la dernière des libertés humaines – le choix de l'attitude personnelle qu'il prendra face à un ensemble de circonstances afin de décider de son propre chemin." Notre dernier acte de liberté, a ajouté McPherson, est dans le choix d'une attitude qui nous permette de vivre "pleinement et passionnément avec l'idée de la mort" tandis que notre espèce se prépare à quitter la scène.

La trajectoire de McPherson, de climatologue à thérapeute du deuil, a beau être plus explicite que d'autres, nombreux sont les intellectuels, en particulier ceux dont le travail se concentre sur le changement climatique, qui ont commencé à se pencher sur – ou à s'emparer de – leur rôle de guide thérapeutique. *Dark Ecology* [écologie sombre] de Morton, à titre d'exemple, mène le lecteur, à l'instar du Livre tibétain des morts, sur une sorte de parcours à travers la difficulté des sentiments que peut faire survenir "l'écologie sombre" : "En général, nous ne dépassons jamais le cap des premières ténèbres, et ça, c'est quand on s'y intéresse un tant soit peu. Dans ce livre, nous allons tenter de parvenir aux troisièmes ténèbres, les suaves, en passant par les deuxièmes ténèbres, les intranquilles. N'ayez pas peur." Berardi a aussi été relativement explicite sur ce tournant. Voilà ce qu'il en dit : "Politique et psychothérapie seront la même chose à l'avenir. Les gens seront désespérés et déprimés et pris de panique parce qu'ils n'arriveront pas à gérer l'économie post-croissance, parce qu'ils regretteront l'identité moderne fuyante. Notre devoir culturel deviendra de nous préoccuper de ces gens et de nous occuper de leur folie, et leur montrer la voie pour apprendre à s'adapter. Notre devoir deviendra la création de zones sociales de résistance humaine, conçues comme des zones de contagion thérapeutique."

Comme je l'ai clairement indiqué plus haut, je suis sceptique quant au projet de transformer de plus en plus de domaines de nos vies (l'éducation, l'activisme, l'art) en soin ou en thérapie ; je crois aussi qu'il est plus inspirant d'imaginer les hommes s'emparer de cette fonction, dans la mesure où elle ne les réinscrit pas dans une attente de soin ou de guérison, une tâche qui incombe encore aux femmes, tous milieux confondus. Les hommes semblent souvent à l'aise avec le rôle de gourou, peut-être parce que prétendre savoir leur confère un sentiment de pouvoir : se présenter en expert quant au diagnostic et au traitement peut aussi être une démonstration de maîtrise en complément ou en remplacement du soin. En même temps, il me semble absolument vrai que, quand on parle de changement climatique – en plus des crises critiques auxquelles nous pouvons faire face, d'autres ont commencé à s'accumuler –, personne ne peut être seul à porter le fardeau ; les dislocations qui en résultent bouleverseront inévitablement nos rôles et nos relations (comme le fait d'enseigner pendant la pandémie de Covid-19 l'a amplement démontré).

Dépasser les premières ténèbres de la prise de conscience écologique est plus facile à dire qu'à faire. J'ai honte de l'admettre, peut-être parce que je ne le comprends pas encore complètement, mais les mois que j'ai passés à amasser mes recherches et écrire ce chapitre ont été accompagnés de crises de panique somatiques moult fois diagnostiquées – pour mon plus grand énervement – comme des "symptômes d'angoisse". C'était comme si, au bout d'une journée à lire sur l'extinction de masse, le racisme environnemental et la mort des océans, mon attention et mon angoisse s'étaient tournées vers un objet plus immédiat – mon corps –, s'étaient mises à se focaliser sur un œil qui tressaute, une douleur à la poitrine, des démangeaisons, une vessie hyperactive, une douleur à la mâchoire, des troubles gastro-intestinaux, des vertiges, et j'en passe. Quand je n'étais pas obsédée par mon propre corps, je m'inquiétais pour la santé et la sécurité de mon fils. J'avais des crises de larmes inexpliquées. J'avais le sentiment, un sentiment commun à nombres de celles et ceux qui se prennent cette crise de plein fouet, d'être une espèce de Cassandre hallucinée, incapable de comprendre comment les gens – ma famille, ou moi-même – pouvaient passer leurs journées à réchauffer du café, à regarder l'US Open à la télé, ou à pester contre le déluge d'e-mails ou les prises de tête entre collègues. Voir nos dirigeants, non contents de nier la réalité et de repousser l'échéance, conspirer à empirer la situation me donnait l'impression – continue de me donner l'impression – d'être enfermée dans une capsule de folie destructrice, un monde à l'envers où toutes nos réalités – les centaines de milliers de morts du Covid-19, les violences policières, le chômage de masse ou la toxicité de l'air et des eaux – sont filtrées à travers un miroir déformant et présentées comme "superbes" et "magnifiques".

Si c'était ça, accepter la difficulté, ça ne faisait certes pas du bien. Car si beaucoup d'entre nous pensent tout le temps au climat, personne n'a tellement envie d'en parler, moi la première. Exhorter les autres à participer au débat ne fait que renforcer un sentiment d'aliénation. ("Le cercle arctique a enregistré un record de température de 101 degrés F samedi. La moyenne des températures élevées pour le mois de juin est de 68 degrés F. L'Arctique est donc en surchauffe de +33 degrés, là, tout de suite. Quelqu'un écoute ?" a tweeté un journaliste aujourd'hui, clairement aux prises avec ce sentiment de désespérance.)

Rétrospectivement, ma fixation sur mon corps n'était pas qu'un déplacement pathologique. Faire face à notre impasse collective en tant qu'espèce amplifie l'impasse de notre mortalité, laquelle, même les bons jours, peut sembler terrassante. Ce que nous redoutons pour notre planète et notre espèce nous renvoie à l'inéluctable réalité qui nous attend, nous et tous ceux que nous aimons. C'est objectivement douloureux.

Ces sentiments ne m'ont pas vraiment quittée, mais je les vois un chouïa plus clairement pour ce qu'ils étaient, ou sont : une façon de garder la tête hors de l'eau à travers les premières ténèbres, sans les compétences ou la solidarité nécessaires pour éviter de sombrer dans le tourbillon de la souffrance individuelle. La bonne nouvelle, c'est que ces compétences, cette solidarité, sont disponibles. Parfois on a juste besoin de toucher le fond pour être contraint de les mobiliser, ou de reconnaître qu'elles existent.

Entre les wagons

Les écrivains du climat soutiennent que les artistes ont un rôle essentiel à jouer dans l'imagination des futurs possibles, qu'ils soient dystopiques ou utopiques. Nous ne pouvons pas construire un monde affranchi de la structure de l'énergie carbone ou de la croissance perpétuelle, disent-ils, sans l'avoir d'abord imaginé – ou, à l'inverse, nous avons besoin de nous représenter les futurs que nous voulons éviter à tout prix pour que la peur nous en détourne. Le romancier Amitav Ghosh expose ce point de vue dans *Le Grand Dérangement*, où il appelle à “un art et une littérature transformés et renouvelés” plus directement impliqués dans le changement climatique – un appel qui trouve un écho chez tout le monde, de Stengers (“Nous devons apprendre à raconter de nouvelles histoires, qui ne soient ni apocalyptiques ni messianiques [...]. Des histoires que je décrirais, à l'instar de Haraway, comme des récits de SF”) au Dark Mountain Collective, qui compte parmi ses membres le romancier britannique et “environnementaliste convalescent” Paul Kingsworth (“Nous croyons que l'art doit regarder par-delà le précipice, se confronter au monde qui arrive sans détourner le regard, et relever le défi de l'écocide en s'imposant son propre défi : proposer une réponse artistique à l'effondrement des empires de l'esprit”), en passant par Scranton (“nous devons construire [...] des arches culturelles, pour préserver une sagesse en voie de disparition [...]. Le destin des humanités, tandis que nous touchons à la fin de la civilisation moderne, est le destin de l'humanité elle-même").

Je mesure la valeur de ces appels à inventer ou sauvegarder les histoires qui peuvent nous aider à repenser et appréhender nos circonstances avec compassion, imagination, humour, solidarité et dignité, mais je crois aussi utile de "laisser tomber les histoires", comme le conseille Chödrön : *toutes* les histoires, y compris les plus "progressistes", qui supposent une trajectoire ascensionnelle vers la justice. Car à un moment donné dans nos vies, si nous vivons suffisamment longtemps, nous commençons à ressentir au niveau viscéral ce que nous avons déjà reconnu intellectuellement : le cours d'une vie ne permet pas de saisir l'entièreté de l'histoire. En outre, il n'y a peut-être rien de tel qu'une histoire en son entier. Il n'y a peut-être pas d'histoire du tout. Nos cerveaux ont beau être câblés pour produire des histoires en tant que mode d'organisation du temps et de l'espace, ça ne veut pas dire pour autant qu'il n'y a pas d'autres moyens de faire l'expérience de la vie.

C'est difficile de laisser tomber les histoires – sans parler de notre conviction inébranlable en une temporalité linéaire – quand le grisonnement de notre chevelure et l'effarante fonte des calottes polaires nous sont donnés à voir jour après jour. C'est difficile quand son enfant demande, les yeux dans les yeux, comment on en est arrivé là, et comment – ou si – on va réussir à sortir de ce carnage. "Dis-moi comment ça se finit", ne cesse de demander la fille de Valeria Luiselli dans le livre que cette dernière a consacré aux enfants demandeurs d'asile à la frontière américano-mexicaine. "Parfois, j'invente une fin, une fin heureuse, écrit Luiselli. Mais la plupart du temps, je me contente de dire : Je ne sais pas encore comment ça se finit."

Plutôt que d'avoir recours à une histoire, je m'en remets souvent à un certain tableau, celui sur lequel s'ouvre *The Undercommons* de Harney et Moten. (Les tableaux entretiennent un lien certain avec les histoires, mais dans la mesure où ils sont suspendus dans le temps ils proposent une sorte de pause ou d'interruption.) Les auteurs expliquent le titre de leur ouvrage en évoquant une scène-type des films hollywoodiens sur l'Ouest américain, où – comme l'a également remarqué le scientifique Michael Parenti – les villes des colons sont invariablement encerclées par des forces hostiles et menaçantes ("les autochtones"). Cette inversion des rôles est primordiale pour retourner l'invasion meurtrière du colonialisme en légitime défense. "Le fort était réellement encerclé, écrivent-ils, est assiégé par ce qui l'encercle, ce qui existe en commun au-delà et en deçà – en amont et en face – de la clôture." Leur tâche – et la nôtre, si leur "nous" est bien le nôtre (et je crois qu'il peut l'être, quoique non sans trouble ; c'est là la profonde générosité, et pour certains la controverse, de leur travail) – devient "la légitime défense des assiégeants devant leur dépossession continuelle, ciblée, par l'incursion armée des colons". Dans un entretien à la fin des *Undercommons*, Moten et Harney associent les *undercommons*, c'est-à-dire les assiégeants, au "premier train de marchandises dans lequel on a embarqué". Une fois à bord, dit Moten, "on s'est mis à voyager entre les wagons".

"Voyager entre les wagons" : la pratique *hobo** qui consiste à voyager clandestinement dans les espaces interstitiels entre les rames d'un train de marchandises,

* Au sens strict, un vagabond ou un sans-abri, puis, par dérivation métonymique, un mode de vie, un style vestimentaire et des phénomènes culturels associés à son concept.

pour échapper aux contrôleurs du train ou à la police. L'expression revient souvent dans le blues, ce laboratoire fondateur où l'affect parvient à trouver son objet, où la douleur par alchimie se transforme en subsistance, et où apparaissent des zones de résistance sociale et de contagion thérapeutique. Voir, par exemple, Robert Johnson : "Leaving this morn', I have to ride a blind / Babe, I been mistreated, baby, and I don't mind dying" [en partant ce matin, j'ai filé entre les wagons du train / bébé, on m'a maltraité, bébé, et j'ai pas peur de crever].

Voyager entre les wagons te met hors de la vue des autorités. Mais ça implique aussi de ne pas voir où tu vas. Tu pourrais avoir embarqué à bord d'un train fou qui fonce droit sur un mur en béton. Ou peut-être que tu es en route vers un avenir inimaginable depuis cet instant présent. La vie sera peut-être meilleure au prochain arrêt, ou pas. "Vu de l'avenir, l'humanité s'avérera-t-elle n'avoir été qu'un pollinisateur pour la civilisation des machines du futur ?" s'interrogent Robin Mackay et Armen Avanessian dans l'introduction de leur ouvrage *Accelerate: The Accelerationist Reader* [Accélère : anthologie de l'accélération]. Quelle idée ! Vous et moi ne vivrons pas suffisamment longtemps pour le découvrir.

Un des avantages qu'il y a à voyager entre les wagons, ou à laisser tomber les histoires, est que d'autres formes de temporalité deviennent plus tangibles, dont le sentiment du temps *plié*, ou *intergénérationnel* – ce que les penseuses féministes Astrida Neimanis et Rachel Loewen Walker ont appelé "le temps épais" : "un étirement transcorporel entre présent, futur et passé". "Le temps épais" n'est ni un temps racheté ni un temps queer à proprement parler, mais j'avoue que je le ressens surtout quand je regarde mon fils, et je perçois tous les états d'être et les âges qu'il a traversés, pliés les uns sur les autres. (Ma mère m'a dit un jour que quand elle venait me chercher sur la place de notre village, parfois l'espace d'un instant, elle ne se souvenait plus à quel genre de corps elle devait s'attendre : le corps d'une jeune enfant ? un corps adolescent ? pré-adolescent ? À l'époque, je pensais qu'elle était un peu dingue, mais maintenant je me rends compte qu'elle touchait du doigt l'épaisseur du temps dont je fais sans cesse l'expérience ces jours-ci, quand mon fils m'explique pourquoi le congélateur ne peut pas congeler un hot-dog ou pourquoi un domaine précis diffère d'un monde dans Minecraft, et je suis distraite par ses yeux, les mêmes exactement qu'il avait déjà nourrisson, quand je l'allaitais, pendant tout ce temps désordonné passé dans mon fauteuil à bascule. Je crois – j'espère – qu'à mesure que je vieillis le temps ne fera que s'épaissir davantage.)

Toute forme de soin – à l'exception peut-être des soins palliatifs, mais là encore à leur manière – entretient une relation ouverte, tacite, avec la futurité : on alimente une enfant pour qu'elle ne souffre pas de malnutrition ; on panse une plaie pour qu'elle ne s'infecte pas ; on arrose des graines dans l'espoir qu'elles poussent. Ce n'est pas tant qu'il n'y a pas de présent dans le soin, ni que le soin au présent soit invalidé si et quand le but désiré ne s'accomplit pas. C'est plus que, dans le soin, le temps est plié : on s'attache aux effets des actions passées, on tente de temporiser la souffrance actuelle, on fait son possible pour réduire ou prévenir la souffrance future, dans le même temps. Plutôt que de se rendre malade à force de se demander quelle valeur assigner à l'avenir, ou d'opposer la liberté du moment présent à une obligation rattachée au futur, ou de se consigner au travail de l'hospice planétaire, nous pourrions reconnaître que “vivre pleinement le moment présent” engage toujours à faire des choix qui réduisent ou augmentent la souffrance future. Il s'agit d'une *abondance temporelle*, une expression empruntée à la poétesse-philosophe Denise Riley dans son douloureux, magnifique livre *Time Lived, Without Its Flow* [le temps vécu, sans son passage], où elle se confronte au choc de la mort de son fils à l'âge adulte. À la fin du livre, Riley décrit cette abondance du temps maternel comme une "abondance temporelle élaborée, dynamique, silencieuse, pour autant qu'elle est aussi une abondance dans la perte". *Une abondance, jusque dans la perte* : ça me semble juste, bien que transperçant.

Pour tenter de bousculer notre appréhension du temps, et peut-être dans l'espoir d'éveiller en nous ce sentiment d'un temps plié, ou épais, ou intergénérationnel, Morton s'adresse souvent à son lecteur comme à un voyageur dans le temps : "Vous voilà, occupé à enfourner du charbon dans votre machine à vapeur, cette grande invention brevetée en 1784 que Marx acclame comme l'agent du capitalisme industriel. Cette même machine que Paul Crutzen et Eugene Stoermer acclament comme l'instigatrice de l'*Anthropocène*. Vous voilà, en train de tourner la clé de contact dans votre voiture. Et ça vous prend par surprise. Vous êtes un élément d'une chose distribuée en masse. Cette chose est ce qu'on appelle *l'espèce* [...]. Mais remontez d'un cran et un phénomène très étrange survient. Mon moteur qui tourne est statistiquement insignifiant [...]. Mais quand ces actions se décuplent pour inclure des milliards de moteurs qui tournent, des milliards de pelletées de charbon, l'atteinte portée à la Terre devient autrement tangible. En tant que membre de cette espèce, je me dois d'assumer ma part de responsabilité dans l'Anthropocène."

Ainsi, nous voilà de nouveau, en train d'enfourner du charbon dans le tender, ou, dans le cas de mon fils, en train de mimer les gestes parmi les ruines. Il adore les trains et il n'aime plus les trains, un ersatz de vent dans sa chevelure d'enfant, le vrai vent sur son visage de grand garçon tandis qu'il s'élance à travers le parking désert pour cause de pandémie. Me voilà à ses côtés, découvrant, pour la mille et unième fois, la véracité de la joie, et combien elle pulse d'impermanence, de responsabilité, et de chagrin. Le cordon a été coupé, c'est certain. Mais si je peux imaginer l'élever, et continuer à m'élever moi-même, comme le font ceux qui œuvrent au nom des assaillants – les *commons* en deçà et au-delà – les *déjà et à venir* –, si nous pouvons embrasser à la fois la misère et la liberté de vivre et, autant que possible, apprendre à mourir –, alors j'ai le cœur moins brisé et davantage chargé d'audace. Je le sens épouser sa juste forme. Morton déclare vouloir "nous tirer du rêve où le monde est sur le point de finir, parce que l'action sur Terre (la véritable terre) en dépend". Pendant si longtemps, je n'ai pas compris ce qu'il voulait dire. À présent, je comprends.

Postface

Tout écrit, même celui qui tente d'appréhender le *nunc*, finit par décliner un moment qui n'est plus, ne serait-ce que parce que le moment de la composition se distingue de celui de la publication ou de la dissémination. C'est là un des pouvoirs de l'écriture. Mais il soulève aussi certaines angoisses temporelles pour l'écrivain. Pour ma part, je redoute de mourir avant d'avoir pu terminer mon projet. En partageant cette peur avec d'autres personnes, je me suis rendu compte qu'elle n'était pas si insolite que ça. Les livres cherchent à la fois la complexité et la résolution, ce qui peut donner l'impression d'une course sur une route qui ne cesse de dévier et où la ligne d'arrivée semble toujours se dérober. Une autre angoisse classique a trait à la projection – une projection catastrophiste – des futurs possibles dans lesquels votre travail verra le jour. En général, le fantasme prend la forme d'une angoisse sublunaire quant à la réception, mais à d'autres moments – comme celui que nous vivons, où une ombre a été jetée sur l'idée même de la futurité humaine – ces angoisses se décuplent jusqu'au vertige.

Commencer ce livre au début de l'ère Trump et le terminer au cours d'une pandémie dont l'issue, alors que j'écris ces mots, est encore incertaine m'a fourni d'amples opportunités pour me demander dans quel genre de monde ce livre atterrirait (et, compte tenu du changement climatique, quel genre de monde lui succéderait). Même sans s'inquiéter de savoir si notre nom ou nos idées nous "survivront", sans fantasmer l'écriture comme source de consolation pour, ou rempart contre, la souffrance individuelle et la mortalité collective, il reste ce problème que Denis Riley a identifié quand elle s'est retrouvée dans l'incapacité d'écrire durant deux longues années après la mort de son fils : "Il semble impossible de s'intéresser un tant soit peu à l'activité de l'écriture sans nourrir un quelconque sentiment de futurité. L'action de décrire suppose la notion d'un passage du temps. La narration implique un minimum d'allusion à un 'et puis' et à un 'après ça'."

En dépit de ma vieille résistance beckettienne contre la narration, ou de mon affinité pour sa notion que "chaque mot est comme une souillure inutile du silence et du néant", l'observation de Riley me touche. Après tout, cette certitude qu'il existe un "et puis" et un "après ça" infuse cet endroit du texte – la "postface", une désignation qui entend proposer un sentiment de sommation et d'orientation temporelle, tout en ne faisant qu'indiquer, en particulier dans l'anglais *afterword*, une adjonction de mots après d'autres mots, qui tous font partie d'un cheminement de pensée inachevé et continu.

Dans son essai de 1844, "Expérience", Emerson pose ce dilemme dans l'espace : "Nous nous éveillons pour nous trouver sur une marche ; il y a des marches au-dessous de nous, que, semble-t-il, nous avons gravies ; il y a des marches au-dessus de nous, nombreuses, qui montent à perte de vue." Un tel entre-deux pourrait bien représenter notre état chronique, mais il me semble plus palpable quand on parvient au mitan de la vie, là où je me tiens aujourd'hui, et où se tenait Emerson quand il écrivit "Expérience". (Il venait aussi de perdre son fils de cinq ans, Wallie.)

L'impression d'être piégé sur un escalier – dans la vie, dans son âge, dans son corps, dans la douleur, dans l'histoire, dans le deuil –, incapable de percevoir le sens de son existence et de son époque autrement que de manière opaque, à travers une vitre, est relativement familière. En tout cas elle ne manque pas d'illustrations. Pour autant, elle ne doit pas être l'unique interprétation possible de notre situation, ni la seule manière de conjuguer le temps. Comme la philosophe italienne Rosi Braidotti (entre autres[1]) nous le rappelle, il existe également un futur antérieur, un temps dont la caractéristique est de faire apparaître le futur avant le futur, un petit gousset – un pli ou une poche – depuis lequel on peut déclarer, à l'instar de Braidotti : "Vous aurez changé", "ils se seront battus pour la liberté" ou "nous aurons été libres". Braidotti nomme ce type d'assertions "réminiscence nomadique".

Réminiscence nomadique. De quoi s'agit-il, au juste ? À quel lieu, quel temps ou quelle voix appartiennent de telles assertions ? Quel genre d'abondance temporelle nous permet de nous souvenir de ce qui n'a pas encore été ? Est-ce que *Nous aurons été libres* m'émeut parce que j'en fais mon lot de consolation, dans le style de la morale de l'esclave, ou parce que j'y perçois une vérité inéluctable ? Émane-t-elle d'un locuteur qui espère – qui sait – que les paroles prononcées au présent peuvent façonner le passé et l'avenir ? Est-ce une assurance qui s'élève d'on-ne-sait-où (l'au-delà ?), à l'image de ce refrain fugué de Moten et Harney : "S'ils vous interrogent, dites-leur que nous étions dans les airs" ? L'étions-nous ? Le sommes-nous, là, maintenant ?

Quelques années avant “Expérience”, Emerson a écrit, dans “L’Intellectuel américain” : “Ce temps, comme tous les temps, est très bon, à condition que nous sachions quoi en faire.” Cet énoncé à la fois inspirant et exaspérant a alimenté une part non négligeable de mes réflexions ; j’y ai trouvé autant de provocation que de soutien depuis que je l’ai découvert il y a plus de deux décennies, quand la citation a fourni le sujet de mon oral de troisième cycle. J’ai passé mon examen quelques semaines avant le 11-Septembre, à une époque où mon immeuble, situé en face de l’Empire State Building, était régulièrement évacué pour cause de menaces de lettres piégées à l’anthrax ou d’alertes à la bombe.

Il est difficile de se souvenir aujourd’hui à quel point cette époque était délétère, en particulier parce que les raisons pour lesquelles on se sentait si mal ont vite été subsumées par les guerres en Irak et en Afghanistan (et, maintenant, par la toute nouvelle vague de souffrance et de mort collectives dues au Covid-19). Mais je me souviens à quel point notre désarroi était grand. *En quoi ce temps est-il très bon ?* mon comité et moi nous sommes demandé à voix haute dans cette salle de séminaire moquettée de gris, jonchée de petits tas de poussière de craie que nous scrutions à tour de rôle, redoutant qu’il s’agisse d’anthrax. *Qu’est-ce que ça impliquerait de “savoir quoi en faire” ?*

Après mon oral, nous avons débattu des moyens de transport les plus sûrs pour rentrer chez soi – certains professeurs ont dit qu’ils ne prenaient plus le métro depuis que tant de personnes avaient été enterrées vivantes dans ses tunnels ; d’autres, hantés par les images des gens couverts de cendres et de sang poursuivis dans les rues par un météore de débris, ont insisté pour dire que le métro était plus sûr. J’étais de l’avis des premiers, aussi j’ai entamé, post-examen, une longue marche vers Brooklyn. “Peu importe ce qui se passe dans le monde, tu devrais quand même marquer le coup en t'offrant un joli cadeau, un stylo-plume, par exemple", m'a suggéré un professeur, une recommandation qui m'est apparue aussi ridicule que bienveillante (j'ai depuis moi-même dispensé des conseils semblables).

J'avais la nausée ce jour-là et, durant les mois qui ont suivi le 11-Septembre, elle ne m'a pas quittée. Je n'avais jamais ressenti auparavant (et j'espère ne jamais ressentir à l'avenir) l'impression que donne la proximité tangible de milliers de personnes récemment assassinées. L'odeur qui s'en dégage. Tout au long de ma marche, j'ai tourné et retourné l'axiome d'Emerson dans ma tête. Son allégresse superficielle ou sa froideur m'ont rappelé certains enseignements bouddhistes, dont celui-ci : "Ce moment est le professeur parfait", un enseignement qui a le don de scandaliser les gens (*ce cancer ? cet accident de voiture ? cette séparation d'avec mon enfant ? cette fusillade de la police ? cette guerre injuste ? cette sixième extinction ? cette pandémie ?*). Que nous ne puissions soustraire certaines expériences de cette proposition fait cependant partie intégrante de son enjeu, de même qu'une chose peut être un parfait professeur tout en ayant pour conséquence notre mort (une définition, hélas, de la vie même).

Penser nous devons, nous devons penser. Tandis que nous pensons, il est important de nous rappeler que les personnes avec qui nous pensons et les choses auxquelles nous pensons ne sont pas tout ce qui compte ; l'état d'esprit dans lequel nous choisissons de penser est aussi important. Pour reprendre les mots de l'équipe féministe de géographes économistes J. K. Gibson-Graham : "L'état d'esprit dans lequel nous pensons est une décision éthique, de même que le choix des techniques et des pratiques de pensée." Cette décision éthique est certes compliquée par le fait que, ainsi que J. K. Gibson-Graham le souligne, “toute pensée est conditionnée par l’affect”. Si notre affect façonne notre pensée, et que nous ne pouvons pas vraiment choisir les sentiments qui nous animent, comment diable sommes-nous censés choisir l’état d’esprit de notre pensée ?

Mille choses déterminent l’état d’esprit de ma pensée, voire le surdétermine : mon appartenance démographique, ma période historique, ma nature, ma culture, les moyens technologiques par lesquels je la produis et la distribue, mes relations, et les bons vieux rouages de mon cerveau. Ces propensions ne sont pas toujours de notre fait (et gare à celles et ceux qui pensent pouvoir en être affranchis). Néanmoins, le fait qu’une grande partie de notre pensée et de notre affect soit spontanée, habituelle et liée à des forces qui nous dépassent – qu’ils s’agissent de nos traditions, de notre époque, ou de notre tempérament – n’est pas une raison suffisante pour la croire figée. Prendre conscience des choix que nous avons dans ce domaine est une pratique de la liberté, qui mérite tout le temps qu’on peut lui consacrer.

Penser à voix haute avec les autres, comme j’ai tenté de le faire ici, est une pratique semblable. Il s’agit d’un processus continuel, voire dialectique, dans la mesure où il implique de se laisser interpénétrer et transformer tout en préservant sa capacité à nuancer et maintenir sa position. Il ne s’agit pas d’être d’accord, mais de ne pas renoncer les uns aux autres. Mettre un langage discursif au service d’un tel but n’est pas simple, car ce langage soliloque, prétend savoir. Mais penser à voix haute est différent de chercher à avoir raison, de jouer les patrons ou de tenter de persuader les autres. Ça implique d’examiner la pression que certaines idées exercent sur nous, en tant qu’individus, en tant que culture ou sous-culture, ou même en tant qu'espèce, et de les laisser respirer, de leur laisser une marge d'adaptation, de lâcher-prise, pour qu'elles ne finissent pas, malgré nous, par nous emprisonner (comme peut le faire la "liberté" elle-même[2]).

Quant au grand soir de l'émancipation, je crains qu'on ne l'attende encore. En outre, mon patient labeur dans les domaines de l'art, de la sexualité, des drogues et du climat (il aurait pu y en avoir d'autres, mais c'est en posant des limites qu'on parvient à ses fins) n'a fait que renforcer mon respect pour la complexité et la continuité des pratiques de la liberté, du soin, de la contrainte, ainsi que pour la difficulté de "vivre avec le trouble". En même temps, tandis que mon projet touche à son terme, j'entends littéralement sourdre le bruit des manifestants qui se sont déversés dans les rues tout l'été, et leur convivialité insurrectionnelle m'emplit d'espoir et de gratitude en ce moment autrement si douloureux et terrifiant. L'irruption cacophonique d'une assemblée publique au service de la liberté et du soin pendant cette période d'isolement intense (autrement dit, la vie en période de "confinement", où la possibilité de se toucher a été radicalement restreinte) a servi de rappel au pouvoir irrépressible de l'élan libératoire, ainsi que son abondance temporelle – son lien aux luttes passées, sa mutation au présent, et sa capacité à métamorphoser l'avenir.

Tandis que les chroniqueurs s'évertuent à pronostiquer à quelle échéance nous risquons de tomber de tel précipice ou de tel autre, ou à se demander dans quelle mesure cette période pourra servir de catalyse (ou, plutôt, selon quelle probabilité nous nous servirons de ce moment comme d'une catalyse) pour mettre en œuvre les changements dont nous avons désespérément envie et besoin – si ce temps est effectivement très bon, et que nous savons quoi en faire –, la nécessité de sortir de la tension permanente entre peur et espoir ne m'est jamais apparue plus clairement[3]. Car même si ce moment ne nous apporte pas tout ce que nous en attendons – un tel moment a-t-il déjà eu lieu ? – ou même si la situation vire au désastre à compter d'aujourd'hui, ce n'est pas comme si la catalyse disparaissait soudain, et que nous étions réduits à l'impuissance, et à attendre misérablement qu'un *deus ex machina* vienne nous donner une nouvelle chance. Nous devons tenir bon – *nous aurons tenu bon* – et continuer à croire en l'amour, l'étude et la lutte, la trinité révérée par Robin D. G. Kelley, où chaque élément est inséparable des autres, et où chacun est là pour nous tenir la tête hors de l'eau quand les autres échouent.

Pour ce qui est d'accéder à la liberté "en deux, trois secondes" et me délester "des chagrins et des regrets du passé [...], des incertitudes et des peurs du futur", je n'y suis pas encore parvenue. À vrai dire, une des révélations surprises de ce livre a été pour moi de constater à quel point m'interroger sur la liberté a attisé mon angoisse, un des plus redoutables adversaires de la liberté. Est-on réellement surpris ? Une des leçons de l'interdépendance est que pour connaître une chose il faut d'abord apprendre à connaître ses cousins ou ses voisins. Je ne serai pas la première penseuse (ou personne) à découvrir la parenté terrible, et peut-être fertile, qui unit l'angoisse et la liberté – j'ai dû l'éprouver par moi-même[4]. Mais après de nombreuses, et souvent douloureuses, excursions, j'ai fini par détecter les habitudes de pensée qui génèrent davantage de panique, étouffent et empoisonnent le cœur (la peur des drames ou des mauvaises surprises ; le désir féroce d'éviter la souffrance, la maladie, ou la mort ; les tentatives de contrôle qui ne font que l'amoindrir), et celles qui mènent à l'amplitude, à l'espace vide, au ciel bleu, quel que soit le nom que vous lui donnez – le silence et le rien à la fin de l'écriture, et tout le reste. Je ne savais pas, et je ne sais toujours pas, ce que ça fait de s'ouvrir à une telle amplitude. Parfois je suis convaincue que je ne le saurai qu'à ma mort. Mais je n'ai pas l'intention de faire de ma pulsion de liberté une pulsion de mort ; tout ça viendra bien assez tôt. Jusqu'alors, je veux m'y engager pleinement, absolument : de toute mon âme, sans échappatoire.

encore toujours peur et que ça fait de s'ouvrir à une telle amplitude. J'ai [illegible] qu'à [illegible] Mais je n'ai pas l'habitude de [illegible]

[illegible]

[illegible] encore [illegible]

Notes

Introduction

1. Beaucoup ont associé plutôt qu'opposé amour et liberté : voir bell hooks, "L'amour comme pratique de la liberté", où hooks affirme : "Du moment où on choisit d'aimer on commence à s'acheminer vers la liberté" ; le rapprochement que fait Foucault entre "pratiques de la liberté" et "souci de soi" ; l'accent mis par le philosophe et éducateur Paolo Freire sur "l'acte d'amour" comme engagement pour "la cause de la libération".
2. A.L. Steiner, correspondance privée, le 6 août 2016.
3. Voir l'article de Manolo Callahan : "[Covid-19] Convivialité (insurrectionnelle) dans la conjoncture du Covid-19". Merci à Fred Moten d'avoir attiré mon attention sur ce travail.
4. Voir les commentaires d'Ammon Bundy sur le coronavirus : "[Ce virus] est en train d'être exploité de toutes parts par des personnes au sein et à l'extérieur du gouvernement qui veulent prendre ce qui ne leur appartient pas. Je prie pour qu'un nombre suffisant d'entre nous se réveillent, s'insurgent, et placent la liberté avant la sécurité en toute circonstance !" Voir également le commentaire de l'historien Jelani Cobb sur son compte Twitter en avril 2020 : "Les manifestants pour la réouverture n'arrêtent pas de dire 'Vivre libre ou mourir'. Quelqu'un devrait leur expliquer que ces propositions ne sont pas antinomiques."
5. Cette méthode fait écho à Eric Foner, qui décrit dans son introduction à *The Story of American Freedom* [l'histoire de

la liberté américaine] : "Plutôt que d'appréhender la liberté comme une catégorie figée ou un concept préétabli, j'y vois une 'notion essentiellement contestée', qui de par sa nature même est sujette à discorde. L'usage d'un tel concept suppose automatiquement d'engager un dialogue continu avec ses définitions concurrentes."

6. Voir *La Vie psychique du pouvoir* de Judith Butler ; voir aussi la discussion de Moten sur ce point dans *Black and Blur* [noir et trouble].
7. Voir *Politiques du stigmate : pouvoir et liberté dans la modernité avancée* (1995 [2017 pour la parution française]), de Wendy Brown, où l'auteure explique comment les agendas politiques progressistes demandent à l'État "d'étayer les droits et d'augmenter ce qui revient de droit à ceux qui sont socialement vulnérables ou désavantagés : les personnes de couleur, les homosexuel-le-s, les femmes, les espèces animales en voie de disparition, les zones humides menacées, les forêts anciennes, les malades, les sans-abri", une injonction qui peut naître davantage d'un *ressentiment* nietzschéen (par exemple, "la revanche morale des faibles" sur les puissants) plutôt que du "rêve de démocratie – selon lequel les humains pourraient se gouverner eux-mêmes en gouvernant ensemble". Voir également *Une lutte sans trêve : rupture et continuités*, d'Angela Davis, où Davis rappelle judicieusement : "Il y a d'abord un mouvement d'émancipation, suivi d'une tentative de le circonscrire pour le faire entrer dans un cadre beaucoup plus étroit, celui des droits civiques. Ce qui ne veut pas dire que les droits civiques ne sont pas absolument essentiels, mais que la libération embrasse un domaine beaucoup plus vaste que les droits civiques."
8. Sur la liberté dans le trumpisme, voir également l'article de Lauren Berlant, "Trump, or Political Emotions" [Trump ou les émotions politiques] : "Trump est libre. On voit son calcul, et pourtant il ne semble jamais se préoccuper des conséquences de ce qu'il dit, et on voit ses supporters se réjouir de son sentiment de liberté. Regardez les brillantes interviews de Samantha Bee dans son émission *Full Frontal* à la Convention républicaine, où les participants répètent à tue-tête : On est pour Trump parce qu'il n'est pas politiquement correct, le Politiquement Correct a détruit l'Amérique, et vous vous rendez compte que *les gens se sentent tellement peu libres*... Ils

attendent une forme d'égalité, mais ce qu'ils souhaitent avant tout est de se libérer de l'humiliation. Les droits civiques et le féminisme ne concernent pas que la loi, après tout, il s'agit aussi de façons d'être, d'émotions : ces 'groupes de pression' foncent dans le tas et rejettent *ce qu'ils ressentent* comme des réponses spontanées, enracinées. Les gens se font humilier, ou perdent leur boulot par exemple, alors qu'ils ne font que rigoler un peu en se moquant. Anti-politiquement correct signifie 'Je ne me sens pas libre'." Pour une analyse plus approfondie de la liberté comme licence et sa relation à la domination, voir la contribution de Wendy Brown à son livre coécrit avec Gordon et Pensky : *Authoritarianism: Three Inquiries in Critical Theory* [autoritarisme : trois enquêtes de critique théorique]. En 2020, une nouvelle version trumpiste nihiliste de la "liberté" est apparue en réaction aux mesures sanitaires associées à la pandémie de Covid-19.

9. Voici quelques exemples supplémentaires de cette approche dans différentes sphères :
   - Sur le plan de la politique électorale traditionnelle, le linguiste George Lakoff a écrit sur la nécessité pour les démocrates d'"encadrer et nommer" la version de la liberté qu'ils entendent défendre, c'est-à-dire celle qui suggère que sans services publics comme "les routes, les ponts [...], l'accès aux allocations chômage", nous ne saurons être véritablement libres. "Les républicains parlent sans cesse de liberté, dit Lakoff, mais les démocrates sont les réels défenseurs de la liberté et ils doivent le dire." Je suis sûre que de nombreux critiques (de gauche) du Parti démocrate ne seraient pas d'accord avec cette appréciation, et l'entendraient comme une version diluée du genre de liberté qu'imaginait Marx (ou même les démocrates socialistes), mais passons...
   - Dans le domaine des études LGBTQ+, Janet Jakobsen et Ann Pellegrini ont soutenu (dans *Love the Sin* [l'amour du péché]) qu'en "élargissant le cadre du débat de l'étroite focalisation sur les 'droits' vers la liberté, nous espérons transformer un mouvement [LGBTQ+] qui, en l'état actuel, ne fait que s'ériger contre quelque chose (la discrimination) en un mouvement qui est activement et impunément pour autre chose (la liberté)".
   - La liberté joue un rôle déterminant dans la pensée anarchiste. Comme l'a écrit Mikhaïl Bakounine : "Je ne suis vraiment libre que lorsque tous les êtres humains qui m'entourent,

hommes ou femmes, sont également libres. La liberté d'autrui, loin d'être une limite ou une négation de ma liberté, en est au contraire la condition nécessaire et la confirmation. Je ne deviens vraiment libre que par la liberté des autres, de sorte que, plus nombreux sont les hommes libres qui m'entourent, et plus étendue et plus large est leur liberté, plus étendue et plus profonde devient la mienne." En acceptant comme principe que la liberté est, intrinsèquement, un phénomène social, compte tenu que "la liberté des uns empiète nécessairement sur celle des autres", l'anarchisme traite la difficile conciliation entre le désir individuel et le bien commun comme une tension positive, "une part inhérente de l'existence humaine empreinte de créativité", qui doit être confrontée en usant de méthodologies telles que la démocratie directe et le consensus afin de créer une "société libre faite d'individus libres" (voir *Anarchism and its Aspirations* [l'anarchisme et ses aspirations] de Cindy Milstein).

10. Le sociologue Orlando Patterson explore ce lien dans *Slavery and Social Death* [esclavage et mort sociale], où, après plus de mille pages, il parvient à la "découverte troublante" qu'un "idéal chéri à travers l'Occident au-delà de tout autre [la liberté] est apparu comme une conséquence nécessaire de la déflagration de l'esclavage et des efforts pour la nier". Cette découverte mène Patterson à ce qu'il appelle "une étrange et étonnante énigme" : "Devons-nous accorder de l'estime à l'esclavage pour ce qu'il a forgé, ou remettre en question notre conception de la liberté et la valeur qu'on lui accorde ?" Saidiya Hartman reprend cette question de manière tranchante dans *Scenes of Subjection* [scènes d'assujettissement] en proposant un témoignage méticuleux et horrifiant de la façon dont les Blancs se sont servis de la sémantique de la liberté pour ré-esclavagiser les Noirs récemment libérés durant la période de la Reconstruction et au-delà, démontrant non seulement comment la servitude, la destitution et l'assujettissement violent peuvent se cacher derrière le masque de la libération, mais aussi comment l'homme "libre" dépend des "dénigrés et des discrédités, ceux qui sont châtiés, affligés de diverses malédictions corporelles", cette "substance charnelle qui permet à l'universel d'accéder à sa splendeur éthérée".
11. Voir *Capitalisme, Désir et Servitude : Marx et Spinoza*, de Frédéric Lordon. Voir également la notion de Marx quant

à la “double liberté” du travailleur : “La transformation de l’argent en capital exige donc que le possesseur d’argent trouve sur le marché le travailleur libre, et libre à un double point de vue. Premièrement le travailleur doit être une personne libre, disposant à son gré de sa force de travail comme de sa marchandise à lui ; secondement, il doit n’avoir pas d’autre marchandise à vendre ; être, pour ainsi dire, libre de tout, complètement dépourvu des choses nécessaires à la réalisation de sa puissance travailleuse.”

12. Beaucoup d’autres personnes et mouvements ont pris part à cette conversation – voir, par exemple, *Unequal Freedom* [liberté inégale] d’Evelyn Nakano Glenn, où Glenn considère l’histoire des Mexicains et des Anglo-Saxons dans le Sud-Ouest, et des Asiatiques et des Haloes à Hawaï, en parallèle de celle des Noirs et des Blancs du sud de l’Amérique. Voir aussi, dans le même ouvrage de Foner, le conflit entre la notion de liberté des natifs américains, qui “se concentrait sur la préservation de leur autonomie culturelle et politique, et le maintien des terres ancestrales” et celle du colon blanc/de la Destinée manifeste qui a consisté à annihiler cette autonomie. Mais du fait des particularité matérielles, juridiques et philosophiques de la centralité de l’esclavage et de ses conséquences dans l’histoire américaine, la division Noir/Blanc a longtemps structuré et dominé le discours national sur la “liberté”.
13. L’autrice et activiste adrienne maree brown s’empare de cette notion dans *Pleasure Activism: The Politics of Feeling Good* [activisme et plaisir : politique du bien-être] (2019). Voir aussi l’explosion de travaux sur la *black joy*, comme dans le projet de Kleaver Cruz du même nom ; voir aussi le livre de l’artiste performeuse et écrivaine Gabrielle Civil, *Experiments in Joy* (2019).
14. Voir Berlant, “Trump, or Political Emotions” [Trump ou les émotions politiques]. Voir également *Depression* d’Ann Cvetkovich.
15. Dans une lettre ahurissante adressée à Baldwin, publiée dans le *New Yorker* en 1962, Arendt critique avec davantage de sévérité le “gospel de l’amour” de Baldwin. “L’amour, écrit Arendt, est étranger à la politique, et lorsqu’il y fait irruption rien d’autre ne peut s’y accomplir que l’hypocrisie. Toutes les caractéristiques que vous attribuez au peuple noir, sa beauté, sa propension à la joie, sa chaleur comme son humanité, sont

des caractéristiques propres à tous les peuples opprimés. Elles proviennent de la souffrance et sont ce que les parias possèdent de plus cher. Malheureusement, elles n'ont jamais survécu à l'heure de la libération, ne serait-ce qu'un instant. La haine et l'amour vont de pair et tous deux sont destructeurs ; on ne peut se les permettre dans la sphère privée qu'à la condition de ne pas être libre" (Moten commente aussi cette lettre dans *Black and Blur*, p. 84-88).

Arendt rejette ici l'idée selon laquelle tout peuple opprimé posséderait un savoir spécifique, idée qui, envisagée sous un angle théologique, prend souvent la forme d'une "souffrance rédemptrice". Selon l'historien britannique Paul Gilroy dans *L'Atlantique noir*, la souffrance rédemptrice s'empare de ce qui "était initialement vécu comme une malédiction" (à savoir "la malédiction d'être dépourvu de foyer ou d'avoir été contraint à l'exil") afin de se le réapproprier. Cette réappropriation, précise Gilroy, est un "aspect familier de la théologie de Martin Luther King. Celui-ci affirme non seulement que la souffrance des Noirs a un sens, mais que son sens peut être extériorisé et amplifié de sorte qu'il profite au statut moral de toute l'humanité". Des propositions similaires portant sur l'expérience du judaïsme ont proliféré après la Seconde Guerre mondiale, représentant précisément ce qu'Arendt rejetait (Arendt croyait qu'il était dangereux d'attribuer à tout groupe un sens moral indifférencié, qui le rendrait en quelque sorte moins sensible à la banalité du mal ou aux sirènes du pouvoir).

La question d'un savoir spécifique parcourt également la pensée féministe, ou du moins le courant qui tend à estimer que les femmes seraient plus enclines au relationnel, à l'intime et au *care* qu'à l'adhésion austère à toute idée de liberté individuelle. Alors que certaines féministes affirment que les femmes devraient accorder davantage d'importance à leur individualité et cesser de prendre compulsivement soin d'autrui afin d'identifier et de déployer une autonomie plus opérante pour elles, d'autres ont prôné une réévaluation du "travail féminin" nourricier et centré sur le *care*, prétendant qu'il représenterait un forme de savoir (ou, d'un point de vue économique, un travail non rémunéré) qui cimenterait la société, tissant les liens grâce auxquels la vie vaudrait la peine d'être vécue. Il nous faut bien signaler que certaines féministes ont estimé que la proposition selon laquelle les femmes disposeraient d'un accès privilégié à l'idée du bien éthique, capable de racheter un monde gangréné, relevait de la naïveté ou de l'essentialisme (voir, par exemple, *Split Decisions* [décisions partagées] de la chercheuse en droit Janet Halley, où l'autrice invalide le féminisme axé sur le *care* de la psychologue Carol Gilligan et de la chercheuse en droit Robin West).

16. Moten, correspondance personnelle, 9 octobre 2016.
17. Voir Markus et Schwartz, "Does Choice Mean Freedom and Well-Being?" [le choix revient-il à la liberté et au bien-être ?]. Voir également *Un nouveau modèle économique : développement, justice, liberté*, d'Amartya Sen.
18. Bien entendu, il demeure également possible de "se sentir bien" en reconstituant, par exemple, l'occupation des colons blancs, comme s'y est essayé Anthony McCann dans ses écrits sur l'occupation par Ammon Bundy and Co du refuge Malheur Wildlife dans l'Oregon. Dans un essai de 2016 intitulé "Sovereign Feeling" [souveraineté et émotions], McCann spécule sur le ressenti des occupants : "Ils ont vraiment dû se sentir bien là-bas. Même s'ils ne connaissaient presque pas l'endroit, même si, dans le fond, ils étaient (et d'ailleurs ils l'étaient) perdus, cet endroit reste génial et ça devait être formidable de s'y trouver, tout simplement. Laissons tomber, pour l'instant, les débats sur ce que cela signifie de se trouver quelque part, de se perdre, ou de se trouver en se perdant ; tenons-nous-en aux émotions, même si l'idée de se trouver quelque part est une émotion, si le fait d'être perdu revient à se sentir perdu, ou à trouver la connexion avec ses émotions. Ça devait tout bonnement être extraordinaire de se trouver là, sur cette terre, dans cette perspective, là où ils étaient – dans un territoire récemment libéré, fraîchement inventé, dont les contours étaient ceux de leurs activités, ceux de leurs émotions. Après tout, ils ne se trouvaient pas simplement là, mais ils étaient ce là, et cela, leur nouveau truc à eux, baignait dans cette immensité lumineuse."
19. "Moins l'on est sûr de soi, a dit Moten, plus il devient possible d'entrer en communion" (voir "The Black Outdoors" [noir en plein air], un dialogue public avec Hartman). De nombreuses traditions spirituelles ont en partage ces idées portant sur la relation entre l'individualité et la communion, à l'image du bouddhisme Mahayana, qui considère que l'ego individué est une illusion faisant obstacle à notre compréhension de

l'unité, tandis que les biologistes veillent également à nous rappeler que, dans la biosphère : "Il n'y a qu'une seule vérité immuable : aucun être n'est pur individu ; rien ne consiste uniquement en soi-même. Tout est composé de cellules étrangères, de symbiotes étrangers, de pensées étrangères. Ainsi, toute forme de vie évoque moins le guerrier individuel que l'univers miniature, dévalant follement l'existence comme les lucioles gravitent la leur dans la nuit. Être en vie revient à faire perpétuellement communauté et à sempiternellement se réinventer comme membre d'un incommensurable réseau de relations" (Weber, *Matter and Desire*).

Chant I : l'art

1. Voir "The New Politics of Care" [les nouvelles politiques du *care*] de Gregg Gonsalves et Amy Kapczynski. Voir également le numéro de la *Boston Review* de l'été 2020, intitulé *The Politics of Care* [politiques du care], comprenant des contributions de Robin D. G. Kelley, Gregg Gonsalves et Amy Kapczynski, Walter Johnson, Anne L. Alstott, Melvin Rogers, Amy Hoffman, Sunaura Taylor, Vafa Ghazavi, Adele Lebano, Paul Hockenos, Paul Katz et Leandro Ferreira, Shaun Ossei-Owusu, Colin Gordon, Jason Q. Purnell, Jamala Rogers, Dan Berger, Julie Kohler, Manoj Dias-Abey, Simon Waxman et Farah Griffin. Voir également le travail de la spécialiste en théorie politique Deva Woodly, qui explique : "Le *care*, ici, n'est pas entendu comme simple sentiment. Il ne désigne pas non plus les attitudes de déférence ou de surprotection. Le *care* consiste plutôt en une valeur pragmatique, exigeant la mise à disposition de ce qui est nécessaire à la santé, aux aides sociales, au pouvoir d'achat et à la sécurité, tout en se préoccupant de faire les choses correctement afin d'éviter tous risques ou dommages inutiles. En ce sens, la politique du *care* repose sur la conviction que l'expérience vécue compte et que la réalité de nos expériences doit être au cœur de notre politique." Voir également "Fierce Care" [le *care* acharné], de Manolo Callahan et Annie Paradise.

   Pour une critique d'une "politique du *care*", voir *The Force of Nonviolence* [la force de la non-violence] de Judith Butler, où l'autrice écrit : "Quoiqu'il demeure important de revaloriser la vulnérabilité et de laisser une place au *care*, ni la vulnérabilité ni le *care* ne peuvent servir de fondements à la mise en place d'une politique… Postuler, par exemple, que l'éthique ou la politique du *care* serait une disposition humaine continue et non contestée qui pourrait et devrait créer un cadre conceptuel politique pour le féminisme reviendrait à entrer dans une réalité parallèle où nous évacuerions ou projetterions notre agressivité sur autrui."

2. Voir *In the Wake*, de Christina Sharpe : "Je veux que le *care* soit envisagé comme un problème pour la pensée. Je veux penser le *care in the wake* comme un problème de pensée et comme un problème pour et sur le non/être noir dans le monde. Pour le dire autrement, *In The Wake: On Blackness and Being* est une étude qui examine et performe l'idée que la pensée a besoin du *care* ('toute pensée est une pensée noire') et que la pensée comme le *care* doivent rester *in the wake*." Sharpe distingue de manière utile ce "processus du *wake*" du *care* paternaliste et autoritaire qui émane des "sociétés de contrôle imposées par l'État". "De l'euphémisme qui désigne les enfants que l'on enlève de force à leurs parents et que l'on place sous la 'tutelle' de l'État, aux lois comme celle de la 'politique du pas-de-porte' aux Pays-Bas qui oblige les individus, souvent non blancs, à ouvrir leur porte au contrôle et à l'intrusion de l'État, aux expériences médicales et jusqu'au fait de forcer les grévistes de la faim à manger, même lorsqu'ils refusent la nourriture afin de dénoncer leur détention et leurs conditions d'emprisonnement : tout cela et bien d'autres phénomènes encore sont déployés sous la bannière du *care*. Je souhaite néanmoins trouver une manière de défendre le *care* comme une manière de ressentir, de ressentir pour et avec, de prendre soin des vivants comme des mourants." [*N.d.T.* : *wake* désigne aussi bien le sillage laissé par un navire que la suite d'un événement ou bien l'éveil – d'où le terme *woke*. L'autrice joue ainsi sur la polysémie d'un terme dont il aurait été difficile de rendre toutes les acceptions en français. Il s'agit en effet de penser le *care* à l'aune de l'Histoire, en tant que trace et comme situation d'éveil politique.]

3. Évidemment, cette vision va à l'encontre du credo selon lequel "notre art et notre éthique ne font qu'un", avancé notamment par Larry Neal dans "The Black Arts Movement" [le mouvement Black Arts] (1968), où Neal écrit : "Le mouvement Black Arts part du principe que notre éthique et notre esthétique

ne font qu'un et que les contradictions occidentales entre l'éthique et l'esthétique sont symptomatiques d'une culture à l'agonie."

4. Pour des travaux portant sur la "crise du *care*", voir *Forced to Care* [obligés de se soucier du *care*] d'Evelyn Nakano Glenn, "Contradictions of Capital and Care" [les contradictions du capital et du *care*] de Nancy Fraser et *Défaire le dèmos* de Wendy Brown. Pour des travaux féministes sur l'"éthique du *care*", voir la psychologue Carol Gilligan (*Une si grande différence*), le philosophe Nel Noddings (*Caring)*, la politologue Joan Tronto (*Un monde vulnérable*) et la philosophe Sara Ruddick (*Maternal Thinking* [la pensée maternelle]). À propos du *self-care* dans les cercles militants, voir la citation régulièrement invoquée d'Audre Lorde dans *A Burst of Light* [un éclat de lumière] (1988) : "Prendre soin de moi ne relève pas de la complaisance mais de l'instinct de survie et constitue ainsi un acte de guerre politique", ainsi que certains documents comme le tract *Healing in Action* diffusé par Black Lives Matter : https://blacklivesmatter.com/wp-content/uploads/2017/10/BLM_HealinginAction-1-1.pdf.
5. Molesworth fournit les exemples suivants : "Les ateliers thérapeutiques destinés aux femmes engagées au New Museum à New York... 'Pain Management' [gestion de la douleur], la performance élégiaque de Karon Davis à la galerie Wilding Crane à Los Angeles et 'Kingdom Splurge (4)' [la folie des grandeurs (4)], l'hommage spirituel au funk de Lauren Halsey à la galerie Recess à New York ; les albums merveilleusement consolants de Dev Hynes et de Solange, ainsi que la création de la Rebuild Foundation à Chicago et de l'Underground Museum à Los Angeles, dont la programmation comprend respectivement des cours de yoga et de méditation." À la suite de la tradition noire radicale, des institutions telles que l'Underground Museum et la Rebuild Foundation (auxquelles j'ajouterais également Art + Practice à Los Angeles) proposent des services de formation professionnelle, d'aide au logement, de formation générale, et des stages pour les jeunes placés en familles d'accueil en plus de leur programmation artistique et de leurs expositions.
6. Muñoz estime que les performances de Jack Smith sont fondatrices – il y voit de "riches trésors anti-normatifs de potentialités queer" –, bien qu'il affirme qu'il a d'abord "été perturbé par [leurs] aspects apparemment orientalisants et exotisants",

ce qui montre qu'il ne croit pas que la dés-identification puisse être prédéterminée ou surdéterminée par l'affiliation démographique, mais bien qu'elle demeure sujette à l'interprétation et au débat critique.

7. L'hypothèse selon laquelle l'art serait nécessairement un bon soldat des forces du bien ou qu'il bénéficierait systématiquement à une communauté en particulier a été violemment contestée par les campagnes intestines menées contre la gentrification des quartiers, et notamment par les groupes Defend Boyle Heights [défendons Boyle Heights] et Boyle Heights Alliance Against Art Washing [l'alliance de Boyle Heights contre l'art washing] à Los Angeles. Voir également les levées de bouclier contre la philanthropie toxique au sein du monde de l'art menée par le groupe PAIN Sackler de l'artiste Nan Goldin ou par le collectif militant Decolonize This Place [décolonisons ce lieu]. Voir également les récriminations émanant du mouvement #MeToo qui, à juste titre, ont attiré l'attention sur les différentes formes d'abus impunis qui ont été commis au nom de l'art. On songe notamment aux attouchements non consentis lors de séances d'improvisation théâtrale ou aux témoignages d'abus sur les tournages, à l'image de ceux fournis par les actrices Maria Schneider (*Le Dernier Tango à Paris*) et Uma Thurman (*Kill Bill*), qui affirme avoir eu peur pour sa vie. Quant aux arguments qui prétendent que l'art consisterait en un régime d'exception, voir l'essai de George Orwell de 1944 sur Salvador Dalí, *L'Immunité du clergé*, où Orwell écrit : "Ce que revendiquent en fait les défenseurs de Dalí, c'est une sorte d'immunité artistique. L'artiste doit être exempté des lois morales qui pèsent sur les gens ordinaires. Il suffit de prononcer le mot magique d''art', et tout est permis. Des cadavres en décomposition avec des escargots qui rampent dessus, c'est normal ; donner des coups de pied dans la tête des petites filles, c'est normal ; même un film comme *L'Âge d'or* est normal. Il est également normal que Dalí s'en mette plein les poches pendant des années en France, puis détale comme un rat aussitôt que la France est en danger. Dès lors que vous peignez assez bien pour être consacré artiste, tout vous sera pardonné. On voit aisément à quel point cette théorie est fausse sitôt qu'on l'applique à la criminalité ordinaire… Si Shakespeare ressuscitait demain, et si l'on découvrait que sa distraction favorite consiste à violer des petites filles dans des

voitures de chemin de fer, nous ne lui dirions sûrement pas de continuer à agir de la sorte sous prétexte qu'il écrira peut-être un nouveau *Roi Lear*... On devrait être capable d'avoir simultanément à l'esprit les deux faits suivants : Dalí est un bon dessinateur et un être humain répugnant... De même, il devrait être possible de dire : 'Voici un bon livre, ou un bon tableau, et il devrait être brûlé en public par le bourreau.'" Malgré mes nombreuses relectures de l'essai, je ne parviens pas à comprendre qu'Orwell – l'écrivain qui a inventé l'expression de "Police de la Pensée" – puisse si peu se soucier de la différence entre la mise en scène de l'obscène et le fait de "violer des petites filles dans des voitures de chemin de fer". J'en viens à croire que son jugement s'est trouvé obscurci par les enjeux de la Seconde Guerre mondiale et le ressentiment qu'il éprouvait envers la décision de Dalí de quitter la France. (Je remercie Cameron Lange de m'avoir signalé cet essai.)

8. Christina Sharpe est l'une des rares signataires de la lettre de Black à avoir été en faveur de la destruction de l'art en tant qu'art. Dans une interview parue en 2017 dans *Hyperallergic* à propos de la polémique autour de Schutz, Sharpe explique qu'"il peut y avoir un appel éthique à la destruction [...]. Il existe tout un prisme de réponses éthiques – qu'il demeure possible d'approuver ou de désapprouver – qui appellent à la destruction de certains types de représentations". Quoique je ne croie guère à l'efficacité de ce genre de réactions, la position de Sharpe me paraît tout du moins plus sincère que la tentative de priver certaines œuvres de leur valeur artistique afin de légitimer leur dissimulation ou leur destruction.

9. Il ne s'agit toutefois pas de prétendre que la dissimulation ou l'expulsion ne seraient jamais appropriées – je n'autorise bien entendu pas les travaux qui impliquent toute forme de violence physique non consentie, qui restreignent l'autonomie physique d'autrui (comme le fait de verrouiller les portes des salles de classe ou de spectacle) ou qui attisent la peur des blessures corporelles (comme le fait de brandir des armes ou des répliques réalistes d'armes). À ce sujet, la démission de Chris Burden à UCLA en 2005 parce qu'un étudiant avait utilisé une arme à feu dans sa performance est éclairante. Voir Mike Boehm, "2 Artists Quit UCLA Over Gun Incident" [deux artistes démissionnent de UCLA en raison d'un incident lié à une arme à feu]. D'aucuns ont estimé que la décision de Burden était

hypocrite, dans la mesure où Burden était lui-même devenu célèbre grâce à sa performance *Shoot* [tir] en 1971, dans laquelle il avait orchestré, dans une galerie, sa propre blessure par balle au bras. Il me semble cependant que la distinction qu'opère Burden entre *Shoot* et la performance de l'étudiant, qui avait joué à la roulette russe devant l'ensemble de la classe avant de quitter la salle et de tirer (sans que personne soit blessé), demeure de la plus haute importance.

10. Au sujet de la citation de powell, voir Andrew Marantz, "How Social-Media Trolls Turned U.C. Berkeley into a Free-Speech Circus" [comment les trolls des réseaux sociaux ont transformé U.C. Berkeley en un cirque de la liberté d'expression].
11. La tribune de l'écrivain Walter Mosley, intitulée "Why I Quit the Writer's Room" [pourquoi j'ai quitté la salle de rédaction] (2019) est un bon exemple de la tyrannie exercée par l'absence de contexte. Mosley y explique comment, alors qu'il avait employé le *N-word* pour raconter ce qu'un flic blanc lui avait dit, l'un de ses collègues avait déposé une plainte anonyme contre lui auprès des ressources humaines. Mosley fut alors convoqué et on lui dit qu'il ne pourrait plus jamais prononcer ce mot au travail dans aucune circonstance, ce qui mena à sa démission.
12. Ce phénomène peut également se produire en cas de véritables propos haineux. Voir, par exemple, la tribune de Charles Blow du 31 mai 2018 dans le *New York Times*, intitulé "The Moral High Ground" [l'honnêteté morale], où Blow écrit : "Les remarques racistes ne me causent pas de peine. Pas le moins du monde. Cependant, il me semble que l'on pense souvent qu'elles sont blessantes, que l'on soit du côté de ceux qui les déversent ou de ceux qui font preuve de compassion envers la peine ressentie." L'idée qu'il déploie – à renfort de citations de Toni Morrison – est que les remarques racistes renvoient davantage aux failles morales de leur énonciateur qu'à leur destinataire et que cette rhétorique de la blessure annihile cette distinction cruciale en présumant que les remarques racistes déshonoreraient ceux qu'elles visent plutôt que ceux qui les profèrent. Bien entendu, cette remarque est propre à Blow et nul n'est tenu d'y souscrire. Son point de vue permet néanmoins de rappeler qu'il peut y avoir tout un panel de réactions émotionnelles et éthiques face aux discours toxiques.
13. Voir Janet Halley, *Split Decisions* [décisions partagées].

14. Les circonstances de l'exposition de *Scaffold* [échafaud] diffèrent fortement de celles du portrait d'Emmett Till de Schutz. Le travail de Durant consistait en une installation sculpturale colossale visible de loin, même par ceux qui ne cherchaient pas explicitement à la voir. L'espace public autour de l'œuvre est devenu un point de rassemblement non seulement pour ceux qui dénonçaient la sculpture mais également pour des néo-nazis et intolérants en tous genres, autrement dit des personnes dont Durant exécrait l'idéologie. Une communauté spécifique, celle des Dakotas, s'est sentie particulièrement affectée par la présence de l'œuvre et a demandé un entretien à Durant. Les Dakotas disposaient d'une organisation spécifique pour ce faire (un conseil des sages) et Durant comme le Walker Art Center ont reconnu qu'ils n'avaient pas suffisamment pris en compte les effets potentiels de l'œuvre sur la communauté avant de l'installer. La sculpture avait déjà été exposée de nombreuses fois à l'international avant d'être exposée au Walker. Il ne s'agissait donc ni de sa première ni de son unique chance d'être vue. Enfin, la longue pratique artistique conceptuelle et politisée de Durant le prédisposait à réagir favorablement aux types de négociations qui pourraient lui permettre d'incorporer à sa démarche la destruction de l'œuvre ou le transfert de sa propriété intellectuelle vers la tribu.
15. En tant que professeur de création artistique, on en vient toujours à attendre le moment du semestre où un étudiant s'impatientera de la sorte : "Comment peut-on se contenter de parler de création ou de créer quand il y a tant d'autres choses plus urgentes à faire dans et pour le monde ?" Cette plainte est d'ordinaire nuancée ainsi : "Pourquoi essaie-t-on de parler ou de produire CE type d'art [il s'agit en général de l'art formaliste, obscurantiste, ou de tout courant qui déplaît à l'étudiant] quand il y a tant à faire dans et pour le monde ?" Je réponds souvent que si l'on veut avant tout se mettre au service d'autrui il vaudrait sans doute mieux raccrocher sa blouse et arrêter d'essayer d'améliorer sa toile. Cependant, si l'on aspire à davantage de largesse ou de multiplicité, il demeure possible de trouver une forme de consolation dans les mots formulés par Beth Pickens dans le livre de développement personnel destiné aux artistes *Your Art Will Save Your* Life

[l'art te sauvera la vie], dont la FAQ consacrée aux climats politiques oppressifs contient le dialogue fictif suivant :

Faut-il que je renonce à l'art pour étudier le droit ou entrer en politique ?

Non. Les artistes créent parce que c'est leur manière de gérer l'existence. J'ai souvent constaté que les artistes qui cessent de créer se sentent malheureux, anxieux et généralement insatisfaits de leur existence… Il faut arrêter d'opposer l'art aux autres voies possibles par la conjonction *ou*.

Est-ce qu'il est vain ou égocentrique de se consacrer à la création artistique en ce moment ?

Certainement pas ! En premier lieu, relisez le paragraphe précédent : vous avez besoin de créer pour appréhender votre époque, ce qui vous aide à vivre votre vie. En second lieu, l'art aide aussi les *autres*… à vivre *leur* vie. Le *nous* collectif a besoin de l'art sous toutes ses formes, quelles que soient les évolutions de la politique.

Faut-il que je consacre ma pratique à un art explicitement engagé ?

Si vous avez *vraiment* envie de vous engager explicitement ou excessivement, allez-y ! Si non, laissez tomber ! Il y a mille façons de contribuer activement à la vie publique et politique ; votre pratique artistique n'est qu'une manière parmi tant d'autres de le faire.

16. Quant aux antagonismes séculaires qui opposent l'artiste au public, l'artiste à la critique, l'artiste au mécène, l'artiste à l'époque, l'artiste à la communauté ou encore l'artiste aux institutions, voir le bref essai du compositeur Arnold Schönberg au titre évocateur, "How One Becomes Lonely" [comment on devient seul] (1938), et portant sur les difficultés qu'il a rencontrées face aux vagues successives de diabolisation et de déification de son travail à travers les décennies.

17. Un seul exemple suffira. En 2018, le Pratt Institute of Art avait confié une charge d'enseignement à une artiste performeuse. Peu de temps avant le début du semestre, la professeure qui l'avait recrutée est allée voir un spectacle de l'artiste au Joe's Pub à Manhattan et a été heurtée par un passage qui, selon elle, consistait en une satire ratée de la *whiteness*. Le lendemain, l'artiste a reçu un e-mail qui indiquait qu'elle ne pourrait plus dispenser ses cours. Lorsque l'artiste lui a demandé des explications, la professeure a répondu que sa priorité demeurait

de protéger ses étudiants et que le spectacle lui avait donné l'impression qu'il fallait protéger les étudiants d'une artiste comme elle. Peu importe la réputation éprouvée d'une artiste connue pour jouer avec les limites (et qui avait d'ailleurs a priori été recrutée pour cette raison), peu importe le message que son licenciement envoyait aux artistes précaires employés par l'Institut, peu importe encore celui envoyé aux étudiants et qui revenait à dire qu'il valait mieux cautionner le pouvoir institutionnel capable de licencier une artiste en raison d'une réaction critique survenue en dehors du campus plutôt que de valoriser l'engagement, la dés-identification ou la critique : le contrat est parti en fumée, à cause d'un simple e-mail. (Malheureusement, tout cela est parfaitement légal quand il s'agit des enseignants contractuels.)

18. C'est ce que défend Zadie Smith dans l'article "Getting In and Out", dans lequel elle compare le tableau représentant Emmett Till de Schutz à *Get Out*, le film de Jordan Peele : "Lorsque les arguments d'appropriation culturelle reposent sur un essentialisme racial qui ne vaut guère mieux que les lois sur le métissage d'avant la guerre de Sécession, il nous faut bien reconnaître que ça tend à l'absurde. Hannah Black est-elle assez noire pour avoir le droit d'écrire cette lettre ? Mes enfants sont-ils trop blancs pour ressentir les souffrances des Noirs ? À quel point doit-on être noir pour être considéré comme noir ? Les 'octavons' comptent-ils ?" L'ampleur du débat en ligne portant sur le statut ethnique de Smith et suscité par ces interrogations semble lui donner raison. Il me faut ici préciser que Jared Sexton ne croit pas que la lettre de Black implique ou renforce de telles distinctions – dans sa lettre au *Harper's Bazaar* en réponse à l'article de Smith, il écrit : "Hannah Black est très loin d'être ségrégationniste et est encore moins nazie. La trentaine d'artistes et d'universitaires noirs signataires de la lettre ouverte s'opposant au portrait d'Emmett Till par Schutz exposé à la Whitney Biennal de 2017 ne le sont pas non plus. Ils sont simplement familiers de la théorie critique concernée. Tout lecteur attentif de la lettre de Black remarquera que ses arguments ne sont pas essentialistes. En réalité, la seule personne qui, à ma connaissance, ait eu recours au lexique de la race biologique ('biracial', 'quarteron', *'ace of spades'* [as de pique, injure raciste, *N.d.T.*], 'café au lait') dans ce débat est Smith, quoique de manière ironique."

19. Voir, par exemple, le texte de 2018 de Wes Enzinna dans *Mother Jones* à propos du mouvement visant à déradicaliser les suprémacistes blancs, où l'autrice explique comment ce travail se déroule lors d'entretiens en face à face souvent douloureux, incomparables à l'effet boule de neige que l'on constate sur Twitter ou dans les manifestations. "Affronter les suprémacistes blancs en ligne et dans la rue peut donner un sentiment de gratification personnelle et sembler urgent d'un point de vue politique, écrit Enzinna. Cependant... les militants de la déradicalisation estiment que les convictions de la gauche portant sur la bonne manière d'en finir avec les racistes extrémistes sont inopportunes. Lorsqu'on espère changer les individus, la dénonciation risque d'aggraver plutôt que de favoriser la déradicalisation. Il ne s'agit pas de jeter l'éponge mais de se souvenir que certains des chercheurs qui étudient les communautés haineuses pensent que nous ne devrions pas seulement envisager l'extrémisme violent comme une idéologie mais bien comme une addiction... En vérité, la meilleure manière de réformer les brutes racistes serait sans doute de leur offrir ce qu'ils refusent précisément d'offrir aux autres, à savoir ce que de nombreux individus estiment mériter en ces temps politiquement polarisés : l'empathie."
20. Voir "Capitalism's Crisis of Care" [la crise capitaliste du *care*], de Nancy Fraser, où elle explique que "les possibilités de reproduction, qu'elles soient d'ordre naturel ou social, ne sont pas infinies ; toutes peuvent atteindre le point de rupture". Voir également le travail de Berardi portant sur les limites du capitalisme cognitif dans *The Soul at Work* [l'âme au travail] et "Schizo Economy" [l'économie schizo].
21. Je pense, notamment, à celles et ceux qui ont demandé à ce que les dirigeants de l'Institute of Contemporary Art (ICA) exposent le *véritable corps* de Schutz devant eux, comme si le musée avait ou devrait avoir la possibilité de le leur apporter. ("Vous avez affirmé qu'il n'y avait aucune raison que Dana soit physiquement présente lors de sa conférence. Pour vous justifier, vous avez prétendu que l'artiste n'était pas tenue de s'exprimer et que, pour vous citer, Eva [Respini, la directrice de la programmation à l'ICA], les 'intérêts artistiques [de l'artiste] dépassaient le cadre de ce tableau'. Cette ligne de défense ne reconnaît pas la structure de pouvoir qui devrait engager sa responsabilité." Il est utile, dans ce type de conflits,

de se demander si l'objectif est d'entrer dans l'arène politique ou bien d'entamer un dialogue éthique. Si l'objectif est d'entrer dans l'arène politique, la manœuvre visant à diffuser des fausses excuses pour le portrait d'Emmett Till, envoyées à des journaux nationaux sous le nom de Schutz (depuis une adresse mail piratée), a bien été efficace (quoique le piratage et l'usurpation d'identité demeurent éthiquement problématiques). Si l'objectif, en revanche, était d'entamer un dialogue éthique, la manœuvre passe pour une farce. Tout dialogue éthique exige d'accepter qu'autrui ne dise pas forcément ce que l'on a envie d'entendre. Autrui s'exprime avec ses propres mots. Bien souvent, ces mots diffèrent fortement de ce que l'on voudrait entendre, pour des raisons historiques ou personnelles diverses et variées. (Parfois, autrui décide même de se taire.) Cela peut être extrêmement frustrant, et même horripilant, mais il faut y faire face, tout comme il faut faire face à autrui.

Je suis en désaccord avec Sarah Schulman lorsqu'elle suggère aux lecteurs de son ouvrage *Le conflit n'est pas une agression* d'outrepasser les refus et de dépasser les limites posées par les autres lorsqu'ils affirment ne pas vouloir être contactés ou poursuivre un débat, et ceci tout particulièrement en ligne. ("Parfois, des personnes en colère, suprémacistes ou traumatisées, envoient des messages exigeant ceci : 'Ne m'écrivez pas.' Je veux rappeler ici que personne n'est obligé d'obéir à un ordre unilatéral sans avoir été consulté… Lorsque les adultes donnent des ordres en se cachant derrière la technologie, leur comportement est illégitime.") Comme l'ont montré de nombreux programmes en douze étapes, insister lourdement pour "réparer ses torts" ne risque guère de fonctionner si l'on outrepasse les limites d'autrui ou qu'on risque de lui causer du tort – c'est encore pire lorsqu'on exige qu'autrui réponde à cette requête. Certes, vous n'avez pas à "obéir" à quelqu'un qui vous dit qu'il ne veut rien avoir à faire avec vous, mais sachez que vous risquez d'être bloqué ou de recevoir une ordonnance restrictive et qu'il y a peu de chances que cela débouche sur un échange constructif.

22. Dans un essai publié en septembre 2020 et intitulé "Reflections on *Scaffold* after three years" [réflexions sur *Scaffold* trois ans après], Sam Durant a révisé son analyse initiale portant sur l'autorité et le pouvoir en ces termes : "Contrairement à ce que j'ai pu dire lorsque j'ai affirmé avoir eu un véritable pouvoir

décisionnel, je crois maintenant qu'il s'agit d'un malentendu portant sur les rôles des parties prenantes de la médiation. Je souhaite à présent être clair et ne pas donner l'impression que j'étais un acteur influent, ni que j'aurais été aux manettes ou en situation de prendre une décision lors de la médiation. Au contraire, je disposais d'un pouvoir relativement limité pendant que les sages Dakotas discutaient du sort de *Scaffold* avec la direction du Walker et les représentants de l'État du Minnesota et de la municipalité de Minneapolis. Il ne s'agit pas de minimiser mon appartenance à la population dominante (c'est-à-dire mon statut de mâle blanc jouissant du *statu quo* de la suprématie blanche) mais de mettre en lumière la spécificité de ma position en tant qu'artiste marginal au sein d'un groupe qui disposait d'un pouvoir décisionnel plus grand dans ce cas de figure précis. Je veux aussi préciser que les sages Dakotas ont exercé leur pouvoir de manière magistrale et n'ont aucunement agi en victimes. À ce titre, force est de constater que les Dakotas et l'État de Minnesota ont eu gain de cause, à savoir respectivement le retrait de la sculpture et la fin des manifestations. Mon pouvoir décisionnel consistait principalement à accepter que l'œuvre soit retirée et que ses droits de propriété intellectuelle soient transmis à l'*oyate* Dakota. Ce point n'est pas sans importance et ne constitue pas, contrairement à ce que certains ont affirmé, une négation de ma liberté d'expression. J'ai en effet librement consenti aux conditions évoquées ci-dessus."

23. Voici quelques exemples de ces principes : ceux qui sont le plus directement concernés par la souffrance provoquée devraient être plus que tout autre impliqués dans la résolution ; les parties prenantes concernées devraient écouter leurs témoignages respectifs dans la mesure du possible ; les victimes comme les responsables ont besoin de compassion et de *care* ; le processus doit viser à la réintégration du coupable dans la communauté et non à son exclusion (voir : http://restorativejustice.org/#s-thash.eoh1btIH.dpbs). L'application de tels principes au sein du monde de l'art se heurte, d'emblée, à de nombreuses difficultés, dans la mesure où la justice réparatrice repose sur le consensus qu'une offense a eu lieu (il s'agit, en général, d'un délit ou d'un crime) et que l'établissement d'un tel consensus a rarement lieu en matière d'art. En outre, la justice réparatrice dépend de la participation à une structure préalablement

convenue afin de favoriser l'interaction et la résolution. Or, les tables rondes de musées organisées par des conservateurs sur la défensive devant un public de manifestants en colère ne remplissent que rarement ces conditions (ce qui explique à nouveau pourquoi le dialogue privé entre Durant et les sages Dakotas a été aussi singulier que productif). Durant a ultérieurement décrit cette réunion dans une interview : "Il y avait des membres du Walker, les sages Dakotas et moi. Il s'agissait d'un cercle cérémonial. De leur point de vue, c'était une réunion spirituelle et non politique – ce qui a permis de favoriser un certain type de dialogue, plus ouvert et sincère que d'habitude. C'était très émouvant."

24. Toutes les citations de Brown dans ce paragraphe proviennent d'une conférence donnée à l'Institut International UCSD intitulée "Populism, Authoritarianism, and Making Fascism Fun Again" [Le populisme, l'autoritarisme, et rendre le fascisme fun].
25. On peut trouver un exemple de ce phénomène en écoutant Natasha Lennard décrire le plaisir esthétique et érotique que lui procure une vidéo où le néo-nazi Richard Spencer se fait frapper au visage : "Regarder Roger Federer jouer au tennis, écrivait David Foster Wallace, était une expérience transcendantale relevant de la 'beauté cinétique'. La grâce précise et la maîtrise du temps de Federer, flirtant avec les limites des prouesses du corps, constituait une forme de génie corporel. Ce que Wallace voyait dans un Épisode Federer, je le vois dans une vidéo où le néo-nazi Richard Spencer se fait frapper au visage... Tous ceux qui prennent plaisir à regarder ce nazi prendre une raclée (et ils sont nombreux) devraient savoir qu'il s'agit là d'une démonstration du parangon des tactiques antifas – de la beauté cinétique à l'état pur." Ce type de témoignage rappelle combien les animaux humains, quelle que soit leur appartenance politique, peuvent se sentir érotiquement et esthétiquement galvanisés par la violence et transformer cette excitation en vertu.
26. Voir *The Promise of Happiness* [la promesse du bonheur] d'Ahmed.
27. Voir https://iceboxprojectspace.com/killjoys-kastle-2019. Voir aussi Mitchell et McKinney (dir.), *Inside Killjoy's Kastle* [à l'intérieur du château de Rabat-joie].

28. À nouveau, ce phénomène tient aux rapports de forces, en ce sens qu'il m'est difficile d'identifier de nombreux artistes contemporains qui perdraient leur temps à s'en prendre aux plus vulnérables, les humoristes semblant être les seuls à adopter régulièrement ce type de comportement. Si l'on cherche une introduction brève et brillante sur le problème de l'humour, du positionnement du sujet et des rapports de forces, voir l'essai sur l'humour du sida intitulé *Conventions of Power/Strategies of Defiance: Queer Notes on AIDS Humor* [les conventions du pouvoir et des stratégies de la résistantce : remarques queer sur l'humour du sida] ; voir aussi l'introduction de Paul Beatty à l'anthologie de 2006 *Hokum: An Anthology of African-American Humor* [Hokum : une anthologie de l'humour afro-américain]. En outre, quoique l'art puisse engager un processus d'excitation et de libération, il demeure important de rappeler que ces émotions ne reviennent pas au même : comme l'a montré, entre autres, le neuropsychologue Allan Schore, l'excitation que l'on prête par exemple aux foules qui se déchaînent lorsqu'on leur brandit un bouc-émissaire risque davantage de consolider les processus de dissociation et de fragmentation que d'aboutir à une libération.
29. À ce sujet, voir la distinction qu'opère John Berger entre les deux "faces de l'art" dans son célèbre essai "L'oiseau blanc" : "Il y a plusieurs années, j'ai écrit, en considérant la face historique de l'art, que je jugeais une œuvre en me demandant si elle aidait ou non les hommes du monde moderne à faire valoir leurs droits sociaux. Je n'ai pas changé d'avis. Mais l'autre face de l'art, sa face transcendantale, pose la question du droit ontologique de l'homme [...] la face transcendantale de l'art est toujours une forme de prière."
30. Les travaux de Foucault portant sur le souci de soi convoquent l'impératif delphique ("Connais-toi toi-même") tout en définissant le souci de soi comme le processus par lequel les individus peuvent "effectuer, seuls ou avec l'aide d'autres, un certain nombre d'opérations sur leur corps et leur âme, leurs pensées, leurs conduites, leur mode d'être ; se transformer afin d'atteindre un certain état de bonheur, de pureté, de sagesse, de perfection ou d'immortalité". Selon ce modèle, le souci esthétique pourrait constituer l'une des techniques de l'éthique foucaldienne.

31. On pourrait également songer à l'antinomie qui oppose la liberté à la discipline, à la contrainte ou à la forme, que ce soit en art ou dans d'autres domaines. Cette idée, très populaire dans les années 1960, a inspiré un rectificatif intéressant dans l'essai de la féministe Jo Freeman en 1972-1973, "The Tyranny of Structurelessness" [la tyrannie de l'absence de structure], où elle explique comment tout groupe qui se réunit forme une structure. L'enjeu principal serait de s'interroger sur les modalités de formalisation et d'explicitation de ces structures. En matière d'art ou de militantisme, il est vital de comprendre que la structure est inévitable, comme l'ont bien montré les expériences modernistes du vers libre et de la *parole in libertà* (mais également l'immense majorité de l'art conceptuel, procédural et de performance des années 1960 et 1970). La forme ne s'oppose ni à l'informe ni à l'informel. Ces concepts, au contraire, proviennent et dépendent les uns des autres. Comme l'écrit Trungpa : "Il ne peut pas y avoir de forme s'il n'y a pas également absence de forme ou si l'on est incapable de la percevoir." Voir également l'interview de Fred Moten à la fin de *The Undercommons* : "La forme ne consiste pas en l'éradication de l'informel. La forme est ce qui émerge de l'informel [...]. L'informel n'est pas l'absence de forme. C'est ce qui donne forme. L'informel n'est pas l'informe." Se défaire de toute pensée dualiste à ce sujet nous évite par exemple de penser qu'il faudrait éliminer toute trace de tyrannie de son art lorsqu'on estime que la tyrannie est un régime injuste et indésirable (afin d'éviter que le lecteur ou le spectateur pense qu'on soutient la tyrannie).
32. Voir "Spotlight Essay: Nicole Eisenman, *Tea Party*, 2012" [essai à l'honneur : Nicole Eisenman, *Tea Party*, 2012], de Kelly Shindler, où elle écrit ceci : "Plusieurs historiens de l'art ont commencé à analyser la notion de 'formalisme queer' dans les œuvres de [Nicole] Eisenman, Amy Sillman, Harmony Hammond, Scott Burton, etc." Shindler piste ensuite les contours de ce concept dans "Draw a Picture, Then Make It Bleed" [fais un dessin, puis fais-le saigner], "Queer Formalisms: Jennifer Doyle and David Getsy in Conversation" [formalismes queer : faire converser Jennifer Doyle et David Getsy], de Julia Bryan-Wilson, et "Notes on Queer Formalism" [remarques sur le formalisme queer], de William J. Simmons. Voir également l'exposition *A History of Refusal: Black*

Artists and Conceptualism [une histoire du refus : les artistes noirs et l'art conceptuel] de 2015 au musée Hammer, l'exposition *Blue Black* [Noir Bleu] organisée par Ligon en 2017 à la Pulitzer Arts Foundations, et celle organisée en 2016 par Adrienne Edwards (*Blackness in Abstraction* [l'abstraction noire]) à la galerie Pace.

33. Voir Bradford : "Je suis fasciné par le fait que le mouvement des droits civiques ait été concomitant de la naissance de l'art abstrait en Amérique. *Life* avait consacré plusieurs pages à Jackson Pollock quelques années seulement avant l'assassinat d'Emmett Till dans l'État du Mississippi. Mon travail effectue des allers-retours entre les problématiques sociales et l'histoire de l'art abstrait. Je ne suis pas un porte-parole pour les problématiques sociales mais celles-ci m'intéressent. J'essaie de garder un pied dans l'histoire de l'art et dans les arrêts de bus." Un effet de simultanéité plus frappant encore peut se constater dans les pages du magazine *Life* en 2015, lorsqu'une radiographie du tableau *Carré noir* de Kasimir Malevitch (1915) – généralement perçu comme la première toile abstraite de l'histoire moderne et comme une icône de l'art formaliste – a montré que Malevitch avait gribouillé une blague raciste dans un coin du tableau : 'Combat de Nègres dans une cave pendant la nuit", référence à la plaisanterie d'Alphonse Allais, célèbre humoriste de l'époque. La radio apporte la preuve que la distinction entre l'abstraction et le formalisme, d'une part, et le "contenu" désordonné des corps comme des identités, d'autre part, a toujours relevé du fantasme.
34. Je m'inspire ici de l'article de Lisa Guenther, "Like a Maternal Body" [comme un corps maternel].
35. À vrai dire, la journaliste se focalisait, quoique sans le vouloir, sur le problème que Nancy Fraser, Wendy Brown et Elizabeth Warren (dans *The Two-Income Trap* [le piège des foyers à deux revenus]) pointaient du doigt depuis longtemps : si tous les parents travaillent ou se manifestent dans la sphère publique, qui va chercher les gosses, au juste ? Dans un pays qui tient à ses services sociaux défaillants, à un familialisme privatisé et à une division genrée du travail devenue inopérante dans une économie à deux revenus, la plupart des familles sont obligées de se poser ces questions au quotidien, y trouvant des solutions ingénieuses mais souvent inefficaces. L'argent est évidemment au cœur du problème : comme le dit Fraser, nous faisons

globalement face “à une double organisation du travail du *care*, dans la mesure où celles et ceux qui peuvent se le permettre payent tout bonnement pour obtenir une aide domestique, tandis que celles et ceux qui n’en ont pas les moyens se démènent pour prendre soin de leur famille, souvent en effectuant ce travail de *care* rémunéré pour le premier groupe, en général pour un salaire de misère et sans aucune protection sociale”. La crise du Covid-19 a percé à jour cette organisation précaire et injuste du *care* : voir “In the Covid-19 Economy, You Can Have a Kid or a Job. You Can’t Have Both” [dans l’économie du Covid-19, vous pouvez avoir un enfant ou un boulot. Pas les deux en même temps] de Deb Perelman.

36. La polémique portant sur la manière dont Schutz avait articulé la maternité et l’empathie interraciale fut particulièrement instructive et douloureuse : en peignant Emmett Till – et en intitulant son portrait *Open Casket* [cercueil ouvert] –, Schutz se plaçait dans une position analogue à celle de Mamie Till, la mère d’Emmett, qui avait lourdement insisté pour que le cercueil de son fils reste ouvert afin que “le monde [puisse] voir ce qu’ils [avaient] fait à [son] bébé”. Ce positionnement devint encore plus troublant après la survenue de la polémique, lorsque Schutz a fourni l’affirmation suivante pour le cartel modifié sur le mur du Whitney et dont voici un extrait : “Je ne sais pas ce que cela fait d’être noir aux États-Unis. Mais je sais ce que cela fait d’être mère.” L’élision de ce que cela fait d’être une *mère noire* souligne la difficulté, si ce n’est l’impossibilité, qu’il y a à envisager la maternité comme une catégorie partagée de l’expérience. Sexton développe ce point lorsqu’il indique : “[Schutz] oublie que sa compassion interraciale pour Till-Mobley ne change rien au fait qu’elle soit une femme blanche représentant un garçon noir notoirement connu pour avoir été assassiné en raison d’une femme blanche. Sa compassion ne peut se dissocier de ce fait.”

37. Voir *This Life: Secular Faith and Spiritual Freedom* [la vie sur cette terre : la foi séculaire et la liberté spirituelle] (2019), du philosophe Martin Hägglund, où celui-ci, à la suite de Marx, estime que le fondement nécessaire à toute société démocratique socialiste équitable repose sur la capacité à distinguer le “règne de la liberté” du “règne de la nécessité”, ainsi que sur le renforcement du premier et sur la limitation des exigences du second. Il n’est guère surprenant que des philosophes

contemporains, à l'image de Berardi ou de Hägglund, aient recouru à cette dichotomie et aient estimé que l'art appartenait au "règne de la liberté". En revanche, il est étonnant que Hägglund ait gaiement rangé la garde d'enfants dans le "règne de la liberté". (Il estime que la garde d'enfants, quoique souvent onéreuse, consiste en une "fin en soi", et relève ainsi de l'"engagement" plutôt que de la "nécessité". Ce à quoi les mères du monde entier, qu'elles soient cantonnées au travail domestique, qu'elles jouissent d'un bon accès aux droits reproductifs, ou bien celles soumises à l'impératif du "il n'y a pas de non qui tienne" de la dévotion ordinaire, ne peuvent que répondre : *Hein* ? Il n'est ainsi pas surprenant que, tout au long de ses 443 pages, le livre de Hägglund ne cite pratiquement aucune penseuse, et que l'index ne référence pas la "maternité" – quoiqu'il fournisse une longue entrée "paternité [parenté]". Si sa vision repose sur l'alternative de la nécessité et de la liberté, Hägglund reconnaît cependant "qu'éliminer le travail nécessaire à la société ne consiste pas même en un but intelligible pour une vie libre, puisque la question de la limite à placer entre la nécessité et la liberté doit rester une question vivante pour quiconque aspire à mener une vie libre". Ce que je veux dire, c'est que cette question mériterait d'être envisagée aux côtés des histoires raciales et sexuelles qui la façonnent à ses racines.

38. La classification du travail esthétique fait l'objet d'un long débat tandis que la position des artistes eux-mêmes ne fait pas consensus. Certains, comme le collectif contemporain W.A.G.E (Working Artists and the Greater Economy) [les artistes travailleurs et l'économie générale ; en anglais, *wage* signifie salaire, *N.d.T.*], épousent pleinement l'idée selon laquelle les artistes constitueraient une "main-d'œuvre" ou des "travailleurs culturels", exigeant une compensation financière en échange de leur service visant "à rendre le monde plus intéressant", selon l'expression du collectif (cette position renvoie à celle de l'Arts Workers' Coalition à l'époque de la guerre du Vietnam, au Projet fédéral d'art du New Deal, ou même au Fonds national pour les arts des États-Unis, qui se trouve sans cesse dans la tourmente). D'autres s'opposent avec acharnement à l'assimilation du travail esthétique par le discours capitaliste, préférant le traiter comme un phénomène qui se distingue de la logique du marché, voire qui la

bouleverse (position évidemment plus facile à tenir pour ceux dont le travail n'est pas rémunéré).

Malgré l'inflation morbide caractéristique des plus hautes sphères du marché de l'art – un milieu farcesque jonché de foires internationales et de collectionneurs milliardaires qui a poussé de nombreux individus à accuser l'art de représenter une activité contre-révolutionnaire pour les 1 % les plus riches –, l'immense majorité des œuvres créées ne se vendent pas, et leur prix, quand il existe, n'est que très rarement équitable d'un point de vue salarial lorsqu'on songe au temps et au travail fournis. Dans l'imaginaire collectif, en revanche, c'est le discours inverse qui domine : l'art transforme notoirement les objets du quotidien – un urinoir, des éclaboussures de peinture, une banane scotchée au mur – en des sommes astronomiques et profondément agaçantes. Cela arrive parfois. Mais de manière plus fréquente – si ce n'est bien plus fréquente – l'art fonctionne davantage comme la poésie, c'est-à-dire en dévaluant le matériau qu'il touche. Comme le disait le poète Charles Bernstein : "Un bout de papier vierge a une véritable valeur économique. Si vous y imprimez un poème, cette valeur disparaît." À ce sujet, voir l'étude de longue haleine de Lewis Hyde dans *The Gift* [le don], où l'auteur déplace la dichotomie qui consiste à surévaluer ou à sous-évaluer l'art. Hyde insiste sur la dualité du rôle de l'art, circulant d'une part dans une économie de don non aliénée et non standardisée, et d'autre part dans une économie de marché aliénée et standardisée. Le "don" – qu'il s'agisse de celui que l'artiste offre à des forces inidentifiables ou de celui qu'il offre au monde – est dès lors pensé comme le propre de l'art. Voir également l'interprétation d'Eula Biss dans *Having and Being Had* [avoir et être eu].

Chant II : la ballade de l'optimisme sexuel

1. Malgré la vision "sexe-positive" attribuée à de nombreux queers, cette position trouve des antécédents solides dans la théorie queer : Lauren Berlant et Lee Edelman se sont longtemps interrogés sur "ce que cela voudrait dire de penser ou même de souhaiter une expérience de la sexualité sans optimisme". Voir leur ouvrage collectif, *Sex, or The Unbearable* [le sexe ou l'insoutenable].

2. Donegan et Wypijewski se concentrent sur les hétéros, mais certaines pensées qui s'érigent contre la culture gay mainstream et le *pinkwashing* formulent une critique similaire : "[La Gay Pride] consiste globalement en une vaste opération publicitaire", comme le disait un homme gay au *Guardian* en 2016 dans un article intitulé "Too Straight, White and Gay Corporate: Why Some Queer People Are Skipping SF Pride" [trop hétéro, blanche et commercialement gay : pourquoi certains queers boycottent la Marche des Fiertés de San Francisco]. "On dirait vraiment Gay & co, comme j'aime le présenter. On est juste un objet de consommation de plus pour les gens." Pour une application de cette vision dans les relations internationales, voir *Homonationalisme : la politique queer après le 11 septembre 2001*, de Jasbir Puar (2007), qui tisse des liens entre l'assimilation gay ou le consumérisme et la blanchité, l'impérialisme occidental ou la guerre contre le terrorisme, formant ce que Puar appelle "l'homonationalisme", c'est-à-dire "l'intrication complexe entre politique des sexualités et projets impérialistes occidentaux".
3. Goldberg cite cet extrait de Flynn dans son article "The Problem with Idolizing Sexual Liberation" [pourquoi il ne faut pas glorifier la libération sexuelle].
4. Voir "Why Complain?" [pourquoi faut-il se plaindre ?] de Sara Ahmed, un post de son blog *feminist killjoys* [les rabat-joies féministes], où elle estime qu'il est bénéfique de se plaindre : "On peut se plaindre de la manière dont on vit avec soi-même parce que se plaindre revient à se préoccuper de ce qui ne va pas plutôt qu'à essayer de l'endurer ; cela revient à refuser que cela se produise, à refuser que cela continue de se produire. Se plaindre peut être un mode d'action. Et donc : se plaindre peut être une manière de *ne pas rien faire*. La plupart des gens qui se plaignent ne le font pas parce qu'ils pensent qu'ils obtiendront réparation ou bien que leur problème sera résolu, bien qu'évidemment chacun entame ce processus avec des attentes différentes. On peut commencer par le refus : *on refuse d'endurer une situation injuste*." Je suis entièrement d'accord avec elle. J'essaie ici d'opérer une distinction entre le fait de reconnaître que se plaindre relève parfois de la nécessité et le fait de valoriser ce phénomène en tant que mode de pensée.
5. Voir le "réalisme sexuel" théorisé par le chercheur en justice pénale et sexuelle Joe Fischel, qui soutient que "les choix,

quoiqu'ils dépendent toujours des circonstances, demeurent des choix". Ce point de vue diffère à l'évidence de celui d'Andrea Dworkin et de Catherine McKinnon, qui soulignent que certaines décisions, en raison de l'influence du patriarcat sur la psyché féminine, ne sauraient être considérées comme de véritables décisions.

6. "Thinking Sex: Notes for a Radical Theory of Sexual Politics" [penser la sexualité : remarques pour une théorie radicale de la politique sexuelle], de Gayle Rubin, a été publié en 1984. Plus tard dans la décennie, le sida est venu contredire sa théorie des variations sexuelles bénignes, au moment où des libérationnistes sexuels radicaux (comme les fondateurs de Sex Panic!, Allan Bérubé, Christopher Murray, Douglas Crimp, Kendall Thomas, Michael Warner, Gregg Gonsalves et Dennis Davidson) croisaient le fer avec des figures telles que Larry Kramer, Andrew Sullivan, Michelangelo Signorile ou Gabriel Rotello, ce dernier affirmant que certaines "variations sexuelles bénignes", comme les coups d'un soir ou les relations sexuelles non protégées, ne pouvaient justement pas être considérées comme bénignes dans un contexte où elles pouvaient contribuer à propager une maladie mortelle.
7. Katherine Angel a également défendu ce point de vue : voir son article du 14 février 2020, "Sex and Self-Knowledge: Beyond Consent" [le sexe et la connaissance de soi : par-delà le consentement] : "En demandant aux femmes de manifester leurs désirs sexuels avec confiance et certitude, le discours du consentement risque d'éluder le fait que les femmes sont régulièrement punies lorsqu'elles adoptent le comportement sexuel confiant et assertif qu'on leur demande de cultiver. En outre, les injonctions à la confiance en soi et aux pensées positives, comme le fait de marteler qu'il faut s'affirmer à tout prix, ont une face cachée : le manque de confiance en soi, les complexes ou l'embarras sont en effet représentés comme détestables, abjects ou honteux. La vulnérabilité et l'ambivalence ne sont guère tolérées, tandis qu'il devient inadmissible de ne pas véritablement savoir ce que l'on veut."
8. Voir *Sexual Fluidity: Understanding Women's Love and Desire* [la fluidité sexuelle : comprendre l'amour et le désir propres aux femmes], de Lisa Diamond, où la sociologue interroge une centaine de femmes qui ont manifesté, à un moment ou à un autre, une "attirance homosexuelle", constatant une

variabilité infinie de leurs désirs ou de leurs identifications au fil des années, et remarquant qu'un grand nombre d'entre elles s'éloignent de toute idée figée de l'orientation sexuelle pour se rapprocher d'une vision du désir qui dépend du contexte.

9. Cette lettre visait à s'opposer au puritanisme imputé au féminisme #MeToo en s'engageant pour la "liberté sexuelle" qui comprend, selon les signataires de la lettre, "la liberté [pour les hommes] d'importuner".

10. Les itinéraires et réactions variées au mouvement SlutWalk [marche des salopes] à travers le monde, de l'Amérique du Sud à l'Inde, en passant par Singapour, Israël, le Canada, la Corée du Sud et l'Australie, offrent une introduction rapide et fascinante aux différences culturelles autour des notions de *slut shaming*, de *victim blaming* et des manifestations des femmes dans l'espace public. Voir Teekah, et *alii* (dir.), *This Is What a Feminist Slut Looks Like* [voici à quoi ressemble une salope féministe].

11. Dans un essai louant la réédition de *Chelsea Girls* de Myles, Michelle Tea propose un témoignage semblable : "Mon obsession pour Eileen Myles est venue grâce à une vieille édition de *Not Me*, un petit recueil vert vif où les poèmes affluaient en colonnes fines. Je lisais ces poèmes avec tant d'assiduité et de fièvre que les vers me restaient souvent en tête comme un refrain. Toute vie qui revient sur son passé tend à se demander ce qu'il serait advenu si, après tout, on *était* allé à l'université, ou si nos parents n'avaient pas divorcé, ou si on avait déménagé dans un *women's land* en Arizona et non pas dans une zone urbaine en Californie. Je me demande à quoi ma vie aurait pu ressembler si je n'avais pas lu Eileen Myles. Je n'arrive pas à imaginer la personne que j'aurais été ou ce que j'aurais bien pu faire." Pendant ce temps, Myles continuait d'écrire à ce sujet, comme dans "Tapestry", un texte de 2006 rejeté par le magazine *Vice* où Myles énumère les variations infinies des nombreuses vulves qu'iel a connues : "Les clitos étaient tous différents. Le sien était plus grand. Tout en caoutchouc, plus porno. J'avais déjà vu une chatte comme la sienne, mais jamais de si près. C'était comme une lèvre à la verticale. Si on avait la tête devant, je veux dire. C'était une traînée lippue, mais en fait je ne parle pas de son clito, mais bien de ses lèvres, ce que j'appelais ma gencive quand j'étais une petite fille. Ma gencive externe. Les siennes étaient très simplement

féminines et larges, une route rouge vers un petit bouton enflé [...]. L'amant d'une de ces femmes lui avait dit qu'elle avait une grosse chatte. C'était vrai – ses grandes lèvres étaient grosses et molletonnées. Charnues. Ses petites lèvres étaient cliniquement saines et son clito – c'était une petite patate rouge. Il gardait néanmoins l'entrée d'une des chattes les plus voraces que j'aie jamais connues [...]. Une femme toute menue avait une chatte en dentelle qu'elle détestait. On aurait dit qu'il y avait un frottage au-dessus de son clito. Il n'avait pas de capuchon mais une grande mantille."

12. Voir le projet "No One is Disposable: Every Day Practices of Prison Abolition" [il ne faut reléguer personne : les pratiques quotidiennes de l'abolitionnisme pénal], de Dean Spade et Tourmaline. Dans la troisième partie de cette série de vidéos ("What About the Dangerous People"), Tourmaline s'inspire des travaux de l'abolitionniste pénale Ruth Wilson Gilmore afin de mettre en lumière l'importance de l'idée selon laquelle "personne n'est innocent. Il n'y a pas de violents et de non-violents. Nous faisons – tous ensemble – constamment des choses qui nuisent à autrui. Il est impossible d'être en relation avec autrui sans qu'autrui nuise à quelqu'un à un moment ou à un autre [...]. Il n'existe pas de dichotomie entre les innocents et les coupables. La logique étatique, comme la logique du système carcéral, exige cette idée [...] afin que toutes sortes de structures et de procédures – comme le maintien de l'ordre, les prisons, la détention et la déportation – s'en trouvent justifiées".
13. Vicki Schultz, au nom d'un groupe de professeurs de droit dans "Open Statement on Sexual Harrassment from Employment Discrimination Law Scholars" [lettre ouverte sur le harcèlement sexuel par des chercheurs en droit sur la discrimination à l'emploi] (publié à l'occasion du Symposium #MeToo de la *Stanford Law Review* en 2018), écrit : "La recherche montre que les entreprises utilisent souvent les accusations de harcèlement comme un prétexte pour licencier des employés pour des raisons peu avouables, comme l'orientation sexuelle, l'origine ou l'âge. Toute vision zélée de l'expression sexuelle invite au cynisme et au retour de bâton contre les initiatives cherchant à combattre le harcèlement. Ces visions échouent à promouvoir l'égalité pour les femmes, tout en exposant les personnes LGBTQ, les hommes racisés et tous ceux qui sont vulnérables

en raison des stéréotypes sexuels qu'on leur attribue à des peines excessives et à la perte d'emploi."

14. Voir *Le conflit n'est pas une agression* de Sarah Schulman, où l'autrice distingue les "luttes pour le pouvoir" et le "pouvoir sur".
15. L'expression "Those who made a way out of no way" (ceux qui se sont donné les moyens de changer les choses en disant pas moyen) est une reformulation d'une phrase d'Emily Hobson dans *Lavender and Red* [lavande et rouge] portant sur les gays et les lesbiennes de gauche. À propos de ces autres voies, songeons notamment au terme italien féministe *affidamento*, qui renvoie aux femmes qui "se font confiance" pour obtenir ce qu'elles désirent et pour se ménager une place en politique, dans la société ou dans le monde de l'art. L'*affidamento* diffère des versions homosociales du "réseautage" dans la mesure où la collaboration des femmes n'a pas historiquement mené à un accroissement du pouvoir dans l'acception commune et hiérarchique du mot (en effet, on pourrait même affirmer le contraire). En revanche, au sens du mot qui m'intéresse le plus – c'est-à-dire de l'énergie, de la détermination et de la force imaginative requises pour faire advenir l'inédit ou pour créer un nouveau partage du sensible –, il n'y a pas plus efficace.
16. Il est utile de rappeler que, comme l'a explicité Dean Spade, la plupart de nos attentes et de nos besoins en matière de liberté sexuelle dépassent les définitions juridiques : voir son ouvrage *Normal Life* [la vie normale].
17. Voir l'article d'Andy Newman à la une du *New York Times* sur les infractions sexuelles au sein de la communauté Shambhala. "'The King' of Shambhala Buddhism Is Undone by Abuse Report" [le "roi" du bouddhisme Shambhala confondu par des témoignages d'agressions sexuelles].

Chant III : fugue de drogue

1. Dans *Un Noir à l'ombre*, Eldrige Cleaver se remémore avoir aussi bien violé des femmes noires que des femmes blanches, tout en évoquant ces souvenirs en termes vagues, sans détailler de scène précise au lecteur. L'impression qu'avait Cleaver de ne rien avoir à perdre découlait sans doute de son incarcération pour viol ; Pepper a également fait de nombreux séjours en prison tout au long de sa vie.

2. Voir l'analyse de Johnson portant sur l'autorésistance et la "résistance à la théorie" dans le travail de Paul de Man, dans "Deconstruction, Feminism, and Pedagogy" [déconstruction, féminisme et pédagogie]. Johnson essaye de déterminer – de manière non moins urgente aujourd'hui qu'en 1987, et sans se limiter à la seule question du genre – si, dans la mesure où "la résistance à soi-même et l'incertitude *des femmes* a contribué à renforcer leur absence d'autorité et leur invisibilité", la tâche du féminisme doit impliquer le "dépassement de la résistance à soi-même", ou bien si le féminisme ferait mieux d'abandonner cet objectif, quitte à miner ses prétentions à l'autorité et à la visibilité.
3. Voir "Subject and Subjectivation" [sujet et subjectivation] d'Étienne Balibar. Balibar poursuit : "Si la liberté désigne la liberté *du sujet*, est-ce parce qu'il y aurait, dans la 'subjectivité', une source originelle de spontanéité et d'autonomie, quelque chose d'irréductible aux contraintes et aux déterminations objectives ? Ou ne serait-ce pas plutôt parce que la 'liberté' ne peut désigner que le seul résultat ou la seule contrepartie de la libération, de l'émancipation, du *devenir* libre : une trajectoire qui s'inscrit *dans* la texture même de l'individu pris avec toutes ses contradictions, qui commence par la sujétion avec laquelle il maintient nécessairement une relation interne ou externe ?"
4. Les dynamiques de genre de *Pull My Daisy* se compliquent davantage lorsqu'on songe au fait que la célèbre peintre Alice Neel a été retenue pour jouer la "mère de l'Évêque", une matrone austère et toute de noir vêtue, dont la persona contraste vivement avec l'iconoclasme bohème de Neel dans sa propre vie. De manière encore plus complexe, il nous faut songer aux difficultés rencontrées par Neel à endosser tour à tour son rôle de mère et son rôle d'artiste et dont les affres sont dépeintes dans le documentaire que lui a consacré son petit-fils en 2007, *Alice Neel*.
5. S'il s'y était intéressé, Derrida aurait pu remarquer que la question du maternel a orienté son célèbre "que reproche-t-on au toxicomane ?" vers des débordements moraux et pénaux, comme l'a cruellement montré la multiplication de poursuites contre les femmes enceintes pour des crimes ou délits liés aux drogues, de l'épidémie du crack jusqu'à la crise des opiacés. À la fin des années 1980, des centaines de mères ou de femmes enceintes ont écopé de chefs d'accusation liés aux drogues,

dont celui d'"agression à main armée" (l'arme étant le crack et la victime le fœtus) ou de "trafic de drogues", utilisé dans le cadre de la transmission de drogues à un nourrisson par le cordon ombilical dans les soixante à quatre-vingt-dix secondes entre l'accouchement et le clampage. Il va sans dire que ces poursuites étaient racialement inéquitables : une étude de 1989 des cliniques publiques et privées a révélé que, en dépit d'une consommation équivalente de drogues par les femmes enceintes noires et les femmes enceintes blanches, les femmes blanches ayant d'ailleurs été légèrement plus positives aux tests de drogues – 15,4 % pour les Blanches et 14,1 % pour les Noires –, les femmes noires avaient dix fois plus de risques d'être dénoncées et poursuivies (voir Loren Siegel, "The Pregnancy Police Fight the War on Drugs" [la guerre de la police des femmes enceintes contre les drogues]). À l'époque de la crise des opiacés, la guerre menée contre les femmes enceintes et les drogues continue de faire rage : en Alabama, un État particulièrement répressif pour les mères, 479 jeunes et futures mères ont été accusées depuis 2006 d'"atteinte chimique à enfant", dont Casey Shehi, qui a été emprisonnée pour avoir pris un demi-Valium alors qu'elle était enceinte. Les condamnations pour ces chefs d'accusation sont "particulièrement lourdes et s'échelonnent d'une à dix années de prison s'il n'y a pas eu de conséquences pour le bébé, de dix à vingt ans si le bébé paraît avoir souffert de l'exposition, et de dix à quatre-vingt-dix-neuf ans si le bébé en est mort" (voir Martin, "Take a Valium, Lose Your Kid, Go to Jail" [prendre un Valium, perdre son bébé, aller en prison]).

6. C'est ce qu'affirme Hortense Spillers dans "Mama's Baby, Papa's Maybe: An American Grammar Book" [le petit être de maman, le peut-être de papa : un livre de grammaire américain] à propos des structures parentales dynamitées par l'esclavage – un éclatement qui, d'après Spillers, renverse d'un même coup les rôles patriarcal et matriarcal pour les Afro-Américains, libérant les différences de genre de tout sens normatif. Selon l'analyse de Spillers, le rôle maternel blanc est occupé par "un genre féminin *patriarcalisé* qui, d'un certain point de vue, est le *seul* genre féminin qui dispose d'une existence propre", tandis que le rôle maternel noir ne possède "aucune intégrité symbolique", alors que l'esclavage et ses conséquences ont plongé "le lexique ordinaire de la sexualité,

dont *la reproduction*, *la maternité*, *le plaisir* et *le désir*", dans une "crise absolue".

7. Voir "The Hunting of Billie Holiday" [la traque de Billie Holiday], de Johann Hari.
8. Voir, par exemple, les textes-fleuves d'Andrea Long Chu ridiculisant Ronell, son ancien professeur, et encensant Valerie Solanas, qui a tiré sur des gens.
9. Pour des textes à propos des drogues et de l'alcool qui associent explicitement les luttes personnelles et collectives, voir les travaux de Malcolm X, Iceberg Slim, D. Watkins, George Cain, Ray Shell, Piri Thomas, Sherman Alexie, etc. Du côté de la fiction ou des allégories, Toni Morrison et Octavia Butler ont régulièrement sondé le sujet de la drogue dans leurs œuvres. Voir, par exemple, *La Parabole du semeur* de Butler, qui évoque la Pyro, une drogue qui confère un plaisir sexuel aux pyromanes, et la Parateco, qui donne le pouvoir d'hyperempathie à ses consommateurs. Chez Morrison, voir *Sula*, où Eva affronte l'ambivalence de son amour pour son fils junkie, Plum, qu'elle brûle vif afin de ne pas avoir à assister à sa mort lente provoquée par l'addiction. Parmi les autobiographies, je songe à de nombreux ouvrages-fleuves classiques de femmes racisées qui privilégient les témoignages des addictions des autres (principalement des hommes). Voir *Mon frère* de Jessica Kincaid, *Les Moissons funèbres* de Jesmyn Ward, *Crazy Brave* [courageux à la folie] de Joy Harjo, *When My Brother Was an Aztec* [quand mon frère était aztèque] de Natalie Diaz. On trouve en revanche peu de récits à la première personne d'addiction ou de guérison (quoique certaines anthologies éclectiques, à l'image de *Sisters of the Extreme: Women Writing on the Drug Experience* [sœurs de l'extrême : textes de femmes sur l'expérience de la drogue] de Palmer et Horowitz, offrent des pistes pour nuancer ce constat général). Voir également les travaux récents d'auteurs comme Tao Lin et Ottessa Moshfegh, qui participent d'un nouveau canon de l'écriture de la drogue où les médicaments sur ordonnance (comme le Klonopin, le Percocet, l'Ambien, l'Adderall, le Tylenol 3, l'Oxycodone, le Xanax et la Ritaline) jouent un rôle majeur ; voir également les derniers travaux de Michael Pollan, d'Ayelet Waldman et de Chris Rush pour une étude contemporaine des psychédéliques.
10. Je remercie, ici, Tisa Bryant de ses conseils et de nos échanges à ce sujet.

11. Plusieurs décennies après que Nixon eut déclaré la guerre contre les drogues en 1971, son ancien directeur de la politique intérieure, John Ehrlichman, a affirmé à l'écrivain Dan Baum que la guerre avait toujours visé les ennemis de Nixon : "Pendant sa campagne de 1968 et à la Maison-Blanche, Nixon avait deux ennemis : la gauche pacifiste et les personnes noires... On savait qu'on ne pouvait pas pénaliser le fait d'être contre la guerre ou d'être noir, mais en convaincant le public que les hippies consommaient de la marijuana et que les Noirs consommaient de l'héroïne, tout en pénalisant lourdement ces deux drogues, il devenait facile de renverser ces communautés. On pouvait arrêter leurs meneurs, fouiller leurs maisons, interrompre leurs réunions et les diaboliser soir après soir au journal télévisé. Est-ce qu'on savait qu'on mentait sur les drogues ? Bien sûr que oui." Cette guerre racialisée avait cependant commencé bien avant 1971. Dans "The Hunting of Billie Holiday", Johann Hari rapporte comment, dès 1914, le spectre des "maniaques nègres de la cocaïne" – ces "molosses surhumains qui recevaient des balles au cœur sans flancher" – fut agité afin de faire passer la Harrison Narcotics Tax Act (loi Harrison sur la taxation des narcotiques), et qui définissait la régulation et la taxation des opiacés comme de la cocaïne aux États-Unis. Les audiences au Congrès et la couverture médiatique qui ont mené à la promulgation de la loi ont massivement brandi ce spectre : sous l'emprise de la peur raciale traditionnelle, un pharmacien a témoigné devant le Congrès du fait que "la plupart des attaques contre les femmes blanches dans le Sud [résultaient] directement du cerveau cocaïnomane d'un Nègre" ; un expert médical affirmé que la "raison officielle pour laquelle les policiers du Sud avaient dû augmenter le calibre de leurs armes à feu" (passant de .32 à .38) était que le "N*gre cocaïnomane [était] increvable".
12. À propos des inégalités de traitement juridique envers les Blancs et les non-Blancs consommateurs de drogue, voir le récit que fait Hari de la réaction de Harry Anslinger, l'agent fédéral acharné à détruire la carrière et la liberté de Billie Holiday, lorsqu'on lui apprit "qu'il y avait aussi des femmes blanches, tout aussi célèbres que Billie, qui avaient des problèmes de drogue" : "Il appela Judy Garland, elle aussi accro à l'héroïne, afin de la rencontrer. Ils passèrent un bon moment ensemble, où il lui recommanda de prendre de plus longues

vacances entre chaque film, et il écrivit à son studio qu'elle n'avait aucun problème avec la drogue."

13. Dans le sillage de Du Bois, Baldwin, Thandeka, Noel Ignatiev et d'autres, des écrivains à l'image d'Eula Biss (dans son essai "White Debt" [la dette blanche]) ont essayé d'étudier le "prix de la blanchité", selon l'expression de Du Bois. Dans *Dying of Whiteness: How the Politics of Racial Resentment Are Killing America's Heartland* [mourir de blanchité : comment la politique du ressentiment racial tue le cœur de l'Amérique] (2019), le psychiatre Jonathan M. Metzl essaie de quantifier le coût littéral et mortel de la blanchité, démontrant que l'idéologie raciste droitière affecte l'espérance de vie des Blancs, une tendance à laquelle contribuent notamment la consommation excessive d'opiacés, l'absence d'accès à la sécurité sociale et la détention d'armes à feu. Biss et Metzl se heurtent cependant tous deux à la même difficulté : beaucoup pensent encore qu'il est avantageux de troquer quelques années de vie ou une parcelle de leur éthique contre une dose de pouvoir et de supériorité envers les Noirs et les personnes racisées. Voir également l'analyse incisive que fait Toni Morrison de ce marché dans "Making America White Again" [rendre sa blancheur à l'Amérique], un texte portant sur l'élection de Trump en 2016.

14. Songeons notamment à la vogue de l'ayuhuasca, qui a poussé d'innombrables personnes – majoritairement mais non exclusivement blanches – vers les berges de l'Amazone (dont l'humoriste Chelsea Handler, qui a filmé son expérience avec la drogue aux côtés d'un chamane péruvien pour sa série sur Netflix). Dans un article sur cet engouement écrit pour *Bitch Magazine*, Bani Amor décrit la drogue comme "le dernier remède à la mode pour les problèmes des Blancs", se demandant "comment la blanchité pourrait jamais guérir de la violence qu'elle a créée, et s'il est possible d'empêcher cette violence de suivre les Blancs comme leur ombre". C'est une bonne question, quoiqu'en réalité assez épineuse, dans la mesure où toutes sortes d'individus qui recherchent une expérience enthéogénique, guérisseuse ou transformative le font *via* des cultures qui leur sont étrangères et auxquelles ils n'appartiennent pas (même lorsqu'ils pensent y avoir une légitimité, c'est souvent par procuration, et les autochtones tendent à les remettre à leur place). Pour se faire une idée des confusions et des contaminations que suscite le genre, je recommande

chaleureusement le site de la Women and Entheogenic Conference, qui propose un panorama fascinant d'expertes indigènes, noires ou blanches de Reiki, de yoga, de champignons hallucinogènes, d'égyptologie ou que sais-je encore. Voici un aperçu de l'enthousiasme des organisatrices : "Qu'il s'agisse de l'herbe mystique Iboga du bush africain, de l'ayahuasca, le breuvage de l'Amazone en Amérique du Sud, ou de la magie des psilocybes du monde entier, la Women & Entheogens Conference a ce qu'il vous faut ! Abordant les sujets du LSD, de la MDMA, du cannabis, et de l'hallucinogène le plus puissant au monde, la DMT, la Women & Enthrogens Conference envoie du lourd !"

15. Le désir avoué de l'addiction en tant que telle, comme activité ou identité totale qui structure et détermine une vie qui se croit creuse (comme le dit Barbara Quinn : "Putain ! J'étais une junkie. J-u-n-k-i-e, junkie. C'était un vrai truc, un sacré truc, un truc important et héroïque. Un truc de dingue"), n'est pas aussi rare qu'on pourrait le croire. Cela ne veut pas dire que l'addiction ne tombe pas à l'improviste sur des gens qui ne s'y attendaient pas, ou qui espéraient contre tout espoir l'éviter – il est rare qu'on la désire lorsqu'on est sous son emprise. Mais de nombreux témoignages de toxicomanes formulent bien le souhait – surtout lorsque la consommation est récente – que l'addiction pourrait éventuellement fournir une solution partielle au problème de l'être. Comme l'écrit Marlowe dans *How to Stop Time* [comment arrêter le temps] : "Les personnes sobres se demandent pourquoi les junkies sévères ne remarquent pas l'absurdité qu'il y a à organiser toute leur journée en fonction de leur besoin d'héroïne, mais ils prennent le problème à l'envers. L'une des raisons qui poussent les gens à devenir des junkies est de trouver une manière séduisante d'organiser leur routine à l'heure près [...]. L'addiction crée un dieu qui arrête le temps – c'est la raison pour laquelle tous les dieux sont créés." Les mémoires de Marlowe ont naturellement suscité une levée de boucliers, dans la mesure où ils postulent que l'addiction serait un choix, que les symptômes de manque ne seraient pas si terribles qu'on le dit, etc.

16. Voir "Muteness Envy" [le désir du mutisme] de Barbara Johnson, où l'autrice analyse l'histoire des objets de l'amour féminisés et silencieux dans la poésie lyrique, et notamment dans "Ode sur une urne grecque" de John Keats, où le poète

s'adresse à une "vierge", "épouse du repos nourrie par le silence". L'essai, qui culmine en une étude de *La Leçon de piano* de Jane Campion, se conclut sur ces mots impérissables : "Si le féminisme rencontre tant de résistance, c'est peut-être moins en raison du fait qu'il remplace le silence des femmes par la parole des femmes que de celui que, ce faisant, il interfère avec les structures officielles de complaisance qui maintiennent le patriarcat au pouvoir et qu'il formule la vérité qui se cache derrière la beauté de l'envie muette."

17. Quoique Barad ait inventé la formule de "réalisme agentiel", elle préfère éviter de recourir au concept "d'avoir une agentivité" en tant que tel ; sa recherche l'a plutôt conduite à croire que "l'agentivité n'appartient à personne, elle n'est pas la propriété d'individus ou de choses ; au contraire, l'agentivité est un processus, elle est l'affaire des possibles qui permet de reconfigurer les situations d'intrication". Voir également le raisonnement de Moten dans les premières pages d'*In the Break* [au cœur du break], où il reprend l'analyse marxienne des "marchandises" muettes qui nous rappelle que des marchandises douées de parole ont bel et bien existé en la personne des esclaves. En des termes qui évoquent les écrits de Preciado sur la T, Moten affirme que "quoique la subjectivité se définisse par le fait que le sujet est en possession de lui-même et des objets, elle est mise à mal par la force de dépossession exercée par les objets – par la manière dont le sujet semble lui-même possédé, imprégné, déformé, par l'objet qui est en sa possession".
18. Voir "The Addictive Image" [l'image addictive] dans l'ouvrage universitaire de Clune, *Writing against Time* [écrire contre le temps].
19. Voir "How Computer Games Helped Me Recover From My Heroin Addiction" [comment j'ai guéri de mon addiction à l'héroïne grâce aux jeux vidéo sur PC] de Clune.
20. L'argument général défendu par Butler dans *Vie précaire : les pouvoirs du deuil et de la violence* est que l'incapacité à accepter la douleur et la désorientation qui découle du deuil, tout comme l'intersubjectivité et le désir, peuvent mener à des actions politiques destructrices et irraisonnées – phénomène qu'elle étudie à l'aune de la ruée des États-Unis vers la guerre après le 11-Septembre.

Chant IV : entre les wagons

1. Le terme d'Anthropocène a été inventé dans les années 1980 par l'écologiste Eugene F. Stoermer et popularisé par le chimiste spécialiste de l'atmosphère Paul Crutzen. Il est désormais communément admis pour désigner la période qui suit l'Holocène, c'est-à-dire l'ère qui s'est ouverte à la fin du dernier âge glaciaire, il y a environ douze mille ans. Si la majorité des scientifiques estiment que nous sommes bien entrés dans l'Anthropocène, ils débattent encore du lieu et du moment de sa naissance (ils ont surnommé la trace qu'ils cherchent le "golden spike", un terme ferroviaire [qui désigne le dernier clou planté dans le chemin de fer reliant Omaha à Sacramento, *N.d.T.*], même s'ils débattent encore de la date d'entrée dans cette ère, qu'ils placent tantôt avant, tantôt après les chemins de fer). Certains estiment que le marqueur devrait être placé il y a huit mille ans, dès les débuts de l'élevage ; d'autres plaident pour 1610 et la conquête de l'Amérique par les Européens, qui a mené à la propagation de maladies et à la déforestation ; d'autres songent à la Révolution industrielle (le groupe d'experts intergouvernemental sur l'évolution du climat analyse les émissions de gaz à effets de serre à partir de 1750, à l'image des textes de Morton portant sur la machine à vapeur) ; d'autres le situent au milieu du XXe siècle, au moment de la première utilisation de la bombe atomique et de la retombée d'isotopes nucléaires dans les strates de la terre. Pour une critique de la logique et de la théorie du "golden spike", voir "Golden Spikes and Dubious Origins" [*golden spikes* et origines douteuses], dans *A Billion Black Anthropocenes or None* [un milliard d'Anthropocènes noirs sinon rien], de Kathryn Yusoff.
2. Voir les rapports "Living Planet" rédigés par des scientifiques pour la World Wildlife Foundation et la Zoological Society of London en 2014 et en 2016.
3. Voir la Union of Concerned Scientists (société des scientifiques inquiets) : https://blog.ucsusa.org/peter-frumhoff /global-warming-fact-co2-emissions-since-1988-764.
4. Voir la page consacrée au changement climatique sur le site de la NASA : https://climate.nasa.gov/faq/16 /is-it-too-late-to-prevent-climate-change/.
5. Voir le site de la National Climate Association : "Les changements climatiques à venir devraient bouleverser davantage de

nombreux aspects de la vie, exacerbant les difficultés actuelles qu'affronte la prospérité en raison du vieillissement et de la détérioration des infrastructures, des écosystèmes sous pression et des inégalités économiques. Les impacts ne seront pas répartis équitablement entre les régions. Les personnes en situation de vulnérabilité, y compris celles à bas revenus et les communautés marginalisées, disposent de moyens d'action très faibles pour se préparer et endurer des crises liées à des phénomènes climatiques extrêmes, et risquent d'en faire les frais." Chaque jour qui vient apporte son lot d'études de cas qui confirment cette idée. Voir par exemple l'article de Christopher Flavelle pour le *New York Times* du 18 juin 2020, "Climate Change Tied to Pregnancy Risks, Affecting Black Mothers Most" [le changement climatique aggrave les risques pour les femmes enceintes, touchant surtout les mères noires].

6. Voir "The Case for Climate Rage" [défendre la colère climatique] (*Popula*, 19 août 2019), où Westervelt s'oppose farouchement à l'habitude (qu'ont souvent les Blancs et les hommes) d'utiliser la première personne du pluriel ou de recourir aux généralités sur "l'humanité" lorsqu'il s'agit de désigner les coupables de la crise climatique : "Les puissants n'ont jamais délibérément démantelé les systèmes qui leur profitaient. David Wallace-Wells a par exemple reçu une avance astronomique pour *La Terre inhabitable*, un livre où il développe des arguments solides et nécessaires, avant de conclure, en l'absence de toute preuve tangible, que 'nous', les responsables du changement climatique, pourrons y remédier grâce à la géo-ingénierie. Le *New York Time Magazine* a consacré un numéro entier aux élucubrations lyriques de Nathaniel Rich portant sur 'notre' échec à arrêter le changement climatique, lui valant presque immédiatement des propositions d'éditeurs et de producteurs pour une adaptation. Jonathan Safran Foer ne saurait tarder à les rejoindre avec sa propre interprétation du 'nous sommes tous coupables' avec *We Are the Weather* [nous sommes la météo] (le livre a depuis été publié en 2019), où il explique, à tort, que l'alimentation humaine serait la cause principale du changement climatique, et que 'nous' devrions y faire face en opérant les changements de modes de vie nécessaires [...]. Mais lorsque les femmes, et notamment mes collègues, désignent les responsables, elles ne se contentent pas d'une seule entreprise ou même d'une seule industrie. Les

industries du pétrole, du charbon et automobile ont toutes un rôle à jouer, tout comme les fournisseurs, les attachés de presse et les lobbyistes qui cherchent à imposer leur vision et même les personnalités politiques qui jettent l'éponge. Cela fait beaucoup de monde, mais ce n'est pas *tout* le monde, ce n'est pas 'l'humanité'."

De nombreuses données – dont le rapport 2017 de Carbon Majors, qui montre que plus de 70 % des émissions mondiales de gaz à effet de serre depuis 1988 ne sont le fruit que de cent entreprises – confirment la conviction de Westervelt selon laquelle ce n'est pas l'humanité qu'il faudrait blâmer. En regardant plus loin en arrière, il est évident que les êtres humains n'ont pas tous vécu comme les Européens et les Américains blancs de ces six derniers siècles. Il est important de signaler cette différence, non seulement afin d'engager la responsabilité des uns et des autres mais également afin de trouver comment avancer. Cependant, lorsqu'on tient compte de la complexité de nos rapports à l'énergie fossile et de notre participation quotidienne à sa consommation, je ne crois pas qu'une réduction à l'opposition du "nous" et du "ils" soit l'approche la plus pertinente. Il faudrait également garder à l'esprit la manière dont Kate Marvel reconnaît sa complicité et sa responsabilité : "En définitive, je suis responsable des gaz qui modifient le climat et, dans la mesure où j'élève mon fils dans le confort et l'aisance, je lui transmets ma responsabilité et ma culpabilité." Voir également *The Great Derangement* [le grand bouleversement], dans lequel Amitav Ghosh insiste sur le rôle majeur de l'Asie dans la crise climatique.

7. Voici la liste que nous offre Westervelt dans "The Case for Climate Rage", que je livre telle quelle :
   - Il y a plus de dix ans, la psychologue Renee Lertzmann a été la première à parler de deuil climatique et des manières de le transformer en modes d'action.
   - Mary Annaïse Heglar a écrit de très beaux ouvrages sur l'intersectionnalité du racisme et du changement climatique.
   - Katharine Wilkinson est une partisane farouche de la mise en valeur des porte-parole racisés du climat.
   - La biologiste marine Ayana E. Johnson a rédigé des travaux sur la préservation des océans, un aspect critique et pourtant étonnamment négligé de la lutte contre le réchauffement climatique.

- *The Optimist's Telescope: Thinking Ahead in a Reckless Age*, le livre à paraître de Bina Venkataraman, propose de penser à long terme pour un avenir meilleur.
- La scientifique de la NASA Kate Marvel écrit régulièrement sur les rapports entre la science et les valeurs humaines.
- Tamara Toles O'Laughlin est en train de faire du groupe militant écologiste 350.org un moteur de diversité pour une justice équitable.
- Rhiana Gunn-Wright rédige la jurisprudence qui favorise l'apparition d'un *Green New Deal.*
- L'océanographe Sarah Myhre s'est battue pour obtenir la liberté d'exprimer son engagement affectif dans sa manière de communiquer les aspects scientifiques du réchauffement climatique.

Voir également les références citées par Somini Sengupta dans le *New York Times* du 5 juin 2020 sur les liens entre le racisme et la crise climatique.

8. Voir, par exemple, *Radical Hope: Ethics in the Face of Cultural Devastation* [l'espoir radical : l'éthique devant la dévastation culturelle], où Lear s'appuie sur l'histoire de la nation Crow pour réfléchir aux manières dont les autres cultures pourraient affronter courageusement la possibilité de leur effondrement. Lear insiste sur les implications philosophiques d'une déclaration de Plenty Coups, le dernier chef traditionnel des Crows, formulée peu de temps avant sa mort : "Quand le bison est parti, les cœurs de mon peuple sont tombés à terre, et ils n'ont pas pu les ramasser. Après cela, plus rien ne s'est produit." Lear s'est particulièrement intéressé à cette dernière phrase, dans la mesure où elle montre combien les Crows peinaient à attribuer un sens – ou même une temporalité – aux événements survenus après la destruction de la matrice qui donnait un sens à leur existence. Voir également *The Heartbeat of Wounded Knee* [le cœur de Wounded Knee], de David Treuer, qui réécrit l'histoire des autochtones américains à l'aune "de leur ingéniosité et de leur créativité sans précédent" plutôt qu'à celle de leur décimation et de leur disparition.
9. Voir le podcast de McKibben, *The Quarantine Tapes* [les cassettes du confinement] : https://quarantine-tapes.simplecast.com/episodes/the-quarantine-tapes-036-bill-mckibben-cmRf5Wlk.

10. Voir l'article de 2018 de McKibben pour le *New Yorker*, "How Extreme Weather Is Shrinking the Planet" [comment les phénomènes météorologiques extrêmes font rétrécir la planète].
11. *Ibid.*
12. Voir également *Lifeblood: Oil, Freedom, and the Forces of Capital* [forces vives : le pétrole, la liberté et la puissance du capital] de Matthew T. Huber.
13. Zoe Todd, universitaire métis, raconte qu'elle s'est sentie découragée pendant une conférence de Bruno Latour, où les participants "encensaient et vénéraient un penseur européen qui avait 'découvert' ce que d'innombrables penseurs autochtones du monde entier auraient pu vous dire depuis plus d'un millénaire" ("An Indigenous Feminist's Take on Ontology" [opinion d'une féministe autochtone sur l'ontologie]).
14. Voir, par exemple, *The Child to Come* [l'enfant à venir] de Rebkah Sheldon, ou *Terrorist Assemblages* [assemblages terroristes] de Jasbir Puar, où l'auteur estime que les interactions queer avec "l'économie reproductive capitaliste" seraient des "simulations" d'hétéronormativité. Voir enfin les textes de Heidi Nast qui évoquent "l'alibi queer" fallacieux dont les parents queer blancs se serviraient pour éviter de prendre part "aux patriarcats queer ou aux racismes queer".
15. Voir à ce sujet la réponse d'Emma González, l'une des survivantes/militantes les plus engagées de #NeverAgain à Parkland en Floride, aux attaques odieuses contre elle et ses pairs portées par les médias de droite et la NRA : "Depuis quand pense-t-on qu'*enfant* est un gros mot ? [...] On nous a toujours appris qu'il fallait dénoncer les injustices ; mais dès que nous le faisons, ceux qui ont décidé des règles nous traitent avec mépris. Les adultes nous aiment quand on a des bonnes notes, mais ils nous détestent quand on affirme nos opinions."
16. Connolly résume ici une histoire qu'Anna Lowenhaupt Tsing raconte dans *Le Champignon de la fin du monde*, qui consiste en une étude dense et pleine de compassion du matsutake, un champignon précieux qui prospère dans les forêts dégradées par l'homme, que Tsing considère comme un exemple des formes de vie renaissantes et contaminées dont nous pourrions nous inspirer pour apprendre à vivre sur les ruines de nos rêves (ou des rêves d'autrui).
17. Je cite ici Heidi Binko, du Just Transition Fund, dont les propos sont rapportés par Eliza Griswold dans "People in Coal

Country Worry about the Climate, Too" [les habitants des régions du charbon se préoccupent du climat, eux aussi].

18. La paranoïa et le désespoir sont deux phénomènes distincts, mais l'analyse que Sedgwick fait de la paranoïa dans "Paranoid Reading and Reparative Reading" [lecture paranoïaque et lecture consolatrice] est ici pertinente, notamment lorsqu'elle réfléchit à l'axiome selon lequel "ce n'est pas parce que vous n'êtes pas parano qu'ils n'en ont *pas* après vous" : "La valeur de vérité de l'axiome original, si l'on estime qu'il *est* vrai, ne suffit guère à prouver l'évidence d'un impératif paranoïaque. Lorsqu'on apprend que 'ce n'est pas parce qu'on est parano qu'on n'a pas d'ennemis', on pourrait tout à fait en venir à la conclusion que la paranoïa n'est pas un moyen efficace de se débarrasser de ses ennemis. Au lieu de se dire 'qu'on n'est jamais assez parano', on pourrait tout à fait plutôt estimer que 'dans ce cas-là, ce n'est pas parce qu'on a des ennemis qu'il faut être parano'." Voir également *Queer Optimism* [optimisme queer] de Snediker, où l'auteur commente ainsi un extrait de Sedgwick portant sur la joie chez Proust : "Je suis fasciné par l'idée que la joie pourrait être un garant de la vérité – autrement dit, que la joie pourrait consister en une force de conviction." Cette idée me fascine, moi aussi.

19. Voici quelques exemples : "The Uses of Anger" [utiliser la colère] d'Audre Lorde, *Depression* d'Ann Cvetkovich, *Good and Mad* [femmes en colère] de Rebecca Traister. Par ailleurs, dans *Ugly Feelings* [vilains sentiments], Ngai distingue "les émotions relativement univoques" (comme la colère ou la peur) des émotions négatives patissant d'une "mauvaise réputation" (comme la jalousie, l'agacement et la paranoïa), et estime que seules ces dernières seraient de "vilains sentiments". En ce qui me concerne et pour le propos qui nous occupe, j'ignore cette distinction et classe toutes les émotions négatives dans la catégorie des "vilains sentiments".

20. Voir Moten, *The Undercommons* : "Comment se fait-il que nous ne puissions pas être ensemble et penser ensemble selon des modalités qui nous feraient du bien, qui nous feraient nous sentir bien ? Pour la plupart de nos collègues et de nos étudiants, peu importe le degré de porosité que l'on attribue à cette distinction, cette question est celle qui demeure la plus difficile à faire entendre. Les gens passent leur temps à être exaspérés et à se sentir mal, mais il est très rare d'entendre une

discussion où les participants se demandent : 'Pourquoi est-ce que ça ne nous fait pas du bien ?' Il y a beaucoup de gens en colère ou qui se sentent mal, mais les gens semblent avoir du mal à se demander collectivement : 'Pourquoi ça ne nous fait pas du bien ?' J'adore la poésie, mais pourquoi est-ce que ça ne nous fait pas du bien d'en lire, d'y penser ou de la commenter dans ce contexte ? Je suis persuadé que c'est la question que nous avons commencé à essayer de poser."

Postface

1. Voir la conception psychanalytique du futur antérieur : "En croyant à cette histoire, j'aurai été autre que ce que j'ai été, ou que ce que je croyais que j'étais." (Laplanche et Pontalis, *Le Vocabulaire de la psychanalyse*) ; voir également le recours fréquent de Derrida au futur antérieur dans ses textes tardifs, voir également *Dear Angel of Death* de Simone White, où celle-ci puise parmi les textes d'Édouard Glissant, de Fred Moten, d'Amiri Baraka, de Nathaniel Mackey, de Jared Sexton, de Gilles Deleuze afin d'étudier l'antériorité du futur, le temps de "l'aurais", le temps "hantologique" et le pli (ou le temps plié) à travers le prisme de la *blackness*.
2. Voir *Stolen Life* [vie volée] de Moten, où il évoque la possibilité de "s'enchaîner à la lutte pour la liberté" ; Moten paraphrase ici l'avocat, militant et romancier Oscar Zeta Acosta, qui, dans son roman *La Révolte des cafards* (1973), écrit : "Quelqu'un doit encore répondre pour toutes les vies gâchées des combattants, obligés de continuer la lutte, enchaînés à une guerre pour la liberté comme des esclaves à leur maître."
3. On peut trouver la métaphore du Covid-19 comme portail dans l'article d'Arundhati Roy pour le *Financial Times* du 3 avril 2020, "The Pandemic Is a Portal" [la pandémie est un passage] : "Historiquement, les pandémies ont forcé les êtres humains à rompre avec le passé et à réinventer leur monde. Celle-ci ne fait pas exception. C'est un passage, une voie d'accès entre le monde passé et le monde à venir." Robin Kelley se saisit de la métaphore dans une interview accordée à *The Intercept* le 24 juin 2020, pensant comme Roy que la pandémie "est un passage. Et comme elle est passage, elle est aussi ouverture. Et puisqu'elle est ouverture, rien n'est sûr, mais il s'agit bien d'une ouverture puisqu'elle a dévoilé la structure

du capitalisme racialisé et genré et la violence infligée aux plus vulnérables. [...] L'important est de se demander ce qu'on va faire de ce passage. Aura-t-on la volonté politique de reconnaître le fait que ces conditions sont inséparables – qu'on ne peut pas seulement s'en tirer par des réformes [...] ? On verra bien. Mais je ne crois pas qu'on ait une autre opportunité de ce genre de sitôt".

4. Voir *Le Concept de l'angoisse* de Kierkegaard, où l'auteur définit l'angoisse comme le "vertige de la liberté", voir également la conception heideggérienne de l'angoisse comme expérience de la liberté, résumée par Simon Critchley dans "Being and Time, Part 5: Anxiety" [être et temps, partie 5 : l'angoisse]. Les difficultés que j'ai personnellement rencontrées en raison de la collision de la liberté et de l'angoisse ne tiennent pas vraiment en un "vertige de la liberté", ni même à ce que Milan Kundera appelait "l'insoutenable légèreté de l'être". Elles relèvent plutôt de la tendance de l'indétermination – qui est une forme de liberté, c'est-à-dire la liberté de ne pas connaître l'avenir – à soulever des interrogations en "Et si ?". À leur tour, ces "Et si ?" poussent un certain nombre d'entre nous, moi la première, à s'imaginer des scénarios catastrophes.

Sources

Oscar Zeta, Acosta, *La Révolte des cafards*, traduit de l'anglais (États-Unis) par Romain Guillou, Paris, Éditions Tusitala, 2014.

Sara Ahmed, "Feminist Killjoys (and Other Willful Subjects)", *Scholar and Feminist Online* 8, n° 3, 2010.

—, *The Promise of Happiness*, Durham (NC), Duke University Press, 2010.

—, "Why Complain?", *Feminist Killjoys* (blog), 22 juillet 2019, https://feministkilljoys.com/2019/07/22/why-complain.

Anna Alexander et Mark S. Roberts (eds.), *High Culture: Reflections on Addiction and Modernity*, Albany (NY), State University of New York Press, 2003.

Dorothy Allison, préface de *My Dangerous Desires: A Queer Girl Dreaming Her Way Home*, d'Amber Hollibaugh, Durham (NC), Duke University Press, 2000.

Allman Brothers, "Ramblin' Man", morceau n° 9 de l'album *Brothers and Sisters*, Capricorn Records, 1973.

American Civil Liberties Union, "What Is Censorship?", https://www.aclu.org/other/what-Censorship.

Bani Amor, "The Heart of Whiteness", *Bitch* 79 (été 2019).

Katherine Angel, entretien avec Conner Habib, *Against Everyone* (podcast), 3 mars 2020, https://podcasts.apple.com/us/podcast/against-everyone-with-conner-habib/id1298708750.

—, “Sex and Self-Knowledge: Beyond Consent”, Verso blog, 14 février 2020, https://www.versobooks.com/blogs/4573-sex-and-self-knowledge-beyond-consent.

Hannah Arendt, lettre à James Baldwin, “The Meaning of Love in Politics”, 21 novembre 1962, http://www.hannaharendt.net/index.php/han/article/view/95/156.

—, “Qu’est-ce que la liberté ?”, *La Crise de la culture*, traduit de l’anglais sous la direction de Patrick Lévy, Paris, Gallimard, 1972.

Negar Azimi, “The Charming, Disgusting Paintings of Tala Madani”, *New Yorker*, 28 avril 2017.

Mikhaïl Bakounine, *L’Empire knouto-germanique et la Révolution sociale*, traduit du russe par Arthur Lehning, Antony, Éditions Tops-H. Trinquier, 2003.

James Baldwin, *Le diable trouve à faire*, traduit de l’anglais (États-Unis) par Pauline Soulat, Paris, Capricci, 2018.

—, *La Prochaine Fois, le feu*, traduit de l’anglais (États-Unis) par Michel Sciama, Paris, Gallimard, 1963.

Étienne Balibar, “Subjection and Subjectivation”, in Joan Copjec (ed.), *Supposing the Subject*, New York (NY), Verso, 1994.

Karen Barad, “Matter Feels, Converses, Suffers, Desires, Yearns and Remembers: Interview with Karen Barad”, in Rick Dolphijn et Iris van der Tuin (eds.), *New Materialism: Interviews & Cartographies*, https://quod.lib.umich.edu/o/ohp/11515701.0001.001/1:4.3/--new-materialism-interviews-cartographies?rgn=div2;view=fulltext.

Paul Beatty (ed.), *Hokum: An Anthology of African-American Humor*, New York (NY), Bloomsbury, 2006.

Jane Bennett, *Vibrant Matter: A Political Ecology of Things*, Durham (NC), Duke University Press, 2010.

Franco Berardi, “Bifo” et “How to Heal a Depression?”, 2015, https://www.scribd.com/document/74998394/Bifo-How-to-Heal-a-Depression.

—, “Schizo Economy”, traduit de l’italien par Michael Goddard, *SubStance* 36, n° 1-112 : Italian Post-Workerist Thought (2007).

—, *The Soul at Work: From Alienation to Autonomy*, traduit de l'italien par Francesca Cadel et Giuseppina Mecchia, Los Angeles (CA), Semiotext(e), 2009.

Bergen Assembly, "Actually, the Dead Are Not Dead", annonce de l'exposition, e-flux (revue en ligne), 5 septembre - 10 novembre 2019, https://www.e-flux.com/announcements/267069/actually-the-dead-are-not-dead.

John Berger, *L'Oiseau blanc*, traduit de l'anglais par Anne et Michel Fuchs, Seyssel, Champ Vallon, 2000.

Lauren Berlant, *The Queen of America Goes to Washington City: Essays on Sex and Citizenship*, Durham (NC), Duke University Press, 1997.

—, "Trump, or Political Emotions", *New Inquiry*, 5 août 2016.

— et Lee Edelman, *Sex, or the Unbearable*, Durham (NC), Duke University Press, 2014.

Charles Bernstein, *My Way: Speeches and Poems*, Chicago (IL), University of Chicago Press, 2010.

Leo Bersani, *Le rectum est-il une tombe ?*, traduit de l'anglais (États-Unis) par Guy Le Gaufey, Paris, Rosa Bonheur, 1998.

Eula Biss, *Having and Being Had*, New York (NY), Riverhead Books, 2020.

—, "White Debt", *New York Times*, 2 décembre 2015, https://www.nytimes.com/2015/12/06/magazine/white-debt.html.

Black Lives Matter, *Healing in Action*, https://blacklivesmatter.com/wp-content/uploads/2017/10/BLM_HealinginAction-1-1.pdf.

Hannah Black, "Open Letter to the Curators and Staff of the Whitney Biennial", post publié sur Facebook avant de paraître dans *ARTNews*, 21 mars 2017.

Brian Blanchfield, "On Frottage", in *Proxies: Essays Near Knowing*, Brooklyn (NY), Nightboat Books, 2016.

Charles Blow, "The Moral High Ground", *New York Times*, 31 mai 2018.

Augusto Boal, "The Cop in the Head: Three Hypotheses", *TDR* 34, n° 3 (automne 1990) : 35-42.

Mike Boehm, "2 Artists Quit UCLA over Gun Incident", *Los Angeles Times*, 22 janvier 2005, https://www.latimes.com/archives/la-xpm-2005-jan-22-me-profs22-story.html.

Marcus Boon, *The Road of Excess: A History of Writers on Drugs*, Cambridge (MA), Harvard University Press, 2002.

Bouddha, "We Can Do it", extrait de Sharon Salzberg, *The Kindness Handbook: A Practical Companion*, 35, Boulder, CO: Sounds True Publishing, 2008.

—, *Anguttara Nikaya*, traduction de Thanissaro Bhikku, http://www.canonpali.org/tipitaka/suttapitaka/anguttara/an02-019.html.

Mark Bradford, "Artist Mark Bradford on Creating Works of Social Abstraction", entretien avec Paul Laster, *Time Out*, 11 novembre 2015.

—, cité dans "What Else Can Art Do? The Many Layers of Mark Bradford's Work", portrait de Calvin Tomkins, *New Yorker*, 22 juin 2015.

Rosi Braidotti, *Nomadic Theory: The Portable Rosi Braidotti*, New York (NY), Columbia University Press, 2011.

Kate Braverman, interview, *Bookslut.com* (blog), février 2006, http://www.bookslut.com/features/2006_02_007804.php.

André Breton, *Manifeste du surréalisme*, Paris, Éditions du Sagittaire, 1924.

David Brooks, "After the Women's March", *New York Times*, 24 janvier 2017.

adrienne maree brown, *Pleasure Activism: The Politics of Feeling Good*, Chico (CA), AK Press, 2019.

Wendy Brown, "Populism, Authoritarianism, and Making Fascism Fun Again", conférence donnée à l'UCSD International Institute, mars 2017, https://www.youtube.com/watch?v=-CUAJ2-Z4PqI&t=3770s.

—, *Politiques du stigmate : pouvoir et liberté dans la modernité avancée*, traduit de l'anglais (États-Unis) par Céline Van Caillie, Paris, PUF, 2016.

—, *Défaire le dèmos : le néolibéralisme, une révolution furtive*, traduit de l'anglais (États-Unis) par Jérôme Vidal, Paris, Éditions Amsterdam, 2018.

—, Peter Eli Gordon et Max Pensky, *Authoritarianism: Three Inquiries in Critical Theory*, Chicago (IL), University of Chicago Press, 2018.

Carrie Brownstein, *Hunger Makes Me a Modern Girl: A Memoir*, New York (NY), Riverhead Books, 2015.
Julia Bryan-Wilson, "Draw a Picture, Then Make It Bleed", in *Dear Nemesis: Nicole Eisenman 1993-2013*, St. Louis (MO), Contemporary Art Museum St. Louis ; Cologne, König, 2014.
Ammon Bundy, "Are we starting to see it yet?", Facebook, 25 mars 2020.
Tarana Burke (@TaranaBurke), "I've said repeatedly that the #metooMVMT is for all of us", Twitter, 20 août 2018, 4:08 AM (PST), https://twitter.com/TaranaBurke/status/1031498904158855170?s=20.
W. S. Burroughs, *Le Festin nu*, traduit de l'anglais (États-Unis) par Éric Kahane, Paris, Gallimard, 2015.
— et Sylvère Lotringer, *Burroughs Live: The Collected Interviews of William S. Burroughs, 1960–1997*, Semiotext(e) Double Agents Series, Cambridge (MA), MIT Press, 2001.
Judith Butler, "The Body You Want", entretien avec Liz Kotz, *Artforum* 31 (novembre 1992) : 82-89.
—, *The Force of Nonviolence: An Ethico-Political Bind*, New York (NY), Verso, 2020.
—, *Vie précaire : les pouvoirs du deuil et de la violence après le 11 septembre 2001*, traduit de l'anglais (États-Unis) par Jérôme Ronsanvallon et Jérôme Vidal, Paris, Éditions Amsterdam, 2005.
—, *La Vie psychique du pouvoir : l'assujettissement en théories*, traduit de l'anglais (États-Unis) par Brice Matthieussent, Paris, Léo Scheer, 2002.
Octavia E. Butler, *La Parabole du semeur*, traduit de l'anglais (États-Unis) par Philippe Rouard, Vauvert, Au diable vauvert, 2001.
George Cain, *Blueschild Baby*, New York (NY), Ecco, 2019.
Patrick Califia, "Notes and Letters", *Feminist Studies* 9, n° 3 (automne 1983) : 589-615.
California Institute of the Arts (CalArts), "Exhibitions/Presentations Policy", https://policies.calarts.edu/all-policies/exhibitionspresentationspolicy.

Manolo Callahan, "[COVID-19] (Insubordinate) Conviviality in the COVID-19 Conjuncture", *Convivial Thinking* (blog), 24 avril 2020, https://www.convivialthinking.org/index.php/2020/04/24/insubordinateconviviality.
— et Annie Paradise, "Fierce Care: Politics of Care in the Zapatista Conjuncture", *Transversal*, 2017, https://transversal.at/blog/Fierce-Care.
John C. Camillus, "Strategy as a Wicked Problem", *Harvard Business Review*, mai 2008, https://hbr.org/2008/05/strategy-as-a-wicked-problem.
Simon Caney, "Climate Change and the Future: Discounting for Time, Wealth, and Risk", *Journal of Social Philosophy* 40, n° 2 (juin 2009) : 163-86.
Carbon Disclosure Project, *Carbon Majors Report 2017*, https://www.cdp.net/en/articles/media/new-report-shows-just-100-companies-are-source-of-over70-of-emissions.
Fulvia Carnevale et John Kelsey, "Art of the Possible: An Interview with Jacques Rancière", *Artforum* (mars 2007) : 256-69.
C.E., "Undoing Sex: Against Sexual Optimism", *LIES: A Journal of Materialist Feminism* 1, n° 1 (2012) : 15-34.
Gerardo Ceballos, Paul R. Ehrlich et Rodolfo Dirzo, "Biological Annihilation via the Ongoing Sixth Mass Extinction Signaled by Vertebrate Population Losses and Declines", *Proceedings of the National Academy of Sciences* 114, n° 30 (25 juillet 2017).
Aimé Césaire, lettre à Maurice Thorez, 24 octobre 1956.
Dipesh Chakrabarty, "The Climate of History: Four Theses", *Critical Inquiry* 35, n° 2 (2009) : 197-222.
Jamie Chan et Leah Pires, "Kai Althoff", *4Columns*, 30 novembre 2018.
Paul Chan, "Paul Chan by Nell McClister", *BOMB*, 1er juillet 2005, https://bombmagazine.org/articles/paul-chan.
Pema Chödrön, lettre à la communauté Shambhala, 22 septembre 2018, https://shambhala.report/r/pema-chodron-letter-to-the-shambhala-community.
—, "No Right, No Wrong: An Interview with Pema Chödrön", *Tricycle*, automne 1993.

—, *Quand tout s'effondre : conseils d'une amie pour des temps difficiles*, traduit de l'anglais (États-Unis) par Claude Riso-Lévi, Paris, Pocket, 2003.
—, *Entrer en amitié avec soi-même,* traduit de l'anglais (États-Unis) par un collectif de traducteurs, Paris, La Table ronde, 2007.
Andrea Long Chu, "I Worked with Avital Ronell. I Believe Her Accuser", *Chronicle of Higher Education* (30 août 2018).
—, "On Liking Women", *n+1* 30 (hiver 2018).
—, "Would #MeToo Jump the Shark?", *n+1* 31 (printemps 2018).
Gabrielle Civil, *Experiments in Joy*, Fairfax (VA), Civil Coping Mechanisms, 2019.
Cleaver, Eldrige, *Un Noir à l'ombre*, traduit de l'anglais (États-Unis) par Jean-Michel Jasienko, Paris, Éditions du Seuil, 1969.
Michael W. Clune, "Author Michael W. Clune on the Secret Life of Heroin", *Phoenix House*, 16 septembre 2013, https://www.phoenixhouse.org/news-and-views/our-perspectives/author-michael-w-clune-on-the-secret-life-of-heroin.
—, *Gamelife: A Memoir*, New York (NY), Farrar, Straus and Giroux, 2015.
—, "How Computer Games Helped Me Recover from My Heroin Addiction", *View*, 14 septembre 2015.
—, *White Out: The Secret Life of Heroin*, Center City (MN), Hazelden, 2013.
—, *Writing Against Time*, Palo Alto (CA), Stanford University Press, 2013.
Ta-Nehisi Coates, "Kanye West in the Age of Donald Trump", *Atlantic*, 7 mai 2018.
Jelani Cobb (@jelani9), "The reopen protesters keep saying 'Live Free or Die'", Twitter, 26 avril 2020, https://twitter.com/jelani9/status/1254428012776431618.
"A Community Response to ICA, Boston Re: Upcoming Dana Schutz Exhibition", 25 juillet 2017, https:// news.artnet.com/app/news-upload/2017/07/Follow-Up-Letter-to-ICA.pdf.

William E. Connolly, *Facing the Planetary: Entangled Humanism and the Politics of Swarming*, Durham (NC), Duke University Press, 2017.
Constitution de la nation Iroquoise (Haudenosaunee), reconstituée à partir de l'histoire orale, Modern History Sourcebook, Fordham University online, http://source books.fordham.edu/mod/iroquois.asp.
Douglas Crimp, *Melancholia and Moralism: Essays on AIDS and Queer Politics*, Cambridge (MA), MIT Press, 2004.
Simon Critchley, "*Being and Time*, part 5: Anxiety", *Guardian*, 6 juillet 2009, https://www.theguardian.com/commentisfree/belief/2009/jul/06/heideggerphilosophy-being.
—, *Une exigence infinie : éthique de l'engagement, politique de la résistance*, traduit de l'anglais (États-Unis) par Frédéric Joly, Paris, F. Bourin, 2013.
Andrew Culp, "Chapter 4: Affect." *Anarchistwithoutcontent* (blog), 12 août 2013, https://anarchistwithoutcontent.wordpress.com/2013/08/12/chapter-4-affect.
—, *Dark Deleuze*, traduit de l'anglais (États-Unis) par Philippe Blouin et Alex Taillard, Paris, Éditions Divergences, 2020.
—, "Everybody Talks About the Weather, but Nobody Does Anything About It: Interiority, Affect, and Negation in the Metropolis", *Anarchist without Content* (blog), https://anarchistwithoutcontent.wordpress.com/works.
Ann Cvetkovich, *Depression: A Public Feeling*, Durham (NC), Duke University Press, 2012.
Dark Mountain Project, *Walking on Lava: Selected Works for Uncivilised Times*, Chelsea (VT), Dark Mountain Project, 2017.
Dave Davies, "Climate Change Is 'Greatest Challenge Humans Have Ever Faced,' Author Says", entretien avec Bill McKibben, *Fresh Air*, NPR, 16 avril 2019.
Angela Davis, *Une lutte sans trêve*, traduit de l'anglais (États-Unis) par Frédérique Popet, Paris, La Fabrique, 2016.
Noela Davis, "Subjected Subjects? On Judith Butler's Paradox of Interpellation", *Hypatia* 27, n° 4 (automne 2012) : 881-97.
"Dear Oprah Winfrey: 142 Writers Ask You to Reconsider *American Dirt*", *Literary Hub*, 29 janvier 2020, https://lithub.

com/dear-oprah-winfrey-82-writers-ask-you-to-reconsider-american-dirt.

Arne De Boever, “Democratic Exceptionalisms (on Sam Durant’s *Scaffold)*”, in *Against Aesthetic Exceptionalism*, Minneapolis (MN), University of Minnesota Press, 2019.

Gilles Deleuze et Félix Guattari, *Capitalisme et Schizophrénie, l’anti-Œdipe*, Paris, Éditions de Minuit, 1972.

— et Claire Parnet, *Dialogues*, Paris, Flammarion, 1996.

Catherine Deneuve *et alii*, “Nous défendons une liberté d’importuner, indispensable à la liberté sexuelle”, *Le Monde*, 13 janvier 2018.

Jacques Derrida, “Rhétorique de la drogue”, *Autrement* n° 106 : “L’esprit des drogues”, Paris, avril 1989.

Virginie Despentes, *King Kong Theory*, Paris, Grasset, 2006.

Jonny Diamond, “Elon Musk Learns All the Wrong Lessons from Isaac Asimov’s Foundation Trilogy”, *Literary Hub*, 24 février 2020, https://lithub.com/elon-musk-learns-all-the-wrong-lessons-from-isaac-asimovs-foundation-trilogy.

Lisa Diamond, *Sexual Fluidity: Understanding Women’s Love and Desire*, Cambridge (MA), Harvard University Press, 2009.

Natalie Diaz, *When My Brother Was an Aztec*, Port Townsend (WA), Copper Canyon Press, 2012.

Annie Dillard, *Au présent*, traduit de l’anglais (États-Unis) par Sabine Porte, Paris, Christian Bourgois, 2001.

Rick Dolphijn et Iris van der Tuin (eds.), *New Materialism: Interviews & Cartographies*, Ann Arbor (MI), Open Humanities Press, 2012.

Moira Donegan, “Sex During Wartime: The Return of Andrea Dworkin’s Radical Vision”, *Bookforum* 25, n° 5 (février 2019).

William (Bill) Donohue, “Ant-Covered Jesus Video Removed from National Portrait Gallery”, Live Q&As, Washington Post.com, 1er décembre 2010.

—, cité dans “Megyn Kelly vs. Catholic League’s Bill Donohue”, de Ian Schwartz, *RealClearPolitics*, 9 janvier 2015.

Jennifer Doyle et David Getsy, *Campus Sex, Campus Security*, South Pasadena (CA), Semiotext(e), 2015.

—, “Queer Formalisms: Jennifer Doyle and David Getsy in Conversation”, *Art Journal* 72 (hiver 2013) : 58-71.

Aruna D’Souza, “Who Speaks Freely? Art, Race, and Protest”, *Paris Review* (blog), 22 mai 2018, https://www.theparisreview.org/blog/2018/05/22/who-speaks-freely-art-race-and-protest.

Sam Durant, “Q&A with Carolina A. Miranda”, *Los Angeles Times*, 17 juin 2017.

—, “Reflections on *Scaffold* after Three Years”, https://samdurant.net/files/downloads/SamDurant-ReflectionsOnScaffold-2020.pdf.

Guillaume Dustan, *Dans ma chambre*, Paris, P.O.L., 1996.

Lee Edelman, *Merde au futur : théorie queer et pulsion de mort*, traduit de l’anglais (États-Unis) par Marc Démont, Paris, Epel, 2016.

John Elrichman, cité dans “Legalize It All” de Dan Baum, *Harper’s*, avril 2016.

Ralph Waldo Emerson, “Le scholar”, *Essais politiques et sociaux*, traduit de l’anglais (États-Unis) par Marie Dugard, Paris, Librairie Armand Colin, 1926.

—, “Cercles”, *Essais*, traduit de l’anglais (États-Unis) par Anne Wicke, Paris, Michel Houdiard, 1997.

—, “Expérience”, *Essais*, traduit de l’anglais (États-Unis) par Sandra Laugier et Christian Fournier, Paris, Michel Houdiard, 2005.

Merve Emre, “All Reproduction Is Assisted”, *Boston Review*, hors-série, “Once and Future Feminist”, été 2018.

Darby English, *How to See a Work of Art in Total Darkness*, Cambridge (MA), MIT Press, 2007.

—, *1971: A Year in the Life of Color*, Chicago (IL), University of Chicago Press, 2016.

Wes Enzinna, “Inside the Radical, Uncomfortable Movement to Reform White Supremacists”, *Mother Jones*, juillet 2018.

Alvaro Estrada, *María Sabina : la sage aux champignons sacrés*, traduit de l’espagnol par Michel Bibard, Paris, Éditions du Seuil, 1994.

Elizabeth Ettorre, *Women and Substance Use*, New Brunswick (NJ), Rutgers University Press, 1992.

Breanne Fahs, "'Freedom to' and 'Freedom from': A New Vision for Sex-Positive Politics", *Sexualities* 17, n° 3 (2014) : 267-90.

Ashleigh Fairbanks, "Genocide and Mini-Golf in the Walker Sculpture Garden", *City Pages* (Minneapolis), 27 avril 2017.

Denise Ferreira da Silva, "On Difference without Separability", in *Incerteza viva/Living Uncertainty*, São Paulo, 32a São Paulo Art, 2016, catalogue d'exposition.

Joseph J. Fischel, *Screw Consent: A Better Politics of Sexual Justice*, Oakland (CA), University of California Press, 2019.

—, *Sex and Harm in the Age of Consent*, Minneapolis (MN), University of Minnesota Press, 2016.

Christopher Flavelle, "Climate Change Tied to Pregnancy Risks, Affecting Black Mothers Most", *New York Times*, 18 juin 2020, https://www.nytimes.com/2020/06/18/climate/climate-change-pregnancy-study.html.

Genevieve Flavelle, "Inside KillJoy's Kastle, a Lesbian Feminist Haunted House", *InVisible Culture* 27 (novembre 2017).

Kathleen Folden, citée dans "Montana Woman Takes Crowbar to Disputed Artwork in Loveland", de Monte Whaley, *Denver Post*, 6 octobre 2010, https://www.denverpost.com/2010/10/06/mont-woman-takes-crowbar-to-disputed-artwork-in-loveland.

Eric Foner, *The Story of American Freedom*, New York (NY), W. W. Norton, 1998.

Michel Foucault, "L'éthique du souci de soi comme pratique de la liberté", *Dits et Écrits*, tome IV, Paris, Gallimard, 1972.

Barney Frank, *Frank: A Life in Politics from the Great Society to Same-Sex Marriage*, New York (NY), Farrar, Straus and Giroux, 2015.

Robert Frank et Alfred Leslie (réal.), *Pull My* Daisy, 1959.

Viktor Emil Frankl, *Découvrir un sens à sa vie : avec la logothérapie*, traduit de l'anglais par Clifford J. Bacon, Paris, Éditions de l'Homme, 1988.

Mary Anne Franks, recension de *Split Decisions: How and Why to Take a Break from Feminism*, de Janet Halley, *Harvard Journal of Law & Gender* 30 (2007) : 257-67.

Nancy Fraser, “Contradictions of Capital and Care”, *New Left Review* 100 (juillet/août 2016), https://newleftreview.org/issues/II100/articles/nancy-fraser-contradictions-of-capital-and-care.

— et Sarah Leonard, “Capitalism’s Crisis of Care”, *Dissent*, automne 2016.

Jo Freeman, “The Tyranny of Structurelessness”, *Berkeley Journal of Sociology* 17 (1972-1973) : 51-165.

Paulo Freire, *Pédagogie des opprimés*, traduit du brésilien par Lucille et Martial Lefay, Paris, La Découverte, 2001.

Sigmund Freud, *Lettres à Wilhelm Fliess*, Paris, PUF, 2006.

Peter Frumhoff, “Global Warming Fact: More Than Half of All Industrial CO2 Pollution Has Been Emitted since 1988”, Union of Concerned Scientists (blog), 15 décembre 2014, https://blog.ucsusa.org/peter-frumhoff/global-warming-fact-co2-emissions-since-1988-764.

Masha Gessen, “When Does a Watershed Become a Sex Panic?”, *New Yorker*, 14 novembre 2017.

—, “Why Are Some Journalists Afraid of ‘Moral Clarity’?”, *New Yorker*, 24 juin 2020.

J. K. Gibson-Graham, *A Postcapitalist Politics*, Minneapolis (MN), University of Minnesota Press, 2006.

Carol Gilligan, *Une si grande différence*, traduit de l’anglais (États-Unis) par Annie Kwiatek, Paris, Flammarion, 1986.

Paul Gilroy, *L’Atlantique noir : modernité et double conscience*, traduit de l’anglais par Jean-Philippe Henquel, Paris, Éclat, 2003.

Evelyn Nakano Glenn, *Forced to Care: Coercion and Caregiving in America*, Cambridge (MA), Harvard University Press, 2012.

—, *Unequal Freedom: How Race and Gender Shaped American Citizenship and Labor*, Cambridge (MA), Harvard University Press, 2004.

Tanya Gold, “The Fall of Milo Yiannopoulos”, *Spectator*, 10 avril 2018, https://www.spectator.co.uk/article/the-fall-of-milo-yiannopoulos.

Michelle Goldberg, "Post-Roe America Won't Be Like Pre-Roe America. It Will Be Worse", *New York Times*, 16 mai 2019.

—, "The Problem with Idolizing Sexual Liberation", *Nation*, 14 septembre 2015.

Gregg Gonsalves et Amy Kapczynski, "The New Politics of Care", *Boston Review*, 27 avril 2020.

Emma González, "Parkland Student Emma González Opens Up about Her Fight for Gun Control", *Harper's Bazaar*, 26 février 2018, https://www.harpersbazaar.com/culture/politics/a18715714/protesting-nra-gun-control-true-story.

Avery F. Gordon, *The Hawthorn Archive: Letters from the Utopian Margins*, New York (NY), Fordham University Press, 2017.

"Grace" (pseudonyme), citée dans "I Went on a Date with Aziz Ansari. It Turned into the Worst Night of My Life", de Katie Way, Babe.net, 14 janvier 2018, https://babe.net/2018/01/13/aziz-ansari-28355.

David Graeber, *Des fins du capitalisme : possibilité, hiérarchie, rébellion, désir*, traduit de l'anglais (États-Unis) par Maxime Rovere et Martin Rueff, Paris, Payot & Rivages, 2014.

Eliza Griswold, "People in Coal Country Worry about the Climate, Too", *New York Times*, 13 juillet 2019, https://www.nytimes.com/2019/07/13/opinion/sunday/jobs-climate-green-new-deal.html.

Félix Guattari, "Les drogues signifiantes", *Recherches* n° 39, décembre 1979.

—, *Les Trois Écologies*, Paris, Galilée, 2008.

Lisa Guenther, "'Like a Maternal Body': Emmanuel Levinas and the Motherhood of Moses", *Hypatia* 21, n° 1 (2006) : 119-36.

Miguel Gutierrez, cité dans "A Choreographer Gives in to His Ambition of Recklessness", de Gina Kourlas, *New York Times*, 4 janvier 2019, https://www.nytimes.com/2019/01/04/arts/dance/miguel-gutierrez-this-bridge-chocolate-factory.html.

Conner Habib (@ConnerHabib), "Sex holds meaning for people", Twitter, 17 septembre 2019, 12:33 AM (PST), https://twitter.com/ConnerHabib/status/1173862566558392325.

Martin Hägglund, *This Life: Secular Faith and Spiritual Freedom*, New York (NY), Pantheon Books, 2019.

Jack Halberstam, *In a Queer Time and Place: Transgender Bodies, Subcultural Lives*, New York (NY), New York University Press, 2005.

Janet E. Halley, *Split Decisions: How and Why to Take a Break from Feminism*, Princeton (NJ), Princeton University Press, 2006.

Fannie Lou Hamer, "Nobody's Free until Everybody's Free", discours prononcé à l'occasion du lancement du National Women's Political Caucus, Washington, DC, 10 juillet 1971, in Maegan Parker Brooks et Davis W. Houck (eds.), *The Speeches of Fannie Lou Hamer: To Tell It Like It Is*, Jackson (MS), University of Mississippi Press, 2013.

Thich Nhat Hanh, "The Degree of Freedom", discours prononcé au village des Pruniers, 25 juin 2012.

Donna J. Haraway, *Vivre avec le trouble*, traduit de l'anglais (États-Unis) par Vivien Carcia, Vaulx-en-Velin, les Éditions des Mondes à faire, 2020.

Johann Hari, "Everything You Think You Know about Addiction Is Wrong", conférence TED, juin 2015, texte traduit de l'anglais par Matthieu Panicucci, https://www.ted.com/talks/johann_hari_everything_you_think_you_know_about_addiction_is_wrong/transcript.

—, "The Hunting of Billie Holiday", *Politico*, 17 janvier 2015, https://www.politico.com/magazine/story/2015/01/drug-war-the-hunting-of-billie-holiday-114298.

Stefano Harney et Fred Moten, *The Undercommons: Fugitive Planning & Black Study*, Wivenhoe (UK), Minor Compositions, 2013.

Saidiya V. Hartman, "The Belly of the World: A Note on Black Women's Labors", *Souls* 18, n° 1 (2016) : 166-73.

—, "Interview: Saidiya Hartman on Insurgent Histories and the Abolitionist Imaginary", *Artforum*, 14 juillet 2020, https://www.artforum.com/interviews/saidiya-hartman-83579.

—, *Scenes of Subjection: Terror, Slavery, and Self-Making in Nineteenth-Century America*, New York (NY), Oxford University Press, 1997.

—, *Wayward Lives, Beautiful Experiments: Intimate Histories of Riotous Black Girls, Troublesome Women, and Queer Radicals*, New York (NY), W. W. Norton, 2019.

Mary Annaïse Heglar, “Home Is Always Worth It”, *Medium*, 12 septembre 2019, https://medium.com/@maryheglar/home-is-always-worth-it-d2821634dcd9.

— (@MaryHeglar), “What if doomerism and relentless hope are 2 sides of the same emotionally immature, over-privileged coin?”, Twitter, 12 septembre 2019, 7:12 AM (PST), https://twitter.com/maryheglar/status/1172151110733312002.

Emily K. Hobson, *Lavender and Red: Liberation and Solidarity in the Gay and Lesbian Left*, Oakland (CA), University of California Press, 2016.

David Hodgkinson, “Thomas Piketty, Climate Change and Discounting Our Future”, *Conversation*, 11 août 2014, https://theconversation.com/thomas-piketty-climate-change-and-discounting-our-future-30157.

Chelsea Hodson, “Pity the Animal”, in *Tonight I’m Someone Else: Essays*, New York (NY), Henry Holt, 2018.

Billie Holiday, *Lady Sings the Blues*, traduit de l’anglais (États-Unis) par Danièle Robert, Paris, Parenthèses, 1984.

Amber Hollibaugh, *My Dangerous Desires: A Queer Girl Dreaming Her Way Home*, Durham (NC), Duke University Press, 2000.

Trey Hollingsworth, citation tirée d’un entretien avec Tony Katz, WIBC 93, Indianapolis Public Radio, 14 avril 2020.

bell hooks, “Love as the Practice of Freedom”, in *Outlaw Culture: Resisting Representations*, New York (NY), Routledge, 1994.

Gerald Howard, “Descent of a Woman: Iris Owens’s Darkly Comic Tour de Force Returns”, *Bookforum*, décembre/janvier 2011.

Matthew T. Huber, *Lifeblood: Oil, Freedom, and the Forces of Capital*, Minneapolis (MN), University of Minnesota Press, 2013.

Langston Hughes, “L’artiste noir et la montagne raciale”, cité par Léopold Senghor, in “Trois poètes négro-américains”, *Poésie 45*, Paris, P. Seghers, 1945.

Lewis Hyde, *The Gift: How the Creative Spirit Transforms the World*, New York (NY), Vintage, 2019.
Institute of Queer Ecology, “About”, 2017, https://queer ecology.org/about.
Luce Irigaray, *Ce Sexe qui n’en est pas un*, Paris, Éditions de Minuit, 1977.
Janet R. Jakobsen et Ann Pellegrini, *Love the Sin: Sexual Regulation and the Limits of Religious Tolerance*, New York (NY), New York University Press, 2003.
Barbara Johnson, *The Barbara Johnson Reader*, Melissa González, Bill Johnson González, Lili Porten et Keja L. Valens (eds.), Durham (NC), Duke University Press, 2014.
—, “Deconstruction, Feminism, and Pedagogy” et “The Fate of Deconstruction”, in *A World of Difference*, Baltimore (MD), Johns Hopkins University Press, 1987.
—, “Gender and Poetry”, in *The Feminist Difference: Literature, Psychoanalysis, Race, and Gender*, Cambridge (MA), Harvard University Press, 2000.
Mykel Johnson, “Butchy Femme”, in Joan Nestle (ed.), *The Persistent Desire: A Femme-Butch Reader*, Boston (MA), Alyson Publications, 1992.
Robert Johnson, “Walkin’ Blues”, morceau n° 4 de l’album *King of the Delta Blues Singers*, Columbia Records, 1961.
Juliana v. United States, First Amended Complaint for Declaration and Injunctive Relief, Case No.: 6:15-cv-01517-TC, 10 septembre 2015.
Carl Jung, lettre à Bill Wilson, 30 janvier 1961, http://friendsofbillandbob.org/1961bill-wilson-writes-to-carl-jung.php.
Mariame Kaba, “Abolishing Prisons with Mariame Kaba”, entretien avec Chris Hayes sur *Why Is This Happening?* (podcast), 10 avril 2019, https://podcasts.apple.com/us/podcast/revisited-abolishing-prisons-with-mariame-kaba/id1382983397?i=1000478147531.
Anna Kavan, *Nouvelles d’une vie : Julia et son bazooka*, traduit de l’anglais par Claire Malroux, Bruxelles, Éditions Complexe, 1990.
John Keene, “On Vanessa Place, *Gone with the Wind*, and the Limit Point of Certain Conceptual Aesthetics”, *J’S THEATER*

(blog), 18 mai 2015, http://jstheater.blogspot.com/2015/05/on-vanessa-place-gone-with-wind-and.html.

Robin D. G. Kelley, *Freedom Dreams: The Black Radical Imagination*, Boston (MA), Beacon Press, 2008.

—, "The Rebellion against Racial Capitalism", entretien paru dans *Intercept*, 24 juin 2020, https://theintercept.com/2020/06/24/the-rebellion-against-racial-capitalism.

—, "Robin Kelley on Love, Study, and Struggle", *Quarantine Tapes*, podcast hébergé par Paul Holdengraber, 5 août 2020.

Randy Kennedy, "White Artist's Painting of Emmett Till at Whitney Biennial Draws Protests", *New York Times*, 21 mars 2017, https://www.nytimes.com/2017/03/21/arts/design/painting-of-emmett-till-at-whitney-biennial-draws-protests.html.

Jack Kerouac, *Sur la route*, traduit de l'anglais (États-Unis) par Jacques Houbart, Paris, Gallimard, 2007.

Søren Kierkegaard, *Le Concept de l'angoisse*, traduit du danois par Knud Ferlov et Jean-J. Gateau, Paris, Gallimard, 1976.

Jamaica Kincaid, *Mon frère*, traduit de l'anglais (États-Unis) par Jean-Pierre Carasso et Jacqueline Huet, Paris, Éditions de l'Olivier, 2000.

Martin Luther King, *Je fais un rêve*, traduit de l'anglais (États-Unis) par Marc Saporta, Paris, Bayard, 1998.

Paul Kingsnorth et Dougald Hine. *Uncivilisation: The Dark Mountain Manifesto*, manifeste autopublié, 2009.

Laura Kipnis, *Unwanted Advances: Sexual Paranoia Comes to Campus*, New York (NY), HarperCollins, 2017.

Naomi Klein, "Capitalism vs. the Climate", *Nation*, 9 novembre 2011.

Stephen Koch, "Stephen Koch on Iris Owens", entretien avec Emily Gould, *Emily Books* (blog), 11 octobre 2013, https://emilybooks.com/2013/10/18/stephen-koch-on-iris-owens.

Wayne Koestenbaum, *Cleavage: Essays on Sex, Stars, and Aesthetics*, New York (NY), Ballantine Books, 2000.

—, entretien avec Colin Dekeersgieter, *Washington Square Review* 39 (printemps 2017).

Karen Kopelson, "Radical Indulgence: Excess, Addiction, and Female Desire", *Postmodern Culture* 17, n° 1 (2006).

Gerard Koskovich, *Conventions of Power/Strategies of Defiance: Queer Notes on AIDS Humor*, San Francisco (CA), Kiki Gallery Publications, 1983.

George Lakoff, "In Politics, Progressives Need to Frame Their Values", entretien avec Mark Karlin, *Truthout*, 23 novembre 2014, https://truthout.org/articles/george-lakoff-progressives-cannot-succeed-without-expressing-respect-values.

Jean Laplanche, *Vocabulaire de la psychanalyse*, Paris, PUF, 2007.

Bruno Latour, *Face à Gaïa : huit conférences sur le nouveau régime climatique*, Paris, La Différence, 2015.

Jonathan Lear, *Radical Hope: Ethics in the Face of Cultural Devastation*, Cambridge (MA), Harvard University Press, 2006.

Timothy J. LeCain, "Heralding a New Humanism: The Radical Implications of Chakrabarty's 'Four Theses'", in Robert Emmett et Thomas Lekan (eds.), "Whose Anthropocene? Revisiting Dipesh Chakrabarty's 'Four Theses'", *RCC Perspectives: Transformations in Environment and Society*, n° 2 (2016) : 15-20.

Martin A. Lee et Bruce Shlain, *LSD et CIA : quand l'Amérique était sous acide*, traduit de l'anglais (États-Unis) par Isabelle Chapman, Paris, Les Éditions du Lézard, 1994.

Natasha Lennard, "Neo-Nazi Richard Spencer Got Punched", *Nation*, 22 janvier 2017.

—, "Policing Desire", in *Being Numerous: Essays on Non-Fascist Life*, Brooklyn (NY), Verso, 2019.

Kelly Levin, Benjamin Cashore, Steven Bernstein et Graeme Auld, "Overcoming the Tragedy of Super Wicked Problems: Constraining Our Future Selves to Ameliorate Global Climate Change", *Policy Sciences* 45, n° 2 (2012) : 123-52.

Sam Levin, "Too Straight, White and Corporate: Why Some Queer People Are Skipping SF Pride", *Guardian*, 25 juin 2016, https://www.theguardian.com/us-news/2016/jun/25/san-francisco-gay-pride-corporate-orlando-shooting.

Emmanuel Levinas, *Autrement qu'être ou Au-delà de l'essence*, Paris, Vrin, 2016.

Ariel Levy, “Catherine Opie, All-American Subversive”, *New Yorker*, 13 mars 2017.
Monica Lewinsky, “Emerging from the ‘House of Gaslight’ in the Age of #MeToo”, *Vanity Fair*, mars 2018, https://www.vanityfair.com/news/2018/02/monica-lewinsky-in-the-age-of-metoo.
Gideon Lewis-Kraus, recension de *White Out*, de Michael Clune, “In Heroin’s White Thrall”, *New Yorker*, 28 mai 2013, https://www.newyorker.com/books/page-turner/in-heroins-white-thrall.
Glenn Ligon, *Blue Black*, St. Louis (MO), Pulitzer Foundation, 2017. Publié à l’occasion d’une exposition du même titre.
Tao Lin, *Taipei*, traduit de l’anglais (États-Unis) par Charles Recoursé, Vauvert, Au diable vauvert, 2013.
—, *Trip : psychédéliques, aliénation et changement*, traduit de l’anglais (États-Unis) par Charles Recoursé, Vauvert, Au diable vauvert, 2019.
Living Planet Report 2014: Species and Spaces, People and Places, Living Planet Report, World Wildlife Foundation et la Zoological Society of London, 2014, http://awsassets.panda.org/downloads/lpr_living_planet_report_2014.pdf.
Living Planet Report 2016: Risk and Resilience in a New Era, Living Planet Report, World Wildlife Foundation et la Zoological Society of London, 2016, http://awsassets.panda.org/downloads/lpr_living_planet_report_2016.pdf.
Deirdre Logue et Allyson Mitchell, “Killjoy’s Kastle: A Lesbian Feminist Haunted House”, *Icebox Project Space*, 16 octobre 2019, https://iceboxprojectspace.com/killjoys-kastle-2019.
Audre Lorde, *A Burst of Light: And Other Essays* (1988), Mineola (NY), Ixia Press, 2017.
—, “The Uses of Anger: Woman Responding to Racism”, discours inaugural pour la National Women’s Studies Association Conference, Storrs (CT), juin 1981.
Frédéric Lordon, *Capitalisme, Désir et Servitude : Marx et Spinoza*, Paris, La Fabrique, 2010.
Sarah Lucas, “Sarah Lucas on Her Art, the Venice Biennale, and Learning to Be Less Abject”, interview de Ian Wallace pour *Artspace*, 26 avril 2014, https://www.artspace.com/

magazine/interviews_features/qa/sarah_lucas_interview-52228.

Valeria Luiselli, *Raconte-moi la fin : un essai en quarante questions*, traduit de l'anglais (États-Unis) par Nicolas Richard, Paris, Éditions de l'Olivier, 2018.

Christopher Lydon, "Michael Clune on Heroin Addiction and Memories of the First Time", entretien avec Michael Clune, *Literary Hub*, 4 août 2017, https://lithub.com/michael-clune-on-heroin-addiction-and-memories-of-the-first-time.

Robin Mackay et Armen Avanessian (eds.), *#Accelerate: The Accelerationist Reader*, Falmouth, UK, Urbanomic Media, 2017.

Norman Mailer, *Hipsters : le nègre blanc*, traduit de l'anglais (États-Unis) par Bruno Blum, Paris, Le Castor astral, 2017.

Tamika Mallory, discours donné lors d'une manifestation de Black Lives Matter après le meurtre de George Floyd, Minneapolis, 29 mai 2020.

Andrew Marantz, "How Social-Media Trolls Turned U.C. Berkeley into a Free-Speech Circus", *New Yorker*, 25 juin 2018.

F. T. Marinetti, *Manifeste du futurisme*, *Le Figaro,* 20 février 1909.

Hazel Rose Markus et Barry Schwartz, "Does Choice Mean Freedom and Well-Being?", *Journal of Consumer Research* 37, n° 2 (2010) : 344-55.

Ann Marlowe, *How to Stop Time: Heroin from A to Z*, New York (NY), Anchor Books, 2000.

David Marriott, *On Black Men*, New York (NY), Columbia University Press, 2000.

Dawn Lundy Martin, "Because I Distrust this Mode: Talking to Dawn Lundy Martin", entretien avec Andy Fitch, *BLARB* (blog de la *Los Angeles Review of Books*), 26 avril 2019, https://blog.lareviewofbooks.org/interviews/distrust-mode-talking-dawn-lundy-martin.

Nina Martin, "Take a Valium, Lose Your Kid, Go to Jail", *ProPublica*, 23 septembre 2015, https://www.propublica.org/article/when-the-womb-is-a-crime-scene.

Kate Marvel, "We Should Have Never Called It Earth", *On Being* (blog), 1er août 2017, https://onbeing.org/blog/kate-marvel-we-should-never-have-called-it-earth.

Karl Marx, *Le Capital : critique de l'économie politique, Livre premier, Le Procès de production du capital*, traduit de l'allemand par J. Roy. Paris, Garnier-Flammarion, 1969.

Brian Massumi, "Navigating Movements", entretien avec Mary Zournazi dans *Hope: New Philosophies for Change*, Annandale, Pluto Press, 2002.

Mari Matsuda (ed.), *Words That Wound: Critical Race Theory, Assaultive Speech, and the First Amendment*, Boulder (CO), Westview Press, 1993.

Anthony McCann, "Malheur, Part I: Sovereign Feelings", *Los Angeles Review of Books*, 7 septembre 2016, https://lareviewofbooks.org/article/malheur-part-i.

—, *Shadowlands: Fear and Freedom at the Oregon Standoff ; A Western Tale of America in Crisis*, New York (NY), Bloomsbury, 2019.

Bill McKibben, "How Extreme Weather Is Shrinking the Planet", *New Yorker*, 16 novembre 2018.

Guy McPherson, témoignage lors du New York City Council Committee on Environmental Protection, 24 juin 2019, https://guymcpherson.com/2019/06/yesterdays-testimony.

Maurice Merleau-Ponty, *Sens et Non-Sens*, Paris, Gallimard, 1995.

Jonathan Metzl, *Dying of Whiteness: How the Politics of Racial Resentment Is Killing America's Heartland*, New York (NY), Basic Books, 2019.

Henri Michaux, *Misérable miracle : la mescaline*, Paris, Gallimard, 1990.

Ellen Miller, *Like Being Killed*, New York (NY), Plume, 1999.

Ellen Miller, "Like Being Killed: Interview with Ellen Miller" de Marion Winik, *Austin Chronicle*, 11 septembre 1998.

Millet, Catherine, *La Vie sexuelle de Catherine M.*, Paris, Éditions du Seuil, 2001.

Cindy Milstein, *Anarchism and its Aspirations*, Édimbourg, AK Press, 2010.

Allyson Mitchell et Cait McKinney, *Inside Killjoy's Kastle: Dykey Ghosts, Feminist Monsters, and Other Lesbian Hauntings*, Vancouver, University of British Columbia Press, 2019.

Timothy Mitchell, *Carbon Democracy : le pouvoir politique à l'ère du pétrole*, traduit de l'anglais par Christophe Jaquet, Paris, La Différence, 2017.

MoCA, "Feminaissance: Colloquium Schedule", 27-29 avril 2007.

Mo Fei, "Beijing Poets: An Interview with Mo Fei and Zang Li by Leonard Schwartz and Zhang Er", *Poetry Project Newsletter* 169, avril/mai 1998.

Helen Molesworth, "The Year in Shock", *Artforum*, décembre 2016, https://www.questia.com/magazine/1G1-473922779/the-year-in-shock.

Cherríe Moraga, entretien avec Amber Hollibaugh, in Amber Hollibaugh, *My Dangerous Desires*.

Toni Morrison, "Making America White Again", *New Yorker*, 14 novembre 2016, https://www.newyorker.com/magazine/2016/11/21/making-america-white-again.

—, *Jouer dans le noir : blancheur et imagination littéraire*, traduit de l'anglais (États-Unis) par Pierre Alien, Paris, 10-18, 1995.

—, *Sula*, traduit de l'anglais (États-Unis) par Pierre Alien, Paris, Christian Bourgois, 1992.

Timothy Morton, *Dark Ecology: For a Logic of Future Coexistence*, New York (NY), Columbia University Press, 2016.

—, *Humankind: Solidarity with Nonhuman People*, Londres, Verso, 2017.

—, *Hyperobjets : philosophie et écologie après la fin du* monde traduit de l'anglais par Laurent Bury, Saint-Étienne, EPCC, 2018.

—, "What Is Agrilogistics?", *Ecology without Nature* (blog), 11 octobre 2015, http://ecologywithoutnature.blogspot.com/2015/10/what-is-agrilogistics.html.

Walter Mosley, "Why I Quit the Writers' Room", *New York Times*, 6 septembre 2019, https://www.nytimes.com/2019/09/06/opinion/sunday/walter-mosley.html.

Fred Moten, *Black and Blur*, Durham (NC), Duke University Press, 2017.
—, “The Black Outdoors: Fred Moten and Saidiya Hartman at Duke University”, Duke University, Durham (NC), 5 octobre 2016, https://www.youtube.com/watch?v=t_tUZ6dybrc.
—, *In the Break: The Aesthetics of the Black Radical Tradition*, Minneapolis (MN), University of Minnesota Press, 2003.
—, *Stolen Life*, Durham (NC), Duke University Press, 2018.
— et Stefano Harney, *The Undercommons: Fugitive Planning & Black Study*, Wivenhoe, Minor Compositions, 2013.
José Esteban Muñoz, *Disidentifications: Queers of Color and the Performance of Politics*, Minneapolis (MN), University of Minnesota Press, 1999.
—, “Thinking beyond Antirelationality and Antiutopianism in Queer Critique”, in “The Antisocial Thesis in Queer Theory”, *PMLA* 121, n° 3 (mai 2006) : 819-28.
Eileen Myles, *Afterglow: A Dog Memoir*, New York (NY), Grove Press, 2017.
—, *Chelsea Girls*, Santa Rosa (CA), Black Sparrow Press, 1994.
—, *Not Me*, New York (NY), Semiotext(e), 1991.
—, “Tapestry”, *Vice*, 30 novembre 2006, https://www.vice.com/en_us/article/4w4yzb/tape-v13n12.
—, *We, the Poets*, in Reading series n° 38, Brooklyn (NY), Belladonna Press, 2003.
— et Jill Soloway, “The Thanksgiving Paris Manifesto”, *Femaletrouble* (blog), novembre 2015, https://femaletroublearchive.tumblr.com/post/154679508535/the-thanksgiving-paris-manifesto.
Heidi J. Nast, “Queer Patriarchies, Queer Racisms, International”, *Antipode* 34, n° 5 (novembre 2002): 874-909.
National Academy of Sciences, “Biological Annihilation via the Ongoing Sixth Mass Extinction Signaled by Vertebrate Population Losses and Declines”, par Gerardo Ceballos, Paul R. Ehrlich et Rodolfo Dirzo, *Proceedings of the National Academy of Sciences* 114, n° 30 (25 juillet 2017).
National Coalition Against Censorship, “NCAC Criticizes Walker Art Center’s Decision to Destroy Sam Durant’s Installation”, NCAC blog, 7 septembre 2017, https://ncac.

org/news/blog/ncac-criticizes-walker-art-centers-decision-to-destroy-sam-durants-installation.

National Coalition Against Censorship, "Symbols Into Soldiers: Art, Censorship and Religion", site Internet NCAC, https://ncac.org/resource/symbols-into-soldiers-art-censorship-and-religion.

Larry Neal, "The Black Arts Movement", *Drama Review*, été 1968.

Astrida Neimanis, *The Philosopher's Eye* (blog), réponse à "Weathering", 25 août 2014, https://philosophycompass.wordpress.com/2014/08/21/hypatia-symposium-weathering-climate-change-and-the-thick-time-of-transcorporeality-by-astrida-neimanis-rachel-loewen-walker.

— et Rachel Loewen Walker, "Weathering: Climate Change and the 'Thick Time' of Transcorporeality", *Hypatia* 29, n° 3 (2014) : 558-75.

Eric S. Nelson, "Against Liberty: Adorno, Levinas, and the Pathologies of Freedom", *Theoria: A Journal of Social and Political Theory* 60, n° 131 (juin 2012) : 64-83.

Joan Nestle, "The Femme Question", in Joan Nestle (ed.), *The Persistent Desire: A Femme-Butch Reader*, Boston (MA), Alyson Publications, 1992.

Andy Newman, "'The King' of Shambhala Buddhism Is Undone by Abuse Report", *New York Times*, 11 juillet 2018.

Saul Newman, "Anarchism and the Politics of Ressentiment", *Theory and Event* 4, n° 3, 2000.

Sianne Ngai, *Ugly Feelings*, Cambridge (MA), Harvard University Press, 2005.

Solvejg Nitzke et Nicolas Pethes (eds.), *Imagining Earth: Concepts of Wholeness in Cultural Constructions of Our Home Planet*, Bielefeld, Transcript, 2017.

Nel Noddings, *Caring: A Feminine Approach to Ethics and Moral Education*, Berkeley (CA), University of California Press, 1984.

Alice Notley, *Disobedience*, New York (NY), Penguin, 2001.

—, "Poetics of Disobedience", présentation au King's College London, Centre for American Studies, 28 février 1998.

Martha Craven Nussbaum, *La Connaissance de l'amour : essai sur la philosophie et la littérature*, traduit de l'anglais (États-Unis) par Solange Chavel, Paris, Les Éditions du Cerf, 2010.

Frank O'Hara, *Méditations dans l'urgence*, traduit de l'anglais (États-Unis) par Olivier Brossard et Ron Padgett, Nantes, Joca Seria, 2011.

George Oppen, *Poèmes retrouvés*, traduit de l'anglais (États-Unis) par Yves Di Manno, Paris, Éditions Corti, 2019.

Peggy Orenstein, "'Girls & Sex' and the Importance of Talking to Young Women about Pleasure", interview de Terry Gross, *Fresh Air*, NPR, 29 mars 2016.

George Orwell, *Tels, tels étaient nos plaisirs et autres essais*, traduit de l'anglais par Anne Krief, Bernard Pecheur et Jaime Semprun, Paris, Ivrea, 2005.

—, *1984*, traduit de l'anglais par Amélie Audiberti, Paris, Gallimard, 2007.

Iris Owens, *After Claude* (1973), New York (NY), *New York Review Books*, 2010.

Cynthia Palmer et Michael Horowitz (eds.), *Sisters of the Extreme: Women Writing on the Drug Experience*. Rochester, VT, Park Street Press, 2000.

Orlando Patterson, *Slavery and Social Death: A Comparative Study*, Cambridge (MA), Harvard University Press, 1982.

Laurie Penny (@PennyRed), "I'm so sick", Twitter, 25 avril 2018, 2:07 AM (PST), https://twitter.com/pennyred/status/989068464928251904.

Art Pepper et Laurie Pepper, *Straight Life*, traduit de l'anglais (États-Unis) par Christian Gauffre, Roquevaire, Parenthèses, 1982.

Deb Perelman, "In the Covid-19 Economy, You Can Have a Kid or a Job. You Can't Have Both", *New York Times*, 2 juillet 2020.

Adam Phillips, "Politics in the Consulting Room: Adam Phillips in Conversation with Devorah Baum", *Granta* 146 (14 février 2019).

Beth Pickens, *Your Art Will Save Your Life*. New York (NY), Feminist Press, 2018.

Pinegrove Band, “a message from evan”, Facebook, 17 novembre 2017, https://www.facebook.com/Pinegroveband/posts/10155748505559774.
Susan Piver, “On Shambhala”, *Open Heart Project* (blog), 30 juin 2018, https://openheartproject.com/on-shambhala.
Emily Prager, introduction à *After Claude*, d’Iris Owens, New York (NY), *New York Review Books*, 2010.
Paul B. Preciado, “Lettre d’un homme trans à l’ancien régime sexuel”, *Libération*, 26 janvier 2018.
Paul B. Preciado, *Testo junkie : sexe, drogue et biopolitique*, Paris, Grasset, 2008.
Jasbir K. Puar, *Homonationalisme : la politique queer après le 11 septembre 2001*, traduit de l’anglais (États-Unis) par Maxime Cervulle et Judy Minx, Paris, Éditions Amsterdam, 2012.
Jacques Rancière, “Art of the Possible: An Interview with Jacques Rancière”, avec Fulvia Carnevale et John Kelsey, *Artforum* (mars 2007) : 256-69.
—, *Le Spectateur émancipé*, Paris, La Fabrique, 2008.
Claudia Rankine et Beth Loffreda, introduction à *The Racial Imaginary: Writers on Race in the Life of the Mind*, Claudia Rankine, Beth Loffreda et Max King Cap (eds.), Albany (NY), Fence Books, 2015.
Republican National Committee, “RNC Message Celebrating Christmas”, 25 décembre 2016, https://gop.com/rnc-message-celebrating-christmas-2016.
Denise Riley, *Time Lived, Without Its Flow*, Londres, Picador, 2019.
Arthur Rimbaud, *Une saison en enfer*, Paris, José Corti, 1987.
—, Lettre de Rimbaud à Paul Demeny, 15 mai 1867, dite “Lettre du Voyant”.
Sylvia Rivera, discours au Latino Gay Men of New York (LGMNY), Lesbian and Gay Community Services Center, New York (NY), juin 2001.
Avital Ronell, *Addict : fixions et narcotextes*, traduit de l’anglais (États-Unis) par Daniel Loayza, Paris, Bayard, 2009.

Jacqueline Rose, *Lettre ouverte à toutes les mères*, traduit de l'anglais par Cécile Dutheil, Paris, Éditions Autrement, 2018.

Arundhati Roy, "The Pandemic Is a Portal", *Financial Times*, 3 avril 2020, https://www.ft.com/content/10d8f5e8-74eb-11ea-95fe-fcd274e920ca.

Gayle Rubin, conversation avec Jewelle Gomez et Amber Hollibaugh, San Francisco (CA), printemps 1996, publiée dans Amber Hollibaugh, *My Dangerous Desires*.

—, "Thinking Sex: Notes for a Radical Theory of the Politics of Sexuality", in *Deviations: A Gayle Rubin Reader*, Durham (NC), Duke University Press, 2011.

Sara Ruddick, *Maternal Thinking: Toward a Politics of Peace*, Boston (MA), Beacon Press, 1989.

María Sabina, *Selections*, Jerome Rothenberg (ed.), commentaires d'Alvaro Estrada *et alii*, Berkeley (CA), University of California Press, 2003.

Dan Savage (@fakedansavage), "What are you into?", Twitter, 4 février 2015, 6:42 AM (PST), https://twitter.com/fakedansavage/status/562984560255057921.

Carolee Schneemann, entretien avec Kate Haug, *Wide Angle* 20, n° 1 (1998) : 20-49.

Arthur Schoenberg, "How One Becomes Lonely" (1937), in *Style and Idea: Selected Writings of Arthur Schoenberg*, traduit de l'autrichien par Leon Black, Berkeley (CA), University of California Press, 1984.

Allan Schore, *La Régulation affective et la Réparation du soi*, traduit de l'anglais (États-Unis) par le groupe NeuROgestalt, Montréal, Éditions du CIG, 2008.

Sarah Schulman, *Le conflit n'est pas une agression : rhétorique de la souffrance, responsabilité collective et devoir de réparation*, Paris, Éditions B42, 2021.

Vicki Schultz, "Open Statement on Sexual Harassment from Employment Discrimination Law Scholars", *Stanford Law Review*, #MeToo Symposium, 2018. Texte écrit pour les professeurs de droit Rachel Arnow-Richman, Ian Ayres, Susan Bisom-Rapp, Tristin Green, Rebecca Lee, Ann McGinley,

Angela Onwuachi-Willig, Nicole Porter, Vicki Schultz et Brian Soucek.

Ian Schwartz, "Megyn Kelly vs. Catholic League's Bill Donohue", *RealClearPolitics*, 9 janvier 2015, https://www.realclearpolitics.com/video/2015/01/09/megyn_kelly_catholic_leagues_bill_donohue_charlie_hebdo_self-censorship_friend_freedom.html.

Roy Scranton, *Learning to Die in the Anthropocene: Reflections on the End of a Civilization*, San Francisco (CA), City Lights Publishers, 2015.

—, *We're Doomed. Now What? Essays on War and Climate Change*, New York (NY), Soho Press, 2018.

Eve Kosofsky Sedgwick, "Epidemics of the Will", in *Tendencies*, Durham (NC), Duke University Press, 1993.

—, *Fat Art, Thin Art*, Durham (NC), Duke University Press, 1994.

—, "Paranoid Reading and Reparative Reading", in *Touching Feeling: Affect, Pedagogy, Performativity*, Durham (NC), Duke University Press, 2002.

Amartya Sen, *Un nouveau modèle économique : développement, justice, liberté*, traduit de l'anglais par Michel Bessières, Paris, Odile Jacob, 2000.

Somini Sengupta, "Read Up on the Links between Racism and the Environment", *New York Times*, 5 juin 2020, https://www.nytimes.com/interactive/2020/06/05/climate/racism-climate-change-reading-list.html.

Tanya Serisier, "'Is Consent Sexy?'" *E*vibes—for an Emancipatory Practice* (blog), 27 mai 2015, https://evibes.org/2015/05/27/is-consent-sexy.

Jared Sexton, "Black Like Me", lettre à son éditrice, *Harper's*, septembre 2017.

—, "The Rage: Some Closing Comments on 'Open Casket'", *Contemp+orary*, mai 21, 2017, https://contemptorary.org/the-rage-sexton.

Christina Sharpe, *In the Wake: On Blackness and Being*, Durham (NC), Duke University Press, 2016.

—, "'What Does It Mean to Be Black and Look at This?' A Scholar Reflects on the Dana Schutz Controversy", interview de Siddhartha Mitter, *Hyperallergic*, 24 mars 2017, https://hyperallergic.com/368012/what-does-it-mean-to-be-black-and-look-at-this-a-scholar-reflects-on-the-dana-schutz-controversy.

Rebekah Sheldon, *The Child to Come: Life after the Human Catastrophe*, Minneapolis (MN), University of Minnesota Press, 2016.

Ray Shell, *Crack : journal d'un accro*, traduit de l'anglais (États-Unis) par Bernard Cohen, Paris, Albin Michel, 1995.

Lionel Shriver, "Fiction and Identity Politics", discours d'ouverture donné au Brisbane Writers Festival, 8 septembre 2016, texte repris dans le *Guardian*, 13 septembre 2016, https://www.theguardian.com/commentisfree/2016/sep/13/lionel-shrivers-full-speech-i-hope-the-concept-of-cultural-appropriation-is-a-passing-fad.

David Shuster (@DavidShuster), "The Arctic Circle Hit 101°F Saturday", 22 juin 2020, http://twitter.com/DavidShuster/status/1275245034858840065.

Loren Siegel, "The Pregnancy Police Fight the War on Drugs", in Craig Reinarman et Harry Gene Levine (eds.), *Crack in America: Demon Drugs and Social Justice*, Berkeley (CA), University of California Press, 1997.

Amy Sillman, "FEMINISM!", *Texte zur Kunst* 2, n° 84 (décembre 2011) : 78-81.

—, "Shit Happens: Notes on Awkwardness", *Frieze*, 10 novembre 2015, https://www.frieze.com/article/shit-happens.

William J. Simmons, "Notes on Queer Formalism", *Big Red and Shiny*, 16 décembre 2013, http://bigredandshiny.org/2929/notes-on-queer-formalism.

Nina Simone, "Feeling Good", morceau n° 7 de l'album *I Put a Spell on You*, Phillips Records, 1965.

Zadie Smith, "Getting In and Out: Who Owns Black Pain?", *Harper's*, juillet 2017.

Michael Snediker, *Queer Optimism: Lyric Personhood and Other Felicitous Persuasions*, Minneapolis (MN), University of Minnesota Press, 2009.
Susan Sontag, *L'œuvre parle*, traduit de l'anglais (États-Unis) par Guy Durand, Paris, Christian Bourgois, 2010.
—, *Devant la douleur des autres*, traduit de l'anglais (États-Unis) par Fabienne Durand-Bogaert, Paris, Christian Bourgois, 2003.
—, *Journal. Volume II*, traduit de l'anglais (États-Unis) par Anne Rabinovitch, Paris, Christian Bourgois, 2013.
Dean Spade, *Normal Life: Administrative Violence, Critical Trans Politics, and the Limits of Law*, Durham (NC), Duke University Press, 2011.
—, avec Tourmaline, "No One is Disposable: Everyday Practices of Prison Abolition", conversations filmées pour le Barnard Center for Research on Women, http://bcrw.barnard.edu/event/no-one-is-disposable-everyday-practices-of-prison-abolition.
Juliana Spahr, *Everybody's Autonomy: Connective Reading and Collective Identity*, Tuscaloosa (AL), University of Alabama Press, 2001.
Hortense Spillers, "Mama's Baby, Papa's Maybe: An American Grammar Book", *Diacritics* 17, n° 2 (1987): 65-81.
Annie Sprinkle, "My Brushes and Crushes with the Law", AnnieSprinkle.org(asm), 1995, http://anniesprinkle.org/my-brushes-and-crushes-with-the-law.
A. L. Steiner, Zackary Drucker et Van Barnes, description de *You Will Never Be a Woman. You Must Live the Rest of Your Days Entirely as a Man and You Will Only Grow More Masculine with Every Passing Year. There Is No Way Out*, 2008, https://www.hellomynameissteiner.com/You-will-never-ever-be-a-woman-You-will-live-the-rest-of-your-days.
Isabelle Stengers, "Gaia, the Urgency to Think (and Feel)", discours donné à The Thousand Names of Gaia: From the Anthropocene to the Age of the Earth (*Os Mil nomes de Gaia: Do Antropoceno a idade da terra*), Rio de Janeiro, 24 mars 2015.

Margaret Sundell, “Invitation: An Aesthetics of Care”, *4Columns*, 2017.
Sunrise Movement, “Who We Are”, https://www.sunrisemovement.org/about.
Jacqueline Susann, *La Vallée des poupées*, traduit de l’anglais (États-Unis) par Michèle Lévy-Bram, Paris, 10-18, 2016.
T. S. Szasz, *Ceremonial Chemistry: The Ritual Persecution of Drugs, Addicts, and Pushers*, édition révisée, Holmes Beach (FL), Learning Publications, 1985.
—, *Our Right to Drugs: The Case for a Free Market*, Syracuse (NY), Syracuse University Press, 1996.
Michelle Tea, *Black Wave*, New York (NY), Feminist Press, 2016.
—, “How Not to Be a Queer Douchebag”, in *Against Memoir: Complaints, Confessions, and Criticisms*, New York (NY), Feminist Press, 2018.
—, “Sex and the Sacred Text: Michelle Tea on the Republication of Eileen Myles’s ‘Chelsea Girls’”, *Los Angeles Review of Books*, 4 octobre 2015, https://lareviewofbooks.org/article/sex-and-the-sacred-text-michelle-tea-on-the-republication-of-eileen-myless-chelsea-girls.
Alyssa Teekah, avec Erika Jane Scholz, May Friedman et Andrea O’Reilly (eds), *This Is What a Feminist Slut Looks Like: Perspectives on the Slutwalk Movement*, Bradford (ON), Demeter Press, 2015.
Piri Thomas, *Down These Mean Streets*, New York (NY), Vintage, 1997.
Zoe Todd, “An Indigenous Feminist’s Take on the Ontological Turn: ‘Ontology’ Is Just Another Word for Colonialism (Urbane Adventurer: Amiskwacî)”, *Uma (in)certa antropologia*, 26 octobre 2014, https://umaincertaantropologia.org/2014/10/26/an-indigenous-feminists-take-on-the-ontological-turn-ontology-is-just-anotherword-for-colonialism-urbane-adventurer-amiskwaci.
Tourmaline, avec Dean Spade, “No One is Disposable: Everyday Practices of Prison Abolition”, conversations filmées pour le Barnard Center for Research on Women, http://bcrw.barnard.edu/event/no-one-is-disposable-everyday-practices-of-prison-abolition.

Rebecca Traister, *Good and Mad: The Revolutionary Power of Women's Anger*, New York (NY), Simon & Schuster, 2018.

David Treuer, *The Heartbeat of Wounded Knee: Native America from 1890 to the Present*, New York (NY), Riverhead Books, 2019.

Joan Tronto, *Un monde vulnérable : pour une politique du care*, traduit de l'anglais (États-Unis) par Hervé Maury, Paris, Éditions La Découverte, 2009.

Chögyam Trungpa, *Voyage sans fin : la sagesse tantrique du Bouddha*, traduit de l'anglais (États-Unis) par Stéphane Bédard, Paris, Éditions du Seuil, 1992.

—, *Le Mythe de la liberté et la Voie de la méditation* traduit de l'anglais (États-Unis) par Vincent Bardet, Paris, Éditions du Seuil, 1979.

—, *L'Entraînement de l'esprit et l'Apprentissage de la bienveillance*, traduit de l'anglais (États-Unis) par Richard Gravel, Paris, Éditions du Seuil, 1998.

Anna Lowenhaupt Tsing, *Le Champignon de la fin du monde : sur la possibilité de vivre dans les ruines du capitalisme*, traduit de l'anglais (États-Unis) par Philippe Pignarre, Paris, La Découverte, 2017.

US Global Change Research Program (USGCRP), *Fourth National Climate Assessment*, Globalchange.gov, 2017, 1-470, https://nca2018.globalchange.gov.

Jason Lee Van Dyke, cité dans "Republicans Are Adopting the Proud Boys", de Kelly Weill, *Daily Beast*, 16 octobre 2018, https://www.thedailybeast.com/republicans-are-adopting-the-proud-boys.

Jan Verwoert, "Exhaustion and Exuberance: Ways to Defy the Pressure to Perform", in *What's Love (or Care, Intimacy, Warmth, Affection) Got to Do with It?*, Berlin, Sternburg Press, 2017.

Olga Viso, déclaration sur *Scaffold* au nom du Walker Art Center, 27 mai 2017, https://walkerart.org/magazine/a-statement-from-olga-viso-executive-director-of-the-walker-art-center-05-27-17.

W.A.G.E. (Working Artists and the Greater Economy), "WOMANIFESTO", 2008, https://wageforwork.com/about/womanifesto.

David Wallace-Wells, *La Terre inhabitable : vivre avec 4 °C de plus*, traduit de l'anglais (États-Unis) par Cécile Leclère, Paris, Robert Laffont, 2019.

Jackie Wang, "Against Innocence: Race, Gender, and the Politics of Safety", *LIES: A Journal of Materialist Feminism* 1, n° 1 (2012).

Jane Ward, "Bad Girls: On Being the Accused", *Bully Bloggers* (blog), 21 décembre 2017, https://bullybloggers.wordpress.com/2017/12/21/bad-girls-on-being-the-accused.

Jesmyn Ward, *Les Moissons funèbres*, traduit de l'anglais (États-Unis) par Frédérique Pressmann, Paris, 10-18, 2019.

Elizabeth Warren et Amelia Warren Tyagi, *The Two-Income Trap: Why Middle-Class Mothers and Fathers Are Going Broke*, New York (NY), Basic Books, 2004.

Laura A. Watt, "Politics of Anthropocene Consumption: Dipesh Chakrabarty and Three College Courses", *RCC Perspectives*, n° 2 (2016) : 73-80.

Andreas Weber, *Matter and Desire: An Erotic Ecology*, White River Junction (VT), Chelsea Green Publishing, 2017.

Joshua Weiner, "There Are No Rats: Some Figuring on Race", in *The Racial Imaginary: Writers on Race in the Life of the Mind*, 123-39, Albany (NY), Fence Books, 2015.

Amy Westervelt, "The Case for Climate Rage", *Popula*, 19 août 2019, https://popula.com/2019/08/19/the-case-for-climate-rage.

"What Is Censorship?", American Civil Liberties Union, https://www.aclu.org/other/what-censorship.

Simone White, *Dear Angel of Death*, Brooklyn (NY), Ugly Duckling Presse, 2018.

Ludwig Wittgenstein, *Investigations philosophiques*, traduit de l'allemand par Pierre Klossowski, Paris, Gallimard, 1961.

David Wojnarowicz, *Close To the Knives: A Memoir of Disintegration*, New York (NY), Vintage, 1991.

Women and Entheogens Conference, site Internet Detroit Psychedelics Community, 2017, http://kilindi.wix.com/entheogenicconf.

Deva Woodly, “The Politics of Care with Deva Woodly”, New School Public Programs and Events, 18 juin 2020, https://event.newschool.edu/woodlycurrentmoment.

JoAnn Wypijewski, “What We Don’t Talk about When We Talk about #MeToo”, *Nation*, 22 février 2018.

Milo Yiannopoulos, cité dans “The Fall of Milo Yiannopoulos”, de Tanya Gold, *Spectator*, 10 avril 2018, https://www.spectator.co.uk/article/the-fall-of-milo-yiannopoulos.

Kathryn Yusoff, *A Billion Black Anthropocenes or None*, Minneapolis (MN), University of Minnesota Press, 2018.

Mary Zournazi (ed.), *Hope: New Philosophies for Change*, Annandale, Pluto Press, 2002.

Remerciements

Les personnes suivantes m'ont aidée à sentir, penser, ou plus généralement écrire ce livre : Hilton Als, Matthew Barney, Brian Blanchfield, Ian Bonaparte, Carrie Brownstein, Tisa Bryant, Judith Butler, Andrew Culp, Lenny Dodge-Kahn, Mark Epstein, Bill Forsythe, Miguel Gutierrez, Conner Habib, Claire Haiman, Bill Handley, Laura Harris, Saidiya Hartman, Cathy Park Hong, Miranda July, Wayne Koestenbaum, Dawn Lundy Martin, Mike Mills, Fred Moten, Eileen Myles, Janet Sarbanes, Milagros Saxon, Lee Anne Schmitt, A. L. Steiner, et les courageux interlocuteurs de mes séminaires sur la Littérature de l'Addiction, l'Espoir & la Peur, et Théorie & Critique. Carolee Schneemann m'a emplie d'inspiration avant sa disparition, ainsi que David Graeber, que je n'ai jamais rencontré, mais dont le travail et l'esprit m'ont portée tout du long. Longue vie à leur foi éperdue dans le plaisir, la conversation et le possible.

Je suis particulièrement reconnaissante envers Eula Bliss, Michael Clune, Christina Crosby, Jack Halberstam, Josh Kun, Anthony McCann, Ed Morris et Danzy Senna, pour leurs commentaires essentiels à des moments critiques, et Ben Lerner, pour son intelligence inimitable et son amitié indéfectible. Merci aussi à la Fondation MacArthur, pour les cadeaux précieux d'argent et de temps ; à David St. John, pour avoir réuni les conditions qui permettent de faire du bon travail, dans tous les sens du terme ; à Michal Shavit et Jared Bland, pour toutes leurs réflexions et leur soutien ; à Frances Lazare, pour son appui éditorial indispensable à la dernière minute ; et à Michael Taeckens, pour avoir aidé ce livre à se frayer un chemin dans un monde altéré.

Enfin, un immense merci à Ethan Nosowsky, ainsi qu'à Fiona McCrae, Anni Liu, Katie Dublinski, Marisa Atkinson, et à tous les merveilleux collaborateurs de Graywolf, pour avoir défendu ce projet avec tant de conviction, pour l'avoir rendu meilleur, et pour créer un lieu si hospitalier pour la pensée ; à PJ Mark, pour seize années de conseils sans failles et de soutien constant ; et à Harry Dodge, pour tout l'amour, et la philosophie dans la cuisine.

*

La traductrice tient à remercier Amélie Derome pour son travail de recherche autour des citations et de l'appareil critique de l'ouvrage.

Table des matières

RÉALISATION : NORD COMPO À VILLENEUVE-D'ASCQ
IMPRESSION : NORMANDIE ROTO S.A.S.
DÉPÔT LÉGAL : JANVIER 2022. N° 147630 (2105462)
IMPRIMÉ EN FRANCE